MW01687102

De Handtekeningenman

Vertaald door Karin van Gerwen en Gert Jan de Vries

Zadie Smith

De Handtekeningenman

2002 Prometheus Amsterdam

Voor mijn verbijsterde broers Ben en Luke,
en voor mijn vriend Adam Andrusier, die het verschil kent tussen lollig en lollig.

Oorspronkelijke titel *The Autograph Man*

Omslagontwerp Anthon Beeke
www.pbo.nl
ISBN 90 446 0171 7

Snappie: Ik ben joods. Count Basie is joods. Ray Charles is joods. Eddie Cantor is gojs. B'nai B'rith is gojs; Hadassah, joods.

Als je in New York woont of in een andere grote stad, ben je joods. Al ben je katholiek, als je in New York woont, ben je joods. Als je in Butte, Montana woont, word je gojs, al ben je joods.

Kool-Aid is gojs. Gecondenseerde melk is gojs ook al hebben de joden het uitgevonden. Chocolade is joods en karamel is gojs. Vruchtensalade is joods. Limoengelatine is gojs. Limonade is erg gojs.

Alle koek van Drake is gojs. Pompernikkel is joods en, zoals je weet, is witbrood erg joods. Aardappelmeel, gojs. Cassis erg joods, bitterkoekjes zijn erg joods.

Negers zijn allemaal joods, Italianen zijn allemaal joods. Ieren die van hun geloof zijn gevallen zijn joods. Monden zijn joods. En boezems. Majorettes zijn gojs.

Ondergoed is absoluut gojs. Ballen zijn gojs. Tietjes zijn joods.

Vieren is een gojs woord. Bijwonen is een joods woord. Meneer en mevrouw Walsh vieren kerstfeest met majoor Thomas Moreland, USAF (b.d.), maar meneer en mevrouw Bromberg *woonden* Chanoeka bij bij Goldie en Arthur Schindler uit Kiamesha, New York.

– Lenny Bruce

Natuurlijk vertoont de werkelijkheid minder samenhang dan de bewijslast in mijn brief; het leven is meer dan een Chinese puzzel.

– Franz Kafka, *Brief aan mijn vader*

Ik deed altijd net of Clark Gable mijn vader was.

– Marilyn Monroe

PROLOOG

Zohar, de worstelwedstrijd

Hij is in staat zichzelf te zien als een kleine gebeurtenis in andermans levens. Dat is niet abstract. Alex Li-Tandem zou niet goed weten wat je met 'abstract' bedoelt – hij is twaalf. Hij weet gewoon dat als hij fantaseert dat hij in zee zwemt, wanneer de meeste kinderen onmiddellijk aan de bioscoophaai denken die onder ze zwemt, Alex' gedachten uitgaan naar de strandwacht. Hij ziet zichzelf als die vlek aan de horizon, zijn hoofd ten onrechte aangezien voor een deinende boei, zijn wild zwaaiende armen verborgen achter de branding. Hij ziet de strandwacht, een gebronsde, slome Amerikaan die met zijn armen over elkaar op het zand vaststelt dat er niets aan de hand is. Alex ziet de strandwacht langs het strand lopen speuren naar die halfnaakte Duitse meiden van gisteren en een koel drankje. De strandwacht koopt een colaatje bij een langslopende verkoper. De haai rukt Alex' rechterkuit van zijn lijf. De strandwacht gaat naast Tanya zitten, de knappe van het stel. De haai sleurt Alex in een bloederige halve cirkel door het water. De strandwacht zegt iets aardigs tegen haar lelijke borstloze vriendin in de hoop een wit voetje te halen. Een beet in zijn ruggengraat. *Zag je dat, een zeehond!* zegt Tanya, die Alex' wanhopige hand aanziet voor een glanzende vin. En dan is hij verdwenen. Is het een vogel? Is het een vliegtuig? Is het een zeehond? Nee, ik ben het, bezig met verdrinken. Zo gaan de dingen bij Alex-Li. Hij handelt in een soort steno van vaardigheden. De tv-versie. Hij behoort tot die generatie die zijn eigen toeschouwer is.

JHWH

Op dit moment is hij in zijn vaders auto onderweg. Boven hem vliegt dat vliegtuig, zo laag dat de golfplaten daken van het industrieterrein links er wel eens last van zouden kunnen hebben. Ze bevinden zich op een overvolle snelweg, in de buurt van een vliegveld. Aan zijn rechterzijde zit zijn vader, Li-Jin, die ook zijn beste vriend is. Op de achterbank schieten twee jongens zonder aanleiding een elastiekje naar zijn hoofd. Nu buigt hij naar voren, buiten hun bereik en steekt zijn vlezige arm uit het raampje – is hij echt van bovenaf zichtbaar? Hallo! De anorectische februaribomen aan weerszijden buigen in zijn richting. In ruil biedt hij een open hand om de wind tussen zijn vingers door te laten blazen. Er blijft een nat blaadje als een verbandje aan zijn vinger hangen. Ut ut. Utte*rama.* Ze gaan naar een worstelwedstrijd. Dat is ongebruikelijk. Alex is niet dol op uitstapjes of sociale gebeurtenissen. Hij brengt meestal het grootste deel van het weekend bij zijn vader in de kliniek door. Hij is reuze in zijn schik als hij wat kan rondsluipen bij de receptie, speculerend over wie wat heeft, terwijl Dr. Tandem het zijne doet in het kleine kamertje achter de witte deur. Alex neemt wel een boek mee of een kruiswoordpuzzel of een stripboek en hij wordt altijd alleen gelaten en zo wil hij het ook. Voetschimmel, angina, de pest: hij schrijft de kwalen willekeurig toe aan bronchitislijders en ongestelden die zich in de plastic stoeltjes van kinderformaat laten zakken. Niemand let ooit op hem. Hij is gewoon een jongen die zit te kijken. Het is net een televisieprogramma. Alleen is hij het afgelopen jaar achterdochtig geworden. Hij is gegroeid en gevuld geraakt, heeft nu een zacht buikje, vrouwenheupen en een gelige huidkleur. Zijn nieuwe bril vergroot de halve maantjes van zijn ogen – ziet hij er Chineser uit? Zijn jeugd verstrijkt. Mensen beginnen zich met hem te bemoeien. Hij wordt voortdurend bij de schouder gepakt en oudere mensen stellen hem steeds vragen. Als je twaalf bent, heeft iedereen opeens een mening over jou en de buitenlucht, en over jou en een flink potje voetballen, en jou vergeleken bij de sportieve, roodwangige jongens uit een of ander godvergeten voorbije tijd. De consensus luidt dat hij meer naar buiten moet. Alex heeft aangevoeld dat een of ander uitstapje, zo niet dit uitstapje, onontkoombaar was.

Er had drie nachten daarvoor, toen Alex in de kamer ernaast lag te slapen, op het uiterste puntje van zijn eigen bed lag te dromen van klippen en water, een gesprek tussen zijn ouders plaatsgevonden waarvan hij niet op de hoogte was. Sarah, zijn moeder, richtte zich slaperig op een elleboog op, wachtte tot het gebrom van een vliegtuig voorbij was en zei toen: 'Li, weet je, misschien kunnen we zaterdag eens iets anders doen met Al, dat hij niet, jeweetwel, de hele tijd zo stom om jou heen hangt – ik bedoel, niet dat...'

En achter die wegstervende zin school een oude tegenstelling tussen hen, want er bleef niet altijd genoeg ruimte voor Sarah over in dit bewonderswaardige duo van vader en zoon. Nu hij twaalf is, zou zijn moeder Alex graag, zoals zij dat omschrijft, 'de wereld in zien trekken, wereldwijzer zien worden en, jeweetwel, omarmen, die noodzakelijke *wisselwerking* krijgen...'

Li-Jin doet zijn ogen open en kreunt. Wat leest zij de laatste tijd waardoor zij hem midden in de nacht als een zelfhulpboek moet toespreken? Hij heeft hoofdpijn. Het is twee uur 's nachts. Hij zou inmiddels in zijn onderbroek over de gang moeten stampen, gillen, op weg naar de logeerkamer. Dat deed hij altijd. Maar die tijd is voorbij. Echtelijke onmin, straatrellen, kroeggevechten – dat lijken hem nu de grote uitspattingen van het moderne bestaan. Die dingen kosten tijd, dat geknok en het bijleggen. Hoewel hij het tegen niemand heeft gezegd, heeft Li-Jin die luxe niet meer. Hij kan zich de escalatie niet meer permitteren. Hij heeft stomweg geen *tijd*. En het verrast hem dat als je de ruzies weglaat, er liefde overblijft, een enorme hoeveelheid die uit je vloeit. Nu schudt hij een kussen op en mompelt instemmend tegen zijn vrouw. Het is een soort cadeau. Maar wacht eens, d'r is nog iets anders; hij kruipt naast haar in bed, zoent haar vingertoppen en legt zijn bonzende hoofd in haar handen.

JHWH

Zo. Precies op dit moment vliegt er een vliegtuig over en zit Alex-Li zich voor te stellen hoe hij er vanaf tienduizend voet uitziet. Hij is op weg naar een worstelwedstrijd met zijn vader en twee kennissen, Mark Rubinfine en Adam Jacobs. Rubinfine (vijftien), die door iedereen Rubinfine wordt genoemd, ook door zijn moeder, is de zoon van Li-Jins accountant, Rubinfine. Het is een lange, uitgekiende jongen, met een schoonheidsvlekje op zijn wang en zo'n onverstoorbare blik dat hij niet eens op zou kijken als je goud zou uitscheiden. Li-Jin weet eigenlijk niet of hij hem wel aardig vindt. Maar toen het idee van de worstelwedstrijd tijdens een etentje werd geopperd, waren Rubinfine en zijn vader erbij en zodoende is hij er nu ook. De andere, Adam (dertien), is een aardige jongen met een beetje overgewicht, wat al dan niet ten grondslag kan liggen aan zijn aardigheid. Hij is zwart als roet, met kort krulletjeshaar en zulke donkere ogen dat de pupil en iris niet van elkaar te onderscheiden zijn. Hoewel deze jongens elkaar al jarenlang kennen gaan ze niet naar dezelfde school en zijn ze geen dikke vrienden van elkaar. Ze zijn verbonden door middel van Cheda, die ze in het gemeenschapscentrum bijwonen dat door de synagoge is opgericht. Li-Jin maakte zich een beetje zorgen of dit uitstapje misschien een beetje bedacht overkwam, maar het lijkt in orde, er wordt veel gepraat. Maar waar hebben ze het over? Ze praten over programma's die hij nooit heeft gezien, liedjes die hij nooit heeft gehoord, films die voorbij zijn gegaan zonder dat het hem is opgevallen. Het is net of er een vreemde golflengte heerst in het leven van zijn zoon, die Li-Jin maar eenmaal per jaar kan ontvangen, met de kerst, als hij opdracht krijgt de heldere plastic handel aan te schaffen die bij deze mysterieuze evenementen hoort.

'Nee, maar luister nou,' dringt Alex hamerend op het dashboardkastje aan: 'Ik heb het over die aflevering waarin ze thuiskomen, en dat de Kella's achter zijn hoeheetdatookalweer, *bionische* eigenschappen komen.'

'Maar dat is niet die terugkeeraflevering,' zei Adam. 'Da's een heel andere aflevering, met dat bionische dingetje.'

'Niet tegen het dashboardkastje slaan,' zegt Li-Jin.

'Nogmaals,' zegt Rubinfine zuchtend terwijl hij met een gebogen vinger naar oorsmeer graaft, 'je praat uit het verkeerde utterige gat.'

De ruiten beslaan door de kunstmatig verwarmde lucht. Li-Jin zet de radio aan en wordt beloond met ruis, de soundtrack van zijn hoofdpijn. Alex trekt met een vingertop driehoeken in de condens. Adams stevige, blote dijen plakken aan de kunststof zitting. Rubinfine heeft van die plotselinge erecties die vreemd lang aanhouden terwijl ze door niets worden veroorzaakt en nergens op gericht zijn. Hij gaat een beetje verzitten en herschikt iets.

JHWH

Er is een exodus gaande, woonkamers uit en de wereld in: vaders zijn op weg met hun zonen. Alex heeft andere auto's gezien met jongens erin die de aankondigingen van de wedstrijd (groot, rood met goudgele letters, net als bijbels) tegen de ramen duwen. Soms imiteert Rubinfine een wurggreep en doet de jongen in de andere auto of hij stikt. Het is allemaal voor het eerst. Anders zijn ze op zaterdagmorgen met geen mogelijkheid bij de tv weg te krijgen. Vergeet het maar. De televisie zou zichzelf uit het stopcontact moeten losmaken en Adam en Rubinfine en Alex moeten verzoeken haar te volgen, NÚ, STELLETJE UTTERIGE NOZEMS (dat moest beledigend overkomen), NÚ, IK HEB JULLIE NÚ NODIG, STELLETJE MIETJES en vervolgens op zijn malle houten poten de openlucht in strompelen. Dit is er natuurlijk gebeurd. Ze worden naar de Royal Albert Hall gelokt door een enorme man van de tv. Hij heet Big Daddy en hij is momenteel de beroemdste worstelaar van heel Engeland. Het is net God zelf. Hij is dik en roze en komt uit het noorden en is volstrekt glamourloos. Hij is een jaar of vijftig, met wit haar en hij draagt een rood babypakje. Hij blijkt in werkelijkheid Shirley te heten. Op een of andere manier is hij daar niet minder om. Iedereen vindt hem aardig en dat is het nou net, dat *iedereen* wat hem voor Li-Jin interessant maakt. Hij wil niet dat Alex 'zich onderscheidt van de massa'. Hij beseft dat de jongen het binnenkort moeilijk genoeg zal krijgen en hoopt dat aanpassing hem kan redden. En dus wil hij gewoon dat hij er klaar voor is. Hij wil dat hij deel uitmaakt van die *iedereen*. Maar je kunt niet alles voor zijn. Zijn zoon is bijvoorbeeld waarschijnlijk de enige jongen die onderweg naar Big Daddy tegen Giant Haystacks door zijn vader wordt overgehaald om niet naar zijn eigen bar mitswa te gaan.

Li-Jin zegt: *Weet je wel zeker dat je het* wilt*?*

Alex-Li zegt: *Pahhap!*

Op de achterbank probeert Rubinfine de term *mannen-borst* uit op Adams ontluikende dikkemensengevoeligheden, en voorin probeert Li-Jin Alex-Li te beïnvloeden op die ene manier die hij tegenover Sarah taboe heeft verklaard.

'*Alex.* Ik vraag je wat.'

'Weet ik. Ik heb toch ja gezegd? Nou dan. *Ja.* Neem ik aan.'

'Maar weet je het echt zeker?' vraagt hij nogal overbodig. 'Of wil je moeder het misschien graag?'

Alex maakt het Internationale Gebaar voor braken.

'Nou?'

'Je *weet* dat mama het wil. Dus dat is deels het probleem, of niet soms?'

'Maar jij wilt het ook.'

'Kennelijk. *God*, pa, houd er nou *alsjeblieft* over op.'

Rubinfine maakt het Internationale Gebaar voor masturbatie. Alex geeft een laatste roffel op het grendeltje van het dashboardkastje ten beste en verlegt zijn aandacht vervolgens naar het open- en dichtdoen van het asbakje. Ze stoppen voor een verkeerslicht. Li-Jin kijkt zijn zoon aan, likt aan zijn eigen duim en veegt een vlek van het een of ander van de wang van de jongen.

'Kom op nou, nou ophouden. Kijk eens. Ga je? Die vraag is toch niet zo ergerlijk? Ik vraag me alleen af of je ook die doosjes gaat dragen. Hoe heten ze ook alweer?'

'Tefillin. Je doet gewoon die riemen om. Om je hoofd, weetjewel. En ook om je armen.'

Li-Jin voelt zich verlaten. Hij grijpt de versnellingspook. Hij is allergisch voor die riemen. Een te wilde en vreemde ruk bij het normale, vredige en bijna *onopvallende* jodendom vandaan waar hij bij is aangetrouwd. Wat *is* dit allemaal? Stond dit in de kleine lettertjes? En hoe strak zitten die riemen dan?

'Goed. Doosjes. Net als Rubinfine.'

'*God*, pap. Wat maakt het uit? Ik doe het gewoon. En dan is het voorbij.'

'Het record,' vertelt Adam, 'voor je adem onder water inhouden, staat op naam van "Big" Tony Kikaroo uit Nuo'kafolo, Tonga, die zijn adem in het snertgroene water van de baai 19 minuten en 12 seconden inhield.'

'Wat heb ik daarmee te maken?' zegt Rubinfine.

Op een kruispunt valt het gesprek plotseling stil en de stilte houdt een poosje aan, alsof er iemand tegen de voorruit heeft gespuugd en ze dat nu zien afglijden. Mountjoy schuift langzaam voorbij, met zijn illegale voorstadspaleizen en gesnoeide bomen. Hier wonen ze en dit verkeer getuigt ervan dat iedereen die in Mountjoy woont zaterdags de eerste de beste gelegenheid aangrijpt om ervandoor te gaan. Ze oefenen hun recht als huizenbezitters uit. Ze zijn die ambitieuze jongeman nog niet vergeten, die hen met zijn dunne snorretje en zijn das van kunstzijde door hun toekomstige bezit voerde en het had over afnemende vluchtschema's en rails op sokkels en originele details en met de belofte van een fantastisch – geheel verzonnen, naar later bleek – halfuurtje rijden naar de stad. Niemand doet er moeilijk over. Iedereen die iets anders achter Mountjoy had gezocht, die enige illusie koesterde over het eenrichtingsverkeer van Mountjoy, nou ja, die zou zich niet in Mountjoy vestigen. De mensen uit Mountjoy hebben hun hele leven op compromissen gefundeerd en elke avond geven ze zich stilletjes over aan oordoppen en migraine en stressgerelateerde spierproblemen die ze in ruil voor goedkope huisvesting direct in de aanvliegroute van een internationale luchthaven krijgen. Dit is niet het beloofde land. Dit is een betaalbaar, uit de jaren vijftig stammend, centraal verwarmd, van scholen voorzien forenzendorp aan de noordrand van groot-Londen. Li-Jin vindt het prima omdat er geen parkeerproblemen zijn en zijn praktijk daar altijd al heeft gestaan. Hij kent bovendien iedereen. Er is een flinke joodse gemeenschap en dat stemt Sarah tevreden. Alex-Li vindt het overal prima. Adam, de enige zwarte in de wijde omgeving – *misschien de enige zwarte jood op de hele utterige wereld* –, haat het, haat het zo – gewoon – echt – *diepgeworteld* en als hij dat woord zou opzoeken zou hij zeggen ja zo haat ik het, ik haat het tot in mijn wortels, in mijn afkomst en mijn diepste wezen. En wat Rubinfine betreft, die zou, als Mountjoy een mens was, zijn kop eraf trekken, in zijn oogkassen pissen en in zijn strot schijten.

JHWH

Belangwekkend feit: Rubinfines vader, Rubinfine, wil dat Rubinfine later rabbi wordt. Telkens als Rubinfine er tegen Li-Jin over begint, zijn liefste wens voor de jonge Rubinfine, weet Li-Jin niet waar hij moet kijken. De eerste keer dat Rubinfine erover begon, zaten ze spaghetti Bolognese te eten tijdens een lunchvergadering over het herschikken van Li-Jins uitgaven en werd hij er zo door verrast dat hij zich op het toilet moest terugtrekken om de pasta uit zijn neus te peuteren.

JHWH

Rubinfine: 'Ut ut ut. Godkolere, wat heb ik het heet. Zeg makker, kan die verwarming niet uit? Zijn we d'r al? Zijn we d'r al? Zijnwedralzijnwedralzijnwedral?'

Hij speelt een joch na uit een Amerikaanse film dat moe is van de lange reis. Ik vermoord hem niet, denkt Li-Jin. Zijn hoofd doet zeer.

'Ik zal je niet vermoorden,' zegt hij met een blik op Rubinfine in zijn spiegeltje.

Rubinfine zuigt zijn wangen hol alsof hij een vis is. 'Hmmm. Eens even kijken. O, ja. Eh, alsof je dat de eerste eh, *40 miljoen jaar* voor elkaar zou krijgen.'

Een behoorlijk nauwkeurige inschatting van de situatie, met Li-Jin die als hij zich kwaad maakt een meter vijfenzestig haalt en Rubinfine die een enorme reusachtige lange sladood is.

'Jij bent wel eens kleiner geweest,' zegt Li-Jin.

'O ja?'

'O, jazeker. Als mijn geheugen me niet in de steek laat. Niet liever, begrijp me goed – alleen kleiner.'

'Het record,' begint Adam, 'van de man die het langst begraven was staat op naam van Rodrigues Jesus Monti uit Tampa, Florida, die 46 dagen begraven in de woestijn van Arizona heeft doorgebracht dankzij een heel lang soort rietje.'

'Waar heb je dat eigenlijk *gezien*?' wil Rubinfine woedend weten. 'Welke *zender*? Hoe zag het *eruit*?'

'Helemaal niet op de tv. Uit een boek. Met records. Ik heb het gelezen.'

'Hou dan maar je kop.'

Li-Jin laat met een hand het stuur los en pakt er een paar centimeter huid bij zijn slaap mee vast en begint dat tussen duim en wijsvinger te wrijven. Hij vertelde zijn patiënten altijd dat het helpt om de kern van de pijn voor te stellen als een bal van boetseerklei en dat je die door middel van kneden kunt verkleinen tot een strengetje en dan helemaal kunt afbreken. Dat was gelogen.

'Genade!' gilt Rubinfine. 'Ads en ik eerst. Alex speelt de winnaar.'

Rubinfine en Adam vlechten hun vingers in elkaar. Het is een soort spelletje. Ze willen dat Li-Jin tot drie telt. Maar Li-Jin is er niet bij, die is verzonken in zijn hoofdpijn. Hij kijkt naar de twee zwaaiende zesjarigen in de auto naast hen, wat er door het beregende raam smoezelig uitziet, als een sentimenteel aquarel. Hij probeert te bedenken wanneer alle kinderen er nog als kinderen uitzagen, klein en onzeker. Maar nee, op zijn zesde was Rubinfine dezelfde voorstadstiran, zij het met een andere tactiek. Toen was het een en al geschreeuw en snot en hongerstakingen. Rubinfine was zo'n kind dat zijn moeder tiranniseert, een jongen die zijn eigen kleren in de brand steekt om te zien hoe ze reageert. Als Li-Jin het zich goed herinnert, is Adam totaal omgeslagen. Op zijn zesde was hij Amerikaan. Bovendien had hij geen ouders. Hij leek uit een boek te komen. Ze verschenen die ene winter allemaal in Li-Jins praktijk: een opa in een strak pak, ene Isaac Jacobs, Adam en Adams jongere zus… naam? Hoe dan ook, het kwam door haar. Een meisje met amandelvormige ogen en een zwak hart, met behoefte aan de gratis medische bijstand in Engeland. Al die zwarte joden uit Harlem die aanspraak maakten op de stam van Juda. Uitgedost als Ethiopische vorsten! De volwassenen van Mountjoy hadden tijd nodig om aan het idee van Isaac Jacobs te wennen. Maar voor Adam lag het anders. Adam hield stand als heer van de speeltuin. Li-Jin glimlachte bij de gedachte dat Alex het op een dag bij thuiskomst over een 'jongen van de films' had gehad, alsof Adam van het scherm af de voorstad in was gestapt, zo'n onsterfelijke verschijning uit een film. Maar bij Adam hield het geen stand. Zijn tongval verdween, zijn lijf groeide. Zeven jaar later wordt Adam Jacobs er nog steeds voor gestraft dat hij ooit als een magisch verschijnsel in een voorstadje verscheen.

Esther – het meisje heette Esther. Met ingenieuze vlechten. Ze kreeg een pacemaker.

En nu heeft Rubinfine, verveeld van het wachten op goedkeuring, Adams handen op zijn rug gedraaid. Adam jammert, maar Rubinfine is onvermurwbaar.

'Het woord is *genade*,' zegt Rubinfine koeltjes, terwijl hij Adam loslaat, die huilt en op zijn knokkels blaast. 'Meer hoefde je niet te zeggen.'

'Hier stoppen we,' zegt Li-Jin, die plotseling voor een apotheek stilhoudt. 'Nog klachten?'

'Stink je?' vraagt Rubinfine.

JHWH

Toen Alex elf was en Li-Jin voor het eerst last van hoofdpijn kreeg, constateerde een Chinese dokter in Soho dat het veroorzaakt werd doordat Alex-Li zijn vaders *Qi* hinderde. De dokter vertelde Li-Jin dat hij te veel van zijn zoon hield, net als de weduwnaar die in zijn kind de overlevering van zijn vrouw ziet. Li-Jin hield op een vrouwelijke manier van Alex, niet op een mannelijke. Hij had overmatig 'mu qi' (moederlijke lucht) die zijn 'qi-men' (luchtgaten) verstopte. Dat had de zaak verstoord. *Nonsens.* Li-Jin verweet zichzelf dat hij zich door het bijgeloof uit zijn Pekingse jeugd had laten meesleuren. Hij wil deze man noch enige andere Chinese arts ooit nog raadplegen. Luchtgaten? Iedereen in Mountjoy had hoofdpijn. Vliegtuigkabaal, vervuiling, stress. De onzalige drie-eenheid van het leven in Mountjoy. Het was natuurlijk ijdel om te veronderstellen dat hem nou net iets bijzonders moest overkomen, een zeldzaam gezwel, een onbekend virus. IJdelheid! Wat kon het anders zijn? Na deze afspraak hield hij zichzelf een jaar lang voor dat er niets aan de hand was, deze knappe dokter, gedroeg hij zich net als die stomme patiënten van hem. Geen onderzoeken, onophoudelijk pijn, voortsukkelend. Hoewel hij het diep van binnen wel wist. Hij had het altijd geweten.

Tingeling. Tingeling! Doet de bel.

'Fijn weer voor eenden!' zegt het meisje achter de toonbank. Li-Jin slaat wat regendruppels af en schudt zijn volstrekt steile haar dat zo snel nat wordt. Hij heeft haar op een of andere manier door de apotheek binnen te komen aan het lachen gemaakt. Het vogelachtige meisje met stijve gele haarlokken, zoals Li-Jin ze wel eens in een film heeft gezien (maar toch zeker al jaren geleden?). Ze heeft een enorme wijnrode moedervlek die met vijf tentakels, als de schaduw van een mannenhand, langs haar keel omhoog kruipt.

'Het regent niet, het giet!' zegt Li-Jin, die intiem tegen de toonbank leunt. Hij zet zijn benen iets uit elkaar en legt zijn kleine handen op de toonbank. In het dorp dat nabij zijn Engelse kostschool lag heeft Li-Jin alles geleerd over dit specifieke gesprek en hoe het gevoerd moet worden. Voordat er overal televisie was, voor de populaire kreten leerde je spreekwoorden, zedepreken.

'Natuurlijk,' zegt hij, overwegend een heel terrein achter zijn huis te verzinnen dat niet bestaat en op de huidige huizenmarkt onmogelijk is, 'het is goed voor mijn tuin. Vorige maand is het zo'n tijdlang droog geweest...'

Maar het meisje is vastbesloten verontwaardigd te blijven: 'Nou het is mij best, maar het heeft *vorige* week ook al de hele week geregend! Ik weet het niet hoor, ik weet het niet...'

Li-Jin buigt en knikt, erkent dat hij het evenmin weet, nee, over het weer en de wereld en waar het allemaal naartoe moet, hoe nou dit en hoe nou dat, glimlachen en knikken, geduldig wachten tot het meisje terzake komt. Ze praat te veel. Maar misschien staat ze hier al lang, met haar magere heup tegen de toonbank, blik op de deur, haar eigen moedervlek vergetend en dan plotseling weer pijnlijk herinnerend – dat allemaal, urenlang, alleen. De lucht is vergeven van stofdeeltjes en er heerst een soort stilte die gaandeweg aanzwelt. Ze zou hier wel dood kunnen gaan. Niemand zou het doorhebben totdat ze vanwege de stank achter de toonbank zouden kijken. Ringeling!

In de stilte rinkelt de bel nogmaals en dan komt Alex binnen, stampt door de ruimte en gaat vlak achter zijn vader staan, zijn secondant bij ieder duel.

'Eh, gaattut nog lang duren?' vraagt hij dringend, terwijl hij zich van zijn vader afkeert en geschrokken naar de bloedrode keelklimmer kijkt.

'Minuutje nog.'

'Zestig olifant, negenenvijftig olifant, achtenvijftig olifant, zevenenvijftig olifant, zesenvijftig olifant –'

'*Oké*, vijf minuten. Wat doe jij buiten de auto?'

'Ik denk dat Adam Jacobs thuis emotionele problemen heeft. Hij zegt dat het wereldrecord zoenen negen dagen en zeven uur is en op naam staat van Katie en George Brumpton uit Madison, Wisconsin. Met eetpauzes. Is dat –?' Hij steekt zijn hand op om naar de keel van het meisje te wijzen, maar Li-Jin grijpt zijn pols.

'Uitstapje,' legt Li-Jin uit. 'Mijn zoon, zijn vrienden. Luidruchtig stel. Tja, dat heb je met jongens. Krijg je hoofdpijn van.'

'Juist,' zegt het meisje, 'en welk merk zocht meneer precies? Ze werken verschillend bij verschillende pijntjes, moet u weten. 't Heeft geen zin om iets in te nemen tegen, ik noem maar wat, pijn in je voorhoofd, als je... jeweetwel... een ander soort pijn hebt.'

'Pap,' zegt Alex, terwijl hij hem aan zijn mouw trekt. 'We hebben *haast*.'

Eindelijk, eindelijk geeft hij haar wat geld en overhandigt zij hem een potje doodgewone paracetamol, die Li-Jin oppakt en waar hij meteen mee begint te worstelen. Hij worstelt er op straat, in de regen, nog steeds mee, hoewel er niets in dat kleine flesje zit waar hij baat bij zal hebben en dat beseft hij ook.

'Ach, kom nou – kan het niet wachten tot we in de auto zitten?'

'Nee, Alex. Ik heb *nu* hoofdpijn. Ga maar vast zitten, als je je voor mij schaamt.'

'Pap, ik weet zeker dat Rubinfine – hoeheettut – paranoïde schizofreen is. Ik maak me zorgen over onze veiligheid in een besloten voertuig.'

'*Alsjeblieft*, Alex. Verrekt rotding!'

'Vijftien is de leeftijd voor jongens. Bij vijftien begint het. Denk jij dat dat meisje in de winkel huidkanker had?'

'Gewoon een moedervlek.'

'Dacht je niet: ik wil zien dat hij zich over haar hele gezicht uitbreidt?'

Ze stappen in.

'Maar zijn *voet*,' zegt Rubinfine heel traag, zoals je een debieltje aanspreekt, 'met zijn *schoen* eromheen, belandde op het *gezicht* van Big Daddy. Begrepen? *Op zijn gezicht. Schoen. Gezicht. Schoen. Gezicht.* Kapiesj? Spreek oe Engelsj? Een schoen in je gezicht, dat speel je niet.'

Adam, die vindt dat hij gelijk heeft, begint aan het gefluister der verslagenen dat alleen door God wordt verstaan: '*Nou, en toch vind ik...*'

'*Verrekte* kinderlogica –' zegt Li-Jin.

Rubinfine, het oudste kind in de auto, buigt zich voorover, snaait de fles, haalt er met veel minachting en medelijden de dop af en geeft hem terug.

Ze blijven op de parkeerplaats staan omdat Li-Jin speurt naar een thermosfles thee die op de autovloer ligt. Iedereen is verwikkeld in een gesprek over in cijfers uitgedrukte beroemdheid op een schaal van nul tot tien, waarbij 10 = Michael Jackson en 1 zoiets zou zijn als de groengeverfde negerin met twee slurven boven op haar hoofd die het buitenaardse wezen speelde in *Battle for Mars*. Oké, nou, waar op die schaal bevindt zich de worstelaar Giant Haystacks?

'Drie,' aldus Rubinfine.

'Zes,' beweert Li-Jin. Dat wordt met gejoel onthaald.

'Drieënhalf,' zegt Adam.

'Twee komma één,' zegt Alex-Li.

'Wees niet altijd zo'n enorme Ut, Alex.'

'Nee, luister, het klopt wel. Er kijken elke zaterdag ongeveer tien miljoen mensen naar *World of Sport*. Volgens mij klopt dat zo ongeveer. En er zijn ongeveer 49 miljoen mensen in Engeland. Maakt 21 procent. Dus twee komma één. En eigenlijk kun je dat alleen hardmaken als je net doet of Amerika niet bestaat.'

'Alex-Li Tandem, je hebt zojuist de prijs gewonnen voor de Vervelendste Idioot van het Jaar. Kom alsjeblieft je prijs in ontvangst nemen. En donder dan op.'

'Je weet toch wat hij weegt, of niet soms?' zegt Li-Jin, die een hand naar achteren steekt om te voorkomen dat Rubinfine zijn prijsstoot kan uitdelen. 'Je weet toch wel dat we een heuse wedstrijd voor de boeg hebben. Je weet toch wel hoe groot hij is?'

Adam buigt zich voorover met die geweldige imitatie van een frons die Li-Jin bij zijn jongere patiënten opviel als hij met een naald op ze afkwam. Een rimpelig voorhoofd waarop de rimpels niet blijvend zijn, een soort magie.

'Giant Haystacks.'

'*Pap*. Lul nou niet. 't Is allemaal afgesproken werk. De bewegingen zijn misschien echt of bijna echt, maar de afloop is afgesproken. Dat weet *iedereen*. Maakt niet uit hoe zwaar hij is. Hij wint heus niet. *Bestaat niet*.'

'Tweehonderdnegentig kilo. Tweehonderdnegentig. Twee. Hon. Derd. Ne. Gen. Tig. Kijk nou eens wat een geld.'

Li-Jin gniffelt luidruchtig, trekt een pen en drie biljetten van een pond uit zijn borstzakje en legt die op het dashboard. 'Ik zal jullie drie namen op deze drie biljetten schrijven. En als Giant Haystacks verliest, krijgen jullie je eigen biljet.'

'En wat krijgt u van ons als hij wint?' vraagt Rubinfine.

'Dan moeten jullie beloven altijd braaf te zijn.'

'O, jottum. Ut, *ut*.'

'IK WIL LEREN VLIEGEN!'

'Elektrische utteprut.'

Voorzichtig schrijft Li-Jin drie namen op het geld, dat hij met veel ceremonieel omhooghoudt, als een man die alle tijd in de hele verrekte wereld heeft.

'Ik pak de mijne nu alvast,' zegt zijn zoon, terwijl hij zich vooroverbuigt om een biljet te pakken: 'BIG DADDY RULES OK!'

De kinderen spreken tegenwoordig in slagzinnen. Li-Jin is met clichés opgegroeid. Vergeleken bij de slagzinnen komen de clichés naïef over.

'Je krijgt hem pas *nadat* je hem hebt verdiend,' zegt Li-Jin ernstig en hij legt zijn handen op het geld, 'Albert Hall, we komen eraan.'

Omdat het magisch is, natuurlijk, maar er zijn ook nog regels.

En dan volgen hier enkele feiten. Toen koningin Victoria kennismaakte met Albert, viel ze helemaal niet als een blok voor hem. Ze was zestien. Hij was haar neef. Ze konden best aardig met elkaar opschieten, maar het had niks met blikseminslag en uitslaande vlammen te maken. Drie jaar later was hij echter plotseling helemaal de ware. Het was liefde op het tweede gezicht. Zij was inmiddels koningin. Het valt moeilijk te bepalen of dat een significant feit is in de geschiedenis *Hoe Victoria Verliefd Raakte Op Albert Toen Ze Elkaar Voor De Tweede Keer Ontmoetten En Niet De Eerste Keer Zoals De Meeste Mensen Als Ze Van Plan Zijn Plotseling Verliefd Te Worden.* Vaststaat dat Victoria na dat tweede bezoek in haar dagboek over Albert schreef: 'extreem knap, zulke prachtige ogen… mijn hart is helemaal *van slag*', en hem dan een aanzoek doet, wat gezien onze ideeën over de stijfheid van de Victoriaanse tijd nogal voortvarend overkomt. En ze kregen samen negen kinderen, wat zelfs meer dan voortvarend is. Om het feit van de negen kinderen te verwerken zul je je Victoria op zeker moment behoorlijk voortvarend moeten voorstellen in de slaapkamer en dat gaat ook niet zomaar. Maar toch, feiten zijn feiten. Hier komt er nog een: na de dood van Albert laat Victoria elke ochtend zijn scheermes en scheerkom – tot de rand gevuld met heet water – haar slaapkamer in brengen, alsof hij nog altijd in staat was gezichtsbeharing te verwijderen. Ze gaat daarna ook veertig jaar lang in het zwart gekleed. Tegenwoordig is daar waarschijnlijk wel een benaming voor. Iets als: Extreem Rouw Syndroom (ERS). Maar eind negentiende eeuw zijn mensen, enkele uitzonderingen daargelaten, nog bereid dat liefde te noemen. 'Ach, wat hield ze toch veel van hem,' zeggen ze tegen elkaar, en ze schudden hun hoofd en kopen een ruikertje van een dubbeltje in Covent Garden of zo. Veel dingen die nu syndroom heten, droegen destijds een eenvoudiger naam. Het waren eenvoudiger tijden. Daarom hebben sommige mensen het graag over de goede oude tijd.

Meer feiten. Op het schitterende mozaïek dat Albert Hall omringt staat het volgende te lezen:

> DEZE HAL IS GEBOUWD TER BEVORDERING VAN KUNST EN WETENSCHAPPEN, EN NIJVERHEIDSPRODUCTEN UIT ALLE LANDEN, NAAR DE WENS VAN ALBERT, PRINS-GEMAAL.

Hij is dood, moet je weten, tegen de tijd dat het, in 1871, wordt geopend, dus of het al dan niet aan zijn wens voldoet is giswerk. Victoria heeft natuurlijk het gevoel dat zijn wens afdoende is vervuld, want ze verricht de opening zelf en looft het grote rode elliptische bouwwerk met zijn ongelukkige galm – ze zal het gedurende de rest van haar leven regelmatig bezoeken. We kunnen ons zelfs voorstellen dat ze er bij tijden alleen in ronddwaalde, of misschien met een kamerdame, haar vingers over het steeds sleetser rood fluweel van de zittingen halend, verscheurd door ERS, denkend aan haar overleden man en de vervulling van zijn wens. Ze is er zeker van, Victoria, dat ze altijd precies weet wat Alberts wensen waren of zouden zijn geweest als hij ooit over zus en zo soort zaken zou hebben nagedacht – dat type vrouw is ze. Ze volgt de route van zijn dood en haar rouw door het land. Ze trekt een verdrietig spoor van standbeelden, straatnamen en musea. Het was Alberts wens om ooit in Engeland tot iets groots uit te groeien. Iets beroemds. Niet slechts die wat onhandige, iets te zware, besnorde Duitser die ons de kerstboom bracht, maar iets eerbiedwaardigs en geliefds. Bij ieder nieuw standbeeld, elk nieuw gebouw, voelt er wel iemand zich geroepen om op te merken: 'O, wat hield ze toch van hem', terwijl ze hun rokken laten ruisen of een klein schoorsteenvegertje op zijn kop kloppen in Whitechapel of waar dan ook. Ze rouwt in het openbaar, Victoria, en iedereen rouwt mee. Dat is nog een reden waarom het de goede oude tijd wordt genoemd. Toentertijd voelden mensen dingen gelijktijdig, zoals het koor dat plots in een plattelandskerkje opstaat en begint te zingen.

Laatste feiten: het hedendaagse gebruik van de zinsnede 'Kunst en Wetenschappen' valt met enige goede wil terug te voeren tot de opening van Albert Hall door Victoria. Kunst en Wetenschappen betekende ooit Schilderijen en Zo en Petrischaaltjes en Zo. Het was een tamelijk precieze, stijve benaming die weinig ruimte bood. Albert Hall (zo zou je kunnen beweren als je daar behoefte aan had) bracht daar mede verandering in. Van meet af aan kon je behoorlijk aparte dingen zien in die enorme elliptische koepel met zijn slechte akoestiek, waardoor ieder gefluister in de stalles hoorbaar was. In 1872 waren er bijvoorbeeld mensen te zien die morsecode demonstreerden [Gladys op Rij M, Stoel 72, tegen Mary die naast haar zit: Vraag. *Mary, liefje, wat doet hij?* Antwoord. *Nou, schat, volgens mij tikt hij iets*]. In 1879 wordt er voor het eerst elektrisch licht in het openbaar vertoond [Dhr P. Saunders, Rij T, Stoel III, tegen zijn neefje Tom: *Geweldig. Reuzegeweldig*]. In 1883 is er een fietsententoonstelling [Claire Royston, Rij H, Stoel 21: *Ik zie er het nut niet van in, Elsie, jij wel?*] en in 1891 wordt het als bedehuis geregistreerd. Er wordt besloten dat men er vanaf dat moment moet kunnen bidden als men daar behoefte aan heeft. En in 1909 lopen ze er een marathon.

Vooruit!
Hij is klaar! Heeft geen benen meer over.
Toe maar jongen!
O, doorzetten Georgie, doorzetten – doe het voor ons, Georgie! Zet door!
Haal water voor die jongen!

Ze blijven rondjes om dat podium rennen totdat de wedstrijd afgelopen is. Dat is nou kunst. En een wetenschap. Voorts: Betogingen van de Suffragettes, het Herdenkingsconcert voor de Titanic, een complete theaterenscenering van Coleridge-Taylors klassieke heldenverhaal 'Hiawatha', Ford Motor Show, Yehudi Menuhin (dertien jaar), GESLOTEN IN VERBAND MET DE OORLOG, Churchills televisie-uitzending, een bokswedstrijd tussen de Kray Twins, ondernemersbeurzen, Beatles, Stones, Dylan, Proms, akoestiek geweldig verbeterd dankzij het aanbrengen van verstrooiers van glasvezel – ook bekend als 'champignons'. Oké, schreeuw dan! Zie je wel (O, o, o).

Ver (Min Min Min) derd.

Enorm. Geweldig, toch?

Verder: Mohammed Ali, Sinatra, ijsdansen en Liza Minnelli, tennistoernooien, het Bolsjoi, het Kirov, blijken van Mark Knopflers gitaarspel, en dat van Clapton, en van B.B. King. Acrobaten, slangenmensen, goochelaars, politici. Dichters. Allerlei feesten. Vol kunstenaars. En wetenschappers. Heel onderhoudend. Albert wilde kunst en wetenschappen en Victoria zorgde er jaar in jaar uit voor, en toen ze deze wereld verlaten had, zorgden er jaar in jaar uit anderen voor totdat ook zij ermee ophielden en de taak aan iemand anders overdroegen. En zo gaat het verder. Er zijn allerlei manieren om de doden te herdenken. Een manier is om Tracy Baldock uit te nodigen, een danseres uit Schotland die het een beetje tegenzit en die iets te zwaar is, om haar droom te verwezenlijken: verkleed als muis een moderne dans opvoeren met een gevestigd Europees toneelgezelschap. Je kunt Tracy vragen zich als tekenfilmmuis te verkleden voor Disneys *Holiday on Ice*, haar langs de plekken laten schaatsen waar voorheen mensen zaten. Dat is een mogelijkheid. Een andere is die arme Mark Knopfler het publiek laten verwennen door hem voor de godmaghetwetenhoevaakste keer 'Money for Nothing' te laten spelen, ook al heeft hij er de pest aan en komt het zijn oren uit – laat Mark maar zingen over die tv's en laat Albert het maar horen, waar hij zich ook bevindt.

Li-Jin en zijn zoon weten als ze trillend van de voorpret onder de toegangsboog doorlopen niet dat ze op het punt staan aan de laatste episode van een lange, lange wake deel te gaan nemen. Maar ze zijn allebei kien genoeg om het onderscheid te zien tussen die reusachtige gebeitelde woorden – KUNST EN WETENSCHAPPEN – en wat zij komen gadeslaan. Bij wijze van antwoord op de vraag van zijn zoon: *Nou, Alex... Ik beschouw het als een kunst. Prachtige bewegingen. Gracieus geweld, van die dingen. Maar ook nogal wetenschappelijk – verwurgingen, voetenwerk. Die dingen moet je precies timen, en dat is een soort wetenschap, toch?*

Flauwekulantwoord. Alex-Li haalt ontevreden zijn neus op.

Nou? Wat wil je nou, bijdehandje?

Li-Jin blijft even op de drempel staan wachten op een beter antwoord.

Geen van beide. 't Is tv.

En dat is uiteraard een beter antwoord.

JHWH

Eenmaal binnen bezorgt de hal je dat gevoel dat je van rondreizende kermissen en themaparken krijgt: kinderen die door het dolle heen raken, ouders die merken dat ze domweg gebruikt worden. Vaders krijgen die getergde, wazige blik, lopen als stomme huisdieren achter hun zoontjes aan, rapen alles op wat naar achteren wordt doorgegeven of bij ze in de buurt valt. De vaders zijn stil. De jongens voeren met zijn vierduizenden een gesprek. Het schalt door de genummerde rijen, weerkaatst in de koepel en daalt brullend neer, en Li-Jin is daar, binnen, op zoek naar zijn stoelen, met drie niet-bijpassende jongens als een bonte studentendas achter zich aan slingerend.

Het valt niet mee, maar Li-Jin krijgt zijn jongens ten slotte op hun plek. Ze zitten op de derde rij stalles. Hij kijkt omlaag richting podium, naar dat trieste lege vierkant waar pure ruimte driedubbelgebonden vast zit. Hij heeft het gevoel dat hij al een halfuur geen adem meer heeft gehaald. Dat wil hij net gaan doen als de dikke man die naast hem zit zich omdraait, geheel ongevraagd een tientje voor zijn neus houdt en blaft: 'Wedje leggen?'

Li-Jin herhaalt de boodschap zonder deze te begrijpen. Zijn Engels is zo goed als volmaakt, maar hij ontdekt nog steeds eigenaardigheden in het idioom ('*En dan denk ik bij m'n eigen*', '*Desniettegenstaande*', '*Bij de wilde konijnen af*') die problemen opleveren. De dikke man doet minachtend. 'Och, kom op,' zegt hij, en hij rolt zijn tientje tot een kegel op en krabt ermee aan zijn kin. 'Niks angstaanjagends. Heel simpel: Wil. Je. Een. Wedje. Leggen.' Wat is hij lelijk. Een drankneus, dooraderd, een verzameling steenpuisten. Daaronder een dikke viezige borstelsnor. En hij blijft aandringen.

'Een kleine weddenschap,' legt hij uit. 'Om het een beetje spannend te maken... snap je?'

Li-Jin bedankt voor de eer, legt haastig uit dat hij 'zoals u dat noemt, een wedje heeft gelegd' met zijn zoon en maakt zittend en wel onbedoeld een kort, maar onmiskenbaar Chinees buiginkje waar zijn zoon normaliter bij ineenkrimpt, maar die is druk bezig met Rubinfine en Adam over de reling hangend mensen op hun hoofd te spugen.

De dikke man fronst, rolt het tientje weer uit en propt het in zijn broekzak, wat gezien zijn postuur een moeizame handeling is.

'Zelf weten.'

Li-Jin voelt zich slecht op zijn gemak en probeert wat soelaas te vinden. Hij kijkt weer naar het podium. Hij bijt op de nagel van zijn rechterduim. Het bovenste stuk bijt hij er zo af. Wat was er nou allemaal aan de hand? Hij is er zomaar zenuwachtig van geworden. Hij kijkt naar het podium. Het is er erg druk met de voorbereiding van niets. Wat *doen* al die mensen nou eigenlijk? Vanwaar al die drukte? Wat is er nou helemaal nodig behalve twee mannen het podium op laten, hun mantels af laten gooien, hun hoofden voorover laten buigen en elkaar laten grijpen? En toch rennen er kleine kereltjes met honkbalpetjes op aanwijzingen roepend van de ene naar de andere kant van het podium. Er worden enorme luidsprekers opgetild en weer neergezet. Er loopt een witharige man in een joggingpak met een blik van opperste concentratie rond de ring aan de touwen te trekken. Een jongen zet een emmer in een hoek en spuugt erin. Waarom? Na een poosje dwaalt Li-Jins blik onwillekeurig af naar links. Dat is een vergissing. Hij kan nog net waarnemen hoe zijn buurman zijn reusachtige lippen tot een afstotelijke glimlach vertrekt. Zijn lippen krullen te dicht bij de neus om, de snor gaat omhoog; er worden brede, ongelijke tanden zichtbaar – Li-Jin walgt ervan en kan dat niet verhelen – en nu schiet 's mans hand op hem af en hij zegt: 'Klein. Herman Klein', ook te luid, grijnzend als een gargouille. Li-Jin reageert vriendelijk, maar houdt zijn lichaamstaal afgepast, zoals het hoort. Probeert niet uitnodigend te zijn. Maar deze Klein is een lichamelijk ingesteld iemand die Li-Jins persoonlijke ruimte zelfs onbewust binnendringt; voordat Li-Jin het in de gaten heeft is hij naar voren gebogen om zo'n dubbelhandige handdruk te geven waarbij Li-Jins verhoudingsgewijs kleine hand volledig zoekraakt en na een poosje uitgeperst en klam weer te voorschijn komt. Klein laat hem los, haalt zijn neus op en herschikt zijn massa op de stoel, spreidt zijn benen en slaat zijn armen op zijn buik over elkaar, tevreden, alsof hij een soort verzwegen concurrentieslag heeft gewonnen. Li-Jin kan zich niet heugen wanneer hij voor het laatst zo snel en compleet door een ander geïntimideerd was geraakt.

'Dus!' zegt Klein, die opziet naar de goden, waar onbesuisde kinderen zich vervaarlijk over de balkonrand strekken om beter zicht te krijgen: 'Kom je van ver? Wij komen uit Shepperton en nu... nou ja! We zijn d'r. Nou, nou, nou. Moet je toch eens zien! En waar komt u vandaan, meneer Tandem?'

Li-Jin hoort een accent – geen Engels, beslist Europees –, waarvandaan weet hij niet. Klein heeft het verder geschopt dan Shepperton, dat is wel duidelijk, zoals Li-Jin verder is gekomen dan Mountjoy, maar deze gesprekken blijven een bepaald soort steno. Li-Jin doet verslag van hun reis die feitelijk wel meeviel nadat ze Mountjoy eenmaal achter zich hadden gelaten, al maakt hij het achteraf wel langer en zwaarder. Hij heeft ontdekt dat Engelse mannen dat op prijs stellen. Verkeer, ringwegen, opstoppingen en de hele rest. Maar onder het spreken begint het Li-Jin te dagen dat deze Klein de eenvoudige regels van zo'n gesprek niet zal respecteren,

Twee Mannen, Geen Bloedverwantschap, Bij Een Sportfestijn In Engeland, een gesprek dat etymologisch gezien het neefje is van *Twee Mannen, Geen Bloedverwantschap, Wachten In Een Kledingzaak Tot Hun Vrouwen Uit De Kleedkamers Komen.* Gewoon knikken, gewoon anekdote aan anekdote plakken. Maar Klein reageert niet, en pas als Li-Jin helemaal leeg is, zijn tong dik en doof in zijn mond ligt, veert Klein plotseling weer op.

'Hou je van een goed potje knokken, Tandem? Nou? Eerder geweest? Weet je waar het om draait bij worstelen: lichamelijkheid. Laat je niet van alles wijsmaken door een of andere idioot. Spierkracht. Spieren. Zweet. Titanen!'

Dat laatste woord brengt hij zo luid ten beste dat Li-Jin er onbedoeld mee instemt, zijn hoofd knikt goedkeurend als een windvaantje. Tegelijkertijd laat Klein zijn hoofd zonder waarschuwing zakken, zijn grote kille ogen op de gesp van zijn eigen riem gericht. Li-Jin vraagt zich af of die man in *medische* zin wel in orde is, jeweetwel, in orde in zijn *hoofd.* Misschien moet hij hem vertellen wat hij voor werk doet. Maar dan komt Klein weer, als een beest dat ergens naar graaft en later weer opduikt met wat hij zocht.

'Wat mezelf betreft, ik werk in de cadeauartikelenbranche. Cadeautjes. Lederwaren. Tassen. Sieraden. Kleine redelijk geprijsde artikelen voor dames. Nou blijkt dat dames 80 procent kopen van alles wat er op aarde wordt verkocht, wist je dat? Jazeker, vriend. Zij zijn de motor die de radertjes draaiende houdt. Mijn vader was slager en begreep nooit waar zijn goeie geld bleef, nou laat me je dit vertellen, Tandem, ik weet het. Ik heb een klein winkeltje in Knightsbridge. Daar krijgen we de betere standen in de winkel – namen waarbij je "o ja" zou zeggen als ik ze noemde! Beroemd! Maar hoe dan ook. En dit is Klein junior,' zegt Klein senior, en voor het eerst sinds het begin van het gesprek ziet Li-Jin een klein slingerend voetje in een glanzend zwarte schoen twee stoelen verderop. Klein steekt zijn hand achter de rug van het jongetje en duwt hem uit de schaduw van zijn eigen volwassen buik in het zicht.

'Mijn zoon Joseph. En dat is, kortweg, de reden waarom we hier zijn. Kleine Joseph moet de Titanen zien. Te veel hobby's en onvoldoende lichamelijke bezigheden. Laat hij een voorbeeld nemen aan deze mannen! Ik vind Joseph een beetje een slapjanus.'

Li-Jin wil protesteren, maar

'Slapjanus, 't is een slapjanus! Een kleine slapjanus!'

Klein zegt het met een kruiperige falsetstem, verstopt zijn pupillen ergens achter in zijn hoofd, knippert met zijn korte wimpers en friemelt met zijn handen aan weerszijden van zijn lichaam in de lucht alsof hij twee onzichtbare toetsenborden bespeelt. Li-Jin vindt het walgelijk. Hij ziet Alex, die Klein net heeft ontdekt, terugzakken in zijn stoel. In strijd met zijn nobelste instincten wenst hij de man een miljoen kilometer van Alex en de jongens en hemzelf, ver weg van wat hij zou kunnen bederven – en dan heeft hij het nog niet eens over dat trieste hoopje kind, Joseph Klein.

'Om groots te zijn,' beweert Klein, terwijl hij zijn handen laat zakken, 'moet je grootsheid zien. Het ervaren. Erbij zijn. Ledigheid is des duivels oorkussen!'

'Ja. Ja, daar ben ik het geloof ik wel mee eens,' zegt Li-Jin traag. Hij doet zijn best om het kind vriendelijk aan te kijken, dat joch bij wie de angst van zijn hele fijngesneden gezichtje afstraalt. Zo'n jochie hoort blond te zijn, maar hij is donker, zijn haar zo zwart alsof hij uit India komt, zijn ogen nog donkerder. Hij heeft puntoortjes. Li-Jin glimlacht flink naar hem en legt zijn handen op de knie van zijn eigen zoon.

'Joseph, dit is mijn Alex. En hij heeft zijn vriendjes bij zich. Misschien kunnen jullie wel met zijn allen naast elkaar zitten. Misschien hebben jullie wel wat met elkaar gemeen.'

De jongen oogt doodsbenauwd. Li-Jin dekt zich in.

'Ik bedoel... natuurlijk, ik denk dat Alex heel wat ouder is dan jij. En Ru – Mark is dat zeker. Mark, houd daarmee op. Dat spugen. Hou ermee op.'

'HOE OUD?' wil Klein senior weten. Hij doet met opgestoken, trillende wijsvinger nog een uitval naar Alex. Alex haalt zijn schouders op en vertelt Klein dat hij twaalf is, zo van wat maakt het uit, maar Klein moet er hard om lachen, perst de tranen uit zijn ooghoeken. Onder het lachen stompt hij zijn zoon een paar keer tegen zijn ribbenkast en dat lijkt Li-Jin een pijnlijke kwestie.

'Ha! Twaalf! Joseph is *dertien*! Zei ik niet dat het een slapjanus is? Klein toen hij te voorschijn kwam en nog altijd klein. Destijds heb ik tegen zijn moeder gezegd: *Ik zou hem zo in stukken kunnen scheuren!* Stuur maar terug! Haal maar een nieuwe! Ha! Zal ik je eens wat vertellen? Hij kauwt alles twintig keer, denkt dat hij daarvan zal groeien. Heeft hij ergens gelezen! Weinig kans! Ha Ha! Hé, jij daar!'

Kleins oog is gevallen op een ijscoman twee rijen lager. Hij hijst zich van zijn stoel, buigt voorover totdat de ijzeren stang die voor hun stoelen langsloopt in zijn buik is opgenomen.

'Hé, jij daar beneden! Wil je niet weten wat ik wil?'

'Ik verzamel dingen,' zegt Joseph Klein met een piepstemmetje.

'Wat zei je nou?' vraagt Li-Jin, zich in zijn richting buigend. Hij weet niet zeker of hij het goed heeft verstaan en hoort Klein senior zuchtend en steunend van zijn stoel komen en iedereen passeren ('Voor wie zijn die stoelen eigenlijk bedoeld? Voor de kleine Munchkins misschien?'), om aan het einde van het gangpad af te dalen richting ijsjes. Behendig hupt Joseph van zijn eigen stoel op de stoel die zijn vader net heeft verlaten.

'Dingetjes, spullen, handtekeningen, soms,' zegt Joseph razendsnel. Het lijkt of hij heel veel te vertellen heeft, maar geen tijd. 'Ik verzamel spulletjes van dingen waar ik van hou, en die bewaar ik dan. In albums. Ik archiveer ze. Ik vind het bijzonder de moeite waard.'

Jezus. Alex glimlacht hartelijk, maar Rubinfine, dat moet gezegd worden, wendt zich niet met open mond tot Adam terwijl hij met een vinger op zijn voorhoofd wijst en hij herhaalt de laatste zin ook niet met een spraakgebrek, hoewel dat wel de standaardprocedure is volgens Het Handboek Voor De Vijftienjarige en daar was toch alle aanleiding toe gezien de ernst (*bijzonder de moeite waard?*) van de overtreding. In plaats daarvan doet hij zijn mond open en weer dicht, deels omdat Li-Jins blik *nee, vandaag niet* betekent, en bovendien is het zelfs voor Rubinfine geen uitdaging om iets wat heel klein en insectachtig is te vertrappen.

'Klinkt... *leuk*,' zegt Li-Jin.

'Gewoon van alles,' vraagt Alex zo serieus mogelijk, 'of...? Iets als bepaalde soorten dingen?'

Li-Jin glimlacht. Kijk, zo gaat ie goed. Als Alex een buurjongetje niet leuk vindt, omdat hij loenst of slist of omdat hij bang is voor de verbrande sproetenkop die tegenover hem op de tennisbaan spuugt, veelbetekenend zijn gewicht steeds verplaatst, dan bemoeit Li-Jin zich er normaal gesproken niet mee. Ze hebben ongeveer dezelfde smaak qua jongens, Alex en hij. Sportfanaten deugen niet. Ze kunnen geen van beiden sympathie opbrengen voor een bepaald soort bolle roodharigen met een loopneus en een lelijke huid. Ze hebben de pest aan uitslovers. Maar soms voelen ze iets verschillends aan hun water, en dat gebeurt nu ook. Li-Jins water zegt, voorzover dat kan, *ja, die deugt,* maar Alex' water hinkt op twee gedachten, gesteld dat dat ook kan.

'Dus, eh...' zegt hij steunend, terwijl hij de smerige grijns van zijn gezicht probeert te krijgen, 'verzamel je alleen maar programma's van dingen of zo?'

Nu opent Joseph zijn mond om het te gaan uitleggen, maar eerst gaat hij goed zitten, slaat zijn korte beentjes over elkaar en recht zijn rug. 'Beroemde dingen,' zegt hij voorzichtig, ieder woord even sterk benadrukkend. 'Daarom ben ik hier. Ik houd van worstelen. Ik ben worstelfan.'

Li-Jin heeft het vaker meegemaakt. Rijke kinderen uit Hongkong in ongemakkelijke kleren die bij de eettafel worden geroepen om zich aan de gasten te komen voorstellen: interesses, prestaties, toekomstdromen. Zo doet Joseph ook. Hij heeft niets natuurlijks.

'Een van mijn verzamelingen,' zegt hij, 'heet *Europese Worstelaars* maar nu met Kurutawa moet ik de naam misschien aanpassen.'

'Oké,' zegt Li-Jin, 'dat is bijzonder interessant. Alex, interessant, vind je niet?'

En hij heeft het nog niet gezegd of ze zitten met zijn vijven te lang te zwijgen.

'Hij is begonnen met sumo, Kurutawa,' zegt Adam ten slotte, om hem een handje te helpen. ''t Is een Japanner.'

Josephs blik straalt louter dankbaarheid uit. 'Ja, uit Japan! Hij is nu een halfjaar in Yorkshire en kan slecht aan het eten wennen. En in een tijdschrift stond *Wie lust het wel?* Snap je, want – want – kennelijk smaakt het eten daar vreselijk. Hij heeft trouwens geen eten meer nodig omdat hij een *menselijke berg* is. Hij komt uit Tokio. Ik heb een foto met handtekening. Het zou natuurlijk beter zijn als er meer van zijn soort waren. Dan zou ik een album kunnen aanleggen met als titel *Japanse Worstelaars.* Maar het is toch vervelend. Als het alleen om hem gaat.'

'Nou, wie zijn er dan goddomme nog meer?'

Dat is Rubinfine, die tegenwoordig elke dag ruzie zoekt, of hij nou wil vechten of niet en dat komt door de hormonen.

'Nou, dat ligt eraan op welk terrein.'

'Zeggienou?'

'Best,' zegt Joseph, 'gienou.' En dan glimlacht hij stiekempjes. Het is geen goeie grap, maar toch een grap en dat is een goed teken. Alex lacht en dat lijkt Joseph op zijn gemak te stellen. Hij steekt van wal.

'Ik heb een map met Engelse politici, een map met buitenlandse hoogwaardigheidsbekleders – dat is mijn voornaamste terrein – en vervolgens olympische sporters, uitvinders, televisiepersoonlijkheden, weermannen, Nobelprijswinnaars, schrijvers, vlinderverzamelaars, entomologen, filmacteurs, wetenschappers, moordenaars en vermoorden, zangers en zangeressen – opera en pop – componisten –'

Rubinfine steekt zijn hand op: 'Wacht even, wacht even, heeft iemand jou gevraagd je levensverhaal te vertellen of zo?'

Li-Jin mept Rubinfines hand omlaag. Dit speelt zich af in de tijd dat je andermans kinderen nog kan slaan.

'Oké, oké – welke filmsterren?'

'Cary Grant.'

'Wie?'

'En Betty Grable.'

'Twee keer wie?'

Li-Jin probeert een duit in het zakje te doen met een korte samenvatting van de Amerikaanse filmgeschiedenis uit de jaren veertig, maar Rubinfine bekt hem af.

'Nee, nee, nee – Ik bedoel echt een *goeie*.'

'Mark Hamill?'

En dat brengt Rubinfine tot zwijgen.

'Het is niet echt het sterkste deel van mijn verzameling, acteurs,' begint Joseph voorzichtig en hij richt zich nu tot Li-Jin. 'Als je ze een brief stuurt, zijn er zo veel die een standaardbriefje opsturen of iets met opdruk of Autopen-dingen en het is echt heel moeilijk om iets persoonlijks los te krijgen.'

'Aha,' zegt Li-Jin. Hij heeft geen idee waar de jongen het over heeft. 'Dat is interessant.'

'GAAP,' zegt Rubinfine, en hij gaapt.

'En bovendien zijn ze minder waard dan je zou verwachten.'

'Verdien je ermee?' vraagt Adam, met ogen op steeltjes. Als je geld verdient voor je zestiende heb je wat Adam betreft een vrijwel goddelijke status.

En dan zegt dat joch: 'O ja... Filiografie is erg lucratief.'

Alex: 'Filawat?'

'Dat is de term voor handtekeningen verzamelen,' zegt Joseph, en hij heeft het duidelijk niet gedaan om indruk te maken. Nee, hij wilde het gewoon aan iemand vertellen. Niettemin kunnen ze het hem slecht vergeven, zeker Rubinfine. Hij beweert dat Josephs bezittingen samen vier duppies waard zijn. En hij wedt om diezelfde vier duppies dat de verzameling eigenlijk minder dan vier duppies waard is. En dat is het moment waarop Joseph schijnbaar goedmoedig verklaart dat hij een Albert Einstein bezit die drieduizend pond waard is.

En dat brengt Rubinfine tot zwijgen.

Alex: 'Echt? Einstein?'

'Mijn oom Tobias trof hem in Amerika dus is het persoonlijk en de handtekening staat in het lichte deel van de foto *en* hij was zo vriendelijk zijn superberoemde vergelijking ernaast te schrijven, en dat levert geld op, snap je, de inhoud. Maar ik zou hem net zomin verkopen als mijn arm.'

'Einstein-Zwijnstein,' zegt Rubinfine. 'Wanneer begint die wedstrijd nou eens? Ik heb genoeg van dat ge-ut.'

Maar Alex heeft een vraag. Waarom niet? Waarom zou je iets wat drieduizend pond waard is niet verkopen? Tenzij je gek bent, misschien?

'Omdat hij in mijn kostbaarste album zit.'

'En welk album is dat?' vraagt Li-Jin want je moet alles uit die jongen sleuren.

'Mijn Judaïca.'

'Je wat?'

'Mijn album met joodse spullen.'

'Wij zijn joods!' piept Adam op die vrolijke toon die hij over drie jaar helemaal kwijt zal zijn. Bijzondere uithoek van de jeugd; de tijd waarin de genetisch/culturele erfenis maf maar cool overkomt als een te grote zonnebril. Hé, Tom, kijk nou eens! Ik ben Euraziatisch! Wauw, ik ben een maori! Kijk, zonder handen!

'Ik dus, en Rubinfine ook, en Alex. We gaan samen naar Cheda.'

Maar Alex laat zich niet afleiden.

'En wat zit er nog meer in? In het joodse album.'

'Niks.'

Maar hij bedoelt niet niks, hij bedoelt *Daar heb je mijn vader*, wat Alex meteen doorheeft, maar wat Li-Jin volledig ontgaat.

'Kom op Joseph – niet zo verlegen. D'r zit vast nog meer in. Eén handtekening maakt nog geen album, toch?'

'ZIT HIJ JULLIE TE VERVELEN?'

Li-Jin staat op om Klein door te laten maar moet op het laatst met de jongens op de stoelen gaan staan om Klein en zijn buik erlangs te laten.

'Nee, helemaal niet zelfs. We hadden het net over Josephs verzameling – over de Judaïca. Ik vind het heel interessant. Mijn zoon is namelijk joods.'

Klein likt aan zijn ijsje en glimlacht. Zonder een spoortje humor of vriendelijkheid. Li-Jin beseft vol afschuw dat hij de man onbedoeld stof heeft gegeven – al weet hij niet van welk soort – waarvan hij een raket kan bouwen om zijn zoon aan vast te binden.

'O, zijn *Judaïca*. Is dat zo? Zit je daar nachten je ogen mee te verknoeien in het donker, Joseph… En ik maar denken dat hij daar misselijkmakende puberflauwekul zat te pennen, vunzigheid, net als andere jongens – maar nee. Wat interessant,

Joseph. Zijn huiswerk krijgt hij niet af, maar hij heeft wel tijd *Judaïca* te verzamelen. Nou. Hoe luidt het gezegde ook weer? O, ja: je steekt elke dag iets nieuws op. Tjonge jonge.'

Joseph zit weer in elkaar gedoken op zijn stoel en hij lijkt wel onzichtbaar achter zijn vader, maar het is te lawaaierig in de hal om de stilte tussen hen zessen pijnlijk te maken. Er klinkt dramatische muziek. De voorbeschouwing die je op tv kunt horen galmt door de hal. Er zitten zelfs twee experts op een klein eigen bankje daar helemaal vooraan beneden in de microfoons te praten, beiden kaal met wat over hun hoofd gekamde haren.

Alex haalt een balpen uit de zak van zijn spijkerbroek, legt zijn linkervoet op zijn rechterknie en begint aan een of andere donkere substantie te peuteren die in het profiel van zijn sportschoen zit. Maar hij blijft wel aan Joseph denken. Li-Jin buigt zich kalm naar voren, met zijn vingers niet op de stang leunend, maar de stang omklemmend, en eveneens met Joseph in gedachten. Hij is heel triest. Joseph wierp Alex iets waardevols toe en Alex wierp het naar Li-Jin en vervolgens beschermde Li-Jin het niet, maar liet het pal voor hun neuzen door die grote aap stukgooien. Had dat nu plaatsgevonden? Het gevecht staat op het punt om te beginnen. Het maakt niet uit. Maar de laatste tijd kan er geen jongen voorbijlopen of Li-Jin vraagt zich af of dat de jongen zal zijn die Alex na afloop opbelt, vraagt of hij mee naar buiten wil, hem afleidt, een of ander met hem wil doen, hem in een onbekende zee nat zal spetteren tijdens een toekomstige vakantie.

En dan komen de twee worstelaars te voorschijn en is het meteen een gekkenhuis. De held staat rechts een enorm gejuich in ontvangst te nemen. De slechterik staat links terug te sissen naar iedereen die naar hem sist. Hoog boven het publiek hangen de tv-monitoren. Zo nu en dan brengt een camera met een zwaaibeweging de menigte op de schermen, en de mensen wijzen en joelen en kijken verrukt terwijl hun gewijs en gejoel onmiddellijk, als licht van een spiegel, naar ze wordt teruggekaatst. Voorzover hij weet, is Li-Jin nog nooit gefilmd. Hij zou het wel heel graag willen. Qua duurzaamheid zijn foto's hem niet goed genoeg.

Daar klinkt de bel!

'Nou,' zegt Li-Jin, wiebelend op zijn stoel, zijn armen voor zijn buik vouwend in een poging het evenement weer te ondergaan, 'daar gaat-ie dan!'

JHWH

Daar gaat-ie dan. Nadat afgelopen november Li-Jins vermoedens zijn bevestigd toen er een goede diagnose was gesteld, moest hij accepteren dat hij veeleer ziek is als mens dan als dokter. Eerst gaat hij er als dokter mee om, bestudeert de scans samen met een andere dokter, kijkt rustig naar de verstopping van de vloeistofafvoer bij de hersenstam en de druk op de hersens die daarvan het gevolg is; wijst met zijn vinger naar de donkere massa, zucht ongeduldig als de overbekende behandelmethoden worden opgesomd. Maar een paar dagen later dringt het als een afschuwelijk menselijk feit tot hem door en verlaat hem weer als een klein gesmoord kreetje midden in de nacht, dat Sarah voor een kat houdt. Hij grijpt het dekbed en drukt zijn knieën in haar knieholtes alsof ze hem daarmee kan vasthouden, door nabijheid, door haar eigen benijdenswaardige gezondheid. Bij wijze van antwoord op de voor de hand liggende vraag zegt hij *brandend maagzuur* en kijkt vervolgens naar de muur en ziet de lichtstralen van het passerende verkeer via het raam naar het plafond kruipen en dan als een reeks omhelzingen op hen tweetjes afkomen. Hij kijkt een minuut of twintig naar de stralen. Daarna staat hij op, nog altijd van zijn stuk, en trippelt door de gang naar Alex' kamer, werpt daar een blik in, en loopt vervolgens door naar de keuken waar hij twee plakjes gekookte kip op een snee brood zonder boter legt, het geheel een sandwich noemt en de tv aanzet. Hij staat halfnaakt (onderste helft) midden in de keuken en houdt het drie minuten uit met het testbeeld van de BBC. Het meisje. De lappenpop. Daarna barst hij in huilen uit, de sandwich voor zijn mond om de herrie te dempen die uit zijn keel opstijgt alsof hij een beest is. De doodklap, de eeuwigheidsmep raakt hem zo hard, dat hij tegen een barkruk valt en de rand van de ontbijtbalie moet grijpen om overeind te blijven. Hij is zesendertig jaar.

De volgende ochtend begint hij zijn mogelijkheden te overwegen. Als een zielige patiënt herinnert hij zich de woorden van de goede dokter, precies zoals hijzelf, als goede dokter, vroeger andere zielige patiënten adviseerde. Maar door zijn eigen kennis van zaken krijgen de woorden nu de lastige bijsmaak van voetnoten, begint elke appendix met een *maar*. Hij zou zich kunnen onderwerpen aan zes maanden radiotherapie *maar*. Hij zou een operatie kunnen ondergaan om de tumor te laten wegnemen *maar*. Li-Jin heeft de praktijkgevallen bestudeerd. Hij weet dat in de worstelpartij tussen *mogelijk* en *waarschijnlijk* die in elke pineoblastoma plaatsvindt, *waarschijnlijk* het negen van de tien keer wint. Het is mogelijk dat een tumor die al zo lang sluimert zich niet verder ontwikkelt. Maar Li-Jin is dokter genoeg om te weten dat hij er vrijwel zeker aan zal bezwijken. *Tijdbom. Tikkende klok. Russische roulette.* Alle zinnen die hij zijn eigen patiënten ontraadt komen met alle kracht van een wraakzuchtig cliché op hem af. En toch kan hij het nog nauwelijks geloven. Op een keer staat hij aan de stoep gekluisterd midden in een razenddrukke straat, vol ontzag en letterlijk met stomheid geslagen. Hij gaat dood en het slaat nergens op, maar het gaat toch gebeuren. Hij is nog zo jong! Hoe kan dat nou?

Jaren geleden had Sarah haar enige zwangerschap omschreven als *een voortrazende trein*, een gevoel in je lijf dat alleen vrouwen kennen. Maar daar komt-ie, zijn dood, voortdenderend, verder puffend ook al staan er mensen tussen de rails. Aankomen. Onontkoombaar, onbegrijpelijk, zo dichtbij, zo ver af – bedoelen ze dit met zijn heerschappij? Volgens Li-Jin is zijn dood tweeslachtig; hij schijnt overal en nergens tegelijk te zijn. Hij gaat dood, maar als Alex hem vraagt de kast te kantelen om een voortvluchtige knikker te kunnen pakken, doet hij dat met gemak, moeiteloos. Hij gaat dood, maar als het voorzitterschap van het buurtcomité vrijkomt, wil hij dat baantje dolgraag en voert er fel campagne voor. Hoewel zijn dood hem altijd op de hielen zit, voelt hij hem slechts zo nu en dan, en geen twee keer hetzelfde. Hij merkt het bijvoorbeeld niet tijdens de films *Love Story* of *The Champ*, maar wel midden in een spotje voor thee, bij de woeste gebaren van een buiksprekende chimpansee. Hij moet Alex van zijn schoot duwen en rent naar de ruimte waar het wasgoed te drogen hangt waar hij snottert en in een bruine zak in- en uitademt totdat hij weer tot rust komt. Zijn dood is als het zachte dons op je handrug; het ondergaat ongemerkt de stevigste handdrukken, maar bij het zachtste briesje komen alle haartjes, ook de kleinste, recht overeind staan.

JHWH

Daar klinkt de bel! Daar gaat-ie dan! En het eerste wat er gebeurt, is dat alle aanwezigen onmiddellijk beseffen dat de weddenschappen voor niks zijn geweest. Zoals een slimmerik ooit zei, worstelen is geen sport, maar een schouwspel, en je kunt er evenmin op wedden als op een opvoering van *Oedipus Rex*. Natuurlijk gaat Big Daddy winnen! Het kan toch niet anders! Moet je hem zien! Hij heeft een rood bokspakje aan, hij is blozender, withariger, *beroemder*. Niet dat Giant Haystacks zal verliezen – die wint ook, gewoon door zijn rol volledig uit te spelen. Hoe hufteriger hij is, hoe geweldiger het publiek het vindt. Als hij Big Daddy bij wijze van illegale wraak voor een succesvolle greep de touwen in werkt, als hij hem na het fluitje en achter de rug van de scheidsrechter hard (maar wel voor het halve publiek zichtbaar) op zijn onderarm slaat, zullen ze hem hartstochtelijk uitjouwen. Als hij zijn armen heft, gromt en zijn hoofd als een beest in zijn nek werpt – het Internationale Gebaar voor *Stelletje stomkoppen, hadden jullie fair play van mij verwacht?* –, schudt en bonst heel Albert Hall. Waar hij gemeen en stiekem en achterbaks is, is Big Daddy eerlijk en stoer, en lijdt hij onverdiend. Als Big Daddy door de scheidsrechter overeind wordt geholpen, zijn hoofd schudt en zijn armen naar de eerste rij strekt om ze te tonen welk schandalig onrecht het is om in je gezicht te worden gestompt, stommelt Giant Haystacks naar diezelfde eerste rij en schudt zijn vuisten naar hen: *Rechtvaardigheid! Hebben jullie het over rechtvaardigheid? Ik ben de spiegel der wereld en de wereld is nou eenmaal vals! Mensen zijn wreed en dood gaan we allemaal! Jullie zien mij niet graag omdat ik lelijk ben, maar ik ben de gruwelijke WAARHEID!* Dat alles in één opgestoken vuist. Ieder moment is uitzinnig. Big Daddy stompt niet, hij *dreunt*, Giant Haystacks zakt niet gewoon door zijn knieën, hij *stort neer*. Dit is geen boksen en er schuilt geen heroïek in het maskeren van je lijden. *Kijk naar me! Zie me lijden!* zegt het bovenlijf van Giant Haystacks, *zou het Goede kunnen winnen ondanks mijn Kwade Kracht?* Big Daddy laat hem struikelen en houdt hem vast, en het scheidsrechtertje in zijn parmantige witte pak hupt naar voren om te gaan tellen… maar het is nog geen tijd voor de overwinning van Goed op Kwaad, nog niet. Per slot van rekening heeft iedereen zijn vier pond, negenennegentigenhalve pence betaald.

Dus sjokken ze terug naar hun hoeken, slaan zich op de buik en beginnen langzaam om elkaar heen te draaien. Dit is een soort aanloop naar het echte werk, waarbij het publiek de gelegenheid krijgt ze meer als afzonderlijke hompen vlees te zien dan als één berg. Je ziet meteen dat ze weliswaar allebei obsceen dik zijn, maar op verschillende manieren. Big Daddy is dik als een opblaasbal, zonder lichaamsbeharing, lillend vlees of zichtbare geslachtsdelen. Hij is dik als een flinke, joviale Zeus die langs de hemel scheert, een bolronde God. Maar Giant Haystacks is dik als een gewone dikke man, overdekt met vlees dat lilt en blubbert en ongetwijfeld stinkt, en hij heeft donker haar en een sjofele baard en draagt slonzige kleren, een blauwe tuinbroek en een rood ruitjesoverhemd, net als een gek die aan de rand van de stad in het bos woont. Daarbij vergeleken is B.D.'s bokspak-romper-ondergoedcombi een tikje – en dat klinkt heel idioot – *elementair*, alsof hij zo'n pure onopgesmukte man is dat hij het liefst naakt vecht, maar dat hij om fatsoensredenen dit stelletje aan heeft getrokken. O ja, op zijn rug staat met grote letters BIG DADDY. Giant Haystacks heeft dat allemaal niet.

Opeens rennen ze nog een keer op elkaar af en als je een betere formulering hebt dan *als denderende olifanten* dan mag je die hier invullen [   ]. Giant Haystacks beukt Big Daddy in de flank, brengt hem ten val en stampt hem vervolgens in zijn gezicht, *met zijn voeten, allebei* ('Kijk!' zeggen Rubinfine en Adam precies tegelijk tegen elkaar), waarop Big Daddy reageert door te wachten tot de telling bij twee is, en dan 'raapt hij zichzelf op' (en juist die *fundamentele* clichés, daar bestaat worstelen uit), staat op, en schudt met zijn hoofd alsof hij net iets heeft gedronken waarvan hij een tikje wankel is geworden. Alsof hij wil zeggen: *Cor, die was flink pittig.*

En het is natuurlijk belachelijk, maar het punt is dat ze hier niet zijn om oprechte gevoelens tot uitdrukking te brengen of te doen alsof en net als op tv *natuurlijk* over te komen – ze komen hier acties tonen. En de jeugd weet dat. Iedereen kan een verhaal vertellen – toch? – maar hoeveel zijn er die er een kunnen *demonstreren, zo van: dat is nou een verhaal*, vriend, als je alle emoties eraf pelt. Vanmiddag zijn die twee buffels van kerels hier om Rechtvaardigheid te tonen. De vriendelijke heer Gerry Bowen [Rij M, Stoel 117] krijgt van de rechter geen schadevergoeding voor het ongeluk van zijn zoon; de vriendelijke Jake [Rij T, Stoel 59] komt niet los van school of hij die schoften nou verlinkt of niet, de aardige Finn [Rij B, Stoel 10] lijkt niks van de meiden gedaan te krijgen, wat hij ook verandert aan zijn kleding- of muziekkeuze of persoonlijke hygiëne; de vriendelijke Li-Jin [Rij K, Stoel 75] komt niet van God los.

En vervolgens, als er voldoende tijd is verstreken, wordt er Recht gedaan, wint Big Daddy, en dat was onontkoombaar, maar niemand misgunt hem zijn kleine overwinning op de onrechtvaardigheid van het leven, Li-Jin zeker niet als hij die drie biljetten van een pond uitdeelt en er voor de eerlijkheid eentje extra schrijft voor Joseph.

De broer van Herman Klein is de boekhouder van de zus van Big Daddy. En met die overweging is hij van plan backstage te gaan om 'een kennismaking te organiseren'. Meneer Tandem en zijn drie kinderen mogen mee, als ze willen. Joseph heeft een envelop met glanzende kleurenposters van Big Daddy in zijn tas en die wil hij laten signeren, maar hij heeft er meer dan genoeg, heus, en hij vindt dat de andere drie er elk een mogen hebben, als ze dat willen.

'Echt?' vraagt Alex-Li. 'Eerlijk?'

Li-Jin, die gezien zijn eigen koele verstandhouding met Klein gegeneerd raakt door Alex' enthousiasme, geeft de verplichte ouderlijke *bon mots* ten beste over *lastigvallen* en *opdringerig*, maar hij hoopt van harte dat Klein die zal negeren. Backstage! Handtekeningen! En Klein negeert ze ook, niet met een *ach, doe niet zo belachelijk* of een *o, da's toch geen moeite*, maar door middel van een luide kreun en een gebaar dat ze hem allemaal door de massa moeten volgen. Als een generaal die zijn troepen gebaart dat ze de berg over moeten. De jongens springen meteen op en het is Li-Jin die onder de stoelen moet duiken om dassen en handschoenen en Rubinfines camera te pakken en ze allemaal na te roepen dat ze op hem moeten wachten.

Het is een chaos. Om elkaar niet kwijt te raken, moeten ze in een rij achter Klein aan. Alex en Joseph vooraan, kletsend als oude vrienden, vervolgens Adam, die de foto die hij van Joseph heeft gekregen tegen de borst drukt, daarna Rubinfine die Adam op de hakken van zijn Converses trapt en ten slotte Li-Jin. Ze worden van alle kanten geplet door de honderden mensen die Klein toebrult dat ze aan de kant moeten gaan en Li-Jin loopt te sorryen en neemtumenietkwalijken terwijl hij tegen vaders opbotst en zonen bijna omverloopt. *Kunnen we niet wat langzamer?* roept hij naar de kop van de slang, maar Klein hoort hem niet en zou zich trouwens niet hebben aangepast. Voor een zware man is hij handig, sterk en drammerig als een varken, met net zulke kleine voetjes trouwens. *Schiet op, slome*, zegt Alex, en Li-Jin beseft dat zijn hoofdpijn zo erg is dat hij nauwelijks nog iets hoort, of het is vertraagd of zo, want de stem van Alex komt helaas niet overeen met zijn mondbewegingen, net als in een kunstmatig vertraagd stuk van een actiefilm als er iets dramatisch op handen is. *Schiet op, Pap!* Hij komt, hij komt, Pap komt uit alle macht en met knallende hoofdpijn, maar ook met een zwellende borst omdat hij een jonge vader is en maar één kind heeft en hem net voor de veertigmiljoenste keer is opgevallen hoe mooi dat joch is. *Ik kom eraan!* Maar zijn ze er nu bijna? Hoe ver zou het zijn van Rij K naar het podium en dan nog naar achteren? En vervolgens, net als ze in de buurt lijken te komen, dringt het publiek enorm op alsof er net iemand op het podium een geweer heeft afgeschoten. In feite is dit het gevolg van de roem – Big Daddy is in beeld gekomen, is bij een deur naar het podium komen staan om er, in zijn koninklijke mantel, handtekeningen uit te delen. Klein roept iets idioots dat Li-Jin niet goed verstaat – waarschijnlijk iets als *Persoonlijke Vrienden! Laat ons erdoor, Persoonlijke Vrienden!* – maar wat het ook is, het schijnt te werken, want de zes onderdelen van hun rij wringen zich ietsje gemakkelijker naar de ster dan eerst. Maar zodra ze een meter naar voren zijn, wordt het gat voor Li-Jin weer opgevuld door mensen die tegen hem oplopen, hem vasthouden om overeind te blijven en schuin de hal willen oversteken.

Klein bereikt Hem als eerste, vervolgens de duwende Rubinfine, en daarna Joseph en Alex – Li-Jin ziet Adam niet – en dan wordt zijn weg versperd als was het de Rode Zee: Li-Jin kan niet verder. Hij neemt zich voor vanwege Adam niet in paniek te raken en doet vervolgens zijn best zich uit te rekken en ziet nog net hoe Hij Alex-Li's haar in de war maakt, hem speels op de schouder slaat en zijn foto aanpakt om er zijn handtekening op te zetten. Zodra de naam erop staat, springt Alex verrukt in het rond en springt hij op om Li-Jin te zoeken om het te laten zien, en Li-Jin springt ook op en probeert te zwaaien, maar hij is te klein om boven zo'n menigte uit te komen, en zo ziet Li-Jin nog net een glimp van Alex' geplooide voorhoofd voordat zijn knieën het begeven en hij met zijn hoofd op de vloer komt. Zodra hij op zijn rug ligt, gaan zijn ogen een paar tellen open. Hij ziet de hal krimpen, en vervolgens uitdijen. Het geluid wordt hol. Het licht dooft. Hij ziet mensen. Veel, heel veel mensen. Maar geen beroemdheden. Niemand die hij kent. Niemand die vriendelijk is. Niemand die helpt. Niemand die hij kent.

BOEK EEN

Mountjoy

De kabbala van Alex-Li Tandem

Breng me naar het centrum van alles.

– Popzangeres Madonna Ciccone bij aankomst in
New York tegen een taxichauffeur

Het unieke fenomeen van afstand, ongeacht hoe dichtbij een voorwerp zich bevindt.

– Een definitie van 'aura' door de populaire wijsneus
Walter Benjamin

EEN / *Shekinah*

Aanwezigheid • Alex-Li Tandem was joods • Een regenboog boven Mountjoy • Handafdruk • Superster • Prinses Grace • Marvin is melkboer • Alex' vrouwelijke goj-kant • Zwijgen over de auto #1 • Verbondenheid met een slak

I

Wie niet voor mij is, is tegen mij, dacht Alex-Li Tandem, verwijzend naar het daglicht en, meer in het algemeen, naar de dag. Hij rekte zich helemaal uit en balde twee vuisten. Hij was behoorlijk vast van plan hier te blijven liggen totdat hij iets kreeg om zich mee bezig te houden, iets edels, iets *fijnzinnigs*. Hij zag het nut er niet van in om zijn bed uit te komen voor een dag die van meet af aan tegen hem was. Hij had het wel eens eerder geprobeerd – daar kwam niets van terecht.

Een paar tellen later werd zijn lichaam verrast door een golf warm licht die door luxaflex werd gefilterd. Niet-gewelddadig licht. Dat was bemoedigend. Vergelijk het met dat kleingeestige, fascistische licht van gisteren, wreed als de tl-verlichting in de gang van een ziekenhuis. Of de ochtend ervoor, toen hij zijn ogen zo lang dicht had gehouden, bang voor wat het ook maar was dat het onheilspellende gebonk achter zijn oogleden veroorzaakte. Of de ochtend *daarvoor*, de Ochtend des Oordeels, waarvan niemand had kunnen denken dat die tweeënzeventig uur zou duren.

Optimistische Alex greep nu het stangetje waaraan je moet draaien om de luxaflex te openen. Zijn vingers waren te zweterig. Hij schoot overeind, veegde zijn linkerhand aan de muur af en trok. Het had vannacht geregend. Het leek wel of iemand Mountjoy had gewassen, schoon geschrobd. De hele stad leek bij toeval gerestaureerd. Hij zag metselwerk, rood, schoon en streperig als na een flinke huilbui. Balkons met hun verse oogst van natte witte sokken, overhemden en lakens. Glanzend zwarte antennes. O, het was heerlijk. Samengestroomd water had elke goot, elke oneffenheid in het wegdek omgevormd tot prismaplassen. Overal zag je *regenbogen*.

Alex nam de tijd om het vriendelijke zonnetje te bewonderen, dat mild bleef nu het aan een grijze wolkenmassa moest ontsnappen. Aan de horizon was door een kind een smal kerktorentje tegen een volmaakt blauwe lucht gekrast en flauwtjes ingekleurd. Links daarvan stond de veel vaardiger getekende opgezwollen koepel van een moskee. Dus de mensen gingen vanochtend bij God op bezoek. Dat gebeurde allemaal nog steeds. Alex glimlachte vaag. Hij wenste ze beterschap.

In de badkamer raakte Alex bijna ontdaan toen hij een hele serie kleine drama's ontdekte. Het stonk er vreselijk. Er waren bakjes zoek. Dingen stonden niet op hun plek. Over dingen heen stappend en dingen negerend wendde stoïcijnse Alex zich tot de spiegel der ijdelheid. Hij trok hem aan zijn metalen nek dichterbij totdat de vierkantjes ruitjes werden, parallellogrammen, één grote rimpel. Hij was een stuk ouder geworden. De grendel van zijn gezicht waar alles aan hing, had losgelaten. Maar hoe lang was het geleden dat hij een jongetje was? Een paar dagen? Een jaar? Een decennium? En nu *dit*?

Hij ontblootte zijn tanden voor de spiegel. Ze waren geel. Maar als je het positief bekeek, dan had hij ze nog. Hij deed zijn Euriëntaalse ogen wijdopen (een vondst van Rubinfine: ergens tussen Europees en oriëntaals in) en drukte het puntje van zijn neus tegen het koude glas. Wat was de schade? Zijn ogen deden het. Licht deed niet zeer. Slikken voelde gewoon, niet problematisch. Hij rilde niet. Hij voelde zich niet verlamd door angst, geen spiertrillingen. Hij pakte zijn penis vast. Hij kneep zijn billen samen. Present, correct. Alles was nog waar het volgens de boekjes hoorde. En het zag er niet naar uit dat hem de komende paar uur iets zou overkomen wat hij niet allang voorspeld had. Het waren allemaal geweldige ontwikkelingen. Zwaar ademend schoor Alex de aanwas van drie dagen af (waren het echt *drie dagen*?). Toen hij bijna klaar was merkte hij wat hij zich twee keer had gesneden en bracht dus twee trieste tissues aan.

Toen zijn tanden gedaan waren, herinnerde Alex zich de borg die hij aan de huisbaas had betaald en slofte terug naar de slaapkamer. Hij had een doekje nodig, maar de keuken was weer een ander verhaal. In plaats daarvan nam hij een kussensloop, doopte dat in een glas water en begon de handafdruk op de muur te bewerken. Zag het er misschien kunstzinnig uit? Bezat het een zekere présence? Hij deed een stap achteruit en keek naar de smoezelige gele omtrek. Vervolgens poetste hij verder. Het zag er niet uit als kunst. Het leek wel of er iemand in die kamer was overleden. Alex ging op het puntje van zijn bed zitten en drukte zijn duimen tegen zijn ogen om twee traantjes tegen te houden. Hij gaapte even. En wat er nu zo opmerkelijk is, dacht hij, wat echt verbijsterend is, is hoe *klein* dat ding feitelijk nou was. Dat ding dat me bijna verwoestte. Twee, nee, laten we zeggen drie dagen geleden had hij een klein vierkant papiertje op de kloppende papillen van zijn tong gelegd, als een minuscuul verbandje op een minuscuul wondje. Hij had het er volgens de voorschriften tien tellen laten liggen voordat hij het doorslikte. Zoiets had hij nog nooit gedaan. Hij had er niet op voorbereid kunnen zijn! De maan kwam op, de zon ging onder, nachtenlang, en hij had er niets van gemerkt!

Officiële naam: Microdot. Roepnaam: Superster. Een tijdlang was het vermaard geweest in zijn hele lijf. Nu was het voorbij.

2

In de hal ontmoette Alex Grace. Ze zat in elkaar gedoken op de tweede tree wraakzuchtig te kijken. Haar staart opgestoken, haar snoet besmeurd met vogelbloed. Uit haar mond stak een flink stuk vleugel. En Alex zag dat het ook bepaald geen spreeuw was, maar een kleurrijke, rozeblauwe vogel, van een soort waar hij helemaal sentimenteel van kon worden, een vogelhuisje voor zou bouwen en zo'n deurmatje op schaal voor zou kopen met WELKOM THUIS, waar de weduwen van Mountjoy zo dol op waren. Maar daar was het nu te laat voor. Als ze in nood kwam (ze had geen vreten gekregen) werd Grace een tuinterrorist die geen sentimenteel onderscheid maakte tussen de rassen van een soort. Zij maakte geen verschil tussen een eekhoorn en een muis, en vond een parkiet net zoiets als een duif. Alex tilde haar op, vergaf haar, zoende haar op de platte kop, greep haar staart en liet haar van de trapleuning glijden. Ze trok een lange rode streep, net design, in de lengte van het grenenhout, versierd met kleine bergjes vogelingewanden. En *nog* hoefde hij niet over te geven. Ha! Alex telde dat als Persoonlijke Overwinning van de Ochtend #3. De tweede was lopen. De eerste was bewustzijn.

3

'Het doet hier zeer,' zei Alex tegen zijn melkboer Marvin, die voor de deur stond. Marvin stak zijn donkere hand uit en daar gingen zijn witte manchetten al omhoog. Onwillekeurig moest Alex eraan denken hoe Bill Robinson zijn hand uitstak naar Shirley Temple. Het was hier vandaag net een musical in die kille straat. Stralend, wreed.

'Waar?'

'Rond de nieren.'

Marvin betastte de streek. Hij had lange vingers die hij er diep in duwde.

'Pas op...'

'Waar zoek ik naar? Een knobbeltje?'

'Denk je dat je daar knobbeltjes van kunt *krijgen*?'

Marvin haalde zijn schouders op. 'Heel onwaarschijnlijk, broer. Zo snel in geen geval – maar het ligt er wel aan wat ze erin hebben gestopt, snappie?'

Alex trok zijn pyjamajasje omlaag en fronste. 'Ik heb geen idee wat ze erin hadden gestopt, Marvin. Dat spul is natuurlijk niet gereguleerd. Er bestaat geen lijst van ingrediënten. Geen bijslui...'

Marvin zwaaide met zijn handen voor Alex' gezicht om hem tot zwijgen te brengen. Hij deed niet aan sarcasme. Hij bezat iets wat Alex zich voorstelde als de ingebouwde oprechtheid van stadsnegers met een zwaar leven.

'Ja, ja, *ja*. Je hoofd jeukt niet, in je hoofd ook niet?' vroeg hij, en hij deed een stap achteruit en pakte Alex keurend bij zijn kin beet. Alex baalde ervan. Het was duidelijk dat Marvins expertise de zijne overtrof. Het is balen om al zo vroeg in de ochtend overklast te worden.

'Jeuk?'

'Dan ben je in orde. Het is misschien sterk geweest, maar het klinkt wel zuiver. Soms zit er floxine in de lijm. Dan houd je nog een poosje hoofdjeuk in je schedel.'

'Floxine?'

'Wou je nog yoghurt? 't Is godverdommes koud buiten,' zei Marvin, terwijl hij zich omdraaide richting zijn melkwagen en een hand boven zijn ogen hield tegen het winterzonnetje. Hij hupte op de ballen van zijn voeten, een stap vooruit, een stap achteruit. In zijn linkerhand gaven zijn lange, lenige vingers zijn kleine notitieblokje als een speelkaart door van de eerste naar de laatste vinger en weer terug. Marvin verveelde zich.

'Nee, niet echt.'

'Watte?' zei Marvin, op dreigende toon.

Marvin was drie maanden gevorderd in een gesubsidieerd banenproject. Hiervoor had hij tijdelijk een betrekking gehad als parkeerwacht. Daarvoor was hij drugsdealer geweest. Momenteel zat hij in de verslaafdenzorg, de taal die hij soms op zijn melkronde ook sprak. Sinds hij in Mountjoy bestellingen reed, was er een enorme opleving in de verkoop van dure yoghurt en milkshakes, een groei die volstrekt evenredig was met de publieke angst voor Marvin. Alex had in eerste instantie ook allerlei apart verpakte plakken kaas gekocht, en mousse, spuitbussen room, etc. Maar nu wilde hij *de grenzen van de relatie herijken.* Nu wilde hij dat ze allebei, Marvin en hij, naar *nieuwe criteria op zoek zouden gaan.*

'Ik heb nog yoghurt, bedoel ik.'

'Nou, hiephiephoera,' zei Marvin bitter. Hij liet het notitieblokje in de buidel voorop zijn uniform glijden. Hij stak nogmaals zijn handen uit en trok Alex' ogen wijdopen.

'Hoe heette die malligheid ook alweer?'

'Superster, geloof ik?'

Marvin klapte in zijn handen, lachte en schudde zijn hoofd met een beweging die – als Alex haar een naam moest geven – *de Dans van Scoff* heette.

'En *jij* bent de intellectueel.'

'En ik ben de intellectueel.'

'En... dan?' vroeg Marvin. 'Hoe ging het, Tandem? Werd er genoegen gezaaid voordat er pijn werd geoogst?'

Alex frunnikte aan de gulp van zijn pyjamabroek. Van hieraf leek zijn penis kleiner dan ooit. Hij zat opgerold als een weekdier – maar waar was de harde schelp om hem te beschermen? Waar was zijn huisje? Zijn schild tegen het leven!

'Ging je... jeweetwel, dansen of chillen of zo? Ik ken enkele mensen,' zei Marvin plechtig, 'en die varen wel bij een *woonkamer*trip. Ze worden door de tv naar binnen gezogen. Ze staan in contact met de tv, begrijp je? En ze maken die trip op de kanalen. Zo gaat het in *voorsteden*.'

Alex had ongeveer drie dagen in bed gelegen, zoveel was hij zich wel bewust. En in die tijd had hij geleefd op de felgekleurde glinsterende chocolademunten van de kerst die op zijn nachtkastje lagen. Hij herinnerde zich een lucide uurtje waarin hij wat kussens achter zijn rug had gestouwd, de telefoon had gepakt en naar een praatprogramma op de radio had gebeld tijdens een gesprek over premature menopauze. Hij herinnerde zich de slaap. Diep en zacht. Maar de nacht ervoor, de bewuste nacht, was een dichte deur die kromtrok van een of ander onzichtbaar vuur en waar de rook onderdoor kringelde. Hij kreeg hem niet open. Hij durfde niet.

'Marvin,' zei hij ten slotte, 'ik ben het helemaal kwijt. Van de afgelopen week teken ik een...'

Marvin knikte en trok een grote lege cirkel met niks in de lucht. Erdoorheen zag Alex de geborduurde letters MARVIN KEPPS, MOUNTJOY MILK OPERATIVE, en daarachter een miniem gaatje bij zijn knopen waardoorheen de dichte wirwar van borsthaar Alex beangstigend overkwam, een soort onbenutte snelheid.

'Dat komt ervan,' zei Marvin, en hij legde zijn handen zachtjes op Alex' schouders. 'Tandem,' zei hij, 'ik zal het je uitleggen: aan de pluskant hebben we verhoogde zintuiglijke waarneming, visuele ervaring en de rest. Dat hoef ik jou niet uit te leggen. Elke muzieknoot, ieder grassprietje et cetera. Maar aan de minkant hebben we *afbraak* van het kortetermijngeheugen. Destijds noemden we ze goudvissen. Om bovengenoemde redenen.'

Alex voelde voor de tweede keer deze ochtend tranen opwellen. De vrees voor *blijvende hersenbeschadiging*, nummer vier in Alex' Grote Vijf –

1 Kanker
2 Aids
3 Vergiftigd Leidingwater/Gasaanvallen in de Londense Metro
4 Blijvende Hersenbeschadiging (bij jongeren, door ongelukken)
5 Voortschrijdende Hersenziekte, Alzheimer, Parkinson etc. (bij ouderen)

– trof zijn kokhalsreflex waarna hij naar een struik bij het hek strompelde. Marvin pakte hem bij zijn elleboog, omklemde hem en zette hem recht overeind.

'Nee, dat niet, *alsjeblieft*,' zei Marvin teder en hij wreef met zijn knokkels over de kruin van Alex' hoofd. 'Het probleem met die dingen is gewoon, en wat ik erover aan de weet ben gekomen is het volgende: ze zijn bedoeld om de bocht af te snijden naar het ultieme... dinges, het niveau, of hoe je het maar noemen wilt, oké? Er is geen ontsnappen aan: hier heb je honderd pop of zoiets, bezorg me alsjeblieft een hoger bewustzijn. En zo gaat het niet, man. Je krijgt de volle laag niet. Je moet je langzaam omhoog werken in die boom, dat is een metafoor, snap je, waarmee ik wil zeggen dat je gewoon niet naar die hoge tak kunt vliegen. Snappie?'

'Precies.'

'Ik weet dat het klopt. Dus. Meneertje ik-werk-vanuit-mijn-bed. Ga je nog ergens heen vandaag?'

'Ik overweeg het, Marvin.'

'Overweeg maar flink.'

'Doe ik.'

'Doe ik,' kaatste Marvin terug met de verwijfde stem die hij vaak gebruikte om Alex te imiteren. Alex heeft zich daardoor wel eens afgevraagd of hij verwijfd op negers overkomt, of alleen op Marvin. Een paar maanden geleden maakte Alex-Li Tandem in het zwembad van Mountjoy een acceptabele achterwaartse salto en legde de zaak zodra hij uit het water kwam aan zijn vriend Adam voor, die zijn neusclip afdeed en zei: 'Nee, ik vind je niet bijzonder verwijfd. In de eerste plaats ben je te dik. En te harig. En dat doet hij trouwens ook bij mij. En ik ben de donkere gast.'

'Ja,' zei Alex blij en hij schopte wat water in de richting van kinderen die dat ook bij hem hadden gedaan: 'Jij bent *de* donkere gast.'

'Ja, *ik* ben de donkere gast. Ik blijf er waarschijnlijk nog eens in. Dus. Ik weet het niet. Heeft misschien meer iets met sociale klasse te maken.'

Er liep water uit Adams neus en er kwam ook wat giftigers mee. Dat moest verboden worden. Alex haalde olympisch adem en dook naar de zanderige betegelde zwembadbodem, voerde daar een draairoldinges uit en zette zich af tegen de zijwand, waarna hij het bad voor tweederde in de lengte zwom, een persoonlijk record. Hij was een beetje dik de laatste tijd, en hij rookte. Toen hij terugkwam, had hij vier schuimrubberen drijvers die hij zo onder zich hield dat hij in het water rechtop kon zitten en op Mer King-achtige wijze op en neer kon wippen.

'Wat bedoel je met *klasse*? Wij zijn geen *kakkers*.'

Nu moest Adam even stilhouden om wat van die malle strekoefeningen van hem te doen. Daardoor kreeg Alex het gevoel dat zijn vriend naar het zwembad een complex, gezond, mogelijk spiritueel, beslist geheim trainingsprogramma meetorste, terwijl Alex gewoon rond liep te kloten en ondertussen de onvoorstelbare potentiële variatie in rondingen van de schaambenen van jonge vrouwen bestudeerde. Adam haakte zijn enkel achter de stang. Vlak bij Alex flapte een drijvende pleister om, waardoor er een piepklein cirkeltje bloed van een vreemde zichtbaar werd. Weer dacht Alex: dat moest verboden worden. Adam gaapte en scheen zijn armen naar achteren te draaien en zijn handen in gebed achter zijn rug te vouwen. Het rekken was indrukwekkend, er bleven vrouwen staan kijken. Hij was tegenwoordig het tegenovergestelde van dik en rookte niet, behalve wiet. Zijn buik was een strak, bobbelig trommelvel.

Hij zei: 'Nee, klopt, maar we zijn bekakter dan *Marvin*. Dat is het hele punt. En toch ligt het subtieler dan dat, het komt, de stem die Marvin opzet, dat is dezelfde stem die jij opzet als je je gojse Lenny Bruce doet –'

'En? Wat wil je daarmee zeggen?'

'Nou, Snuggere Henkie, ik bedoel dat heel misschien vergeleken bij hem en zijn ex-drugsdealers-, arbeidersklassebewustzijn et cetera, *we allemaal gojs zijn*.'

'En *hij is* de jood?'

'En hij is de jood.'

'Die stelling is volstrekt –' zei Alex, maar hij kon nergens op komen.

'Ja... maar dat *bevalt* me er wel aan. Je zou het in je boek moeten schrijven – rechtvaardigt een hele nieuwe onderafdeling.'

Waarna Adam alleen naar de duikcabine ging, terwijl Alex, die wild watertrapte, inwendig uitvoer tegen een afstotelijke vrouw in een fluorescerend badpak. Haar hoofd stond gedraaid op haar afschuwelijke dikke nek Ze had een enorme mond. Ze lachte het fecale ongelukje weg dat haar zoon in het ondiepe had gehad. Daar zouden verboden voor moeten zijn en blijven en worden toegelicht.

En op dat moment slaakte Marvin – die Alex zijn rug had toegekeerd om naar het huis aan de overkant te kijken – een kreetje. Hij rolde achterover op de ballen van zijn voeten, het Internationale Gebaar voor verrassing. Hij wierp een arm in de lucht. Hij leek op Chaplin.

'Kameraad, is dat jouw *wagen* niet? Kijk dan toch! O, mijn *hemel. Jezus Christus, nog eens aan toe.*'

Twee plekken verder dan normaal zag Alex zijn oude MG, Greta, in een wanhopige poging het vege lijf te redden half op de stoep staan. Haar voorbumper was haar bruut van het lijf gescheurd en hing nu aan een metalen draadje, het portier was door een reus ingedrukt. De voorruit was door een glasspin bezocht.

'*En* het passagiersraam!' gilde Marvin, wijzend naar het passagiersraam.

Haar zijkant was van voor naar achter bekrast en het canvasdak was vreselijk opgevouwen en samengedrukt, een overstrekte accordeon. De auto was zeker een decimeter korter geworden.

'Broer, heb *jij* dat gedaan?'

Alex zakte als Lauren Bacall in de deuropening in elkaar. Het was nog maar halfnegen, maar nu moest hij de handdoek al in de ring werpen. Het had er zo goed uitgezien. Het was gezichtsbedrog. Tegen dit soort dagen kon hij niet op. Hij geloofde dat er dagen waren waarop iemand voor zijn eigen vermaak een gruwelverhaal over je heeft geschreven. Hij geloofde bovendien dat je er op zulke dagen alleen maar lijdzaam, met geschaafde knokkels, in mee kunt gaan. In die zin was hij in elk geval een diepgelovig iemand.

'Ik geloof mijn ogen niet, man! Kijk dan!' zei Marvin met een grijns. Marvin had er schik in.

Alex deed langzaam zijn handen uiteen, deed afstand van de restanten.

'Wat moet ik ervan zeggen, Marvin?'

Marvin snoof. 'Vat het niet verkeerd op, het maakt mij niet uit, ik ben de melkboer maar – ik vroeg me alleen maar af of je dat zelf met je auto had gedaan. En verder –' Marvin grijnsde nogmaals.

Nu raakte Marvins gezicht buiten Alex' blikveld. Alex' knieën knikten en hij viel op zijn knieën op het stoepje. Op de stoeprand, op de betonnen stoeprand trof hij een enorme kloppende slak aan die zijn huisje heel ver achter op zijn lijf droeg, als een soort nabeschouwing. Alex peuterde hem los en hield hem eventjes op zijn hand. Daarna gooide hij hem op het gras, maar zelfs die handeling bezorgde hem het trieste idee van een hele reeks creatievere mogelijkheden voor hemzelf en de slak; het stralend gepoetste oppervlak van Marvins schoen, het kille vormeloze Lapland van het raamkozijn, het woeste Arizona van het pad dat naar de straat en uiteindelijk naar de dood leidde.

'Hoor eens. Even serieus. Ben je verdrietig? Over het algemeen, bedoel ik?' vroeg Marvin oprecht nieuwsgierig.

'Ja,' zei Alex ongeduldig. 'Ja, ik geloof van wel.'

'Je *gelooft* van wel?'

'Marvin, ik wil het hier eigenlijk niet over hebben.'

'En je weet niet meer *wanneer* je dat met je auto hebt gedaan?'

'Marvin, mijn geheugen functioneert niet.'

Marvin zei *Ha!*, alsof hij op een klaroen uit het leger blies. Hij maakte een elegant sprongetje van twee treden en kuierde het pad af. De slak vond een angstaanjagend bekend plekje, nat en groen: een plek waar slechte dingen, meestal draaiende messen, zonder waarschuwing vanuit het niets opdoken. Alex loenste. Sloeg driemaal zijn hakken tegen elkaar. Sloot zijn deur voor Mountjoy.

TWEE / *Yesod*

Zalf • Beroemde Uitspraken #1 • Mohammed Ali was joods • Stressballen versus trechters • De belofte en de pondbiljetten • Beroemde Uitspraken #2 • God en Garbo • Kitty Alexanders handtekening • Joseph legt het joodse standpunt over transsubstantiatie uit

I

Toen hij weer binnen was, stak de manmoedige Alex-Li met gestrekte armen een hele reeks kledingstukken omhoog en als hij ze op dertig centimeter afstand niet rook, trok hij ze aan. Het maakte nauwelijks uit dat het resultaat altijd hetzelfde was, ongeacht de moeite die hij deed. Alles wat hij aantrok stond hem alsof het door een woedende vriendin vanuit de gang naar hem toe was geslingerd; een mengelmoesje waarvan hij een deel herkende van gisteravond en een deel niet.

Op één sok hinkelde hij door de kamer, haalde de scheurkalender van de Autograph Association, de handtekeningenvereniging, van zijn bureau en bekeek die. Een foto van Sandra Dee, en daaronder: 12 februari. Sandra glimlachte en onthulde twee persoonlijke feiten:

> **Mijn echte naam luidde Alexandra Zuck!**
> **Ik begon op mijn dertiende met modellenwerk!**

Alex scheurde verder naar 16 februari (Dolores Del Rio) en 17 februari (Peter Lawford) en besloot dat de 18de, een woensdag, het meest waarschijnlijk was. Archibald Leach sloeg in zijn perfecte golfkleren af met zijn goddelijke kin naar de camera. Bijna te mooi om aan te zien. In een tekstballonnetje stond erbij:

> *Iedereen wil Cary Grant zijn. Zelfs* ik *wil Cary Grant zijn.*

Eronder stond iets in Alex' handschrift:

> *Veiling – 12 uur. Pop memorabilia. 3 uur Klassiek Hollywood.*

Hij moest vandaag dus zakendoen.

De telefoon rinkelde. Alex, die zich altijd enigszins door de telefoon overvallen voelde als hij hem niet kon zien, zocht gehaast naar zijn bril en zette die op en frunnikte vervolgens net zo lang aan de idiote stalen pootjes tot ze braaf achter zijn oren haakten.

'Ja? Ja, hallo?'

'Tandem,' zei een meisjesstem, 'ik merk dat je de telefoon *eindelijk* opneemt. Goeie telefoonstem, trouwens. Geef die man een Oscar. O, enne, besta ik ook nog?'

Alex opende zijn mond, maar er werd opgehangen.

'*Esther?*' zei Alex in het niets. Snel probeerde hij haar terug te bellen op alle vier haar nummers. Met opzet of bij toeval sprong bij allemaal meteen het antwoordapparaat aan, gevolgd door die gevreesde piep. Alex kreeg nog steeds plankenkoorts van die piepjes. De uitvinding van het antwoordapparaat dateerde van twaalf jaar her en hij scheen de enige te zijn die er nog zo tegenover stond. Hij haatte de theateraspecten ervan. Iedereen die een effectieve boodschap op een antwoordapparaat weet achter te laten, is een soort acteur. Op Esthers vaste nummer liet Alex stilte achter. Op haar mobiele nummer zei hij: 'Maar nee, kijk, ik moet nu gewoon aan het werk.' Maar dat was niets anders dan hardop denken.

Alex pakte de grote leren schooltas van de bodem van de kast. Hij was een Handtekeningenman. Die baan bestond uit drie delen. Verzamelen. Handelen. Verificatie. De eerste twee spraken min of meer voor zich, de derde moest hij op feestjes wel eens aan iemand uitleggen. Hij was vaak vernederd door dat alomtegenwoordige prachtige dronken meisje dat tegen de koelkast leunt en koeltjes je leven taxeert terwijl er in de woonkamer wild wordt gedanst. Ze is onder de indruk van eenvoudige loopbaanbenamingen – advocaat, dokter, journalist, brandweerman zelfs. Maar *Junior information consultant interfacer*, *Second technical administrator* – dat soort banen doet haar niets. Evenmin als fantasierijke carrières, uit de hand gelopen hobby's met kapsones. Probeer die dus maar eens duidelijk te maken dat jij, Alex-Li Tandem, de man bent die wordt betaald om een stapel oud papier te doorzoeken en je mening te geven over wat er in een bepaalde verzameling echt en nep is. Dat het een ambacht en een kunst is, kan haar niks schelen. Het is een ambacht om het verschil te zien tussen de beruchte nep-Sydney Greenstreet (briljant nagemaakt door zijn assistente Betty), en de halen en boogjes van de echte. Het is een ambacht om de mechanische kras van een Kennedy Autopen te onderscheiden van de echte presidentiële handtekening. Het is ook een kunst om te weten wanneer je over die zaken moet liegen en hoeveel. Maar leg dat maar eens uit. Alex-Li is een Handtekeningenman. Net zoiets als een munchkin of een goede fee of een vliegende aap of een rabbi. Je moet erin willen geloven.

Het merendeel van zijn werk doet Alex thuis, maar zodra hij de deur uit gaat, gebruikt hij de tas. Hij legt hem nu op zijn bureau, doet hem open en in de vele plooien en vakken steekt hij Elizabeth Taylors en Veronica Lakes, Gene Tierneys en James Masons, Rosemary Clooneys en Jules Munshins, met de ruggen tegen elkaar, gescheiden door velletjes plastic. Vandaag stopt hij tussen het gebruikelijke spul een veilingcatalogus, wat pikant fotowerk (Betty Page, Marilyn, Jayne Mansfield, diverse Playmates – voor een speciale klant die hij op de veiling hoopt te ontmoeten), een map met privé-brieven van David Ben-Goerion aan zijn kleermaker, een banaan, een moeilijke Russische roman, die hij niet van plan was te gaan lezen, en een handtekeningentijdschrift, die hij wél van plan was te gaan lezen.

De telefoon rinkelde.

'Je hebt nu duidelijk,' zei Adam ontstemd, 'helemaal geen recht meer op mijn vriendschap of die van iemand anders. Je hebt jezelf feitelijk uit de markt geprijsd. Dat bedoelen ze nou met antisociaal gedrag, Alex. Dat komt er nou van.'

'Adam? *Adam!*' zei Alex. Hij was dolblij dat zijn oude vriend weer eens van zich liet horen. Adams stem horen stond hoog op het pluslijstje van zijn leven.

'Nee,' zei Adam, 'luister goed. Ik meen het. Twee dingen: ze heeft haar vinger gebroken, haar wijsvinger. En ze heeft bovendien een verrekte nek. Ik zeg *nek*, Alex. Stel je maar eens voor hoe ik heb gereageerd. Jouw vriendin, best. Maar ook mijn zus.'

'Wacht even: Esther? Ze heeft er niks over gezegd.'

'Dat komt misschien doordat ze niet met je praat. En zonder goede reden doe ik dat wel.'

'Dat is heel groots van je.'

'Ja, dat vind ik ook. *En,* in ruil daarvoor verlang ik het volgende. Eén, ik krijg *The Girl From Peking* nog van je terug. Je bent nu twee weken te laat. Koop toch zelf een exemplaar. Misschien willen andere mensen hem ook eens verhuren. Twee, je moet nu *meteen* Esther terugbellen en dan onmiddellijk gaan – jawateigenlijk. Stroop smeren. En drie, ik wil dat je naar een dokter gaat, want dat was een of andere allergische reactie, Tandem, dat was niet normaal. En ik bedoel een echte dokter, niet zo'n nepfiguur uit Chinatown. *Alex*,' zuchtte Adam, 'je hebt me laten zitten. Die avond was bedoeld als... religieus experiment. Je hebt er de grote Tandemshow van gemaakt. Je hoeft niet overal een grote Tandemshow van te maken. De wereld draait niet alleen om jou. Er spelen nog meer mensen mee in de film die we "leven" noemen. Alex? Alex?'

'Ik ben er nog. Ik luister.'

'Je hebt me *bang* gemaakt. Joseph vertelde dat je je vreselijk aanstelde toen hij later bij je langs is geweest, dat je zo'n beetje in tongen sprak. Hm? Alex?'

Alex handhaafde de stilte die hopelijk waardig klonk. Hij had in romans gelezen over waardige stiltes; dit was zijn eerste poging.

'Hallo? *Hallo?* Wil je het over de auto hebben?'

Alex' maag draaide zich om, hij kreunde. Adam had die auto voor de helft betaald.

'*Ut.* Niet echt.'

'Goed zo. Ik ook niet.'

'Uhhut. *Uttuttut.*'

Adam floot. 'O, Alex. Ik weet het, ik weet het wel. Maak je geen zorgen, ik hou nog altijd van je. Maar daar sta ik momenteel wel alleen in, kameraad. Kom straks maar even langs. Beloofd? Volgens mij moet je nu de deur uit. Beloofd? Op je biljet?'

Alex knorde. Hij haatte die beloftes. Ze waren zo verrekte onbreekbaar. De biljetten van zijn vader mochten alleen met de allergrootste omzichtigheid onderling aan de orde worden gesteld. Je moest het verdienen om ze te mogen noemen. Joseph bracht ze zelden ter sprake. Rubinfine slaagde erin ze volledig te verzwijgen.

'Mooi. We zijn de hele dag open. Esther komt niet. En dat is momenteel misschien maar het beste. We moeten een ernstig gesprek voeren. Je weet de hoeveelste het is, toch?'

De verbinding werd verbroken. Alex slingerde zijn tas over zijn schouder en raakte op de juiste volgorde de dingen aan die hij altijd aanraakte voordat hij zijn slaapkamer uitliep: een kleine boeddha op zijn bureau waar wat schilfers vanaf waren, een gesigneerde poster van Muhammad Ali, en het oude biljet van een pond, met een plakker aan de bovenste deurpost bevestigd.

2

In de keuken sloeg hij zijn hakken tegen elkaar en boog richting Grace, die op het buffet stond, letterlijk stond, op twee poten, zich uitrekkend of een laatste poging ondernemend om te evolueren. Alex zette water op en pakte een thermosfles uit de kast. Hij knoopte een klein plastic zakje met bitter geurende kruiden open en Grace trok zich terug in de kast. Alex gooide de kruiden in de thermoskan. Hij goot er heet water op. Het heette *Chia i*, zogenaamd de Thee van de Lente, maar zo zwart als roet. Rook smerig, zag er smerig uit. Smaakte afgrijselijk. Maar het verruimde de longen en dreef benauwdheid uit, aldus zijn dokter Huang uit Soho. Alex had het benauwd. Alles voelde benauwd aan. Hij draaide de dop op de fles en stak hem in het vak van zijn tas.

Nu hij de deur van zijn woonkamer opende, besefte hij dat hij onder de aanhoudende invloed van een hallucinogeen middel met zijn auto tegen een bushalte op was gezeild, met zijn vriendin Esther naast zich op de passagiersstoel. Hij kon niet uitleggen hoezeer het hem speet. Er was trouwens ook niemand om hem aan te horen. Hij was niet katholiek. Hij woonde alleen. Hij had niet bepaald voor het eerst het gevoel dat hij onvoldoende uitlaatkleppen bezat. Zijn leven was geen trechter, waardoor de dingen stroomden en misschien indikten of gefilterd werden, het leek meer op hoe heet het ook alweer? Stressballen? Gemaakt van elastiekjes en je doet er elke dag nog een elastiekje omheen? Strakker. Groter. Meer ingekapseld. Zo voelde het aan. En zo stelde hij zich trouwens ook het leven van een katholiek voor. Als een soort trechter. Arme Esther.

Hij liep de kamer door en knielde voor de televisie. Hij haalde *The Girl From Peking* uit de videorecorder. Hij stopte hem in zijn doosje en voelde een troostrijke geluksprikkel. Voortkomend uit schoonheid. Op het omslag stonden de twee prachtige gezichten van zijn lievelingsactrice, musicalster Kitty Alexander. Op de eerste foto, rechts, stond ze erbij als in Peking, haar ogen met plakband in een eigen mongolenplooi geplakt, met haar koeliepetje op en Cheong Sam. Ze was verdwaald in het Broadway van de jaren vijftig. En dan, links, hetzelfde meisje, maar nu helemaal anders, gekleed als Hollywoods gevierde schoonheid, in een champignonvormige baljurk, met kleine witte handschoentjes, roze prinsessenslippers, de overdadige haardos over een schouder vallend. Het verhaal van de film kwam in feite neer op de ontwikkeling van de situatie rechts naar die van links. Je moest de doos van de video van rechts naar links lezen, als Hebreeuws.

Er zat een scheurtje in de plastic beschermlaag. Alex stak zijn vinger naar binnen en tastte rond, voelde eerst aan de ene en vervolgens aan de andere Kitty. *Citizen Kane. Pantserkruiser Potemkin. Gone with the Wind. La Strada.* Hij vond het verbazingwekkend dat zo veel mensen, je zou zelfs met recht kunnen zeggen de *meeste* mensen, niet beseften dat de musical *The Girl From Peking* uit 1952 van Celebration Pictures, met in de hoofrollen Jules Munshin als Joey Kay en Kitty Alexander als May-Ling Han, eigenlijk de beste film aller tijden was. Voorzichtig duwde hij haar in het vak van zijn tas.

In de gang haalde hij zijn vettige regenjas van de kapstok en trok hem aan. Hij voelde zich er vandaag klein in. Hij was zevenentwintig. Hij nam aan dat hij emotioneel niet ontwikkeld was, net als de meeste westerse kinderen. Hij ontkende de dood waarschijnlijk. Hij stond argwanend tegenover opheldering. En bovenal wilde hij vermaakt worden. Hij somde doorgaans onder het aantrekken van zijn jas zo zijn karaktertrekken op – hij vermoedde dat boerenjongens en mensen uit de Derde Wereld zoiets nooit deden, dat die minder zelfbewust waren. Hij vond het *nog steeds* een beetje spannend om post te krijgen die aan hem was geadresseerd en niet aan zijn moeder. Hij bukte, raapte een stapeltje op van de mat en vingerde door rekeningen, pizzafolders, bankafschriften, enveloppen uit Amerika met filmsterren en presidenten, een brochure over erectiestoornissen, een gratis monster van een romige huidzalf voor de denkbeeldige vrouw met wie hij niet samenwoonde.

3

Een doodenkele keer bezocht hij een westerse dokter. Die schreef hem dingen voor ter ontspanning (met als lelijk neologisme *ontstressen*), uiteenlopend van frisse lucht tot balsporten tot kleine gekleurde pilletjes. Het afgelopen jaar was hij naar Polen geweest en had er met gesloten ogen en een gevoel van verbondenheid op de vreedzame pleinen van Krakau rondgelopen, zijn adem ingehouden toen de klokken werden geluid, zich in cafés over een grenzeloos verlies gebogen dat hij niet kon benoemen. De pillen hadden trouwens een priapische bijwerking. Elk stel vrouwenbenen dat voorbijkwam, bezorgde hem zielenpijn. Er was iets hoogst merkwaardigs met hem aan de hand: een behoefte om het hele land zwanger te maken. In een smal steegje in de buurt van Oświęcim was hij tegenover een enorme stofwolk komen te staan – hij dácht althans dat het stof was en was er dwars doorheen gelopen – het bleek een zwerm wespen. Als jongeman uit Mountjoy, een jongeman met alle moderne pre's en alle vertrouwen in persoonlijke en nationale veiligheid, had hij niet kunnen bevroeden dat de donkere massa waarin hij zich begaf gevaarlijk kon zijn. Hij had over dit alles een gedicht geschreven, zijn tweede in zevenentwintig jaar. Het was niet goed. Maar wat zou er van hem terecht zijn gekomen als hij in 1750 op laarzen en met een hoed op over zo'n Pools plein was gewandeld, vol verwachting van de Verlichting en met een indrukwekkende riem met gouden gesp om? Wat zou Rubinfine zijn geweest? En Adam? En Joseph? *Ik heb de knapste koppen van mijn generatie / Baantjes zien aannemen in de periferie van de amusementsindustrie.*

De telefoon rinkelde. Alex pakte de draadloze telefoon van beneden op en liep er een poosje mee door de gang heen en weer, als een jonge vader met een overstuur geraakte baby, in de hoop dat het ding ofwel opnieuw geluid zou geven ofwel zou zwijgen. Bij de derde heen kwam hij bij zijn eigen voordeur en hield in. Hij keek naar de deur. Hij draaide zich weg en probeerde er nogmaals naar te kijken. Hij haalde zijn vingers door de gleuf kaal grenenhout. De telefoon bleef rinkelen.

4

Het verzamelen van handtekeningen, zo stelt Alex niet als eerste vast, heeft veel weg van vrouwen versieren en God vrezen. Een vrouw die haar schat te regelmatig wegschenkt, is onder mannen niet geliefd. Hetzelfde geldt voor een God die zich vertoont en die heldere geboden geeft – zo'n God wordt niet populair. Om dezelfde reden is een Ginger Rogers minder waard dan je zou verwachten. Dat komt doordat ze vrijwel alles heeft gesigneerd waar ze de hand op wist te leggen. Ze was gemakkelijk. Ze was hoerig. Ze gaf te gul weg wat ze te bieden had. En nu is ze goedkoop, in de puurste zin des woords. Ze is vrijwel niks waard.

Greta Garbo was niet gemakkelijk. Als ze iets zwart op wit zette, gebruikte Garbo doorgaans een pseudoniem, Harriet Brown. Garbo eiste dat haar bank uitzocht wat er terechtkwam van haar cheques die niet werden geïnd. Ze liet haar naam niet slingeren, zelfs niet op een afschrift. Een handtekening van Garbo, zelfs een slechte, is nog altijd rond de zesduizend pond waard. Kitty Alexander, een tweederangs cultactrice met een volmaakte mond en een tragische levensloop, zette nog minder handtekeningen dan Garbo. Kitty was even zeldzaam en onzichtbaar als Jehovah. Ze was gereserveerd. Het publiek verafschuwde haar erom. En op den duur werd ze vergeten, want het publiek houdt er niet van om genegeerd te worden. Maar

Handtekeningenmannen zijn een tikje masochistischer dan het publiek (het publiek is vooral sadistisch), ze zijn *dol* op neerbuigendheid. Zij herinnerden zich Kitty altijd. Het zijn de mensen voor wie een vroege dood goeie handel is, en datzelfde geldt voor moordaanslagen, seriemoorden en beroemde mislukkingen. Monroes eerste echtgenoot, de derde man op de maan, de vijfde Beatle. Ze hebben merkwaardige voorkeuren. Lang was Kitty Alexanders handtekening een van de meest gewilde krabbels op de hele wereld. De meeste Handtekeningenmannen verliezen de hoop er ooit een op de kop te zullen tikken. Zo niet Alex. Sinds zijn veertiende stuurt Alex wekelijks een brief naar Kitty, naar een adres in Manhattan, het adres van haar fanclub. Hij heeft nog nooit antwoord gekregen. Geen enkele keer. Alleen een la vol voorgedrukte brieven, getekend door de voorzitter van de fanclub. En daarom, *daarom* heeft Alex enige tijd nodig, *daarom*, om zich te binnen te brengen *op welke manier* een blanco ansichtkaart met duidelijk leesbaar Kitty's handtekening erop als Luthers vijfennegentig stellingen aan de binnenkant van zijn eigen voordeur hangt. Hij maakt haar voorzichtig los en houdt haar tegen het licht. Het is prachtig. Het is echt. Of hij heet geen Alex-Li Tandem. Hij drukt op TALK.

'Alex,' zegt Joseph, op zijn eigen rustige toon, 'luister nog even. Je hebt hem niet van God gekregen. En ook niet via de post. Je hebt hem vervalst, Alex, je had een verschrikkelijke bad trip. Iedereen trouwens. Luister. Hij is niet echt, wordt nooit echt en dingen worden niet zomaar echt omdat wij dat willen.'

DRIE / *Netsah*

Eeuwigheid • Drie rabbi's • De kwestie van de boekenkast • De wereld is verdeeld • Alex' geheime boek • Rebecca's dwergen • Rubinfines gojse voorkeuren • Bette Davis was joods

De zwarte bomen die zo scherp afstaken tegen de blauwe lucht waren iepen. De gekke dozen, elk voorzien van een man met spijt, waren Ford Mondeo's. De vogels waren voornamelijk eksters. En de lange jongeman met het oosterse uiterlijk die bewust langzamer ging lopen op Mountjoy Road, was niemand anders dan Alex-Li Tandem. Hij besefte dat hij regelrecht afliep op drie mannen die naar een geopende kofferbak stonden te kijken en dat beviel hem allerminst. Ze hadden hem nog niet gezien, maar dat zou nu snel gebeuren. Een van de drie was een rabbi die hij goed kende. Waar kon hij zich verstoppen? Vanaf hier kon hij Adams videotheek, Hollywood Alphabet, als een geopende grot aan de overkant van de straat zien liggen. Dichterbij stond zo'n zeer geschikt openbaar toilet met mechanische deuren en stadslegendes. Maar het was te laat voor een schuilplaats. Vluchten kon niet meer. Niets aan te doen.

'*Alex!*'

'Hallo, Rubinfine.'

'Alex, Alex, *Alex*. Wat een dag, niet? Wat een geschenk van een dag!'

Met mistroostige helderheid van geest stelde Alex vast dat Rubinfines glimlach vanochtend niets anders was dan een omgekeerde grimas. Hij stond met zijn rechterbeen gebogen tegen de *RECHTVAARDIGHEID*-kant van het Oorlogsmonument van Mountjoy geleund, een enorme monoliet waarin vier waarden waren gebeiteld – *RECHTVAARDIGHEID*, *MOED* en *EER* en om onduidelijke redenen: *GEDULD* – een trotse nagedachtenis aan de gevallenen van Mountjoy, ook al was Mountjoy zelf pas rond 1952 gebouwd. Twee andere mannen die Alex niet kende stonden op de hoek van *MOED* en *GEDULD*.

'En niettemin,' zei Rubinfine plechtig, 'zelfs op een dag als deze dient zich een vraagstuk aan.'

Hij legde zijn handen op de gekke vrouwelijke manier die hij soms kon hebben op zijn heupen en staarde de ruimte in. Voor hem gaapte een geparkeerde Citroën met zijn kofferbak open terug. Snel raakte Alex in paniek. Hoewel hij buiten was, begon hij om zich heen te kijken als iemand die het bordje UIT zoekt.

'Luister, Mark,' zei hij, 'ik bedoel *rabbi* Rubinfine – weet je? Ik heb eigenlijk helemaal geen tijd. Op weg naar de metro. Ik heb een veiling vanochtend. Je kent het wel. Dingen te doen, mensen om te kopen. Dus, niet om het een of ander, maar als het even kan, dan zou ik graag –'

'*Alex-Li*,' zei Rubinfine. De schoonheidsvlek op zijn wang bewoog en daardoor maakte zijn onaangename snor ook een hupje naar rechts. Hij nam Alex' gezicht in zijn handen. Hij droeg een zalmkleurige v-halstrui, in combinatie met een groene ribbroek, een lange pieds de poule-jas en zwarte sportschoenen.

'Als een man haast heeft,' zei Rubinfine, in een poging talmoedisch te klinken. 'Vergeet hij allereerst zijn tandenborstel en zijn God.'

Alex werd gek van dit soort dingen. Naar zijn mening was Rubinfine te jong om aforismen te bedenken. Hij was maar drie jaar ouder dan Alex. Hij was dertig. Pas dertig. Je kunt op je dertigste alles citeren wat je wilt, maar daar moet het wel bij blijven.

'Welaan,' zei Rubinfine pedant, 'als er verder niets is, dan wil ik mijn twee vrienden aan je voorstellen. Dit hier zijn rabbi Darvick en rabbi Green. Rabbi Darvick komt uit Brooklyn, New York. Rabbi Green ken je mogelijkerwijs al. Hij komt uit Mountjoy. We wonen alledrie een rabbijnse conferentie bij – in Grantam Park? Duurt een week. We wisselen ideeën uit, doen oefeningen in verdraagzaamheid,' aldus Rubinfine, grijnzend naar Green die hem nauwelijks scheen te kunnen verdragen. 'Kom ze eens even begroeten.'

Darvick was klein en bol en droeg een broek, niet te onderscheiden van een leek, een ultra-progressieveling als Rubinfine. Green was orthodox, veel langer en met de kurkentrekkerkrullen van een chassidische jood, met een bleke huid en een bos vuurrood haar, in een ontzettend strak pak met een tallis.

'Precies. Uiteraard. Dat was onbeleefd van me. Rabbi Darvick,' zei Alex, terwijl hij zijn hand uit zijn zak haalde, 'aangenaam kennis te maken. Rabbi Green. Ik heb niet de indruk dat... of wel? Het zal toch wel, ooit, neem ik aan... Of toch niet?'

Rabbi Darvick klonk als iemand die iets in zijn keel had vastzitten, het te pakken had gekregen en daar blij mee was. Rabbi Green maakte een bevestigend geluid dat Alex als illusieloze jongeman nam voor wat het was: een kreuntje.

'Alex-Li,' zei Rubinfine, 'we hebben een probleem. Waar jij ons misschien bij zou kunnen helpen?'

Rubinfine hield zijn hoofd schuin en glimlachte.

'Vanwaar die haast? Verandering van het universum? Verkoopt er iemand een Kitty hoeheetzeookalweer of zoiets?'

Arme Alex balde een vuist in zijn broekzak. 'Het is Kitty *Alexander*. En nee. Oké? Gewoon een belangrijke veiling en ik ben al aan de late kant.'

'Maar *Alex-Li*...'

Schuimbekkend hupte Alex naar links, maar vond Rubinfine tegenover zich. Alex ging naar rechts en daar had je de rabbi opnieuw. Boven hen hupten twee eksters zwartblauw van de ene kale boomtak naar de andere, de hele straat door, zonder iets glimmends in hun snavel, geen sieraden, geen glas, want dat doen eksters zelden. Toen hij besefte dat hij de slag had verloren, pakte Alex zijn thermosfles, schroefde hem open en nam een teug.

'Hmmm, dat ruikt *geweldig*,' zei Rubinfine, terwijl hij Alex bij zijn elleboog vasthield en naar de kofferbak van de auto duwde. 'Hier, zie je het nou?'

Het was een fraaie mahoniehouten boekenkast uit de Georgiaanse tijd. Hij was een centimeter of vijftien breder dan de kofferbak. Hij lag op zijn kant op de stoep. De boekenkast paste niet in de kofferbak, zoveel was Alex wel duidelijk.

'Rabbi,' zei hij op neutrale toon, 'die is gewoon te groot. Ik bedoel, hij is *te groot*.'

Greens wenkbrauwen schoten de hoogte in alsof het nieuw voor hem was. Naar voorbeeld van Darvick maakte hij als een filmmaker een frame met zijn vingers en tuurde erdoor naar de boekenkast. Rubinfine hurkte en haalde een vinger langs een kastplank.

'Ik *denk* dat we hem via de achterbank moeten duwen... of misschien zelfs naar de passagiersstoel! Of, wacht eens, wacht eens even – en *jouw* auto dan?'

Alex stak beide handen in de trieste diepten van zijn jaszakken. Hij was er dus ingeluisd. 'Ja, best. Fijn gedaan. Envelop open. En de onderscheiding voor de beste acteur gaat naar...'

Hij deed net of hij weg zou lopen, maar Rubinfine pakte zijn pols vast.

'Ja Alex, natuurlijk heb ik over dinsdag gehoord. En het zij verre van mij om te zeggen dat ik je had gewaarschuwd, maar. Nou, wat zijn mijn twee regels ook alweer? Een: mystiek en theosofie moeten tegen iedere prijs worden vermeden. Twee: door verboden middelen komt er niemand nader tot God. Dat heb ik Adam altijd voorgehouden. Ik bedoel, ja toch? En moet je nou zien?'

'Waarom krijg *ik* die preek van je?' vroeg Alex pruilend. 'Geef Adam die preek maar. 't Is *zijn* zaak.'

'Ik heb het al eerder gezegd,' dreunde Rubinfine monotoon op, terwijl hij hoofdschuddend naar de grond staarde. 'Op zijn best is het een dertiende-eeuwse vervalsing, Alex, op zijn *best*. De letters, het licht, de *mystieke schriftuur*. De Zohar is een behoorlijk goede roman, niet meer en niet minder. Hij is ook elfhonderd jaar ouder dan ze beweren, wist je dat? Lees je Scholem, vriend. *Ja*. in feite is het een vervalsing. Hij hoort thuis in het rijtje van Shabbat Zevi, Loch Ness, de Verschrikkelijke Sneeuwman...'

Tijdens deze korte preek had Greens lange gezicht een bedachtzame trek gekregen, als het trieste masker van Keaton in de stomme films. Hij hurkte en legde zijn handen op de boekenplank. Darvick stond ongedurig met zijn rechtervoet tegen het monument te tikken en naar Rubinfine te fronsen.

'Rabbi, met alle respect et cetera,' zei Darvick scherp, 'de kabbala staat centraal in het mysterie. Het punt is natuurlijk dat het louter voor de zeer geleerde mannen is, voor de echte kopstukken. Wat ik wil zeggen is dat je minstens veertig moet zijn om hem te mogen bestuderen, punt uit.'

'God heeft ons *nodig*,' mompelde Green, 'zonder ons is Hij onvolkomen. De wereld is *verdeeld*. Daar gaat de kabbala over, rabbi. Vat dat niet licht op, of beter gezegd,' zei Green met een glimlach nu hem een woordspeling te binnen schoot, 'dit is *gemaakt van licht*. De kabbala is het licht dat *in* de Thora schuilgaat.'

'Wooo, woooo… ho stop, jullie allemaal,' zei de nerveuze Rubinfine lachend, in een poging beide rabbi's tegelijk te lijmen. 'Nu even rustig aan, allemaal. Ben ik gek? Ik ben kennelijk niet duidelijk geweest. Volgende poging: wat ik *bedoelde* was dat mensen zich niet zouden moeten bemoeien met dingen die ze niet begrijpen. Neem dat alstublieft even van me aan, rabbi. Als de wereld verdeeld is, is Alex-Li Tandem niet de man om dat te herstellen.' Rubinfine lachte nog eens en moedigde de anderen aan om te lachen.

'Nou, één ding is duidelijk,' zei Darvick luid, 'hij kan ons zeker niet helpen.'

Darvick duwde Alex aan de kant en boog zich over de boekenkast, deed zijn hand open, haalde een rolmaat te voorschijn en trok het meetlint uit zijn behuizing.

'Zo ziet hij er naar mijn mening gewoon niet uit. Te *schlemielig*.'

'Hij is een *intellectueel*,' verklaarde Rubinfine, geërgerd. 'Die zien er allemaal zo uit.'

'Hoe gaat het met Rebecca?' informeerde Alex luid en hartelijk, puur uit wraak. Bij de gedachte aan de vrouw met wie hij al vijf jaar getrouwd was, leverde Rubinfines gezicht strijd met zichzelf en van de verschillende minder minzame mogelijkheden won de blik die het meest weg had van Lenin na zijn tweede attaque.

'Best, best. Druk. Bezig met fondsenwerven, geloof ik. Liefdadigheid. Boerenbal…' Rubinfines stem viel weg. 'Voor dwergen. Maar zo mag je ze geloof ik niet meer noemen.'

'Mensen van beperkte lengte,' baste Darvick met gezag.

Rubinfine zag er wanhopig uit, deed zijn mond open en vervolgens weer dicht.

Alex glimlachte hartelijk. 'Mooi. Nou, doe haar de groeten van me. Altijd klaarstaan voor anderen, typisch Rebecca.'

Rubinfine probeerde het tegen te houden, maar er trok een duidelijk merkbare siddering door hem heen, het getril van een dartbord na een worp in de roos.

'Alex,' zei hij stijfjes, 'ik heb je altijd nog eens willen vragen…'

Rubinfine vond niets zo leuk als een zin beëindigen voordat hij echt afgelopen was. Hij vond het zeer rabbijns. Je kon de ongemakkelijke stilte eindeloos uitzitten bij Rubinfine, maar hij deed geen mond meer open voordat je hem de vraag stelde.

'Waarnaar…?'

'Dat boek van jou. Dat beledigende. Over goj-zijn en wat-niet-al. Ik vroeg me af of je er onlangs nog mee bent gevorderd? Of ben je wellicht verstandig geworden? Heb je het laten rusten?'

Alex vloekte, heel zachtjes, tegen Rubinfine. Rubinfine maakte naar Alex het Internationale Gebaar voor niet vloeken waar rabbijns ogende rabbi's bij zijn (loensend, met brede neusgaten). Alex maakte naar Rubinfine het I.G. voor heb het *beslist niet* over mijn boek (tong opgerold achter de onderste voortanden, mond open).

'Best. Nou, iets anders: heb je momenteel ook Harrison Ford? Of wellicht Carrie Fisher?'

Alex staarde hem met een lege blik aan. Rubinfine gebaarde naar Darvick en Green dat ze de boekenkast konden optillen, en nu pakten alle rabbi's een hoek en lieten een hoek gevaarlijk uitzwaaien totdat Rubinfines lange dijbeen het ondersteunde.

'Misschien een late Harrison?' herhaalde Rubinfine, terwijl hij rechtop ging staan en zijn zwetende voorhoofd met de binnenkant van zijn pols afveegde. 'Van rond *Witness*, wellicht. Een filmstill. Gewoon op A4-formaat.'

Alex-Li voelde een enorme voldoening toen hij dacht aan de kleurenfoto op B4-formaat van Ford in de film *Millennium Falcon*, toevallig met de ferme tekst:

Voor Mark, houd vol,
Harrison Ford

die hij op dit eigenste moment in zijn tas had en die hij niet van plan was te verkopen aan Mark Rubinfine, al gaf hij hem er twintigduizend pond en zijn lever voor.

'Ik geloof van niet...' begon Alex, over zijn kin wrijvend. 'Ik heb wel Marlon Brando, een Brando... maar klein, A5. En een beetje een late. Hij ziet er eerlijk gezegd niet zo best uit, maar dat valt volgens mij niet overdreven op. Je kunt hem voor tweehonderdvijftig krijgen. Ongeveer.'

Rubinfine schudde zijn hoofd. 'Da's niks voor mij. Ik wil alleen Ford. Ik ben een Ford-man, Alex-Li, dat *weet* je?'

Rubinfines niet-aflatende gojse smaak waar het handtekeningen betrof, viel niet eenvoudig te bevatten. En het was nooit een tikje gojs. Het was extreem gojs. Het was zo gojs als Harrison Ford die een *Amish* speelt.

'Is dit de Handtekeningenman?' zei rabbi Green.

'Dit is de Handtekeningenman,' zei Rubinfine.

'Ben jij de Handtekeningenman?' vroeg Green.

'Voor mijn zonden,' zei Alex-Li Tandem.

'Jij verzamelt handtekeningen?' vroeg Green.

'Ik ben geen verzamelaar,' zei Alex-Li langzaam en luid. 'Ik ben handelaar. Het is niet iets persoonlijks. Ik zie het liever als handel.'

Green fronste. De linkerkant van zijn gezicht veerde opeens op, alsof een God die op rabbi's zat te vissen net een knaap aan de haak had geslagen.

'Je zit mensen achterna?' vroeg Green, met een zwaaiende vinger. 'Jeweetwel, met pen en papier? Mensen hebben recht op een beetje privacy. Louter omdat mensen op tv komen betekent nog niet dat ze geen gevoel hebben. Je moet de mensen met rust laten.'

Alex haalde diep, louterend diep adem. 'Ik jaag niet. Ik jaag niet meer en ik verzamel niet. Ik verzamel alleen voorzover ik *handel*. Ik ruil, ik koop, ik verkoop. Net als in andere handel. Ik sta niet midden in de nacht bij de uitgang van een schouwburg. Dat is kinderwerk.'

'Nou...' zei Darvick, die met een gespierde tong over zijn voortanden likte. 'Als jij dan zo slim bent... heb je *Bette Davis*? Je bent waarschijnlijk te jong om te weten wie Bette was, maar –'

'Nee,' zei Alex stoer met een klopje op zijn dichte tas alsof hij daarmee bevestigde dat hij er niet bij zat, 'nee... ik had een vroege still uit *Jezebel* maar die ben ik vorige week kwijtgeraakt.'

Darvick klapte in zijn handen. 'Kent hij Bette? Nou, zie je, ik *mocht* Bette. Ze had een bepaalde stijl. Men heeft het tegenwoordig over diva's, maar ze weten er eigenlijk niks van. Kijk toch eens aan. Zo'n schlemielige jongen, daar zou je toch niet van verwachten dat hij Bette kent. Maar hij kent Bette.'

Tandem deed zijn mond dicht, stak zijn vrije hand in zijn broekzak en betastte zijn eigen testikels, een vertrouwd gebaar dat hem in het verleden voor betreurenswaardige vergrijpen had behoed.

'Ik ken zo'n beetje iedereen,' antwoordde hij vriendelijk, op zachte toon. 'Hier hebt u mijn kaartje. Ik zal mijn privé-nummer en naam erbij schrijven. Luister, bel me over een paar weken op, rabbi Darvick. Ik zal wel even opletten of er een Bette opduikt. Ze is niet bepaald zeldzaam.'

'Makker, over een paar weken ben ik hier niet meer, ik kom alleen even aanvliegen,' zei Darvick, terwijl hij zich naar hem toe boog en het visitekaartje niettemin aanpakte. 'Noem je dat een handtekening? Alex... wat? Ik kan het niet lezen.'

'Li Tandem. Ik dacht dat ik het keu – kijk, o, mooi, het staat aan de voorkant gedrukt, rabbi. Alex-Li Tandem.'

'Alex-Li Tandem? *Tandem Handtekeningen: Meer Sterren dan de Melkweg.* Hè? Wat is dat eigenlijk voor vreemde naam? Tandem? Ben je een bekeerling?'

'De vader, Li-Jin Tandem – *moge zijn nagedachtenis tot een zegen zijn* – was Chinees,' verklaarde Rubinfine, en vanwege al die valse plechtigheid wilde Alex hem met zijn huissleutels in zijn oog steken. 'Tan, oorspronkelijk. Iemand vond dat Tandem beter klonk. Vreemd – is duidelijk niet het geval. Moeder, Sarah. Woont nu op het platteland. Schat van een vrouw.'

'Is dat zo?' zei Darvick, 'Chinees. Is dat zo?'

'Dat klopt, ja,' zei Alex-Li. 'Wel heren, als u me wilt verontschuldigen...'

'Je kunt gaan, je kunt gaan,' zei rabbi Darvick kregel en hij boog zich nogmaals over de boekenkast en haakte zijn vingers eronder. 'Als je niet helpt, ben je een last.'

'Wie niet voor ons is, is tegen ons!' zei rabbi Green.

'Nou,' zei Rubinfine, 'misschien hou je ermee op je neus te steken in zaken die je verstand te boven gaan? Misschien. En misschien zie ik je op sabbat. We moeten eens ernstig praten, Alex. Misschien komt het ervan. Misschien van alles. Maar misschien is een woord voor de mens, Alex. Misschien is voor Mountjoy. Maar in Gods geest zegt niemand "*misschien*".'

'Ja,' zei Alex, 'oké.'

'*Misschien,*' zei Rubinfine. 'Dat woord komt in Zijn woordenboek niet voor.'

'Best,' zei Alex. 'Snapput.'

'En Alex, mocht je.'

Van de spanning bleef Alex-Li Tandems kaak even vastzitten en het kostte enige moeite om hem los te krijgen.

'Mocht wat, rabbi?'

'Mocht je een Ford te pakken krijgen, denk dan aan mij.'

VIER / *Hod*

Schittering • Eén metro, veel mensen • gojse mime • Zij die waarneemt • Schaduwen • Jodendom en goj-zijn • John Lennon was joods • De nacht in kwestie • Iedereen verdragen • De Ballade van Esther Jacobs • De Tragiek van Alex-Li • Het fundamentele goj-zijn van Leonard Cohen

I

Bij de deuren: een heel oude man die vreselijk stonk. Het rijtuig hield zich kranig, trouwens, want hij kon er vast niets aan doen. Bij het bordje NIET ETEN: twee etende schooljongens. Aan het andere uiteinde: drie vrouwen met precies dezelfde kleren aan, felgekleurd polyester. Met opvallende vlekken. Ze vertelden elkaar humorloze anekdotes over hun weekends. Ze bevonden zich op enige afstand van elkaar aan de trieste boog van de seksuele volwassenheid en beseften dat. Ze lachten uitzinnig, rukten aan de handgrepen en toonden al met al hoe *drie vrouwen die pret maken* eruitziet. Die lagen elkaar niet, dacht Alex.

Zuchtend draaide hij zijn thermosfles open en nam een flinke teug. Van de geur sprongen de tranen hem in de ogen. In plaats van hem te vragen de thermosfles dicht te doen, voerde een vrouw-met-Alice-haarband die rechts van hem zat een gedetailleerde gojse pantomime uit; op haar horloge kijken, beseffen dat ze een station had gemist, even naar adem happen, op de bal van de voeten steunen en dan bij het volgende station opstaan en uitstappen. Een halve minuut later zag Alex haar in het volgende rijtuig tussen een heel dikke man en een non geklemd staan, zo'n volmaakt voorbeeld van karma dat hij merkte dat hij behoorlijk ontroerd was.

De trein stond onverwachts stil tussen twee stations toen Alex' telefoon overging. Zonder erbij na te denken, nam hij op.

'Het punt met waanvoorstellingen,' zei Joseph, 'is dat, als je ze niet bestrijdt, ze toenemen, en dan kan het heel ernstig worden.'

Alex zag hem helemaal voor zich. Hij was wel eens bij Joseph op kantoor geweest, had hem in zijn hokje zien zitten. Zelfs in die zaal met vijfhonderd identieke hokjes viel Josephs plek op door het totale gebrek aan persoonlijke details. Geen foto's, geen vlaggetjes, geen grappen. Alleen een keurig pakketje dat Klein zelf was, zijn gepoetste schoenen, zijn computertje, zijn handsfree telefoon. Altijd als enige in pak met stropdas. Een van de weinigen die om kwart voor negen achter hun bureau zaten. Alex zag hem zo voor zich, voorovergebogen, beide ellebogen op het tafelblad, zijn vingers in elkaar verstrengeld als de imitatie van een kerkdak. Voorhoofd tegen de torenspits geleund.

'Joe, ik zit in de trein.'

'Ja. En ik zit op mijn werk.'

'We staan stil tussen twee stations.'

'Alex, ik krijg een andere lijn binnen.'

'Joseph, zet me niet in de wacht. Als je me in de wacht zet, krijg ik een tumor.'

'Wij moeten eens ernstig praten.'

'Iedereen wil tegenwoordig ernstig met me praten.'

'Ik moet hem beantwoorden – jij krijgt een muziekje te horen. Het spijt me. Ik heb een claimer op de andere lijn. Blijf even hangen, alsjeblieft. Hallo, met Heller Verzekeringen.'

Joseph werkte sinds zijn afstuderen voor Heller, iets waar Alex meer onder te lijden had dan Joseph. In de Hellerwereld, begreep Alex, werden de principes van Heisenberg ernstig genegeerd: bij Heller heerste zekerheid. Bij Heller werd gevolg altijd herleid tot oorzaak. En er draaide altijd iemand voor op. Dus als iemand struikelde, bijvoorbeeld over een stoeptegel, of zich brandde aan een kop hete koffie, kreeg hij te horen dat hij het nummer onder aan de advertentie moest bellen, zodat Heller Verzekeringen iemand op no-cure-no-paybasis voor de rechter kon slepen, waarvan de kleine lettertjes aangaven dat je ongeacht de uitkomst een honorarium moest betalen. Medewerkers van Heller dachten niet aan ongelukken. Alleen aan kwade opzet. En door een stom toeval overwoog Alex doorgaans als Joseph het over zijn werk had zichzelf zwaar te verwonden.

Tell me he's lazy, tell me he's slow, klonk het uit de hoorn.

Verveeld, met de hoorn tussen oor en kin geklemd, keek Alex naar de jongste vrouw in polyester, en stelde zich voor hoe ze er in haar weinig hoopgevende ondergoed en ongemakkelijke houdingen uit zou zien. Onwillekeurig werden zijn gedachten beheerst door de zingende telefoon.

Zangeres: Ava Gardner (1922-1990)
Liedje: 'Can't help lovin' dat man'
Film: *Showboat* (1951)

Ik ben getrouwd geweest met Mickey Rooney!
Het huwelijk leverde het grootste lengteverschil tussen man en vrouw op in Hollywood!

In Alex' ogen was het enige gunstige aspect van Josephs baantje bij Heller Verzekeringen het feit dat Joseph zelf nooit hoefde te voelen hoe het was om door Heller Verzekeringen in de wacht te worden gezet.

Toen het lied voorbij was en opnieuw begon, schoot Alex een regel van zijn favoriete (en enige) dichter te binnen. Waarom die pad genaamd *werk* je leven laten bekruipen? Joseph had ook Handtekeningenman moeten worden. Het zat hem in het bloed. Hij was voorzichtig, uitgekookt. Maar ook hartstochtelijk, toegewijd. De volmaakte versmelting van verzamelaar en handelaar. Joseph had als jochie al zo'n enthousiasme voor de handel dat hij Alex ermee had besmet. Op zijn vijftiende begon Alex serieus te verkopen, op zijn twintigste was het een zaak. Maar Joseph, die bij zijn vader onder de plak bleef zitten, durfde van zijn hobby geen beroep te maken. Dat had met lafheid te maken, vond Alex, en daar weet hij de gespannen verhouding aan. Alex dacht dat Joseph een hekel aan hem had, en Alex had vanwege die hekel een hekel aan Joseph. Ze spraken hun hekel, echt of verbeeld, geen van beiden uit. En daar hadden ze allebei een hekel aan. Als recept voor het langzaam afbrokkelen van een vriendschap is het bovenstaande praktisch perfect.

'Alex?'

'Ben er nog.'

'Tizzet voor muziek? Pure interesse. Vivaldi?'

'Nee. Shownummers. Slechte. Je moet me niet meer in de wacht zetten, man. Ik kwam er de eerste keer al nauwelijks door.'

'Alex, heb jij Adam gesproken?'

'Vanochtend. Voordat wij elkaar spraken. Over het auto-ongeluk. Ik heb Esther een bushalte in gereden.'

'Dat heb ik gehoord. Wat zei hij?'

'Hij zei dat hij eens met me wilde praten, echt waar.'

'Ja, dat had hij al gezegd.'

Alex dacht hier iets venijnigs te horen en raakte geërgerd bij de gedachte dat Adam en Joseph elkaar spraken zonder hem erbij. Rubinfine en Adam, Joseph en Rubinfine – om die tweetallen maakte hij zich geen zorgen. Hij kende de omvang en diepgang ervan. Maar hij begreep weinig van de verhouding tussen Joseph en Adam, behalve dat die hecht was, en dat vreesde hij vaag. Hij wist dat ze allebei interesse hadden (Adam praktisch, Joseph theoretisch) in mystiek judaïsme, vooral de kabbala. Alex maakte zich er zorgen over dat vergeleken daarbij de interesse in marihuana en meisjes die Adam en hij deelden een onbelangrijke band zou vormen.

'Nou, Alex, het zit zo, hij vroeg of ik nog eens wilde bellen.'

Alex beet zwijgend op de binnenkant van zijn wang.

'Hij – wij maken ons *allebei* een beetje zorgen om wat dingen die je dinsdagavond zei. Vooral die toestand over de...'

Joseph maakte onwillekeurig kleine plofgeluidjes, wat aan Alex' kant klonk als een kus in de hoorn. Alex besloot hem te hulp te schieten.

'Over de Kitty, bedoel je?'

Onder het spreken trok Alex de plastic enveloppe uit zijn tas en haalde de ansichtkaart eruit. Hij voelde het bloed daadwerkelijk naar zijn hoofd stromen, als een katholiek die een relikwie aanraakt. Hij probeerde zijn ademhaling onder controle te houden. Daar had je d'r, daar had je d'r. De inkt lag als een korstje op het ruwe papier. Kitty stond erom bekend dat ze haar enige i voorzag van een klein bol hartje. Alex raakte het aan en beminde haar erom. Hij geloofde dat zij de eerste was. De eerste die zulke puntjes op de i zette. Voorts geloofde hij dat wie een cliché schiep deel had aan de Schepping. *Hond* was een cliché geworden. *Bomen* ook.

'Nou-ou,' begon Joseph voorzichtig, 'je liet je een beetje gaan, en dat geeft niks, niet iets om je voor te *schamen* – maar als je vervolgens weer wakker wordt, is het soms zo moeilijk om je hersenschimmen weer te verjagen... volgens mij moet je dat met zachte hand doen. Het is in orde en niemand rekent het je aan – we willen alleen even weten of je in orde bent. We maken ons gewoon een beetje zorgen om je.'

'Zorgen of ik haar wel ga verkopen?' vroeg Alex voorzichtig.

Het werd even stil.

'Alex?' zei Joseph, na een poosje. 'Ik begrijp het toch niet.'

'Hoor 'ns, Joe,' snauwde Alex, 'ik wil niet grof worden, maar ik snap werkelijk niet wat jij daarmee te maken hebt. Je zit niet eens meer in het vak, snap je? Waarom houd je je er in vredesnaam niet buiten?'

'Wacht eens – verkopen? Ik ben niet... Alex... dat is hypothetisch, toch?'

'Hoezo hypothetisch?'

'Hoe bedoel je, hoezo?'

'Ik bedoel *hoe*?'

Joseph lachte net als zijn vader, plotseling en zonder vrolijkheid.

'Wat is er zo grappig aan?' vroeg Alex kil.

'Oké, laten we even aannemen,' sprak Joseph dikdoenerig, 'Alex, dat je haar – binnen de handtekeningenwereld – zou proberen te verkopen. Hoe zou het voor mij dan ethisch zijn om mijn mond te houden? Ik bedoel, strikt beschouwd zit ik niet *in het vak*, maar ik *ken* de handelaars die risico's kunnen lopen bij zoiets, dat zijn *vrienden* van me. En nu ik weet wat ik weet, dat hij niet *echt* is, ga ik niet zitten toekijken en zo feitelijk een soort *medeplichtige* worden –'

'Joseph *Klein*,' zei Alex droogjes, 'niemand beschuldigt je valselijk ergens van. Niemand zal je afvoeren. Je hebt niks verkeerd gedaan.'

'Ik lach me ziek. Hoor 'ns, *Alex* –'

'Nee, hoor 'ns, hoor *jij* nou 'ns. Het moet me van het hart, volgens mij ben je jaloers. Het is *mijn* handtekening, *ik* heb hem opgestuurd gekregen –'

De trein kwam weer op gang. Alex zag de vier dikke strengen gekleurde elektriciteitskabels in een geheel samenkomen, dat tegen de muur hing toen ze eventjes een tunnel in schoten. De ontvangst van de telefoon was zo helder dat hij Josephs nerveuze ademhaling kon horen. Hoe kon hij hier nou nog bereik hebben? Hoe groot waren die satellieten eigenlijk? Zo groot als planeten? Waren ze kankerverwekkend? Alex stak zijn hoofd tussen zijn knieën.

'Dat is niet *waar*,' zei Joseph heel treurig. 'Ik ben nooit jaloers op je. Het kwetst me dat je dat denkt.'

En bij Joseph waren dat geen loze woorden. Je kon de pijn horen, *voelen*. Alex was nog nooit iemand tegengekomen die zo snel met woorden van zijn stuk was te brengen. Stokken en stenen hadden hem als jochie veel geraakt, Joseph, doordat hij klein was en slank en chic; stokken, stenen, vuisten, stiekeme trappen, vleeswonden en veel stompen. Maar woorden deden hem echt pijn. Hij schoot nog steeds overeind bij een vloek. Alex had hem onlangs aan de overkant van de straat zien lopen en zijn naam geroepen. Joseph was gestruikeld.

'Hoor 'ns... Joseph,' zei Alex, beschaamd, 'het spijt me. Ik wilde niet lullig doen. Ik voel me eerlijk gezegd gewoon een beetje beroerd. Ik heb de ergste kater uit de wereldgeschiedenis. En ik begrijp *niet* waarom jij mijn zaak behandelt.'

'Ik begrijp het niet,' zei Joseph met zachte, bezorgde stem, 'wat bedoel je met "*opgestuurd gekregen*"?'

'Ik bedoel "*opgestuurd gekregen*". Ik heb haar. Ze is echt. Ik heb haar in handen. Ze is naar mij opgestuurd.'

'Juist. En wat is ze? Post? De hemel?'

'Opgestuurd,' zei Alex nogmaals, vol overtuiging. 'Gewoon *opgestuurd*. Hoor 'ns – Ik beweer niet dat ik het kan *uitleggen* –'

'*Godskolere*. Alex. *Alex*....'

Joseph bleef praten. Alex hield Kitty vlak voor zijn gezicht zodat hij haar kon zien. Die verrukkelijke *tt*, die met een haal van de pen werd gemaakt, krullerig, ononderbroken.

'Het punt is,' zei Joseph, toen Alex weer in de lucht was, 'ik was *erbij*. Jij ging naar de keuken en kwam terug met de handtekening. Zo gebeurde het. Het spijt me, maar zo zit het.'

Met tot spleetjes geknepen, kwade ogen zag Alex hoe de oudste vrouw in polyester een handtas verplaatste om haar bolle buik te verbergen. Tegenover hem zat een man met zijn handen om zijn kruis. De jongens waren net uitgegeten. Toen de trein vaart begon te maken, trokken ze een gezicht en staken hun vingers in hun oren. Niemand reist meer zonder zich, al is het maar een tel lang, het ogenblik van de botsing voor te stellen. En als *dit* de cruciale tel was, dacht Alex, zouden al die mensen er beter op voorbereid zijn dan ik.

'Alex... ik wil niet – maar je weet toch wel de *hoeveelste* het vandaag is? Ik bedoel, aanstaande donderdag? Je moeder heeft het aan Adam verteld en Adam aan mij. Lijkt dat je niet belangrijk? Man, volgens mij draai je door. Hallo, Heller Verzekeringen.'

'*Wat?*'

'Blijf even hangen, alsjeblieft.'

Zangeres: Ann Miller (1919-)
Liedje: 'Prehistoric Man'
Film: *On the Town* (1949)

Als kind heb ik de Engelse ziekte gehad!

Met zo veel ruimte in mijn hersens, zo dacht Alex, had ik ook Hebreeuws kunnen leren. Had ik iemand kunnen worden.

De muziek hield op.

'Hoe komt het,' zei Alex strijdlustig, 'dat Adam twee keer per week een mystieke ervaring heeft en dat is prima, dik in orde, maar als het *mij* dan *eindelijk* eens overkomt denkt iedereen dat ik gek ben?'

Het bleef stil. Alex nam aan dat de verbinding verbroken was.

'Maak jij je wel eens zorgen, Alex,' klonk de ongehoorde vraag, net toen Alex zijn duim richting OFF stuurde, 'dat je aan waanvoorstellingen lijdt? Dat je depressief bent, Alex?'

Een van Alex' talenten, een van de weinige die hij overheeft uit zijn beschermde jeugd, is dat hij precies weet hoeveel tijd hem rest voordat hij moet overgeven. Het is een kwestie van perfecte timing; gesprek afgelopen, tas en fles in de hand, uit de trein, over de sporen richting de Westbound, een waaier van braaksel over de verlaten sporen en vervolgens de aankomst van de trein die hem naar het centrum van alles brengt. Een bestemming die in lichtletters staat aangegeven.

2

Toen hij weer opdook, nestelde Alex zich bij de kaartcontrole tegen een vermoeide vrouw, zodat haar lijf met kaartje en het zijne zonder als één geheel werden beschouwd. Het was tot nu toe altijd gelukt, maar nu was er een hand die zwaar op zijn schouder leunde en hij werd naar het volgende strafniveau gebracht: achter een glazen ruit zat een zwarte vrouw met grijs haar. Haar linkerbeen zat in het gips en steunde op een stapel boeken die op zijn beurt op een stoel lag. Haar bril hing aan een kettinkje. Op een plastic naamkaartje met opdruk in een letter die de natuurlijke beweging van de menselijke pen probeerde te benaderen stond *Gladys.*

Alex glimlachte.

'Mag ik een enkeltje vanaf Mountjoy, alstublieft.'

Gladys hield theatraal een hand achter haar oor. Internationaal Gebaar voor *Wat zeggie?*

'Wat jij willen? Ga jij naar Mountjoy?'

'Nee – nee, ik ben hier net –'

'Hé jonge – praat in die dinges; ik versta jou niet.'

'Ik zei dat ik net uit Mountjoy ben gekomen –'

'Dus nou wil jij een enkoltje t'rug?'

'Nee, ik – alleen – de trein uit Mount... er kwam een trein aanrijden, dus daar ben ik snel in gesprongen –'

'O, ik zie het al. Noem mij maar Cassandra, jongeman, want ik zie, ik zie.'

'Nee, luister. Precies. Nee. Eh, even van voren af aan. Zo ging het niet, nee, het ging zo: ik deed – ik had geen tijd om een kaartje te kopen... dus toen...'

Alex viel stil. De vrouw pakte een groot stuk huisvlijt – twee potloden die met een elastiekje waren samengebonden – en stak dat onder het gips. Krabde.

'Dus als ik het goed begrijp – en corrigeer me gerust als ik onverhoopt abuis ben – is dat je hebt zwartgeredon; dat je net alsof er *niks*...'

'Zo was het niet –'

'...En zodoende heb je de wetgevonde en uitvoeronde machten van onze regering *genegeerd*...'

'Is dit...? Ik bedoel – strikt genomen – noodza –'

'...En dan heb ik het nog niet eens over de *expliciete* reisvoorwaardon die het Londonse Metro-bedrijf uitvaardigt en die beschikbaar zijn voor iedereen die *ogon* in z'n bolletje heeft; en bovendien het maatschappelijke *rechtvaardigheidsgevoel geschondon* dat impliciet door je medereizigers wordt onderschrevon...'

'Ja, ha. Heel leuk. Zeg ik heb eigenlijk haast –'

'...En *last* maar *allerminst least*, heb je een puinhoop gemaakt van je eigon geweton betreffonde een *dwingonde moraal* die we voelon in ons binnonste en anders wel aantreffon in Exodus. Gij. Zult. Niet. *Stelon*.'

Soms dacht Alex dat het een goed idee was om alle volwassen deeltijdstudenten ter wereld tegen elkaar aan op de evenaar vast te binden op zodanige wijze dat ze zich niet zouden kunnen bewegen. En dat gold ook voor wie naar de avondschool ging.

'Tien pond alsjeblieft, jongeman. Ploes het kaartje.'

Alex had geen tien pond, dus gaf hij haar een betaalkaart, en toen moest zij opeens afkeurende geluidjes maken, haar been van *The Last Days of Socrates* af tillen en naar de achterkant van haar hokje hobbelen om het mechanische veegding te pakken. Ze veegde, ze gaf het door, hij tekende het, hij gaf het terug, ze hield het naast zijn betaalkaart, hij glimlachte. Ze keek hem wantrouwend aan.

'Is die van jou?'

'Wat? Is er iets mis mee?'

Ze keek nogmaals naar het kaartje, naar de handtekening, naar het kaartje en gaf het toen terug. 'Ik weet het niet. Misschien medjou. Je ziet er ziek uit. Alsof je zo kunt omvallon.'

'Sorry, Gladys, ben jij arts? Of profeet? Ik bedoel: ook nog? Of kan ik nu gaan?'

Ze keek stuurs. Riep de volgende uit de rij naar voren. Alex graaide zijn thermoskan van de balie. Schreed naar de uitgang.

Buiten sloeg hij meteen links af met de bedoeling de rest van de straat te rennen, links af te slaan en daar op het veilinghuis te stuiten. Maar hij had niet op de uitverkoop gerekend. Of op de vrouwen. De zon stond laag genoeg om ze uit te lichten, hun silhouetten tekenden zich scherp af. Ze deden Alex denken aan de Chinese schaduwpoppen van het oude Tangshantheater. Ze bewogen zich snel en werden niet wazig. Zo prachtig! Door deurtjes, belletjes laten rinkelen, weer naar buiten, en nog eens. Knap, snel, soepel: reetjes die voor de verandering op jacht gaan. Er lag een kloof tussen dit en de manier waarop Alex winkelde (een soort blinde aanval op de winkels, en alleen voor noodzakelijke dingen: toiletpapier, tandpasta). Deze vrouwen gaven hun verlangen een efficiënte uitstraling. Er was hier in de straat niets waarnaar ze zozeer verlangden dat het ze uit hun evenwicht bracht. Ze waren verbazingwekkend.

Maar ik ben al te laat! dacht Alex toen hij op zijn horloge keek. Zijn trui was van mohair, zijn hals nat van het zweet. Maar hoe kon hij dit nou weerstaan? Ter voorbereiding hield hij halverwege de straat stil, trok zijn regenjas uit, knoopte die om zijn middel. Hij haalde een klein notitieblokje uit zijn zak en drukte dat in zijn hand om aantekeningen te kunnen maken. En nu begint Alex langzaam tussen ze door te lopen, en terwijl hij dat doet verdeelt hij ze, zoals altijd, voor zijn hobby, zijn onderzoek, zijn boek. Gojs. *Joods*. Gojs. Joods. Gojs. *Gojs*. Joods. *Gojs!*

Niet zijzelf, niet als volk – daar viel geen lol aan te beleven. Alleen oorlogen. Verder niks. Een gebaar. Een soort schoeisel. Een geeuw. Een jurk. Een liedje dat wordt gefloten.

Het bezorgde hem een eenvoudig genoegen. Andere mensen vroegen zich af waarom. Hij besloot zich niets af te vragen. Door al die mogelijk psychologische, fysiologische en neurologische hypotheses (inclusief de theorie dat *halfbloed alles dubbel ziet*, of *vaderloze kinderen streven naar een nieuw evenwicht* en vooral de gedachte dat *Chinese hersens zijn ingericht op dualistisch yin-yangdenken*) wilde hij zijn oogballen aan de muur nieten. Hij deed het omdat hij het deed. Hij had een onaf manuscript getiteld *Jodendom en goj-zijn* dat iemand misschien ooit zou willen publiceren, het toppunt van zijn werk op dit terrein. *Jodendom en goj-zijn* was ooit een nogal academische tekst geweest. Het bevatte een inleiding, opstellen en verklaringen, voetnoten, opmerkingen in de kantlijn (hij had het beschouwd als een verlengstuk, een volgend deel desnoods van Max Brods onderneming uit 1921: *Paganism, Christianity, Jewry*. Hij was ook schatplichtig aan de populaire komiek Lenny Bruce). Het omvatte zo veel categorieën, dingen als:

Eten
Kleren
De 19de eeuw
Auto's
Lichaamsdelen
De songteksten van John Lennon
Boeken
Landen
Reizen
Medicijnen

Elke categorie werd vervolgens verdeeld in joodse en gojse dingen die erbij hoorden. In een aanval van bijgeloof had hij in het begin besloten de onderdelen van het boek aan te duiden met het Tetragrammaton, Gods vierletterige naam:

JHWH

Soms, als het onderdeel extra controversieel was, maakte hij gebruik van de krachtiger Hebreeuwse incarnatie:

יהוה

Alsof het aanroepen van de heilige naam zijn ketterij zou afschermen.

Hij was er jong en naïef aan begonnen. Het was inmiddels een ander boek geworden. Het ging nog steeds over jodendom en goj-zijn, maar nu ging het nergens anders meer over. De opstellen waren nooit langer dan een bladzij. Bij de vele illustraties ontbraken de onderschriften. Allemaal weggehaald. Alleen hier en daar een voetnoot. Geen commentaar. Nu had hij alleen de schitterende kern van het ding over: meer dan driehonderd bladzijden van een dubbele opsomming. Joodse boeken (vaak niet door joden geschreven), gojse boeken (vaak niet door gojs geschreven), joodse kantoorbenodigdheden (nietmachine, penhouder), gojse kantoorartikelen (paperclip, muismat), joodse bomen (plataan, populier, beuk), gojse bomen (bijv. eik, sitka, paardekastanje), joodse geuren uit de zeventiende eeuw (bijv. rozenolie, sesam, sinaasappelschil), gojse geuren uit de zeventiende eeuw (bijv. sandelhout, walnoot, natte bosgrond). En Gods onnoembare naam op elke bladzij. Steeds weer. Het was een sieraad. Hij had het nog nooit aan een levend wezen laten zien. Als het ooit ter sprake kwam, merkte hij dat hij als een filmpersonage werd toegesproken. Rubinfine zei hem dat hij *zijn leven verspilde*. Adam *maakte zich zorgen over zijn geestesvermogen*. Joseph was van mening dat het gevaarlijk was om erover te praten omdat je dan *meeging in de gevaarlijke gedachte* dat het ding echt bestond. Esther stond *de gedachte alleen al vreselijk tegen*.

Nou, misschien was *Jodendom en goj-zijn* niet voor iedereen bestemd. Maar kreeg iedereen niet al *alles*? Hadden ze nog niet genoeg? Alles op de wereld wordt voor die 'iedereen' op maat gemaakt. Iedereen krijgt alle tv-programma's en godver bijna alle bioscoopfilms en ongeveer 80 procent van alle muziek. Daarna komen tweederangsmedia als schilderen en die andere visuele kunsten die niet bewegen. Die zijn doorgaans alleen voor *iemand* en hoewel je mensen altijd hoort klagen dat het onvoldoende is, heeft *iemand* het goed. Galeries, musea, souterrains in Berlijn, appartementen, kranten, kale muren in stadscentra – iemand krijgt al wat zijn hartje begeert, meestal. Maar waar zijn de dingen die *niemand* wil? Eens in de zo veel tijd zag of hoorde Alex iets wat kennelijk voor niemand bestemd was, maar dat bleek al snel voor iemand en nadat er een zekere hoeveelheid reclamebudget aan was besteed, knalde het voor iedereen de wereld in. Wie bleef er nog over om iets voor niemand te maken? Alleen Alex. Alleen hij. *Jodendom en goj-zijn* was voor niemand. Je zou dit het begin van een nieuwe kunststroming kunnen noemen, als het niet zo triest was dat niemand een nieuwe kunststroming zou herkennen en zou bespuwen. Niemand zat op *Jodendom en goj-zijn* te wachten. Niemand wilde het. En het was nog niet af. Hij zou het voelen als het af was.

Hij zat al een poosje vast in zijn boek. Het was eenzijdig. Goj-zijn was in al zijn verschijningsvormen een obsessie geworden. Er stond nu te veel in over aluminiumfolie, grand foulards, punaises, boekenleggers, boomgaarden. Het jodendom sijpelde net zo hard uit het boek als uit zijn leven. Drie maanden geleden had hij zijn grootste waagstuk volbracht: een hoofdstuk gewijd aan de discussie dat het Judaïsme zelf het meest gojse van alle monotheïsmes was. Het was spectaculair mislukt. Hij was erg terneergeslagen geweest. Zo erg dat hij zijn moeder belde die meteen ophield om samen met Derek (de vriend) dingetjes te kleien in Cornwall en terugkeerde naar Londen om twee weken bij hem te logeren en toezicht te houden. Maar bij Sarah was het niet aangeboren, die moederrol. Dat was voorbehouden geweest aan Li-Jin. Haar gave was vriendschap, en Alex kon zich op zijn beurt niet overgeven en soep laten brengen en zich laten temperaturen. Hun toenadering verliep ongemakkelijk, ietwat komisch, als twee gebochelden die samen in een speelhuisje wonen. En dat alles zonder Li-Jin. De vreselijke onverdunde treurigheid. Zodra ze elkaar ontmoetten, voelde het als nieuw, alsof ze een picknick hadden georganiseerd en Alex kwam met alle bestek aan, Sarah met de kleden – waar was het eten?

Niettemin werd Alex (die er net als de meeste jongemannen van overtuigd bleef dat zijn moeder ongewoon mooi was, ook nu ze uitdijde en grijs werd) gecharmeerd door haar fysieke aanwezigheid, haar vlotte hippierokjes en sjaaltjes, haar handen die op de zijne leken, de zakelijke manier waarop ze hem plotseling aan de borst drukte zoals mannen op een sportveld doen. Ze had van alles te vertellen.

Ze zei: 'Zo ik iets ben, schat, dan waarschijnlijk boeddhist.'

Ze zei: 'Weet je, toen je vader en ik trouwden...'

Ze zei: 'Het lijkt mij wel verstandig om wat meer te doen en wat minder te denken.'

Ze zei: 'Waar staan de kopjes?'

Bij het afscheid gaf ze hem een doos vol papieren en troepjes die met de familie te maken hadden.

'Bedoel je dit soort dingen?' zei ze terwijl ze het op zijn nachtkastje zette.

Sarah Hoffmans familie. Snuisterijen en foto's en feiten. Dit was haar opa Hoffman als jongeman in een Europese houding, pedant ogend, met de armen om de schouders van twee andere jongelui geslagen, met zijn drieën stonden ze, hun dunne beentjes gespreid, voor een of ander gebouw, een nieuwe onderneming, die nooit zou worden volbracht. Op een volgende stonden vier mooie zussen in de sneeuw. Hun hoofden in verschillende melancholieke poses. Alleen hun magere Afghaanse jachthond kijkt in de lens, alsof hij op de hoogte is van hun aanstaande gruwelijke dood, de plek en de volgorde. Elders staat Dikke Oom Paul als klein jochie op een sepiakleurige ansichtkaart. Het is een studiofoto waarop hij met zijn worstenbeentjes wijd en een tropenhelm op naast een palmboom op een opgezette minipony zit. Diezelfde Paul had beweerd dat de Hoffmans huwelijksbanden hadden met de Praagse Kafka's. Maar wat is een huwelijk? Alex groef dieper. Een tramkaartje voor een in onbruik geraakte lijn in een in onbruik geraakte stad. Tien zloty's. Een paar donkerrode wollen slobkousen met lila ruitvormpjes. De diploma's van een geëmigreerde Russische onderwijzer, verre neef. Een bolhoed, gedeukt. Maar laat maar iemand anders een triest lijstje samenstellen, vond Alex. De mensen die dit soort dozen bewaren zijn dezelfde types die onheilspellende geluiden volgen tot in donkere kelders, die hun eigen huis op de grafvelden van de indianen bouwen. Mensen uit de film. Iedereen op deze foto's is dood, dacht Alex lusteloos. Vermoeiend allemaal.

3

De avond bij Adam, de avond in kwestie, was niet de eerste keer dat Alex op de letters mediteerde. Hij was de laatste maanden vaker gegaan omdat hij dacht dat het misschien zou helpen. Het ging altijd op dezelfde manier. Ze werden stoned. Ze gingen op de grond zitten met grote lege schetsblokken. Pennen in de aanslag. Staren naar de muren. Op de achterste muur had Adam tien jaar geleden een ruw kabbalistisch diagram getekend, tien cirkels in een vreemde formatie. Dat waren volgens Adam de tien heilige cirkels die elk een heilig attribuut bevatten. Een *sefirot*. En anders waren het de tien takken van de Boom des Levens, die elk een aspect van oppermacht vertegenwoordigden. Of het waren de tien namen van God, de tien manieren waarop hij kenbaar wordt gemaakt. Het waren ook de tien lichaamsdelen van Adam. De Tien Geboden. De tien lichtbollen waaruit de wereld was samengesteld. Tevens bekend als de tien gezichten des konings. Tevens bekend als het Pad der Cirkels:

Figuur a. Muur een

De Sefirot van Tien

Op de muur ertegenover had hij iets eenvoudigers geschilderd en, voor Alex, veel mooier: alle tweeëntwintig letters van het Hebreeuwse alfabet. Het Pad van Letters.

Figuur b. Muur twee

יהוה

Tweeëntwintig basisletters

Hij wijdde ze. Hij haalde ze uit elkaar. Hij combineerde ze. Hij woog ze. Hij liet ze stuivertje wisselen. En hij schiep ze met de rest van de schepping en alles wat er in de toekomst nog meer moest worden gemaakt.

ו	ה	ד	ג	ב	א
VOV	HEI	DALED	GIMEL	BEIT	ALEPH
ל	כ	י	ט	ח	ז
LAMED	KAF	YUD	TET	CHET	ZAYIN
צ	פ	ע	ס	נ	מ
TZADI	PEI	AYIN	SAMECH	NUN	MEM
		ת	ש	ר	ק
		TAV	SHIN	REISH	KUF

De wereld is verdeeld.

Voorzover mogelijk was dit mooi uitgevoerd. Adam was reuzehandig met een paintbrush. Maar er zwijgend urenlang naar kijken vergt een zekere toewijding. De Reis naar God. Die is erg lang. Die is behoorlijk saai. Zodra Alex zover was dat hij wilde ophouden en de tv aanzetten, begon Adam zijn ruggengraat als palmblad te visualiseren. En daar ging hij, reisde door de cirkels, verloor zich erin. Maar Alex ging er niet in op, raakte niet buiten zichzelf. Hij begreep deze idee van eenheid in de leegte niet. Dat soort dingen ging hem boven de pet. Hij ervoer geen magie. Alleen de dikke, zinloze marihuanaroes, het naar de letters staren, weinig bijzonders voelen, afgezien van vage antropomorfismen: leek dat niet net een man die zijn vuisten balde? Een kroon? Een halve Menorah? Een tafel? Een slapende foetus? Een langharige elf?

Voor Adam was het anders. Voor hem voerden de cirkels en de letters hun complete programma op. In elk ervan zag hij werelden, zielen, godheden. Het hielp ongetwijfeld als je Hebreeuws kon lezen, een kunstje dat Alex nooit onder de knie had gekregen. Maar het draaide om meer: Adam had zijn verwondering niet verloren. In Adams wereld was alles wonderbaar. Hij las elke maand maar één bladzij uit de Thora, want elke letter was voor hem een boek op zich. Tijdens een doorsnee meditatiesessie kon Adam zijn zes uitverkoren letters minstens twintig keer opschrijven, herschikken, permuteren, berekeningen uitvoeren op basis van hun numerieke waarde, of hun kleuren, of de profeten die ze symboliseerden, of de muziek die ze voortbrachten. Soms wiekte zijn ziel weg om in Israël te materialiseren. Het was de tijd van de glorie van de Tempel van Jeruzalem. De letters telden nu vele verdiepingen, zoals wolkenkrabbers overal bovenuit staken. Hij vloog eromheen en bekeek ze van alle kanten. Hij baadde in hun licht. Hij lag aan hun voeten. Adam de mazzelaar.

'Ga zitten,' zei Adam die dinsdagavond en hij wierp Alex een nepfluwelen kussen toe. De kamer zag er net zo uit als anders: bedompt, donker, kaarslicht. Joseph zat in kleermakerszit op de grond. Esther lag languit op de bank, een en al been, te high om zich te verroeren. Er speelde een video, Esthers keuze, een romantische komedie uit de jaren tachtig waarvan het geluid was weggedraaid. Alex verwachtte niets.

'We gaan het eens iets anders proberen,' had Adam gezegd toen hij zijn houten doosje opende. Hij gaf Alex een velletje geperforeerd papier, gedrenkt in iets anders.

Een eindje verderop op de video (die nooit veranderde, waarin mensen nooit veranderden en mooi bleven en niet stierven) kwam een laatste bevrijdende kus op een parkeerterrein voor. Alex tilde Esther pardoes van de bank, greep haar en kuste haar.

'Laat me *los*,' zei ze.

'Laat me met rust,' zei ze.

'Waar gaan we heen?' zei ze.

Maar toen zaten ze al in de auto. Of niet? Alex hield midden op deze kakstraat stil en sloot zijn ogen, om – zoals dat in advocatenseries heet – het plaatje helder te krijgen. Was Esther erbij? Had hij de Kitty toen al? Had hij haar als een parkeerboete achter de ruitenwisser gestoken?

Hij herinnerde zich dat ze bij een garage eten hadden gehaald. Alex had de indruk gekregen dat iedereen in die garage Kantonees sprak totdat hij ze aankeek.

Daarna spraken ze Engels. Kantonees, Engels, Engels, Kantonees!

Eenmaal terug in de auto wendde hij zich tot Esther. 'Iedereen spreekt Kantonees. Soms,' zei hij. Hij giechelde. Maar Esther huilde en staarde naar haar dijen.

'Ik ben zo *egoïstisch*,' zei ze.

Esther kreeg de indruk dat de twee foetussen die ze had laten aborteren (eentje van Alex op haar zeventiende, de ander van een vent die ze tijdens de studie had leren kennen), in haar dijen zaten, in elk één, en dat ze hun kleine vingertjes naar buiten geduwd zag. Kort daarna moet die bushalte plotseling zijn overgestoken en zich op Alex' auto hebben geworpen.

Bij die herinnering voelde Alex dat zijn gezicht nat was van tranen. Hij deed een gojse mime, voor niemand in het bijzonder, waardoor hij iets in zijn oog kreeg. Hij gebruikte zijn mouw. Hij probeerde dezelfde ademhalingstechnieken toe te passen die Adam hem tijdens hun meditaties had geleerd. Halverwege zijn voorstelling werd hij benaderd door een zoetgevooisde Franse tiener. Gehaast verstrekte Alex verzonnen aanwijzingen over een plek waar ze geen van allen ooit waren geweest. De jongen sloeg linksaf naar Joost mag weten waar. De zon werd een streepje helderder. De oude grijze stadssteen lichtte er wit door op en voor het eerst na een maand smog lonkten twee ver uiteen staande paleizen naar elkaar, twee vrienden aan weerszijden van een feest als de menigte plotseling uitdunt. Alex probeerde het met neuriën. Sommige winkelende vrouwen glimlachten naar hem, maar flauw, zoals je glimlacht naar bejaarden, zwakkelingen en gehandicapten. Alex zette door, neuriede voort tot aan een verkeerszuiltje en voorbij de hoek. Nu zong hij een beroemd lied. Hij liep op de maat. Het lied veranderde. Dat overkwam hem vaker. Zo had hij ooit spontaan 'Let's Go to Court' gecomponeerd, een lied over zijn huisbaas op de wijs van 'Let's Get It On'; 'I'm So Bored' (een hit uit de synagoge) op de wijs van 'You're So Vain'; en 'Incompetency', een lied voor uiteenlopende bureaucratische en werksituaties, gestolen van 'Controversy' van Prince. Nu zong hij een totaal aangepaste versie van 'Norwegian Wood', waarin Esther voorkwam, terwijl ze op het trottoir zat naast wat er over was van de auto. In het nummer beschuldigde ze hem er, net als in het leven zelf, van dat hij meer van Adam hield dan van haar. Maar dat was niet waar. Dat wil zeggen, ze schreeuwde het, maar ze had ongelijk. Hij aanbad haar. Hij kon het alleen niet altijd even goed laten blijken. In feite was het probleem ouder dan de auto. Alex stond onverschillig tegenover kleinigheden, die dingen die ertoe doen. Hij kon de titel van haar proefschrift niet onthouden (*Soorten van het een of ander bij de ontwikkeling van de iconografie van het Afrikaanse jodendom in de nog iets*). De toestand van zijn badkamer. De boeken die ze hem aanraadde en die hij nooit las. Hij had haar in zijn hart gesloten, maar niet in zijn bewustzijn.

In hun kindertijd waren ze met elkaar opgetrokken (hij was net zeventien toen zij hem, op haar veertiende, bij zijn enkel greep, in een heg werkte en kuste), ze was hem even vertrouwd als Mountjoy. Hij kon haar nog altijd op diezelfde manier zien

– als een soort behang dat hij niet zag totdat er een spotje op scheen. Zelfs haar pacemaker – hard en vierkant, waar haar huid strak omheen was getrokken – was voor hem nu iets alledaags. Hij had alle stadia met haar meegemaakt: angst, ontzag, aanhankelijkheid, seksualisering. Hij betrok het besef van haar sterfelijkheid er niet eens meer bij; maar ze had hem dan ook aangemoedigd er vrijelijk mee om te gaan. Het vast te pakken, er een vinger achter te duwen, zijn vingers en duim eromheen te slaan en ze door haar huid heen tegen elkaar aan te drukken. Hij vertrouwde op haar hart. Pas toen ze naar verschillende universiteiten gingen werd hij paniekerig bij de gedachte dat hij gek zou worden. Terwijl zij daar met andere mensen sliep (een man en een vrouw), dacht Alex dat hij zijn verstand zou verliezen. Zulke dingen waren ervoor nodig. Het was pas sinds kort dat als er vrienden van Alex uit een of andere vreemde wereld – werk, universiteit – haar voor het eerst zagen en een opmerking maakten over hoe mooi ze was, dat hij het dan herbesefte. Herbesefte? Tja, was daar een beter woord voor?

In therapie geloofde hij niet, hij deed het wel zelf. Ja, hij stelde zijn liefde voor op een scherm voor een testpubliek; hij zag ze kijken en iets op hun kastjes indrukken. Ja, hij wilde zijn liefde op een afstandje, fysiek nabij, maar op een andere manier moeilijk bereikbaar. De eerste indruk die een buitenstaander van zijn liefde kreeg – als een Afrikaanse prinses of een dubbelgangster van een of andere actrice –, dat sprak hem meer aan dan haar verschillende werkelijkheden. Hij wilde voortdurend opnieuw met haar kennismaken. Hij wilde altijd het begin van de film zien – niet op het parkeerterrein, maar in de klas. Hij was vol ontzag voor haar schoonheid en wilde dat ontzag nooit kwijtraken. Ja, dokter, ja. Ik wil haar fan zijn.

Esther was kaalgeknipt als een jongetje. Terwijl hij naast haar lag dacht hij dat hij dat kokosnootje de rest van zijn leven vast kon houden. Ze won van hem met armpje drukken en ze won de meeste discussies. Ze was groter dan hij en mooier. Maar wat hem kwelde was de gedachte dat ze oud zou worden! Hij besefte dat zulke gedachten waarschijnlijk tot een eenzame dood zouden leiden. Hij hield zichzelf voor dat het de tragiek van zijn leven was. De grote tragiek van zijn hart was dat hij het altijd iets voor moest spiegelen.

4

Doelloos rende Alex de laatste honderd meter, de galop van een stuurloos mens – als een dier dat pas in zijn flank was geschoten. En hield toen opeens stil. Pal naast het veilinghuis keek de populaire muzikant Leonard Cohen verveeld naar een boetiek, met naast hem een vrouw die zich niet verveelde. Alex was geen jongetje meer – hij was niet van plan bij hem om een handtekening te gaan bedelen. Maar Leonard gunde hem beslist alle tijd. Hij bewoog zich wel steels steeds dichterbij, hij zag Leonard wel kauwgom op de stoep spugen, de vrouw op de schouder tikken en vervolgens in de richting van een koffietent enkele panden verderop lopen. 'Suzanne'.

Dat was een briljant nummer. Iets met Mercy. 'Sisters of Mercy'. Een eeuwige klassieker. Maar hij was bijna een uur te laat voor zijn veiling.

Even later stond Alex tegen zijn rationele bedoeling in achter Leonard in een koffietent de altijddurendheid van Leonard te bewonderen: zijn oneindige natuur, het feit dat er lang nadat de fysieke Leonard wormenvlees zou zijn geworden nog een virtuele Leonard zou bewegen, zingen en interviews geven. En hij was kalend. Het was ongelooflijk. Hij had een ingebouwde afstand. Zelfs als je vlak achter hem stond, leek hij ver weg. Zijn roem zou hem redden. Alex voelde de rancune groeien. Waarom Leonard? Hij zag er helemaal niet bijzonder uit. Wat was er zo bijzonder aan hem? En waarom was hij trouwens in deze koffiezaak? Welke beroemdheid loopt er nou een doodnormale koffiezaak in vol met mensen als Alex?

Alex stond nu kwaad kijkend achter hem. Hij haatte de schittering van de instappers, de spijkerbroek, het kekke jasje, het getrommel van Leonards vingers op de toonbank, Leonards bestelling: 'Een mokkakoffie, kunt u dat maken? Maar wilt u de chocola *niet* bovenop doen? En twee keer zo veel melk als schuim? Geweldig. Ja, bedankt, uitstekend. Nou u het zegt – ja, kunt u dat in een apart... ja, een ander kopje bijvoorbeeld – ze zijn wel *erg* heet – straks moet ik u nog voor de rechter sleuren, ha! Ach, dat is geweldig. Fantastisch.'

Gojs, dacht Alex-Li.

VIJF / *Tiferet*

Schoonheid • Bidden op het werk • Quote unquote • Jimmy Stewart was joods • De kabbala van Elvis Presley • Drinkspelletjes • Once upon a time in Europe • Brian Duchamp • Begeeft u zich kalm naar de dichtstbijzijnde uitgang

I

Veilingzaal 3 werkt als volgt: het is geen echte zaak, maar een soort kathedraal of synagoge waar Alex om de week heen gaat en er steeds hetzelfde zegt. Hij telt plafondtegeltjes en denkt na over God. Hij bidt op zijn manier (*Help Me, God; Jezus Christus, Redt Me Hier Uit*). Hij hoopt dat ze ophouden met telefonisch bieden, hij hoopt dat iemand hem gunt wat hij graag wil hebben. Maar er verandert niets. Alex zegt wat hij eerder heeft gezegd, uit dezelfde geluidloze verwensingen, ziet de prijzen omhoogschieten en buiten zijn bereik komen. De veilingmeester, met zijn fruitige theatrale stem, en de hamer slaat op exact dezelfde plek op een blok hout, ongeacht het uur van de dag. En de Amerikaan Jason Lovelear zegt: 'Leonard Cohen? Neem me niet in de maling – Leonard Cohen? Is hij daar nog? Hij komt *hier* toch niet naar binnen, hè? Jezus. Ik heb nog verkering met zijn zus Chloë gehad. Chloë Cohen. Zware meid. Schildklier. Niet toen ik haar leerde kennen. Kwam later – toen moest ik het uitmaken. Leonard was *zeer* ontstemd. Er zat veel vuil in de lucht, tussen ons.'

Nee, dat klopt niet. Dat zei Lovelear niet elke keer. Maar, een paar andere zelfstandige naamwoorden en voornaamwoorden daargelaten, hij zei altijd iets *soortgelijks*.

'Alex-Li *Tandem*,' zei Lovelear.

Niemands fysiek stemde Alex zo treurig als dat van deze man. Lovelears haar was ofwel zwart en hij verfde het blond of vice versa en als hij ooit een bovenlip had bezeten, dan was dat nu nergens meer aan te zien. Hoewel hij in termen van kilo's geen afzichtelijk overgewicht had, zat zijn spek op een vernuftige plek. Hij had zijbuiken. Het kleine klapstoeltje waar hij op zat, kon ze niet allemaal herbergen. Een van de vele dingen die je nooit op tv ziet is de reikwijdte en afschuwelijkheid van de menselijke gestalte. Alleen al daarom, vond Alex, verdient ze alle lof.

'Hallo, Lovelear. Sorry – laat.'

'*Eindelijk*. We hebben een stoel bezet gehouden voor je. Dove, schuif eens op.

Oké. Dus. Je ziet eruit als een *natuurramp*. Waarom ben je zo laat? Die meid, of niet? Als ik zo'n meid had, kwam ik ook te laat.' Hierbij maakte Lovelear een obsceen Internationaal Gebaar. 'Yes, *sir*. Maar zat jij niet achter het stuur?'

Alex ging tussen Jason Lovelear en Ian Dove in zitten, twee mannen die zich zijn vrienden noemden. Hij haalde de terzakedoende catalogus uit zijn tas en vouwde die op schoot open. Hij omcirkelde nr. 159 in de catalogus, een wekker met een certificaat van herkomst waaruit bleek dat hij tussen 1965 en 1969 op Graceland had verbleven. Ian Dove overhandigde hem een houten bordje waar het getal 10 op stond.

'V'bluffend, toch, die schatting. Tweeduizend pop voor een Casio-wekker. Ken toch niet kloppen, joh?' mompelde Dove op exact dezelfde toon waarop ieder normaal mens de volgende zin zou uitspreken: *Afschuwelijk, toch. En ze was nog maar veertig. Veertig jaar en overreden door een bus. En we waren nog geen vierentwintig uur getrouwd.*

'Ja, verbluffend.'

'Weet je wat ik denk?'

'Nee, Ian.'

'Ik denk dat we een heuse Elvis-fan aan de lijn hebben. Daarom zijn die prijzen zo idioot.'

'Juist.'

'Weet je wie ik denk dat het is?'

'Nee, Ian.'

'Volgens mij is het Jackson.'

'LaToya?' informeerde Alex-Li voor de verandering. 'Of – wacht – toch niet Jermaine?'

Ian Doves goedaardige gezicht raakte doorgroefd. Nu haalde hij beide handen door zijn voortijdig grijze haar. Ian Dove draaide wisseldiensten op de werkvloer van een plasticfabriek in de buurt van Gatwick. Om de zo veel tijd trof zijn vrouw hem zwaar dronken opgerold naast de boiler aan in hun droogkast. Hij kon zich slechts een deel van de tijd opwerpen als Handtekeningenman, maar hij nam de zaak heel serieus, zoals een hobbyist betaamt. Hij was de enige van wie Alex ooit had gemerkt dat hij hem benijdde.

'Nee, Alex – ik bedoel –'

'Ik weet het, Ian,' zei Alex zachtjes. 'Het klopt. Je hebt vast gelijk. Ik ben vandaag niet helemaal in orde. Negeer me maar.'

'Tevens bekend als *hou je muil, Dove, je verveelt ons*.'

Ian sloeg zijn armen om zijn lijf. 'Sorry dat ik sprak.'

'*Sorry dat ik sprak?*' kaatste Lovelear met opengesperde ogen. 'Is dat een zin – *sorry dat ik sprak?*'

Lovelear woonde al tien jaar in Engeland en begon er niet meer van te houden. Alex vroeg zich regelmatig af hoe dat zou voelen, in een klein landje te zijn beland dat een subtiele, mogelijk fictionele, beslist pathetische parodie was op je eigen land, een soort Lilliput.

'*Anyway*,' zei Lovelear tegen hem, 'je hebt een paar topstukken gemist. En ik wil je wel vertellen: vandaag geen kinderspul. Uhhuh. Uiteraard heeft John Baguley misschien, wat zal ik zeggen, 70 procent van het klassieke Hollywood genomen? Die *ongelooflijke* lul. Je weet dat hij net een nieuwe winkel heeft geopend. In Neville Court? Hij is zo zachies aan de Ronald McDonald van de handtekeningen. *Zakkenwasser*. En de rest is allemaal per telefoon gegaan. En dan, moet je horen, dan beginnen ze memorabilia uit de jaren tachtig te doen en wie duikt er dan op?'

'Ally Sheedy,' zei Alex.

'Exact. En welke ongevoelige *sukkel*,' zei Lovelear, zich tot Ian wendend, 'adviseert me dat te kopen, alsof het nog niet moeilijk genoeg was om die relatie te beëindigen? Alsof ik niet verscheurd word als ik haar gezicht zie.'

Onrechtvaardig maakte Alex een bepaald venijnig Internationaal Gebaar (tong voor de ondertanden geperst; lange onzichtbare kin, waar hij met de vingers van de rechterhand aan priegelde). Ian glimlachte toevallig. Lovelear slaakte een krachtterm. Het was een zin uit een film. Ian rilde. Alex vermoedde dat door een Amerikaan uitgescholden worden in het decor van een veilinghuis iets betekende in de filmwereld (*North by Northwest, Octopussy*) wat een louterende uitwerking had op Ian Dove, die in Little Marlow woonde, een klein Engels dorp waarin nooit een film is gemaakt of speelt. Het deed Alex op een of andere manier ook wat. Hij kende de gesprekken tussen Lovelear en Dove zo goed dat hij de afzonderlijke woorden niet eens meer hoorde, alleen hun trillingen, hun constant klinkende ondertoon. Hij wist bijvoorbeeld wat de afkeurende dame achter hen niet wist en niet kon waarderen: dat achter de lelijke en amateuristische woorden een prachtige elegie school die nooit veranderde. Elk gesprek tussen deze twee mannen was eigenlijk hetzelfde gesprek, met andere woorden, maar dezelfde betekenis. Een soort modern rouwbeklagerskaddish, een religieus spreekkoor.

LOVELEAR: *Ik ben Amerikaan, in dit leven en in het hiernamaals, en jij niet en je zult het ook nooit worden.*

DOVE: *Jij bent Amerikaan, in dit leven en in het hiernamaals, en ik niet en ik zal het ook nooit worden.*

'Laat Ian met rust, wil je?' zei Alex, en doofde de kaarsen.

'Ja, nou, mij best. *Adem het universum in, adem liefde uit*,' zei Lovelear, terwijl hij het meest gojse van alle Internationale Gebaren maakte, het quote-unquotegebaar met de vingers. 'Dat is mijn motto. Dat moest ik op het laatst ook Leonard voorhouden.'

Toen de lunchpauze naderde, hield alleen Dove zijn bordje stevig omklemd, gehypnotiseerd als hij was door de welbewuste rondingen van een in het blauw geklede jongedame die props uit de film *Tommy* opstak. Ze draaide ze voor het publiek naar alle kanten. Alex was een poosje geleden al onderuitgezakt. Nu voegde

Lovelear zich bij hem, smeet razend zijn bordje op de grond.

'Geen punt,' zei Alex die zich in verhouding tot Lovelear sereen voelde, voor korte tijd veranderde in de *Zen Master,* een rol die ze om de beurt speelden tijdens veilingen, enkel en alleen om elkaar te irriteren. 'Was te verwachten. Zo gaan die dingen. Kijk Baguley dan. Twintig mensen, werken allemaal voor hem. Dit is geen vak meer voor eenlingen. Is het allang niet meer. Belangrijk om te erkennen. Eenmaal erkend, weer overstegen. In de was, uit de was. Simpele zaak.'

Lovelear beukte zijn vuist in de lege stoel voor zich. 'Het is nog niet zo lang geleden, jongen, kwam ik hier, kocht een Jennifer Jones voor een redelijke prijs, toch? En ik heb het hier niet over de wederverkoop, Al, ik bedoel uit pure *liefde.*'

Lovelear had nog nooit iets uit pure liefde gekocht en van hem kon je niks voor de juiste prijs kopen. Hij was een uitzondering op de regel om deze eenvoudige reden: hij had geen sentimentele impulsen. Binnen het vak werd vaak over hem gezegd dat hij zijn eigen grootmoeder zou ruilen tegen twee Jimmy Durantes en een valse Ernest Hemingway.

'Ik bedoel, ik doe dit niet voor het geld. Ik ben een *fan.* Het komt allemaal uit mijn *hart.* Deze dingen *betekenen* echt iets voor me.'

In het geniep maakte Alex het Internationale Gebaar voor *Als het meezit vergaat alles op deze wereld inclusief de man met wie ik nu praat binnenkort tot stof* (ondergebit voor het bovengebit geduwd, bovenlip opgetrokken tot boven het tandvlees, knikken met het hoofd, ogen dicht).

'Ja,' zei hij, 'ongetwijfeld. Voor iedereen moeilijk.'

Lovelear keek naar de alerte jongelui van het veilinghuis. Ze staken met hun telefoons boven de menigte op hun verhoging uit. Kochten en verkochten de Amerikaanse dingen, die Lovelear wilde hebben maar zich niet kon permitteren, aan buitenlanders.

'En nou gaat het van, *wat ga je ermee dóen? Nou,* dat zal ik je vertellen en ik wil niet dat je je eraan stoort. In feite gaat het van o, ik ben net lekker *sushi* wezen eten en nu loop ik mijn enorme hoofdkantoor weer in en hangt er een Gary Cooper in de *gang* en ik weet niet eens wie Cooper *was* – zo van, ik heb helemaal *niks* met Cooper, ik ben net zo'n klootzak van een waardeloze zakenjap en ik heb *High Noon* niet eens gezien. Ik ben net zo'n kleine gele *spleetoog* die de *naam* Cooper niet eens kan uitspreken. Daar bedoelde ik niks mee.'

'Ik ben Chinees.'

'Juist, ik bedoelde er niks mee.'

'Dat maakt niks uit, Lovelear, want ik ben *Chinees.*'

'Juist, ik bedoelde er niks mee.'

Lovelear rolde zijn catalogus op en begon Alex er om de klemtonen te benadrukken mee op zijn knieën te slaan. 'Het punt is, het *punt is,* dit maakt *deel uit van mijn cultuur.* En het is *Stom! Weg! Onmogelijk!* Om veel van die zooi te weten tenzij je afkomstig bent van de plek waar die zooi vandaan komt! En je kunt een Jimmy Stewart in je Hung Win Shan Chin-kantoor in Tokio of waar dan ook hangen, maar je zult *nooit – nooit!* – begrijpen wat een Jimmy Stewart betekent. Niet om het een of ander, maar een Jap kan diep van binnen nooit bevatten wat een Jimmy Stewart betekent. Daar bedoel ik niks mee. O *jezus,* moet je nou eens kijken?'

Alex volgde Lovelears vinger naar de achterkant van de zaal. Een gezin Anglo-Elvis-hillbillies stond er (kippenkontje, bergkristal) verdrietig op de drempel.

'O-o,' zei Lovelear, 'kijk nou dan. Heartbreak Hotel.'

Oude bewoners van. Ze waren kansloos bij het verwerven van deze hooggeprijsde Elvis-spullen. Het kleinste meisje, met haar monsterlijke gebit en piekhaar, de twee jongens die net als Elvis wijdbeens stonden, de vader, overladen met die ontroerende, misplaatste dikke-man-in-een-speelpakje-waardigheid, zijn magere vrouw – het raakte Alex allemaal. Het ongeschonden vertrouwen.

'Laat ze met rust, Lovelear. Ze bedoelen het goed. Het zijn gewoon fans. Ga uit de buurt. Niks te zien.'

'Ben je *blind*?'

In Alex' boek kwam een hoofdstuk voor over hoe gojs Elvis-fans zijn, met een subhoofdstuk over de legendarische Ben D. Goodall, een man die de handtekeningen verzamelde van iedereen die ooit iets met Elvis te maken had, van de verloskundige tot aan de begrafenisondernemer (zie diagram a). Die dingen waren allemaal waardeloos. Het is een verhaal dat handtekeningenmannen elkaar bij wijze van waarschuwing vertellen. Het is bedoeld om elke atheïstische handelaar af te schrikken die koopt om te verkopen, want Goodall was een gelovig man, gelovig qua roem. Hij geloofde in het aura dat het brengt, in het goedkope, blikken, weerspiegelde licht dat het uitstraalt. Ooit hadden Goodall en zijn levenswerk Alex met afschuw vervuld. Nu werd hij er diep door bewogen.

Diagram a

De Sefirot van Tien van Elvis

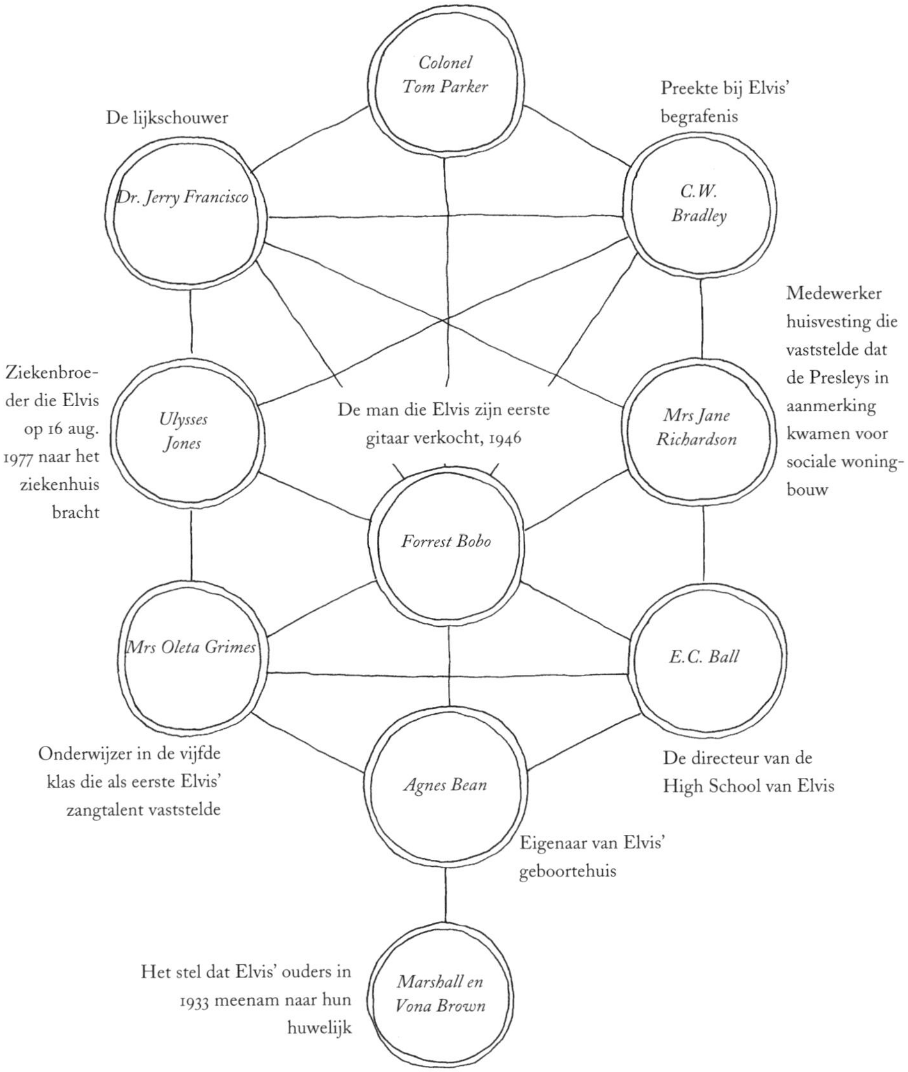

Er kwam een cowboyshirt onder de hamer met op elke manchet ingelegde edelstenen. De vrouw zuchtte. Ze legde haar hoofd op de schouder van haar man. Hij trok haar dichter tegen zich aan en kuste haar linkerslaap. Vrijwel tegelijk draaiden de jongen en het meisje zich om en trokken aan vaders broekspijp en enigszins ongerust sloeg Alex gade hoe de vader hen ook aanhaalde. Nu zaten ze als het laatste gezin na de Zondvloed op dit kluitje aarde te wiebelen, te kijken hoe het water steeg en de duif te vergeten. *Van alle gojse…* dacht Alex. Maar hij vroeg zich recentelijk steeds sterker af of Goodall niet de zuiverste Handtekeningenman aller tijden was geweest.

2

Ze lunchten in een Italiaanse tent op de hoek, Dante, een echt ouderwetse zaak. Tafels met rood-wit geblokte kleedjes. Grote chiantiflessen waar het kaarsvet afdroop. Lovelear bestelde geen eten, drie whisky en een ontkurkte beaujolais. Daar schonk hij drie kwartliterglazen mee vol.

'Het is twee uur 's middags,' zei Alex, met een blik op zijn horloge.

Lovelear klapte in zijn handen. 'Hij loopt! Hij drinkt vloeistoffen! Hij kan klokkijken! Al, kun je zo meteen het veters strikken doen? Zou je dat willen doen? Voor mij?'

Alex boog zich richting Lovelear, een poging om discreet iets te zeggen. 'Luister. Ik denk alleen aan… nietwaar, Ian?'

Lovelear beukte Ian op zijn rug. 'Ian is dik in orde. Ian voelt zich top, of niet dan, Ian? Alex, het zit als volgt: als je je auto laat maken, ga je naar een monteur, als je Christus wilt leren kennen, ga je naar een katholiek en als je wil zien hoeveel iemand in een halfuur kan drinken, ga je naar een alcoholist. We mogen onze handjes wel dichtknijpen dat we vandaag in ons midden hebben: Ian Dove. Ian Dove is een professionele –'

'Dronkelap,' zei Ian Dove triest.

Lovelear plaatste de ronde voetjes van de drie glazen midden op de tafel in een driehoeksformatie. 'Heren?' zei Lovelear, op zijn beste *Brideshead Revisited*-toon. 'Zullen we?'

Ze dronken. Al snel brandde Kitty een gat in Alex' tas. Hij stak diverse keren zijn hand bijna naar haar uit en wist zich slechts met veel moeite in te houden. Alles wat Alex ooit aan Lovelear had laten zien, had Lovelear tot vervalsing bestempeld, gewoon voor de lol. Ditmaal gunde hij hem die bevrediging niet. Hij zou zich niet laten vernederen. Vandaag niet.

In plaats daarvan werkte hij zijn glas wijn weg en riep als eerste om meer. Met paarse lippen inventariseerden ze met zijn drieën vlotjes de beste musicals aller tijden, de grootste schandalen van Hollywood, grootste casts, grootste borsten, vroegste naaktscènes, beruchte zelfmoorden.

'Oké, oké, oké: noem drie klassieke Hollywood-onthoofdingen,' zei Lovelear.

Het schemerde in de zaak tegen de tijd dat John Baguley binnen kwam lopen, met vlinderdas en al. Hij liep recht op de toog af, maar Alex wist dat hij hen had opgemerkt. Hoe succesvoller Baguley werd, des te meer tijd tussen het moment waarop Baguley je zag en je begroette.

'Jayne Mansfield,' zei Dove.

'Ding!' zei Lovelear.

Alex begon kaarsvet van hun fles te peuteren. Misschien kon hij het aan Baguley tonen? Baguley wist per slot van rekening van wanten! Baguley kon verifiëren, Baguley zou de realiteit zien! Maar dan moest het wel subtiel worden aangepakt. Lovelear was niet verguld met de gedachte dat Baguley meer van wanten wist dan Lovelear. *Trouwens, misschien ook beter niet nu over beginnen,* bedacht Alex voorzichtig, onbewust mimend, *niet nu ik een tikje krap zit. Dan kom ik misschien idioot over.* Alex zag de kamer nog wat rollen en vervolgens stampen. Anderhalve Baguley stond aan de bar een broodje ham te bestellen. Alex overwoog de situatie. Aan de ene kant wist Baguley beslist van wanten. Aan de andere kant haatte Lovelear Baguley. Dat had met die wanten te maken. Aan de derde kant haatte Ian Baguley ook. Baguley had woordspelingen gemaakt over de AA (Autograph Association/Alcoholics Anonymous). Nu ik erbij stilsta, dacht Alex, haat ik Baguley ook. Dat is nog eens een vierde kant! Mijn god, wat haat ik Baguley. Ik heb nooit beseft dat het zo erg was! Met zijn vlinderdas. Dunne snorretje. De klootzak. En nu komt hij waarschijnlijk naar ons toe. Met zijn hoed. Gofdomme. Welke lul draagt er nou nog zulke hoeden?

'Grace Kelly?' zei Alex, en hij stond op. Hij voelde zich kwetsbaar. Hij probeerde vast te stellen of Baguley naar achteren zou lopen of naar hun hoek.

'Een punt voor meneer Tandem. Meneer Dove en meneer Tandem hebben nu allebei een punt. Tiebreak.'

'Ik kan zo niet denken,' mummelde Dove. 'Te zat. Goedgoed, wacht. Uhh... *god, eh...* Montgomery Clift?'

'Baguley komt eraan,' zei Alex toen Baguley eraan kwam.

'*Montgomery Clift*, Dove? Dat was maar de *helft* van zijn gezicht. Voorzover ik weet had die lul zijn *kop* nog toen hij *Raintree* deed –'

'Baguley, ga sjitten,' zei Alex toen Baguley ging zitten. Alex was veel, veel dronkener dan hij had gehoopt. Bevreesd zag hij Baguley zijn hoed afnemen en die op tafel leggen, wat in sommige landen voor zeer onheilspellend doorging.

'Weten jullie,' vroeg Baguley luidkeels, 'wat ik zojuist succesvol heb georganiseerd?'

'Eigen uitvaart?'

'Hallo, Lovelear. Nee, een liefdadigheidsveiling om precies te zijn. Een paar dagen geleden op een avond. Jullie hadden erbij moeten zijn. We hebben personages geveild. Uit romans. Snap je? Je betaalde dus om in een boek van deze of gene te spelen. Je eigen kwartiertje, snap je. Ik ben sportief ingesteld, dus heb ik driehonderd pond betaald. Vrouwelijke schrijver.'

'Wat?' zei Ian, die uiteraard het krapst bij kas zat. 'Wat zegt hij? Is het Engels? *Klootzak.*'

'Kijk die das nou, knul,' zei Lovelear, terwijl hij het ding vastpakte. 'Waar *gaat die das over*? Ik bedoel, wat *betekent* die? Betekent hij iets?'

'En mijn probleem is dat ik maar niet kan beslissen,' zei Baguley, zich richtend tot Alex-Li, omdat hij dacht dat die nuchter was, 'wat ik nou eigenlijk wil zijn. In die roman, bedoel ik.'

'Amateur-satanist?' zei Lovelear.

'Gewoon een... zoiets als een... klootzak?' stelde Ian voor, en hij lachte hard en liet wijn langs zijn kin lopen.

''t Is drie uur,' zei Alex die glimlachend op zijn horloge keek. Hij wilde eigenlijk niet vertrekken, vermaakte zich te goed. Je hebt van die vrienden die alleen in dronken staat leuk zijn. Maar dat is volgens de kabbala van Alex-Li Tandem helemaal zo erg niet.

'Tandem... je begint reuze poenig te worden met dat sjtaren naar je klokje,' zei Lovelear op zijn Brooklyns, voordat hij voorzichtig overging op het Okersnachtschonerdandedaags: 'Beste knul, ik neem je aan. We nemen je in dienst voor twee handjes pegels in 't jaar en ik hoop dawweder geen spijt van krijgen! En nu –'

Ian trompetterde. Alex droeg een futloze roffel bij.

'Baguley,' zei Lovelear, die naar voren schoot, 'het was heel. Maar *kerel*... nou moeten we toch echt gaan. We moeten toezien hoe *jij* nog meer van die vervalsingen van Alex koopt. O, *tuurlijk* – deze veiling zit *vol* Tandem-vervalsingen. Dat doet hij dag in dag uit. Vervalsen, vervalsen, vervalsen en nog eens vervalsen. Daarom bieden wij niet. We ontstijgen het. We zijn zen. Feitelijk. Baguley.'

Ian probeerde op te staan, maar strompelde naar achteren. Alex lachte veel door zijn neus.

'Weet je wat je zou moeten vragen?' zei Ian tegen Baguley, toen Baguley aanstalten maakte om te vertrekken. 'Je zou moeten vragen of mevrouw de schrijfster in dat boek een vent van je maakt die een veiling organiseert en vervolgens een plekje koopt in eh.... wacht eens – nee, ja, in een boek als een personage dat een veiling organiseert en vervolgens een plek in een boek koopt en vraagt...'

Vanwege dit kleine joodse juweel kocht Alex nog twee pinten voor Ian.

Bij hun terugkeer waren ze oprecht en droevig dronken. In het felle licht wreven ze als kinderen in hun ogen. Onder de hamer was de populaire filmacteur George Sanders. Drieduizend pond voor het zelfmoordbriefje uit 1972 waarin hij schreef dat hij zich te veel verveelde om door te leven.

'Ik voel met hem mee,' zei Lovelear, zich uitrekkend.

'Een vogeltje zocht naar een kooitje,' mummelde Alex.

'*Jezus*. Welke klootzak heeft *dat* gezegd?'

'Weet je die scène nog, Lovelear,' zei Ian, die hem aan zijn mouw trok. 'In *All about Eve* toen –'

'Tuurlijk,' poeierde Lovelear hem af.

Ze gingen zitten, ze boden, maar ze hadden hun dag niet. Alex keek verveeld in het rond. Potige jonge kerels in blauwe uniformen sjouwden stukken aan voor een volgende veiling. Beelden, tafels, gouden spullen. Je vergat als Handtekeningenman zomaar dat namen op papiertjes wel het geringste zijn wat wereldwijd wordt verhandeld en verstuurd. Handtekeningen zijn een piepje in het netwerk van begeerte, historisch wrakhout. Maar moet je dit eens zien, dat grote spul. Die gietijzeren honden met hun beste poot naar voren. Bronzen adelaars die onder het landen hun vleugels intrekken. Levensgrote marmeren negers die vrolijk en onderdanig het resultaat van iemand anders zijn jachtpartij bij de poten houden. En als een soort schutting eromheen heel, heel veel koude haarden die uit beroemde huizen zijn gesloopt, op hun zijkant zijn gelegd, over elkaar heen liggen als Gods gevallen dominostenen. En een eland. Ergens achterin. Opgezet, rechtop. Daarachter zag Alex Brian Duchamp op de versleten schoft leunen. Twee tellen later had Lovelear hem ook in de gaten.

'Ajaj*aj* – ik *wist* gewoon dat deze veiling nog veel beroerder kon aflopen. Dove, wakker worden. Kijk eens wie we daar hebben.'

Dove ontwaakte als de zevenslaper. 'Bloody *hell.* Denk je dat hij er weer voor gaat?'

Alex poetste zijn bril op aan zijn trui.

'Dachtutwel. Hij is nog steeds *gek.* Tenminste, tenzij jij iets anders hebt gehoord.'

'Zeg, Al, ik vraag hem wel of hij erbij komt zitten, oké?'

Alex beukte Lovelear op zijn rechtertiet. '*Jezus,* ik zie hem sowieso elke donderdag – daar heb ik echt wel genoeg aan.'

'Maar wil je dan bijvoorbeeld niet dat hij hier komt...' – Lovelear gaf ter plaatse met zijn bovenlijf een soort imitatie van waggelen ten beste – '...en dan jeweetwel naast je komt zitten...' – Lovelear liet zich onderuitzakken tot hij ongeveer op de veronderstelde zithoogte was aanbeland van Duchamp, die ongeveer een meter zestig lang was – 'en vervolgens zijn gezicht heel dicht bij het jouwe brengt, zijn mond wijdopen doet en zegt –' Nu zei Lovelear *hallo* zoals een cockneydwerg dat mogelijk zegt, een nauwgezette reproductie van Duchamp. De slechte adem kon hij evenwel niet reproduceren, want die was zo hevig dat hij waarschijnlijk in een laboratorium nog niet nagebootst kon worden.

Brian Duchamp. Met zijn smerige overhemden, eenzaamheid, zijn afgelegen met schulden overladen kraampje (waarin hij Alex in zijn gekte zijn eigen huisraad probeerde aan te smeren: toiletrolhouders, lampenkappen), de sportschoenen uit de supermarkt, huidproblemen, slechte adem.

'Wat *doet* hij?' vroeg Lovelear.

Alex keek. 'Voorbereiding.'

Uit zijn tas trok Duchamp een klembord, diverse pennen, enkele catalogi en een aantal losse stukjes papier die hij op de rug van de eland legde. Hij vouwde een dubbelfocusbril open en duwde die zo hoog op zijn neus als maar mogelijk was, met als gevolg een enorme angstaanjagende uitvergroting van waterige, waanzinnige ogen.

'O-o, pas op,' zei Ian. 'Het doek gaat op.'

'We beginnen bij twintig pond, twintig pond, wie biedt er twintig pond?'

De veilingmeester gebaarde naar een fraai portret van Jeanette MacDonald en Nelson Eddy in kleren waarvan ze in het Hollywood van de jaren dertig dachten dat de jeugd in Oostenrijk die droeg (Lederhosen, fluwelen kragen, vlechtjes met ijzerdraad, koebellen). Er werd twintig en veertig, zestig en tachtig geboden en daar had je Brian Duchamp. Hij raasde schreeuwend naar voren. 'Ik geuf d'r veertig voor!'

'Pardon meneer – biedt u mee?'

'Veertig!'

'Veertig, meneer? Het spijt me, maar er is al tachtig geboden.'

'Ik geuf oe,' zei Duchamp, iets rustiger inmiddels en overstemd door wat nieuwslezers noemen 'algehele consternatie','veertig pence en een tik – want meer ist niewaard. Omda't heulemaal nie echt is!'

'*Brian*,' siste Alex toen Duchamp ter hoogte van hun rij stoelen kwam, 'Brian, ga verdomme zitten. Kom hier. Kom nou, kom hier.'

Hij stond op en probeerde Duchamp te grijpen, maar die vloekte hem uit als een zeebonk. Duchamp struikelde en Lovelear en Ian sleurden hem op een stoel.

'Tandem? Ik zie jou altijd op donderdag, nu niet. Donderdags, dan zie ik je.'

Alex verbaasde zich erover hoe die waanzin zo enorm niet terzake kon zijn. Hij drukte Duchamps trillende handen op zijn knieën. 'Als je het nog een keer doet, Brian, laten ze je er niet meer in. Ze hebben je er laatst toch ook uit gegooid?'

Duchamp bracht een zakdoek naar zijn mond en kuchte er iets onbenoembaars in. Hij richtte zijn trieste matte peertjes op Alex. 'Die verrekte specialisten, Tandem. Maar ze weten er niks van! G'domme net een lange broek aan en ze weten er niks van!'

Uit Brians zak viel een klein flesje whisky op de grond. Hij strekte zich ernaar uit. Brians huid had een paarsige tint. Hij stonk afgrijselijk.

'Lovelear, volgens mij is hij niet in orde.'

'Extra editie!'

'Volgens mij ben je niet in orde, Brian,' zei Alex terwijl hij zich ertoe zette een hand op 's mans bultige voorhoofd te leggen. 'Het lijkt me beter dat ik je ergens anders heen breng.'

Maar Duchamp scheurde zich plotseling los. Eventjes had hij zijn wereld verruild voor die van Alex, nu keerde hij terug. Zijn aandacht ging weer helemaal uit naar het podium.

'Nummer 182,' zei de veilingmeester, 'het programma van een preview getekend door de originele cast van de film *42nd Street*, inclusief de populaire musicalster, Ruby Keeler...'

De veilingmeester praatte door, maar Duchamp ook. Er was zachtjes iets gaan brommen en dat werd steeds luider, hoger en moeilijker te negeren. Duchamp stond op. De veilingmeester draaide zijn volume omhoog: '*HOOR IK TWEEHONDERD...*'

'Als dat Ruby is, kameraad, dan ben *ik* g'domme Jolson.'

'Meneer?' informeerde de veilingmeester. 'Sorry, maar is er iets aan de hand?'

'Dat is Ruby niet dat is Ruby niet dat is Ruby niet,' schreeuwde Duchamp, 'DAT IS RUBY NIET, DAT IS G'DOMME RUBY NIET. DAT BEN IK! DAT HEB IK GESIGNEERD.'

Nu werd eindelijk de bewaking erbij geroepen, maar Duchamp was nog steeds kwaad, en er was iets bewonderenswaardigs – als een schouwburgpubliek dat geniet van een slechte *King Lear* – aan de manier waarop ze hem zijn karwei lieten afmaken.

'IK HEB VERDOMME VOOR DIE STUDIO'S GEWERKT, OFNIESOMS! RUBY HEEFT NOOIT IETS GESIGNEERD! IK HEB AL DIE TROEP GESIGNEERD!'

Er zat systeem in de gekte, dat beseften alle aanwezige handtekeningenmannen. Kort na de oorlog was Duchamp in Hollywood beland, waar hij bij diverse studio's op de publiciteitsafdeling had gewerkt. Hij had er duizenden gesigneerd. In vroeger, minder kwade dagen was Duchamp van onschatbare waarde voor verzamelaars die de authenticiteit van hun aanschaf wilden controleren. Hij had altijd beweerd dat de Britsc markt verdronk in de vervalsingen: daarmee had hij een punt te pakken. Niettemin kon Alex zich betere manieren voorstellen om deze kwestie naar voren te brengen dan door zich aan het publiek bloot te geven, wat Duchamp gezien zijn woeste gefrunnik aan de gesp van zijn riem hartstochtelijk van plan was.

'RUBY, GRETA, MARLENE, RITA, KITTY, BETTE – DIE VEEGDEN HUN EIGEN REET NIET EENS AF. IK KNAPTE HET VUILE WERK OP.'

Bij wijze van afsluiting liet Duchamp zijn broek zakken, waardoor een katoenen lap vol hartverscheurende bonte vlekken zichtbaar werd.

3

Hoeveel zetten, vroeg Alex zich later op weg naar buiten af – dat wil zeggen, als dit een deftig spel als mahjong was, of schaken –, hoeveel zetten is het dan van mij naar Brian Duchamp? Want de mensen die koperen honden en biljarttafels kopen, die zijn anders, toch? Waarom zijn *wij* dan zo? Wat *mankeert* ons?

Wie zou er ooit voor dit leven kiezen? Alex liep het centrum in. In het gebogen rookglas van een topkledingzaak liet hij zijn schouders zakken en liet zijn armen langs zijn lijf hangen, deed zichzelf na. Geen liefde, geen transportmiddel, geen ambities, geen geloof, geen gemeenschap, geen verwachting van vergiffenis of beloning, een tas, een thermoskan, een kater van de acid, een kater van de alcohol, een handtekening van Kitty Alexander, smetteloos, in donkere inkt, midden op een ansichtkaart. Kijk nou toch. Als dat een vent is. Kijk naar hem. *Zo volmaakt joods ben ik nog nooit geweest. Ik heb net als Job een volmaakte paradox bereikt. Ik bezit niets en tegelijkertijd alles. En als ik gek ben,* dacht Alex-Li Tandem, *dan vind ik het best.*

Alex geloofde in die God-chip in je hersens, iets wat gemaakt was om de verbazing, de verwondering op te roepen. Die stelt je in staat schoonheid te ervaren, schoonheid in de wereld te ontdekken. Maar hij is niet zo goed ontwikkeld. Het is een chip met problemen. Soms ziet hij een klein mannetje in uniform met een lelijke snor aan voor een beeld van de eeuwigheid; soms een meisje met amandelvormige ogen op een filmdoek voor een glas-in-loodraam in een kerk.

Misschien is het dus wel dwaasheid, dacht Alex, om in zetten, stappen, *stadia* te denken tussen Duchamp en mij. Misschien ben ik er al.

Want ik ben een Handtekeningenman.

Geen keuze dus, alleen dit: mogelijkheden wegstrepen. Het is eenvoudiger dan schaken. Het is een traag, boosaardig spelletje (Ontwikkeld door? Onder toezicht van?) boter-kaas-en-eieren.

ZES / *Hesed*

Liefde • Slechts hij die de kennis heeft, zal de sleutel bezitten. • The Happy Fried Chicken • Seks versus dood • Fats Waller was joods • Ernstig praten • Film versus Muziek • God heeft ons nodig • De oudste mop

I

'Kofi *Annan*.'

'Boutros *Boutros* Ghali.'

Nu de videowinkel gesloten bleek, deed Alex-Li een stap naar rechts en belde aan bij het bovenste appartement. Na de gebruikelijke lange wachttijd verscheen Adam in de deuropening, met zijn gezicht als een volmaakte zon van onyx omkranst door korte sprieterige dreadlocks die alle kanten op stonden. En nu zitten ze midden in hun ritueel.

'Kofi, Kofi *Annan*,' mompelt Alex, en hij maakt een diepe buiging. Het is een statige pose, het accent is Nigeriaans. 'Kofi *Annan*,' zegt hij. 'Annan, *Annan*.'

Adam buigt dieper: 'Boutros. Boutros, Boutros-Boutros, *Boutros Ghali*.'

Alex vouwt zijn handen: 'O, Kofi, Kofi, Kofi *Annan*.'

'*Welkom*.' Adam klaart op, grijnst. 'Welkom in mijn bescheiden woning. Komt u toch binnen. Maak je geen zorgen, Esther is er niet.'

Alex laat zijn hoofd zakken, leunt het tegen de deurpost. 'Ads. Kameraad. Het is net of ik me in een soort Bermudadriehoek van Gojheid bevind vandaag. Ik zweer het je. Vertel me eens wat.'

'Zeg op.'

'Ben ik een Handtekeningenman? Ik bedoel, zie ik er zo *uit*?'

'Sorry?'

'Laat maar zitten. Wordt boven vervolgd. Gaat u voor.'

Een paleis is het niet, het huis van Adam. De eerste voordeur verleent toegang tot een betonnen gemeenschappelijke ruimte, als een hoek in een parkeergarage, raamloos, peerloos en daardoor altijd donker. Aan de linkerwand een onheilspellend minimortuarium van stalen laatjes waar nutteloze post uit steekt (catalogi voor ex-bewoners, stembiljetten voor de anarchisten van appartement D, stroomrekeningen voor doden), verderop steunen drie gekruisigde fietsen op de ijzeren trapleuning, hangend aan beugels, kettingen en touw, in een poging het wijdverspreide plaatselijke idee te versterken dat Adams gang een superwinkel is voor mountainbikes met gratis entree en 100 procent krediet.

Op die trap begint Adam te ontnuchteren. 'Nou. Ik gebruik het, ruik je wel?'

Alex snuift. 'O. Nou, *ja*. Anders, wel. *Kruidig*.'

'Ja, dat viel mij ook op. Nieuwe formule. Meer suiker, meer pepertjes. Dus, je *kunt* het ruiken...?' Adam staat ter plekke stil. 'Hier bijvoorbeeld? Nog voor je binnen bent? Ik zweer je dat ik het verschil niet meer opmerk. Ik zit er te dicht bovenop. Rubinfine zei dat hij het niet rook, maar ik denk dat hij me wilde paaien. Hij was drie dagen te laat met een video dus je begrijpt dat hij daar belang bij had.'

'Ads, om eerlijk te zijn...'

Hoe moest je het zeggen? Alex legt zijn handen op de schouders van zijn beste vriend en knijpt er eventjes troostend in: 'Het spijt me makker, maar het is eerder *sterker* dan iets anders.'

'Nou, daar is een hele goede reden voor...'

Plechtig geleidt Adam Alex door de deuropening de lange buitengang in. Nu laat hij zijn armen langs zijn lijf hangen, de handpalmen open. Internationaal Gebaar van de verslagenen.

'Aanschouw het Monster.'

'O. Mijn. God.'

'Ja. Afgezien van de godslastering, vond ik dat ook.'

Er is iets nieuws aan het uitzicht toegevoegd. Niet echt iets wat onderdeel van het uitzicht zelf uitmaakt. Meer iets waar je bijna in zit. Nog twee stappen de kamer in en die grote muil kan zijn hoofd inslikken en nog steeds hongerig zijn.

'Wat een verrekte grote pijp.'

'Ja. Het Monster.'

'*Adam*. Enorme verrekte marineachtige *periscoop* die de geur van gebraden kip *jouw appartement in* blaast. Dat *deugt* niet.'

'Nee, dat *weet* ik.'

'Nou, wat *doe* je eraan, dan?'

'Nou, het is toch al *gebeurd*?'

Geërgerd zet Alex zijn vuile bril af en begint die verder te besmeuren met een puntje van zijn overhemd. 'Nee, Ads, nee – dit is geen zenonderwerp. Ik bedoel, dit is niet iets waar je zen op moet toepassen. Dit is een kwestie van privé-bezit. Dit is oog om oog, tand et cetera. Dit is het moment om de Judaïsche wetten toe te passen. Jij hebt rechten. Jij was hier het *eerst*.'

Terwijl hij door de gang banjert om de plantenpot te halen, trillen Adams lippen bij elke droevige teug adem. 'Was ik de eerste? Daar valt over te twisten... ik weet het niet meer... Iedereen beweert weer wat anders weet je...' Over het lage muurtje gebogen gooit hij het regenwater en de kleffe blaadjes uit de pot op het lager gelegen dak van zijn tegenstanders. 'Ik bedoel, mensen die om video's komen, kopen er kip bij en vice versa, dus. Ik weet het niet, kameraad. Want eh, ik ben een poosje geleden al eens met ze wezen praten...' Hij zet de pot voor de deur. Alex hurkt om hem op de gladde teerlaag enig houvast te bieden. Adam klimt op hem. '...En ik snap wel hoe ze erin staan, weet je? Ze proberen ook gewoon een zaak draaiend te houden, net als ik, en ze zijn er al heel lang en de eigenaar blijft maar zeuren of ik hem aan de bedelstaf wil brengen en of ik zijn kinderen wil laten verhongeren...'

'O, hou op, ik krijg er slappe knieën van. *Alsjeblieft zeg*, je brengt hem niet aan de bedelstaf – hij heeft er vast nog een stuk of acht in de stad.'

'Nee – wacht even – *waar heb ik hem nou?* Ik moet hem hier ergens hebben. Hij glijdt weg in de goot als het regent – *ah*!'

Adam krijgt het Ding met de Haak (gemaakt van twee klerenhangers, veel elastiekjes en de kop en tanden van een vork) te pakken en trekt het uit zijn schuilplaats in de goot.

'Zeg je het als je weer –'

'Luister, kameraad, als jij je sleutels net zo vaak kwijt zou raken als ik, zou je het ook doen. Plantenpot terug alsjeblieft?'

Alex stampt met de vette klei in zijn armen door het gangetje. Keert terug met een nat blad dat als een luis aan zijn keel plakt. Adam duwt Ding met de Haak door zijn eigen brievenbus en begint in den blinde naar zijn huissleutel rond te tasten die daar ergens uit de deurmat moet steken.

Verveeld tuurt Alex over het muurtje in de troosteloze betonnen achtertuin van Happy Fried Chicken. Afgelopen zomer, een korte detente in een zesjarig conflict, was het leuk daar beneden, toen Adam en Alex voorzichtig een informele uitnodiging aannamen (toen er op een loeihete dag omhoog werd gebruld: *Spelen? Ja, ja – jij proberen*?) om aan dat idiote spel mee te doen (is het Indiaas?) waarbij iedereen eerst de ene en dan de andere kant op rent, en overal staan krijtstrepen, maar er is geen bal bij. Ze waren er behoorlijk goed in geworden. Afgevallen ook, en bruin geworden, totdat Alex bijna even bruin en whippetvormig was geworden als de jongens die daar met ontblote bovenlijven werkten. Pret, ja. Maar nu niet meer. Nu staan er twee tegen de grote zwarte vaten geleund cola te drinken, peukjes weg te schieten, naar Alex terug te staren, onbeschaamdheid met onbeschaamdheid te vergelden. Instinctief steekt Alex zijn middelvinger naar hen op en springt snel achteruit. Het gelach reikt verder dan de lege blikjes.

'Ads, ze *lachen* je uit. Je snapt toch wel dat ieder ander ze al voor de rechter zou hebben gesleept? Ze zou hebben opgeblazen. Ze bij die verrekte inspectiedienst zou hebben aangegeven om mee te beginnen. Dat zou je eens met Joseph op moeten nemen.'

Adams lieve gezicht vertrekt als er een duistere gedachte aan voorbijtrekt. 'Weet je...' zegt hij in de brievenbus, 'het enige wat me echt raakte, wat *echt* niet deugde,' – hij houdt zijn arm heel stil; zorgvuldig en in opperste concentratie trekt hij de sleutel naar zijn kant van de deur – 'was dat ze ervoor zorgden dat die monteurs op Yom Kippoer kwamen – *ze wisten* dat ik er niet zou zijn. *Wisten het.* Ik vond het onbeschaamd – *Ah! Hebbes!*' Sleutel gevonden, deur open. 'Genoeg daarover nu. Te vervelend. Sesam open u. Thee?'

Alles in Adams flatje komt op een en hetzelfde smalle gangetje uit. Een doos van een woonkamer, een doos van een slaapkamer, een doos van een keuken en een doos van een plee (die laatste trouwens een echte doos; als je *een plee cadeau zou doen* en je wilde hem in een doos verpakken, dan in deze). Geen douche. Geen bad. Geen *wastafel* (behalve in de keuken). Als je het genoegen zou smaken een typische Adamdag met Adam door te brengen – samen als luie, stonede flaneurs die de stad bewonderen – zou je uiteraard worden getrakteerd op het gebruikelijke vuurwerk van Adams enorme intellect (zijn onwaarschijnlijke kennis van weetjes uit de popmuziek en dan die vreemde bedgenoot ervan, de diverse sublieme Judaïsche inzichten). Je zou ook een rondleiding krijgen langs de openbare gelegenheden in de stad waar Adam doucht en baadt. Zwembaden, fitnessruimtes, daklozentehuizen, homosauna's, nonnenkloosters ('Dat *klopt* niet', 'Alex, nonnen *doen* de hele dag niets anders dan *dromen* dat een onwelriekende jongeman, liefst joods, aan hun deurtje klopt en smeekt om te worden gewassen'), bejaardenhuizen, scholen.

2

Wat Adams flat de moeite waard maakt is de woonkamer. Dat zijn twee dozen aan elkaar met een erg lang, smal raam over de volle lengte van een van de muren, net als in een Londense bus. Hij heeft twee standen: licht voor studeren, donker voor roken. Op dit moment is het gordijn gesloten en is het donker. Als hij merkt dat zijn ogen zich onvoldoende aanpassen, steekt Alex nog twee kaarsen aan op de salontafel (houten plank op twee stenen). En daar heb je het allemaal, even roemrucht als altijd. Het Pad der Cirkels. Het Pad der Letters. De wereld is verdeeld.

Aan de verste muur hangen nogal wat boekenplanken, met voornamelijk Hebreeuwse boeken. Erboven hangt een enorme kruisvormige poster van popmuzikant Isaac Hayes die een dashiki aanheeft, een zonnebril op, en die zich BLACK MOSES laat noemen. Een paar foto's van popmuzikant Stevie Wonder. Een slecht ingelijste reproductie van *Angel of History* van de schilder Klee. Regisseur Steven Spielberg, popzanger Michael Jackson en het schuimrubberen ruimtewezen E.T. zitten bij elkaar op schoot. Vechtsporter Bruce Lee met vechtstokjes. Wijsneus Walter Benjamin die dringend behoefte had aan een kam, een betere kleermaker en een vluchtweg uit Frankrijk. Een prikbord met notities, geheugensteuntjes, aforismen ('Voor *ons* zijn alle namen en eigenschappen metaforisch, maar voor *Hem* niet') en stukjes uit gebeden. Het aangenaamst vindt Alex een van de hoeken van de kamer, vlak bij de kroonlijst van het plafond. Negen zwartwitfoto's in kabbalaformatie. De ansichtkaarten stellen beroemde gezichten voor. Ze horen bij de handtekeningen waar Adam zo nu en dan schaapachtig om vraagt. Ze hangen daar zo mooi dat Alex hem de Filistijnse misvormingen bijna heeft vergeven (Adam betaalt er fors voor, snijdt de namen dan uit de documenten, koopt een ansichtkaart van de persoon in kwestie en doet de naam dan met een plakkertje *op* de ansichtkaart, waardoor ze voor iedereen behalve hemzelf waardeloos worden. Dat heeft hij met Kafka gedaan. *Kafka*).

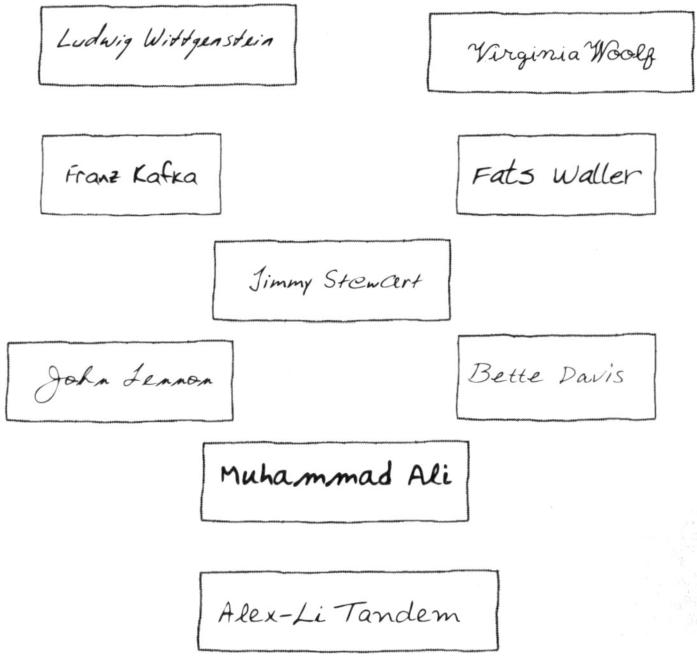

Dit is Adams complete handtekeningencollectie, opgebouwd in een tempo van circa één per jaar. De verzameling is in Alex' ogen een van de volmaaktste die hij ooit heeft gezien. Klein, eigenzinnig, ja vrijwel volledig willekeurig (hij beschouwt het zelf als een grap) en met zo'n enorme tijd tussen de verschillende aanschaffen!

Als het inderdaad een boom moet voorstellen, is het een bonsai. Miniatuur, kunstmatig, langzaam groeiend. Maar er ontbreekt een tak aan. Adam houdt staande dat het er tien zouden moeten zijn – een top voor de boom, een hoofd op het lijf – en niettemin is het Alex al bijna een jaar niet meer gelukt hem te verleiden tot een ster of sporter, wetenschapper of beroemde zelfmoordenaar, moordenaar of vermoorde, president of proleet, geen schrijvers (al heeft hij wekenlang geweifeld over Philip K. Dick), geen worstelaars. Joden noch gojs ('Maar wat *denk* je dat je zoekt?' 'Ik weet het niet. Geen idee. Als ik het tegenkom, zal ik het wel doorhebben, toch?').

Op ooghoogte gezien vanuit Alex' stoel staat op een laag plankje een verbluffende foto van Esther. Ze zit op de rand van het aanrecht. Hij is drie jaar geleden gemaakt op de dag nadat haar opa werd begraven. Alex heeft hem gemaakt. Haar blik staat droef, maar om haar mond speelt een bepaalde glimlach waarvan Alex weet dat die seksueel is, want enkele minuten nadat het beeld zich aan het acetaat hechtte, zat hij in haar. Hij herinnert zich nog hoe gehaast hij haar van haar blouse ontdeed, zijn vingers in haar linkerborst prikte en vervolgens daaronder het harde doosje van haar pacemaker vastpakte. Ze deden het staand, tegen de keukendeur, terwijl de *shiva* in de kamer doorging. Belangrijk om hier geen dingen bij te denken: Esther was hechter met Isaac Jacobs geweest dan alle anderen. Ze woonde die laatste maanden in het ziekenhuis, waar ze hem de Thora voorlas tot ze allebei in slaap vielen. Reikte over hem heen naar het trieste triplex kastje om de dingen te pakken die hij wilde zien, ruiken, lezen. Maar seks is het tegenovergestelde van de dood – had Esther beweerd terwijl ze Alex tegen de muur aan duwde. *Seks is het antwoord op de dood.* Hadden ze geantwoord.

Adam steekt zijn hoofd om de hoek van de deur.

'Fruit of gewoon?'

'Gewoon.'

'Melk? Suiker?'

'Allebei. Veel.'

'Word je dik van.'

Alex trekt zijn bloes omhoog en prikt ter verheldering in een vetrol waar ooit een navel zat. 'Hard op weg.'

'Omphalus verduisterd.'

'Door dreigende vetzucht. Yeah, yeah.'

Adam lacht en verdwijnt en Alex kijkt hem na, kijkt naar de plek waar Adam zich bevond. Hij voelt grote liefde. En ook een soort ontzag, zoiets van: wacht nou een paar utterige tellen, *hoe kon dat nou gebeuren?* Knap, slim, verlicht, slank – wat is er van dat malle dikke zwarte jodenjong terechtgekomen? Wie schoot er elke zomer van de ene niet-passende 'identiteit' naar de andere, van hippie naar grunge, gangsta-lite, diverse *afkomst*ismen (Ebonisme, Repatriatisme, Rastafarianisme), Anglofilie, Amerikanisering, afro's, sluik gemaakt, hanenkam, geschoren, wijde spijkerbroek, strakke spijkerbroek, blanke meisjes, zwarte meisjes, joodse meisjes, gojse meisjes, conservatisme, Conservatisme, socialisme, anarchisme, feestjes, drugs, kluizenaarschap, schizoïde raken, afkicken – hoe was hij daarvandaan hier beland? Hoe was hij toch zo gelukkig geworden?

Adam zou zeggen *God*, natuurlijk. Alleen zou hij Zijn naam niet uitspreken en als je hem vraagt die op te schrijven zal hij JHWH opschrijven, of, als hij een dunne pen heeft, יהוה. Ja, Adam zal het op God houden. Alex, daarentegen, heeft eerder de neiging *wiet* te zeggen. Alex verkiest het meningsverschil: *marihuana.* Misschien is het in werkelijkheid een melange van die twee, iets als 60/40.

Alex gaat weer op de bank zitten, herinnert zich iets en neemt zijn tas op schoot. Hij haalt een opgevouwen papiertje uit een boek, vouwt het open en brult naar de keuken: 'VERLEDEN WEEK, VOOR DIE TOESTAND. HEB IK WAT GOED SPUL OP DE KOP GETIKT. HET ZIT NOG IN MIJN TAS HIER. LIJST VAN.'

'NOU?'

'ZWARTE JODEN.'

'O, JA?'

'IK BEDOEL, MENSEN DIE DAT ZIJN. HANDTEKENINGEN DIE IK KON KRIJGEN. MISSCHIEN IETS OM JE VERZAMELING TE COMPLETEREN?'

'JUIST. GOEIE NAMEN?'

'SLASH.'

'JA, NEE... DIE KENDE IK AL. DIE IS NIETSZEGGEND.'

'MIJ BEST – WACHT – LENNY KRAVITZ, LISA BONET –'

'WIE?'

'LISA BONET. ZIJN VROUW.'

'DAT SPREEK JE UIT ALS BONN-NEE, KAMERAAD. FRANSE SPELLING.'

'BEST, OKÉ, HOOR 'NS – WHOOPI GOLDBERG, PAULA ABDUL?'

'NEE... ALLEMAAL NATIE VAN YAHWEH, KERK VAN GOD EN ANDERS HOREN ZE BIJ DE GEBODSHANDHAVERS –'

'WIE?'

'MIJN OUWE CLUPPIE, AL, MIJN OUWE CLUPPIE. NU MIJN CLUPPIE NIET MEER.'

Alex denkt erover na. Als hij uitgedacht is, zegt hij: 'VOLGENS MIJ HEB JE GEEN "CLUPPIE" MEER, ADS, OF WEL SOMS? IK BEDOEL, JE LIJKT ER EEN TIKKIE ALLEEN VOOR TE STAAN.'

'JA, KENNELIJK.'

'MAAR JUDAÏSME IS TOCH NIET IETS WAT JE IN JE EENTJE KUNT BELEVEN? 'T IS TOCH NIET ZOIETS ALS JOGGEN, OF EH... PROTESTANT ZIJN.'

'HET ZIT ZO,' zegt Adam, en op slag spijt het Alex dat hij ernaar heeft gevraagd, 'GOD HEEFT TWEE ASPECTEN, ALEX. GOD ZOALS HIJ ZICH MANIFESTEERT EN GOD ZOALS HIJ IS. DE EERSTE HEEFT EEN VERBOND GESLOTEN MET HET JOODSE VOLK EN ZE MOETEN SAMEN NAAR HEM OP WEG. DAT IS DE KERN VAN DE GEMEENSCHAP, DAT IS DE KERN VAN DE CHASIDIM BIJVOORBEELD. MAAR HET TWEEDE ASPECT – *EIN SOF, AYIN*, HET ONKENBARE, DE ONEINDIGE LEEGTE – DAT KAN ALLEEN WORDEN BEREIKT DOOR DE REIZENDE EENLING.'

'PRECIES. EN DAT BEN JIJ, TOCH?'

'EN DAT BEN IK, ALEX?'

Adam kwam opnieuw binnen, met twee thee en een trommeltje koekjes onder zijn arm. Hij had een andere blik in zijn ogen. 'Ik moet met je praten,' zei hij. 'Ernstig.'

Hij ging naast Alex zitten, maar boog zich voorover. Een toonbeeld van concentratie, gebogen en precieus, als Fats Waller aan zijn piano. Alex boog zich voorover. Nu waren ze twee pianisten, klaar voor een duet.

'Ik heb met je moeder gesproken,' zei Adam met een vreemde, behoedzame stem. Hij schoof Alex zijn thee toe. 'Een paar dagen geleden – niet boos worden – ik maakte me gewoon een beetje zorgen om je...'

'Nee, prima, prima,' zei Alex, die exact het tegenovergestelde bedoelde. 'En? Hoe ging het met d'r?'

'O, best, ze was dik in orde. Ik vind het altijd zo, jeweetwel... zo ontspannend om met haar te praten. Erg zen, altijd.'

'Mmm... ja, ik weet dat het nauwelijks voorstelbaar is dat we familie van elkaar zijn. Nog wat te zeggen?'

'Uh... nou, jeweetwel, over Derek gesproken, en de vlooien van Shoshana – en nu schijnen ze een puppy te hebben... ze komt erg gelukkig over. Draafde wat door over haar potten –'

Alex kreeg een vermoeden waar dit toe leidde en dat beviel hem niet. Als Engelsman oefende hij nu het recht uit om zijn armen over elkaar te slaan en te glimlachen alsof hij het zo geweldig naar zijn zin had dat hij wel kon ploffen.

'Ja,' zei hij grijnzend en hij wierp zijn hoofd in zijn nek. 'Puh! Zo is ze wel. Begin met haar over klei en het houdt nooit meer op! Ik moet haar trouwens weer eens bellen – ma is zo iemand die – ze is zo weinig veeleisend dat je denkt dat je voortdurend contact houdt en dan besef je dat je haar in geen tijden hebt gebeld –'

'Al,' onderbrak Adam hem op die bijzondere toon die dreigende pijnlijkheden aankondigt. 'Ze heeft me eraan herinnerd de hoeveelste het is komende donderdag.'

'O. Juist.'

'De zesentwintigste.'

'Mmmm.'

Alex pakte twee koekjes en stak er stuurs in elke wang een. Hij deed zijn ogen dicht en hoorde Adam zijn betoog houden, hetzelfde betoog dat hij ieder jaar rond deze tijd hield. En ondanks het jaarlijkse aanhoren stemde het hem dit jaar verdrietiger dan ooit. Als je beste vriend gelovig is, moet je er rekening mee houden (dat wil zeggen *je neerleggen bij het feit*) dat er bepaalde vaste data zijn waarop er een hoogdravende, gênante discussie plaats zal vinden, met als hoogtepunt een gespannen en onthutsende detente. Kerstmis, Pascha, Ramadan. Of je nou wil of niet. Maar daar wordt de discussie niet eenvoudiger door. Bij Alex en Adam vond die discussie ieder jaar rond 26 februari plaats. Meestal pantserde Alex zich in de voorafgaande weken met rationele argumenten, maar ditmaal werd hij erdoor overvallen. Nu at hij in norse zwijgzaamheid nog drie koekjes voordat Adam zag dat het nergens toe leidde, kreunde en wegkeek.

'Maar *waarom*?' vroeg Alex, met een vinger op tafel. 'Ik luister naar alles wat je te zeggen hebt, echt waar. Maar je vertelt me nooit eens waarom ik het moet doen. Wat maakt het uit. Ik stel me toch helemaal niet als een gelovig iemand op? Ik bedoel, ze hoeft maar te kikken of ik kom opdagen bij Seder – maar dat is alleen voor ma. Ik *wil* niet schijnheilig doen. En ik zie niet in *waarom* –'

'Het is ritueel,' zei Adam, kortaf. 'Volgens mij hebben rituelen een functie.'

'Oké, en ik denk van niet,' vond Alex. 'Kunnen we het daar niet bij laten?'

'Nou, dat is duidelijk je bedoeling.'

'Ik, nou... het is eigenlijk zo *ziek*. Hij is al *vijftien* jaar dood, Ads. En hij was niet eens joods. Ja, ja, begin er maar niet over, ja, ik wel ja. Dat hebben we al eens gehad.

Te vaak al. Laten we er nou alsjeblieft over ophouden.'

Adam schudde zijn hoofd en graaide naar de afstandsbediening. Eventjes zagen ze met zijn tweeën een gele bal tergend langzaam in een corner pocket verdwijnen.

'Luister,' zei Adam opeens en hij draaide met hernieuwde energie rond, 'jij, de zoon, bent het zoenoffer voor zijn rust. *Snap* je dat? *Deswegen verlost het kind de ouder.* Je bezorgt hem rust, je eert hem. En daarvoor hoef je alleen maar naar de sjoel te gaan en kaddish te zeggen in het bijzijn van tien vrienden. Dat is alles. Ik doe het ieder jaar en besef telkens weer de waarde van –'

'Jij wel,' antwoordde Alex ferm en hij deed het wietkistje open, 'ik niet. Ik heb geen zin in ruzie, Ads. Alsjeblieft niet. Ik wil alleen wat roken, oké?'

Adam maakte het Internationale Gebaar voor joods schouderophalen. En Alex deed het terug.

3

Haggadah *(Popquiz nr. 1)*

V. Hoeveel van de lol zat er in het rollen toen Alex en Adam wat rookten?

A. In de Schrift staat: *O, ongeveer 78 procent.*

Over de L-vorm-richting. Maak altijd een filtertje van een mooi rolletje gekleurd karton – en zo worden pakjes Rizla architectonische rampen; eerst geen zijkanten meer, vervolgens geen achterkant, vervolgens geen bovenkant, ten slotte helemaal geen pakje meer. Het rollen verloopt traag, bewerkelijk. O, het rollen is ongeveer 78 procent van de pret.

Ben je nou al eens klaar, Ads?

Nee, nog niet. Moet alleen nog…

Komt dat rokertje er al eens aan, Ads?

Vloeitje verkeerdom, moet nog…

Hebben we daar al van gerookt?

Nee, nog niet aangestoken.

Dus rest Alex niets anders dan achteroverleunen en toezien. Pogingen, tweede pogingen, best of five ('Adam, je doet de hele dag niets anders. Waarom word je er dan niet *beter* in?'). Hij loopt naar de wijnkistjes waar de lp's in staan, wordt woedend vanwege de grove behoudzucht van iemand die nog aan vinyl en naalden doet.

Gaat weer zitten en beseft dat het verkeerde nummer opstaat. Te vrolijk. Je weet het nooit met meneer Gaye, dat is het punt.

'Zwarte jood, trouwens.'

'Marvin?'

'Ja, nee, nou, niet van een type dat ik ken – een soort christelijke sekte met een Hebreeuwse fetisj. Of andersom. Ben de details vergeten. Heb ik ergens gelezen. Hoestekst?'

Adam steekt zijn gezicht in de richting van de kaars en het dikke uiteinde van hun rokertje knettert als een bosbrand. 'Wat een stem, trouwens,' zegt hij. Hij ademt schitterend uit. De rook komt in twee enorme sierkrullen zijn neus uit, als een spooksnor. 'Alsof God Stevies honing over grind heeft gegoten.'

Wat Adam betreft bestaat de wereld uit muziek. Het is zo gek aan Adam dat films hem helemaal niets doen. Hij verkoopt de mensen video's als een barman van de blauwe knoop, uit antropologische nieuwsgierigheid. Film is wat hem betreft een kunstmatige, genummerde doos – vier muren gevuld met niets anders dan lege Internationale Gebaren. Exact de reden waarom Alex er dol op is. Het is *behapbaar*. Maar muziek is antennes, eindeloos verstrikt, onmogelijk. Film versus muziek. Het laatste openbare vermaak dat deze twee mannen samen hebben ondergaan was een worstelwedstrijd, vijftien jaar geleden.

'Hij zingt te snel,' zegt Alex, die te vroeg zijn hand uitsteekt. Adam leunt achterover. Hij legt zijn voeten op tafel.

'Je moet Sammy Davis eigenlijk voor me opscharrelen,' meldt Adam, bedachtzaam. '*Dat* was nog eens een Zwarte Jood. Die heeft Las Vegas geopend voor zwarten. Hij was een wegbereider.'

'Hmmm,' zegt Alex, terwijl hij aan drugs denkt.

'Oj. Waar is mijn video? *The Girl From Peking.* Waar blijft hij? Je hebt hem nou al tien keer van me gehuurd. Waarom koop je hem niet? Dat zou goedkoper uitvallen.'

Alex overweegt het. 'Als hij van mij was,' zegt hij gewichtig, 'zou ik letterlijk aan niets anders meer toekomen dan kijken.'

'Alleen idioten gebruiken het woord "letterlijk" tijdens een gesprek,' zegt Adam luchtig. 'Dus vooruit maar, geef maar terug. Je bent te laat. Je hebt er al vijf pop boete op.'

'Ik wil hem nog wat langer houden. Ik heb geloof ik zin om er vanavond naar te kijken.'

Adam schudt zijn hoofd, en drukt een hand tegen zijn slaap, zogenaamd om een opkomend idee doorgang te bieden. 'Nou moet je me toch eens vertellen wat dat precies is met haar? Niet alleen met haar. Met hen allemaal. Het is meer dan werk voor jou, toch? En voor Joseph. Ik bedoel, wat is daar aan de hand?'

Alex gebaart vaag naar de platenverzameling, wijnkisten tot halverwege het plafond. 'Niks bijzonders. Wat betekent dit spul voor jou?'

'Geef antwoord.'

Alex graait hem het rokertje uit handen en inhaleert zo diep als hij kan. Dat doet hij tot drie keer toe en sluit vervolgens zijn ogen.

'Ik wil gewoon weten wat er gebeurt,' houdt Adam aan. 'Het zijn acteurs. En?'

'Je moet goed begrijpen,' begint Alex traag, 'dat het niet om de nieuwe gaat. Het gaat om de ouwe. Die nieuwe kunnen me geen zak schelen. Het kan me niet schelen of zus of zo overtuigend een verlamde neerzet. Zijn stomme, lelijke ware naam kan me geen ruk schelen – die zou hij moeten veranderen. En dan is hij veertig pond aangekomen en heeft leren boksen. Nou en? Al had hij de Mount Everest beklommen. Mij kan het niet schelen. Het doet me allemaal niks. Films van na 1969 kan ik niet aanzien. Ik houd van die oude.'

'Omdat?'

'Omdat... ik zou het niet weten, omdat ze zichzelf spelen, ze spelen gewoon stukken van zichzelf.'

'Leg uit.'

'Het is zoiets als... dat Hollywood een valse godsdienst is, die het genot verheerlijkt – dan – dan, als dat zo is, *doe het dan tenminste goed.* Toch? *Wees* dan op zijn minst een valse God. Snap je waar ik heen wil? Wees er *eerlijk* over. 't Is net zoiets als: wees Clark Gable, *wees* God der mannelijkheid. *Wees* Dietrich, de Godin van wat dan ook, weet ik 't, lichte zeden. *Wees* Poitier, absoluut God van alle persoonlijke waardigheid. Et cetera. Als je Bogart wil zijn, *wees dan Bogart. Word de essentie van Bogart.* Is je wel eens opgevallen hoe groot Bogarts hoofd in verhouding tot zijn lijf was? Hij was bijna een karikatuur van *zichzelf.*'

Adam fronste onthutst. 'En met Kitty – wat is er met Kitty?'

'Zij is het mooiste,' zei Alex, schaapachtig, 'wat ik ooit heb gezien. Dat is alles. Ik snap dat het jou niks zegt.'

'Voor mij is schoonheid, echte schoonheid, een aardse verschijningsvorm van het goddelijke. Een pasgemaaid gazon. Een canyon. Een barst in het asfalt. Je hebt het gewoon over seks.'

'Kijk, ik hou ook van bomen,' zuchtte Alex. 'En bergen. Ik vind al die dingen mooi. Maar wat ik wil zeggen is dat *schoonheid bij vrouwen* een verschijningsvorm van het goddelijke is in *mensengestalte.*'

Marvin zingt eindelijk iets gepasts. Adams ogen staan groot en droef. Hij houdt zijn kin vast. 'Esther beweerde... ze zei dat je na die botsing allereerst keek of je die... hoe noemen we dat ook weer – de *handtekening* nog had. De Kitty Alexander.'

Alex opende zijn mond en sloot hem weer.

'Alex? Leg me dat eens uit. Waar is die de godin van? Kennelijk nogal belangrijk. Je bent al tien jaar samen met Es, Al. *Tien jaar.*'

'Dat kan niet kloppen – Ads, ik kan me dat niet herinneren.'

'Dat zei zij ook. Je weet dat ze nooit liegt. Jij bent alles voor haar.'

'Dat *weet* ik.'

'Stel je voor dat ze een hardere dreun had gekregen – dat haar pacemaker los was geschoten. Dat zou ik niet kunnen *goedpraten*. Ik kan jou niet goedpraten. Het lijkt wel of je vindt dat de hele wereld om jou draait, enkel en alleen om jou.'

'Maar – ik bedoel, heeft *iedereen* dat dan niet –'

Alex laat het erbij zitten. Adam buigt zich kwaad over het salontafeltje om opnieuw aan het proces van het rollen te beginnen, al is de eerste nog niet voor een kwart op. Alex gaat gehurkt naast hem zitten.

'Ads.'

'Wat.'

'Mag ik je wat vragen?'

'Wat.'

'Heb je het gezien?'

'Heb ik wat gezien?'

'Dat ik vervalste.'

'Jeetje Louise, niet nog eens, kameraad. Please.'

'Geef antwoord.'

'Oké. Nee.'

'En Joseph?'

'Je weet toch wat hij zegt. Hij zegt dat je naar de keuken ging en haar mee terugnam.'

Alex jammerde.

'Heb je nou niks anders om je zorgen over te maken?' vroeg Adam verbaasd. 'De naam van iemand die je nog nooit hebt ontmoet?'

Halakah (*Popquiz nr. 2*)

V. Hoe luidt de wet van de man die erg stoned is en de man die minder stoned is? Hoe gedragen die twee zich tegenover elkaar?

A. Degene die het minst stoned is zal thee zetten en desnoods wat voedsel uitzoeken. Degene die stoneder is heeft het recht – gedurende de tijd dat hij stoneder is – om de ander zijn problemen uit te leggen.

'*Ik zal jou eens vertellen waar jij problemen mee hebt*,' zegt Adam. Zijn ogen zijn twee minuscule, dooraderde bloedsinaasappels. Het is laat. De gordijnen hangen open. Alex is al bijna drie jaar bezig met weggaan. Hij beweegt zich als een langlaufer over de bank. Buiten zakt de scherpe zon pijlsnel achter het rangeerterrein. Alles is rood.

'Ads, ik moet nu echt weg. Ik moet wat eten.'

'Is dat het of wil je niet weten waar je problemen mee hebt?'

'Nee, ik heb eten nodig. Ik ben erg stoned. Jij niet?'

'Ja,' zegt Adam. 'Maar op een heel heldere manier.' Hij staat op, loopt naar de verste muur en legt zijn handen er als een gebedsgenezer tegenaan. 'De wereld is verdeeld, Alex.'

'Best.'

'Toen de wereld werd geschapen,' vertelt Adam, terwijl hij met zijn ene hand een hemellichaam nabootst en met de andere naar de koektrommel wijst, 'verscheen God met Zijn bollen van licht, gemaakt van letters, vulde Hij de wereld met Zichzelf. Maar God is onsterfelijk – om sterfelijke wezens te creëren moest Hij Zichzelf *terugtrekken*. Scheppen is de kunst van de terugtocht. Maar bij Zijn vertrek –'

'Heeft Hij het verkloot?'

'Hij is niet helemaal vertrokken. Hij heeft flarden van Zichzelf achtergelaten... lichtvlekken en... stukjes –'

'Stukjes? Nou, nou, gaan we exact doen?'

'Stukjes *essentie*,' zegt Adam en hij wijst, terwijl hij zijn lachen inhoudt, naar de Sefirot. Alex heeft hoofdpijn. Hij had niet zo'n behoefte aan die preek over die stukjes. Die heeft hij eerder ondergaan maar hij heeft hem nooit volledig begrepen. En er bekruipt hem nu al een poosje iets treurigs dat gehuld gaat in rook. Dat kan het gezicht van Esther zijn. Of dat van Kitty. Het is beslist het beeld van een vrouw, van een zachtheid waarin hij zich kan nestelen. Hij moet naar huis. Vrouwen zoeken. Ze bellen, schrijven. Ze laten komen om hem vast te houden, al is het maar voor een uurtje.

Adam zegt: 'En eenvoudiger dan zo kan ik het niet uitleggen, het probleem is als volgt: de godheid is incompleet. God heeft ons *nodig*.'

De hele bank zit onder de koekkruimels. Het lijkt wel of Alex de bank heeft gevoerd. Hij heeft inmiddels zo veel honger dat hij het geduld niet meer kan opbrengen om de koekjes te kauwen. Hij wil alleen nog maar dat de koekjes deel van hem gaan uitmaken, zich als bij toverslag een weg in hem banen.

'En dat weer samenvoegen?' vraagt hij en hij peutert nadenkend aan een kruimeltje. 'Dat valt niet mee, vriend.'

'Herenigen,' zegt Adam, 'wat gescheiden is. Dat doen we door middel van goede daden. De godheid is zonder ons niet af. Door onze goede daden vergroten we de waarde van de godheid. Het is de bedoeling dat wij Hem belonen, niet dat Hij ons beloont – als je dat niet begrijpt kun je Job niet volgen. Anders slaat Job nergens op. Kun je je Scholem nog herinneren? *Een wereld zonder verlossing – ga dat maar eens aan de gojs uitleggen!* De joden helen de godheid, niet andersom. Kaddish kent hetzelfde principe. Heel de vader.'

Genoeg. Het is tijd. Alex pakt zijn vriend op z'n Rubinfines bij de elleboog en loopt met hem naar de deur. In de deuropening duwt Adam Alex een klein tasje in de hand om mee naar huis te nemen en eventjes voeren ze de I.G.'s uit die bij *Een onverdiend geschenk van een vriend* horen.

'Doe mij een lol en neem dit mee. En onthoud waar we het over hebben gehad. En bel Esther. Ze moet je wat vertellen. Daar blijf ik buiten. Bel haar op.'

Met tegenzin steekt Alex het kleine plastic zakje in zijn zak. 'Ik zal erover nadenken, goed? En vanavond zal ik Esther bellen. Beloofd. Op mijn biljet. Oké?'

'Bedankt. Hartstikke bedankt, Al.'

'Hoor 'ns, hoor 'ns – later –' Alex zoent zijn vriend op het voorhoofd, 'ik ga ervandoor en we hebben het er nog niet eens over gehad wat het voor jou betekent. Ik bel nog – of e-mail…'

'Best. Het is al laat – ik moet nodig aan de studie. Ik speel vandaag trouwens een gastrol in *jouw* film, toch? Ik ben hier gewoon voor –'

'Verlichting.'

'Ik wou eigenlijk zeggen voor het vermaak.'

Adam doet de deur open. Het komt weer met bakken omlaag. Druppels van knikkerformaat. Adam geeft hem een paraplu. 'Al, ken je die nog? Dat ik de letters van een grap zou gaan bestuderen, het Hebreeuws vertalen – permuteren? Erover mediteren? Gewoon, om te kijken wat het was. De basisgrap, de grap der grappen?'

Alex klapt in zijn handen. 'Da's vast "*Shit Happens*"?'

'Nee, daar heb ik wel aan gedacht, maar ik wilde een langere grap. Ik wist dat ik meer uit een langere grap zou halen. Het kan me misschien mijn hele leven kosten, maar ik zal er meer uithalen. Ik wil weten of er een patroon in de numerologie zit. Kun je hem in 613 woorden vertellen, bijvoorbeeld? *Dat* zou pas een *trip* zijn. Ik moet hem je vertellen, man – ik heb er weken over gedaan om deze te vinden – kom *op* – je hebt toch geen vaste baan, of wel? Of wel soms?' Adam doet dat kleine ongeduldige huppeldansje op de drempel. 'Nee? Ja? Wat mij betreft mag je hem zelfs in je boek gebruiken. Kom op nou, dat is een goeie deal.'

'Goed, maar *haast* je. Het regent mijn kraag in.'

'Oké, hij gaat dus over de paus en de hoogste rabbi…'

De Grap over de paus en de opperrabbi

Een eeuw of wat geleden verordonneerde de paus dat alle joden uit Italië moesten vertrekken. Uiteraard ontstond er grote beroering in de joodse gemeenschap, dus stelde de paus een compromis voor. Hij zou een religieus debat voeren met een leider van de joodse gemeenschap. Won de joodse leider het debat, dan mochten de joden in Italië blijven. Won de paus, dan moesten de joden vertrekken.

De joodse gemeenschap kwam bijeen en koos een bejaarde rabbi uit, Moishe, om hen in het debat te vertegenwoordigen. Rabbi Moishe sprak echter geen Latijn en de paus sprak geen Jiddisch. Dus werd besloten tot een 'zwijgende' discussie.

Op de dag van het grote debat zaten de paus en rabbi Moishe een volle minuut tegenover elkaar voordat de paus zijn hand hief en drie vingers opstak. Rabbi Moishe keek naar hem en stak één vinger op.

Vervolgens zwaaide de paus met een vinger om zijn hoofd heen. Rabbi Moishe wees naar de grond. Vervolgens haalde de paus een hostie te voorschijn en een wijnkelk. Rabbi Moishe toonde een appel. Zodra hij dat

deed, stond de paus op en zei: 'Ik sluit het debat. Deze man heeft me verslagen. De joden kunnen blijven.'
Later schaarden de kardinalen zich rond de paus en vroegen hem naar de toedracht. De paus zei: 'Eerst stak ik drie vingers op ten teken van de drievuldigheid. Hij reageerde met het opsteken van één vinger, om me er zodoende aan te herinneren dat onze geloven één en dezelfde God erkennen. Vervolgens zwaaide ik met een vinger om mezelf heen om hem te tonen dat God overal om ons heen was. Hij reageerde door op de grond te wijzen om aan te geven dat God ook hier en nu bij ons was. Ik haalde wijn en hostie te voorschijn om te tonen dat God ons onze zonden vergeeft. Hij pakte een appel om me aan de zondeval te herinneren. Hij wist overal een antwoord op. Wat had ik kunnen doen?'
Ondertussen schaarde de joodse gemeenschap zich rond rabbi Moishe om van hem te horen wat er was gebeurd. 'Nou,' zei Moishe, 'eerst zei hij: "Jullie joden hebben drie dagen om te maken dat je wegkomt." Dus zei ik: "Er vertrekt er niet één." Vervolgens zei hij me dat de hele stad zou worden gezuiverd van joden. Dus zei ik: "Hoor 'ns, meneer de paus, wij joden... we blijven gewoon hier!"'
'En daarna?' vroeg een vrouw.
'Geen idee,' zei rabbi Moishe. 'Toen was het lunchpauze.'

'O, *kameraad*,' zegt Alex, terwijl hij de deur dichtschopt en vecht tegen zijn tranen. 'O, Ads... kijk, *daarom* houd ik nou van je. Die is echt schitterend. Echt.'

'Ja, hè?'

ZEVEN / *Gevurah*

Macht • Anita versus Grace • Vingerafdrukken • Het moderne leven is waardeloos en eenzaam • Eliot was gojs (hij was tevens profeet) • Kunstenaars versus arbeiders • Kafka was joods • Amerika • Wat willen vrouwen? • Naar de film

I

'Kijk,' zei Alex tegen zijn benedenbuurvrouw Anita Chang, 'ik geef je geen ongelijk. Mijn kat, mijn verantwoordelijkheid. Maar ik kan niet alles vóór zijn wat Grace doet. Ze is een zelfstandig iemand.'

Anita Chang beet op haar wang, wat haar lieftallige gezicht een soort kille uitstraling bezorgde. Ze leek vanavond helemaal vervormd te zijn. Vanwaar die ene schouder zo omhoog en de armen zo vreemd en strak over elkaar, de rechterenkel scheef – vanwaar die hoge hak in de deurmat gehaakt?

'Kat,' zei Anita, wier mond even snel was als de sluiter van een fototoestel. 'Niet iemand.'

Een lange, witte, in de kern goedaardige pluizenbos krulde zich rond Anita's vredige enkel, overwoog de andere, bedacht zich en verschool zich achter Alex. Alex knielde en nam Grace in zijn armen. 'Juist. Kat.'

'En ik wil jouw kat,' zei Anita, die razendsnel met haar ogen knipperde, 'niet meer in mijn huis. Nooit meer.'

'O-*ké*,' zei Alex, heel langzaam. '*Jouw. Wil. Is. Wet.*'

Hij trachtte Grace als een soort bekrachtiging van de afspraak op de neus te zoenen, maar Grace schudde haar kopje, legde haar oren plat en keek Anita kwaad aan.

'En ik wil bij thuiskomst,' vervolgde Anita, terwijl ze met haar opgerolde avondblad op het raamkozijn van de keuken sloeg, 'niet meer met de smeerboel van jouw kat geconfronteerd worden.'

Terwijl ze dat zei, viel het roze economiekatern uit de krant en belandde tussen hen beiden op de grond. Ze boog in haar zakelijke rokje (Maar wat voor zaken? Hij had het nooit durven vragen) op een onzakelijke manier en stak het katern terug in de rest van de krant, maar bleef in de plooi. Ze was geweldig. O, *Anita!*

'En wat ik *echt* niet meer wil,' zei Anita onder het openen van haar attachékoffertje, waarna ze hem een velletje papier toestak, 'is me dan ook nog eens als een idioot laten behandelen. Je denkt misschien dat dit contract een geintje is, maar ik heb er veel tijd in gestoken om het op te stellen omdat ik dit probleem nou juist wilde oplossen. En iedereen in het pand heeft het getekend. Appartementen B, C, D en ik. Jij als enige niet. Ik vind dat, als we ons allemaal met betrekking tot huisdieren aan bepaalde regels houden, dat dan niemand zijn liefjes weg hoeft te doen. Dus. Teken het alsjeblieft naar behoren.'

'Tekenen...?'

'Ik heb het *drie weken geleden* onder je deur geschoven met een briefje erbij waarin ik de noodzaak uitlegde en afgelopen donderdagnacht duw je het zo onder mijn deur? Ik vind dit,' zei Anita terwijl ze met een parelmoeren nagel een reeks vreemde tekeningetjes aanwees – een tafel, twee lange harige heksen, een gekantelde tafel, een gebroken twijgje – 'niet leuk. Maak het alsjeblieft in orde en doe het daarna weer bij mij in de bus.'

Grace stak vergoelijkend een poot uit, maar Anita was al vertrokken.

In een efficiënte beweging sloot Alex de voordeur, schopte zijn schoenen uit, trok zijn broek uit, kreeg zijn voet onder Grace haar achterwerk en schopte haar voorzichtig de keuken in.

'Ik *weet* het niet,' zei hij bij wijze van antwoord op haar vragende gemauw, 'ik weet niet wat ze tegen ons heeft. We vinden *haar* wel leuk.'

Grace sprong op het aanrecht waar Alex voorbereidingen trof voor het opwarmen van een soepje. Ze keerde hem haar slechte kant toe.

'Nou, *ik* vind haar wel leuk. Jij hebt iets vreemds als het om vrouwen gaat.'

Anita Chang had twee jaar geleden Fat Roy (best aardig, vetzucht) van beneden vervangen. Toen hij haar naam hoorde tijdens een bijeenkomst van huurders – toen hij haar nog nooit had gezien – raakte Alex al van haar in de ban. Hij ging shoppen als een tiener, nieuwe broek, chique fluitketel, Chinese wandversiering, indrukwekkende boeken. Toen de verhuiswagen verscheen, schreef hij boekdelen vol inktloze fictie, fantasiescenario's: kopjes suiker, geleend en terugbezorgd; *Ach, aangezien we vanavond toch allebei thuis moeten blijven*; oosterse synergie; begripvolle bewoordingen om het Esther te vertellen...

Maar zo was het niet gegaan. Anita was noch zo sentimenteel als hij noch geïnteresseerd in rassenverwantschap, toeval, of toevallige rassenverwantschap ('Ja, dat klopt. Allebei Jaar van de Hond. Is dat aanleiding voor een feestje? Zullen we een stamboekdansje doen?'). Soms liep hij de vriend tegen het lijf, een potige Zuid-Afrikaan die de charmante neiging had je iets te vragen en vervolgens de andere kant op te kijken. Zo gaan die dingen.

Bij wijze van bezwaar tegen de bittere lucht die uit de oven kwam, verliet Grace de keuken nu met zwaar overdreven walging (staart omhoog, meelijdende blik over de schouder) om nog geen minuut later terug te keren en heen en weer te gaan dreutelen voor de kast met kattenvoer. Er zijn veel joodse katten: Shoshana, de terneergeslagen maar *simpatico* lapjeskat van zijn moeder, had voortdurend jongen. Daar had hij er eentje van kunnen krijgen. Welke perversie had hem er dan toe gedreven om met deze humorloze, roze-ogige, gojse wattenbol te gaan samenwonen?

Mwrrzoek, zei Grace, min of meer, terwijl ze haar kopje waste.

Ja, zoeken. En nu was zoeken in liefde omgeslagen. Hij haalde twee ontbijtkommetjes uit de kast, deed de smurrie van Grace in de ene en zijn eigen soep in de andere. Het zijne was geneeskrachtig en walgelijk. Het hare ook. Drie weken daarvoor had ze aan een katteninfuus gelegen in een soort kattenziekenhuis, vermoedelijk met kattenaids. Het bleek *geen* kattenaids te zijn. Iets anders. Viraal. Hij had het katteninfuus nooit gezien, maar de dierenarts had hem verzekerd dat ze die hadden gebruikt. Hij had een beeld van het kleine bedje, het kleine buisje, het kleine zakje. Driehonderd pond had hij voor de behandeling betaald. Twintig pond voor de kattensmurrie. Vijftien pond voor zijn eigen smurrie. De smurrie van Grace had bijwerkingen. Het irriteerde haar darmen en liet haar braken, soms ook in Anita's appartement (ze ging via het raam), of voor haar deur, alsof ze niet thuis was toen het pakje werd bezorgd. Exact over dit onderwerp had Alex ooit geschreven: *De medische praktijk is op zijn gojst als de symptomen van een kwaal en de bijwerkingen van het geneesmiddel dat die symptomen moet* bestrijden, *niet van elkaar te onderscheiden zijn.* De bijwerkingen van Alex' smurrie schenen verwarring, depressie, vergeetachtigheid, boosheid, huilerigheid, geweld, gevoelens van nutteloosheid, angst voor vrouwen en spierpijn te zijn. Het medicijn moest hem beschermen tegen de activering van wat hij zag als zijn erfelijke tijdbom, zijn kankergen. Twee gojs waren ze – Grace en haar baasje – die allebei het onontkoombare probeerden af te weren.

Ut, zei Alex, toen hij een beetje van de smurrie van Grace in zijn eigen kommetje morste.

Mrawh, zei Grace, *mwroe-euw*.

Over op je eentje wonen repte niemand. Of over wat dat met je doet. Buiten tikte een andere alleenstaande man uit het pand vriendschappelijk bij Alex op het raam, maar hield niet in. Tegen de tijd dat Alex zijn hand had opgestoken was hij verdwenen. Langzaam bracht Alex zijn hand weer naar het aanrecht. Een kort snijgeluid, als van een guillotine, maakte hem duidelijk dat Anita Changs contract zojuist in de millimeters brede spleet tussen de wasmachine en het fornuis was geduwd. Hij bukte zich. Hij zag het, daar beneden. Er bevond zich daar beneden een hele walgelijke wereld. *Hallo.* Hij rook ook –

Alex' hand schoot uit om het gas uit te draaien en in leven te blijven. Ademloos stond hij tegen het aanrecht geleund. Dacht aan wat er zou zijn gebeurd als hij niet (je woont alleen, je steekt een sigaret op, BOEM! Een modern soort drama). Daarna legde hij het deksel weer op de kokende soep, gooide het lege kattensmurrieblik in de prullenbak onder het aanrecht. Veegde het aanrecht schoon, de voorkant van de wasmachine, de randen van de planken. Hij pakte een spons en sopte de weken oude smurrie uit de koelkast. Iets anders veegde hij weg naar een plek waar het niet opviel. Hij ging op handen en knieën zitten en boende een bobbeltje rode was van een plavuis. Toen hij dat grotendeels had verwijderd, pakte hij een kaasschaaf en begon de voegen tussen de plavuizen te bewerken. Grace kwam schooiend dichterbij en sloeg hem met haar staart tot ridder. Eenmaal. Tweemaal. Bij de derde keer greep hij haar kop vast, inspecteerde haar gebit en maakte het schoon met de punt van zijn huissleutels. Tevreden stond hij op. Deed het licht uit en vervolgens weer aan. De andere alleenstaande man had twee vingerafdrukken op zijn raam achtergelaten die hij hiervandaan kon zien. Deden hem aan moorden denken, alibi's.

2

In zijn slaapkamer ging Alex achter zijn bureau zitten en nam Grace op schoot. Hij krabde haar achter de oren en zette de toverdoos aan.

Weialala leia deed de muziek.

Alex trommelde afwachtend met zijn vingers

– Vijftien tellen maar, maar dat voelt *zo lang* aan –

(Leer ons zorg te dragen en ons geen zorgen te maken... leer ons stilzitten)

Wallala leialala

Een maand of wat geleden, toen Alex ergens in een kroeg iets zat te drinken, projecteerde een man die beweerde dat hij kunstenaar was deze wereldberoemde interface, dit venster, met zijn sprankelende openingsmuziekje op de muur. Het werd gevolgd door andere futiliteiten, maar niets maakte zo veel indruk als dit. Eventjes werd iedereen herinnerd, werd iedereen *geconfronteerd* met de herinnering aan het onafgemaakte werk. Onaffe documenten. Halfgeschreven brieven. Dat uitgestelde spelletje patience dat thuis wacht op Alex-Li en zijn hele generatie tot ze thuiskomen om het af te maken (en te verliezen).

Wallala leialala.

la la

Langzaam komt Alex' scherm tot leven. Het ding is bedoeld, dat weet hij, om zijn gedachten te ordenen en ruimte te besparen. Nu hij daaraan moet denken, drukt Alex zijn vingertoppen in het plasma (concentrische regenbogen!) en schept enig genoegen in de manier waarop hij die bedoelingen succesvol heeft gedwarsboomd. Alle sterren overlappen elkaar, verdringen het behang (popzangeres Madonna, naakt, liftend met opgestoken duim), duwen elkaar van het scherm af. Alle mappen met onhandige namen: Deze, Deze2, Alex1, AlexLi2, AlTandem4, Alexi3, Tandembelangrijk. Hij heeft een map getiteld RUBINFINETLFNNMR waarin Rubinfines telefoonnummer zit en verder niks. Belangrijk dat die interfaces niet alle macht krijgen, vindt hij, niet *alle* macht.

En nu opent Alex een map getiteld KITTYBRVN waarin het enige bewijs staat van de talloze woorden die hij in de loop van veel jaren heeft geschreven.

De Kitty-brieven. Het was begonnen als standaardkost van de Handtekeningenman. Het is fanmail en tegelijkertijd zijn het verzoeken om handtekeningen. De brieven zijn voorzien van aan hemzelf geadresseerde enveloppen, glanzende foto's en interessante informatie over de afzender.

Een voorbeeldbrief uit die tijd, toen Alex-Li nog maar vijftien was:

Alex Li-Tandem
37A Humboldt Avenue
Mountjoy
Londen N23

Beste Juffrouw Alexander,

Ik ben uw grootste fan. Valt er een mooier beeld te verzinnen dan hoe u eruit zag in de film The Girl from Peking, *dan moet ik dat nog te zien krijgen! Als ervaren Handtekeningenman die zelf half-Chinees is en geïnteresseerd in films, zou ik zeer verguld zijn met uw handtekening in mijn verzameling. Ik ben zo iemand die handtekeningen als historische documenten beschouwt, en ieder filmmuseum zou tekortschieten zonder uw handtekening. Ik hoop van harte dat u tijd hebt om een handtekening te zetten op deze foto en die in de bijgesloten aan mij geadresseerde envelop te doen.*

Ik verblijf, uw toegewijde bewonderaar,
Alex-Li Tandem
PS Sterf toch, Krauser.

Max Krauser was voorzitter van de KAAA (Kitty Alexander Association of America), en dus Alex' tegenstrever. Krauser is er volgens Alex voor verantwoordelijk dat hij het enige echte postadres niet heeft. Krauser is degene die hem van tijd tot tijd die vernederende standaardbrieven stuurt die beginnen met het obligate *we danken u zeer voor uw belangstelling.* Krauser is de muur van Jericho tussen Alex en hetgeen hij begeert, wat prima zou zijn als Alex' trompet het deed.

Enkele maanden na zijn zeventiende verjaardag, toen hij wanhopig werd door het New Yorkse stilzwijgen, schakelde Alex op een andere tactiek over. Hij vond dat de handtekeninggidsen hem vals hadden voorgelicht met hun advies aan Handtekeningenmannen om

...altijd interessant over zichzelf te praten, te tonen dat hij niet zomaar een fan is, niet bij het gepiepel [sic] *behoort... maar probeer uw lievelingsberoemdheid ervan te overtuigen dat u een uniek persoon bent!*

– *The Autograph Adventurer*, nummer 197

Maar in Kitty's ogen was hij natuurlijk niemand. Vervolgens schreef hij op een dag de volgende zin in een brief die maar drie zinnen telde: *Van nu af aan ga ik je over* jezelf *vertellen.* En nu staat hij op het punt dat te gaan doen, in het nieuwe document dat hij heeft geopend. Dat doet hij nu al acht jaar. Er zijn er honderden en nog eens honderden van en er is er nog nooit een beantwoord.

Lieve Kitty,

Ze loopt de winkel in en huivert vanwege de leeftijd van de jongen die haar helpt. Zelfs zijn knokkels zijn rimpelloos. Hij hoort op school te zitten, vindt ze.

Liefs,
Alex-Li Tandem

Lieve Kitty,

Ze ziet, gezeten op een bankje in het park, een man van haar leeftijd, dubbelgeslagen van de pijn. Ze schrikt (Hoe kan ze helpen? Wat moet ze doen?) maar dan wordt de beslissing voor haar genomen: hij raapt alleen maar een geldstuk op. Ze voelt zich stiekem opgelucht en moet aan de oude zengrap denken: Kun je niet even gaan zitten in plaats van je handen uit de mouwen te steken?

Liefs,
Alex-Li Tandem

Lieve Kitty,

Ze staart onwillekeurig naar de nek van een jongeman die vóór haar in de bus zit. Ze kan er nauwelijks van afblijven! En vervolgens krabt hij zich daar, alsof hij het voelde.

Liefs,
Alex-Li Tandem

Lieve Kitty,

Ze is in een wijk die barst van de tweedehandskledingzaken. Ze glimlacht onnozel in een bakkerij, want ze denkt onwillekeurig dat iedereen andermans kleren draagt.

Liefs,
Alex-Li Tandem

In de loop der jaren heeft hij gemerkt dat sommige van die brieven hem vrijwel onmiddellijk invallen, terwijl hij op andere een hele tijd zit te blokken. Vandaag, met die witte virtuele pagina brandend voor zijn neus, beseft hij dat hij niet weet hoe hij haar moet bedanken. Hij graait onder zich naar zijn tas en haalt de handtekening eruit. Hij is overdonderd. Hij zet hem tegen het scherm aan. En vervolgens komen de woorden moeiteloos.

Lieve Kitty,

Op een familiefeestje (bij iemand aan wie ze de pest heeft) krijgt ze te horen dat ze haar benen net zo over elkaar slaat als haar vader deed. Ze gaat ertegen in, maar als ze daarna naar beneden kijkt, ziet ze zelf dat het waar is. Een ogenblik later herinnert ze zich hoe ze paardjereed op de laars van haar vader. Met een glimlach wipt ze haar eigen laars op en neer.

Liefs en bedankt,
Alex-Li Tandem
(Je grootste fan)

3

Zodra de Kitty-brief af is, drukt Alex een knop in en begint de trukendoos te zingen. Dwaas gejammer. En dat gepiep. En dat *knars knars.* Over enkele tellen zal hij in contact staan met de wereld. De wereld! Op een dag zal hij deze ongekende bron benutten. Zal hij alles uitzoeken over het Babylonië uit de Oudheid en acceptabel Ests leren spreken. Hij wil leren hoe je een bom maakt. Ooit. Maar nu wil hij onmiddellijk naar zijn kleine uithoekje van de wereld, een denkbeeldige veilingzaal waar hij elke dag de voortgang inspecteert van de zaken die hij te koop heeft aangeboden. Dat is hedenavond zijn doel – en hij is heel serieus en zeer vastberaden. Per slot van rekening is dit zijn echte handel, zijn brood op de plank. En hij zal zich *absoluut niet* laten verleiden door dat aardige, onhandige vrouwtje dat haar bikini steeds aan- en uitdoet en vanuit een hoekje van het scherm voortdurend naar hem lonkt…

Hoor 'ns, vijf minuutjes maar, heeft Alex tegen Grace gezegd en die heeft hem met een hoofdknikje toestemming verleend. Ze spinde. Hij klikte. Het ging open. Grace veegde haar poot langs een lijst travestieten, plastic mensen, bejaarden, zwangeren, invaliden, onvermoeibaar wijdbeensen, gestoorden en gereserveerden. Arme Alex; hij wilde alleen maar twee jonge mensen zien, naakt, samen. Bijna onderaan trof hij iets aan wat ermee door kon. Hij knoopte zijn gulp open en wachtte. Grace keek hem laatdunkend aan. Ze keurde het af. Hij keurde het ook af – maar wat viel er te kiezen? Hij was eenzaam. De spieren van zijn rechterarm spanden zich bij voorbaat. *Vooruit*, fluisterde hij en een vrouwtje sprong van zijn schoot en kroop onder het bed. Het andere vrouwtje trok een vreemd buikig mannetje naar zich toe en spreidde haar benen.

Wallala leialala, joelde de vrouw na een poosje, *o schatje!*

Ut, zei Alex, na een poosje, *o, ja. Uhhuhut.*

Na zes minuten was het allemaal voorbij. Eén tel na de extase volgde de transformatie. Het was gewoon het ene kale beest dat het andere herhaaldelijk in een open wond stootte. Daarna was het voorbij, alsof het nooit had plaatsgevonden. Tissues in de prullenbak, Grace terug, peuk gerold. Aan de slag weer.

Op de veiling verhoogde Alex snel en handig de prijs van zijn eigen waren door middel van een paar nepbiedingen en dook vervolgens op een Mickey Carroll af, een van de oorspronkelijke munchkins uit de film uit 1939. Die wilde hij aan Rebecca verkopen, de vrouw van Rubinfine, die onlangs zwaar geïnteresseerd was geraakt in de beperkte mate waarin sommige mensen groeien. Rebecca's oprispingen, vaak liefdadige, vormden voor Alex een belangrijke markt. Hij had haar drie brieven van Helen Keller verkocht toen ze geld inzamelde voor doofstommen. Toen ze in de ban raakte van het lijden van de indianen, verloste ze hem van een erg prijzig opperhoofd. En toen haar vader overleed maakte Alex van de gelegenheid gebruik om zijn Judaïca op te ruimen; hij verkocht *alles* aan haar: Israëlische staatslieden, joodse humoristen, ansichtkaarten van synagoges, acteurs, uitvinders. En ze liet ze stuk voor stuk contant betalen door Rubinfine. Ja, het was een vak vol kleine genoegens, als je bereid was daarnaar op zoek te gaan.

'Let even op de winkel,' mompelde Alex, en hij liet Grace op zijn stoel zitten terwijl hij naar het toilet ging. Toen hij terugkwam, zag hij dat Grace met goed gevolg de verkoop had gadegeslagen van een Dick Powell, een Carole Lombard en een Gary Cooper. Duizend pond voor het hele stel. Dat was het probleem. Het ging te gemakkelijk. Zodra hij overwoog een beter betaalde baan te zoeken, moest hij de verhouding tussen geld/tijd/werk onder ogen zien die elke stripper kent: in welk ander beroep kun je in zo'n korte tijd met zo weinig inspanning zo veel geld verdienen? Lang geleden had hij voor die moeilijke keuze gestaan die zo geliefd was bij zijn generatie:

1 Honger lijden als gelukkige kunstenaar.
2 Depressief, maar in rijkdom, werken.

Alex had de weinig bewandelde derde weg van het miskende genie gekozen. De principes daarvan waren ongeveer als volgt: ten diepste houdt de wereld niet van genieën. In feite probeert de wereld genieën te verstikken. Als de wereld behoefte had aan genieën, zou ze Alex wel een ogenblik gunnen (een ogenblikje maar!) om een map te openen getiteld boekdit.doc en aan het werk te gaan. Dan zou die hem gunnen niets anders te doen dan aan *Jodendom en goj-zijn* te werken, tot hij omkwam van de honger. Maar nee hoor. De wereld wilde daarentegen, *eiste* dat hij die knipperende berichten afkomstig van emotionele debielen zou beantwoorden. En dat deed hij dus. Hij garandeerde Jeff Shinestein uit Hoboken, New Jersey, dat zijn Mata Hari bij de post zat. Hij kalmeerde de woedende Jim Streve uit Southbend, Indiana, door hem nogmaals uit te leggen dat zijn Gina Lollobrigida de ware Jacob was. Hij kwam tot overeenstemming met de Texaan Jim Eggerton: Veronica Lake en Viveca Lindfors in ruil voor Jean Simmons, Alain Delon en Lassie.

Na de opgewonden post te hebben weggewerkt (ging de echte post maar zo snel, zo sensationeel *bevredigend*), piekerde Alex over de benarde omstandigheden van die arme Franz Kafka. De hele dag in dat kantoor opgesloten zitten om de misvormde handen van vreemden, slachtoffers van fabrieksongevallen, te tekenen. Zijn genie zo lang miskend. Verstikt door zijn collega's. Uitgelachen door familie en vrienden. Alex voelde zich vrijwel onmiddellijk beter. Ja, je had altijd nog *Kafka*. Historische voorbeelden van miskende genieën vond Alex zeer troostrijk.

Toen het werk erop zat, printte Alex zijn Kitty-brief van deze week en sloot die in een fraaie roze envelop. Daarna doorzocht hij op het scherm snel de niet-zakelijke dingen. Een geweldig technisch analfabeet e-mailtje van zijn moeder die vroeg of hij haar laatste 'telegram' had ontvangen. Joseph had wat grappen gestuurd over mensen die in een call center werken. En verder? Aanbiedingen, porno, spam.

Alex kromp ineen toen hij een Onheilsmailtje zag. Er zit er altijd eentje tussen. Deze was afkomstig van Boot. Boot was een meisje. Ze werkte als bediende in Cotterell's Autograph Emporium in Neville Court, een steegje met kinderhoofdjes in het centrum, het oudste deel van de stad. Het was een snobistisch winkeltje dat door een oude edelman werd gedreven, sir Edward Cotterell – maar er werkte niemand met verstand van zaken. Alex ging er elke donderdag naartoe en bepaalde dan voor driehonderd pond welke echt en welke vals waren. En vervolgens ging hij naar het nabijgelegen Chinatown om medicijnen te halen. Maar vorig jaar was hij driemaal niet naar dokter Huang gegaan, maar had in plaats daarvan snobistische seks bedreven met Boot tijdens haar snobistische (erg lange) lunchpauze. O, Boot was snobistisch (en *enig*). Maar Boot had de kwestie met Esther alleen maar ingewikkelder voor hem gemaakt. Hij ontliep snobistische Boot. Al drie maanden. Dus vanwaar dat mailtje, Boot?

Subject: Je zult je wel afvragen waarom ik je mail.

Nou, jij wordt morgen op de zaak VERWACHT en Cotterell eist dat ik er morgen ook ben en daar kom ik niet onderruit en ik wil me gewoon op mijn gemak bljiven voelen, begrepen? Doe dus neit gek. Of probeer minder gek te zjin dan anders.

Dat was het.

Boot xx

PS Ik weet dat je me ontloopt en ik mag wel zeggen dat het me geen laarsje kan schelen.

PPS Ik heb mijn haar eraf. Begin er alsjeblieft niet over als je me ziet.

Hij kon er niks aan doen. Hij had zijn kleine gojse fetisjen, en daar hoorde ontzag bij voor iedereen die zo snobistisch is dat hij niet beschaamd wenst te raken. Of correct wil *spellen*.

Net als hij wil gaan afsluiten, ziet Alex een knipperend berichtje in de hoek. Het onderwerp is AMERIKA. De inhoud blijkt een officiële bevestiging van twee vluchten naar New York die hij heeft geboekt: een nachtvlucht, aanstaande vrijdag om 01.00 uur. Dinsdag terug. Hij kan zich niet herinneren dat hij die heeft geboekt. Paniekerig rookt hij drie sigaretten estafettegewijs. Hij scheurt de kamer overhoop op zoek naar zijn agenda. Uit februari wappert een flyer te voorschijn.

O. Ja. Nee. Precies. De Autographicanabeurs, een jaarlijks spektakelstuk. Handtekeningenmannen uit de hele wereld komen hun waren slijten. Beroemdheden komen in levenden lijve signeren voor geld. Vorig jaar in Washington waren Tom Ferebee en Paul Tibbetts te gast, de mannen die de bom op Hiroshima hebben gegooid. Dit jaar vindt het in New York plaats. Gasten worden later bekend gemaakt. Hij wilde Esther ermee verrassen en ook nog een zakcentje verdienen – dat was de bedoeling geweest. Maar was het niet volgende week zaterdag? En waar was het precies? En wie waren zijn contactpersonen? Had hij een kraampje geregeld? Hoe kon hij Esthers ticket annuleren? Veroorzaakt hoogwaardige LSD echt schade aan het kortetermijngeheugen?

Alex begint over al die zaken met mensen te mailen, Amerikaanse mensen. Hij wacht tot ze terugmailen. Onder het wachten bezoekt hij een medische site en stelt de diagnose dat hij aan een zeldzame bloedziekte lijdt en (hoogstwaarschijnlijk) aan beginnende lymfeklierkanker. Vol medelijden rookt hij nog een sigaret.

Amerikanen zijn zo praktisch. Daar komen zijn antwoorden, correct gespeld en ter zake. Honey Richardson, een dame uit NY met een indrukwekkende verzameling, e-mailt hem met de boodschap dat het inderdaad aanstaande zaterdag is en dat ze elkaar na afloop op de hoek van zus en zo – een van die mallotige filmlocaties – kunnen ontmoeten om wat te handelen. Don Keely, organisator van Autographicana, beweert dat hij geen aantekeningen kan vinden dat Alex een kraam heeft gehuurd en dat het te laat is, knaap. Veel te laat. Mevrouw Alice McIntyre van American Airlines laat weten dat de tickets niet worden teruggenomen. Helemaal niet worden teruggenomen, vraagt Alex? Helemaal niet worden teruggenomen, zegt Alice. En stel nou, zegt Alex, dat ik ze aan een vriend verkoop, ik bedoel maar, kunt u de naam op het ticket nog veranderen? Helemaal niet teruggenomen en niet verhandelbaar, zegt Alice. En, zegt Alex, een andere datum...? Helemaal niet teruggenomen, niet-verhandelbaar en niet-verschuifbaar, zegt Alice. *Verschuifbaar*, herhaalt Alex, *dat is helemaal geen bestaand woord, Alice.* Helemaal, begint Alice –

Maar Alex hangt Alice op en belt Esther.

'*Esther*,' zegt hij, 'wacht. Een momentje nog.'

'Geen tijd, Alex. Dat is het nou juist. Zelfs geen momentje.'

Haar stem klinkt harder dan hij ooit heeft meegemaakt.

'Wacht, Es, wacht. Alsjeblieft?'

Ze zegt niets. Ze hangt niet op.

'Hoe gaat-ie, Es?'

'Klote. Met jou?'

'Ja, niet zo best. Hoe is het met je vinger?'

'Nog steeds gebroken. Gespalkt. Ik zie eruit als iemand die de hele tijd zijn middelvinger opsteekt. Maar goed. Wat wil je, Al?'

'Niks. Ik mis je.'

Ze zegt niets. Ze hangt niet op.

'Ik wilde het uitleggen, Es – van die nacht, en dat ding, weet je, met die handtekening? Ik had misschien niet zo lijp moeten worden om die –'

Alex had die zin nooit afgemaakt. Kennelijk deed dat er niet toe. Wat er volgens Esther toe deed was niet iets wat op zichzelf stond, het was niet iets eenmaligs. Het was gigantisch vormeloos. Het was of ze streden tegen het gifgas dat ze inademden. Het probleem was, volgens haar, alles. Alex rolde een sjekkie en luisterde, terwijl zij het zorgvuldige betoog van moderne relaties uitsprak – tijdje uit elkaar, herevalueren, mijn behoeften, jouw behoeften. Hij wilde het volgen, maar tijdens abstracte gesprekken raakte hij snel afgeleid. Hij betrapte zichzelf op de gedachte dat ze je met een soort inwendige spier in haar kon trekken, en dan, als je eruit ging, zag je die rode stroom, keurig omsloten door twee donkere plooien, als een of andere gekke bloem. Was dat slecht?

Ze zei: *Je luistert niet naar me, je houdt geen rekening met me.* Ze zei: *En wat die andere meid betreft, die blanke meid, wie het ook maar is* – en dat verraste hem. Hij werd er echt helemaal stil van. Had Adam haar over Boot verteld? Alex werd verteerd van woede toen hij die mogelijkheid overwoog – nu voelde *hij* zich het slachtoffer van vuil spel. Die nieuwe rol was zoveel gemakkelijker! Hij snauwde tegen haar. Zij snauwde terug. Nu zaten ze te snauwen. Op het laatst zat zij te huilen. Ze zei: *Zijn vrouwen voor jou niets anders dan symbolen? Heb je altijd* –

En het speet hem immens en hij zei: *Nee, nee, nee, je hebt het mis. Ik hou van je,* tegen niemand.

Hij belde nogmaals. Ze nam niet op. Hij wachtte vijf minuten, schermde zijn nummer af en belde nogmaals. Nu zat hij te huilen en had zij zichzelf uitstekend in de hand. Ze zei: 'Ik word zondag geopereerd. Ze verwijderen mijn tikkertje. Uiterste verkoopdatum verstreken, kennelijk. Ik weet het al een poosje, maar ik heb het steeds uitgesteld. Maar nu geen tijd meer. Tijd voor een nieuw hoofdstuk. Dus krijg ik een nieuwe.'

'O, *nee*. Es, waarom heb je niet –'

'Hoor 'ns: we zijn hier niet bij *Terms of Endearment*, oké? Het stelt niet zoveel voor. Routine. Ze snijden me open, ze halen het eruit. Ik wil alleen weten of je er bent of niet. Het is in het Sint-Christoffel.'

'Maar – waarom moet ik dit nou op het allerlaatste moment horen –'

'O, Alex, laat maar zitten. Het kan je toch niks schelen –'

'Nee, wacht nou even – ik ben gewoon – wanneer? Zeg me alleen op welke dag.'

'Zondag. Zei ik net. Zondag aanstaande.'

'Juist ja. Zondag?'

'Ja, Alex. Zondag. Waarom – heb je soms een veiling? Is er een Kitty te koop? Komt het je slecht uit?'

'*Natuurlijk* niet.'

'Mooi.'

'Oké, Es? Es. O, god. Ik weet hoe dit zal overko... luister, het enige wat er met die zondag –'

Met twee venijnig uitgesproken woordjes beëindigde Esther het gesprek.

Alex liep naar de woonkamer, duwde de film in het apparaat en pakte Adams kleine geschenk erbij. Hij rolde. Hij rookte. Hij dacht na over die operatie. Dat kleine doosje uit zijn huisje halen. Dat litteken open maken. Een nieuwe maken. En zwarte huid geeft andere littekens. Wat er achterblijft, is roze en altijd ontstoken.

Hij liet zijn tranen de vrije loop. Na een poosje veegde hij zijn neus aan zijn pols af. Hij had dat gesprek anders kunnen voeren, dat besefte hij wel. Maar terugspoelen ging niet in dit leven, zoals de zwarte oma's in de film altijd zeiden. In plaats daarvan drukte hij op play. En God mag hem bijstaan, God mag over hem oordelen, maar zodra de titelrol over het scherm omhoogloopt, komt er bij hem ook iets boven. Hij had zich altijd afgevraagd: *Kunnen vrouwen dit ook*? Kunnen zij van echte mensen (Esther, nooit iemand anders) overschakelen op fantasiemensen (Kitty, Anita, Boot, pornomeisje, winkelmeisjes, meisjesmeisjes) en zich daardoor getroost voelen? Zouden ze het ooit toegeven? Ze geven niks toe. Vrouwen geven nooit iets toe over zichzelf. Over liefde, over de *manier waarop ze liefhebben*. En is de waarheid volledig puur en niet bedoeld voor kritiek achteraf – en wie was er dan in staat om het aan te horen? Grace kwam binnenlopen en ging op zijn voeten liggen. Alex zakte onderuit op zijn stoel.

In de film waren Kitty's ogen net als anders naar beneden geplakt en ze was wederom verdwaald in New York, een Pekings meisje zonder vrienden. Binnen een uur zal ze de bloem van Broadway zijn en vervolgens van Hollywood, maar dat weet ze nu natuurlijk nog niet. Iedereen zal haar binnenkort kennen. Ze zal beroemd worden. Binnenkort. Maar nu moet ze rondzwerven, een nobody, bang voor elke schaduw. Eenzaam. Alex heeft medelijden met haar als hij haar slanke gestalte bioscopen in ziet sluipen om er in het donker te gaan zitten. Je snapt dat May-Ling Han alleen in de bioscoop troost vindt. Vanaf zijn hoge positie kijkt Jules Munshin, die projecteur Joey Kay speelt, naar beneden. Hij is vanzelfsprekend verliefd op haar. Hij denkt dat hij geen kans maakt. Hij ziet er stom uit, arm. Maar hij zal haar krijgen. Alles gaat sneller dan hij denkt. In een uur en zevenenvijftig minuten is het allemaal voorbij. In de tussentijd zal er wel een traantje vallen. En daarna wordt er gelachen. Hij zal haar manager worden, haar echtgenoot, haar alles. Dat heet een happy end. Het wonder van de film is dat er zo zelden wordt gebroken met de traditie van het happy end. Het grotere wonder is dat er nooit is gebroken met de traditie van het einde. Alex kijkt naar Joey die naar Kitty kijkt die naar de enorme flikkerende gezichten kijkt van de mensen waarvan zij aanneemt dat het goden zijn.

ACHT / *Hokmah*

Wijsheid • Drie rabbi's • Er lijkt iets op een munt • Waar de doden huizen • De wijsheid van Lauren Bacall • Te voet naar het centrum • Beschrijving van een worsteling/De verdediging • Virginia Woolf was joods • Tips voor zelfdoding • Ware welvaart

I

'Zo,' zei Rubinfine, 'wat moeten we *hiermee* aan?'

Alex keek op zijn horloge. Het was donderdag. Het was negen uur in de morgen. De rabbi's Darvick en Green zagen er uitgeput uit. Darvick had witte korreltjes in zijn ooghoeken. Green leunde met beide handen en een opgetrokken knie tegen het gedenkteken, puffend alsof hij een marathon had gelopen. Rubinfine zag er prima uit. Vóór hen was een Italiaanse auto geparkeerd. Ernaast stond een enorme notenhouten eettafel.

'Wat staan jullie hier te *doen*?' vroeg Alex. 'Alweer? Het is negen uur 's ochtends.'

'Wat doe *jij* hier?'

'Hoor 'ns, ik *woon* hier. En ik ben op weg naar mijn werk.'

Darvicks dikke kop begon te schudden. Hij lachte met zijn schouders naar voren en zijn mond wijdopen. Hij moest Alex bij de pols grijpen om te blijven staan. 'Ik dacht dat je geen werk *had*. Ik dacht dat je gewoon een werkloze schlemiel was.'

'Nou rabbi, dan ben je verkeerd voorgelicht. Ik *heb* een baantje. Ik ga naar Pemberton Hill. Ik heb werk. Te doen.'

'Uiter*aard*,' zei Green vleierig. 'Iedereen heeft dingen te doen.'

'Aaa-lex?' vroeg Rubinfine op zachte toon terwijl hij naar de hemel keek. 'Wat zegt de wet over schuifdaken? Ik bedoel te zeggen: als we de tafel via de achterklep naar binnen schuiven, maar zijn voorpoten als het ware uit het dak laten steken… overtreden we dan verkeersregels, voorzover jij het kunt beoordelen?'

'Rubinfine,' zei Alex met zijn ogen dicht, 'je krijgt die tafel niet in die auto.'

'Integendeel,' zei Rubinfine.

'Het moet,' zei Darvick.

'Best. Mij best,' zei Alex en hij draaide zich om teneinde te vertrekken en liep pal tegen een vleesmuur op in de gedaante van Green.

'Kijk, *Rebecca*,' zei Rubinfine, die gehurkt naast de tafel ging zitten, 'heeft hem nodig. Bij het boerenbal van zondag. Voor de… kleine mensen. Hij is bedoeld voor de drankjes. Ze wil liever een buffet dan een maaltijd aan tafel. Dat lijkt haar meer… op zijn plaats. Je weet dat ze overal aan denkt. Deze tafel is overigens ook bijzonder laag en zoals je weet is hun groei…' Rubinfine zuchtte.

Green boog zich naar voren. 'Beperkt,' zei hij.

'Kom jij naar het boerenbal?' vroeg Rubinfine.

'Uh-uh,' antwoordde Alex stoer, 'ik ga naar Amerika. Sorry. Zaken.'

'Rebecca zal *zeer* teleurgesteld zijn,' zei Rubinfine, en hij bleef maar aan de auto prutsen. 'Ze zag uit naar je komst. Ja toch, rabbi Darvick? Wat zal haar dit tegenvallen.'

Zijns ondanks had Alex medelijden met hem. 'Zeg maar tegen haar,' zei hij vriendelijk, 'dat ik een handtekening voor haar heb. Een munchkin. Mickey Carroll. Eentje uit Lollipopleague, meen ik. Dat zal haar wel tevreden stemmen.'

'Wie weet, wie weet,' zei Darvick. Hij sliep in de overdreven ingerichte logeerkamer van de Rubinfines. Rebecca kwam vaak onaangekondigd binnen om haar gasten vet te mesten. Alex had er ooit verbleven toen zijn appartement overstroomd was. Het was net of je er in een gewelddadige theemuts woonde.

'Ik zal hem vanavond wel ophalen,' zei Rubinfine. 'Samen met Joseph.'

'Zeker?' vroeg Alex.

'Zeker. Ik weet dat Joseph ernstig met je wil praten.'

'Nog steeds?'

'Dus!' zei Rubinfine. 'Jij denkt dat die tafel niet past!'

'Ik *weet* dat hij niet past.'

'*Geloof*, Alex,' bromde Rubinfine, terwijl hij paars aanliep. 'Mijn collega's kennen de geschiedenis van buiten, maar als het hen niet stoort zal ik haar hervertellen. De geschiedenis is afkomstig van Bahya ben Joseph Ibn Paquda.'

'O ja,' zei Green, en hij sloeg zijn armen om zijn lijf.

'*Ja*,' zei Darvick.

'IN DE HOOP,' sprak Rubinfine met luide stem, 'een pad door het water te banen, wierp een reiziger al zijn zilveren munten in de rivier. De munten zonken op één na allemaal. Nadat hij hem nog bijtijds had gepakt, gebruikte de reiziger die ene om de veerman mee te betalen die hem overzette. *Geloof*, aldus Bahya, is als die laatste munt. Als alle schatten des levens op zijn –'

'– zal alleen het geloof een man over de woelige baren helpen!' zei Green, met een stralende glimlach.

'Ja,' zei Rubinfine, geërgerd. 'Alleen het geloof, heb je dat begrepen? Nou?'

'Juist,' zei Alex. 'Nou, ik moet gaan.'

Gedurende al die tijd had Darvick zijn scheen staan te masseren. Nu zei hij: 'Weet je, volgens mij gaat die niet over *geloof*. Zoals ik haar heb onthouden, staat het muntje voor *oordeelkundigheid*. Ik weet het vrijwel zeker.'

'Nou, hoe dan ook –'

'Bovendien,' zei Darvick, zorgelijk het hoofd schuddend, 'was Bahya een van de Spanjaarden, de mystici – dat klopt toch? En je weet dat de *kabbala*…'

Darvick stak zijn hand in de lucht en keerde hem steeds om. Green knikte.

'Ja, nou het was eigenlijk meer een... waarschuwing dan echt letterlijk...' zei Rubinfine die voorzichtig de aftocht blies. 'Weet je nog wat rabbi Zeeman gisteren tijdens de conferentie opmerkte...'

Alex schudde de drie rabbi's resoluut de hand.

'Gaan we ervandoor?' vroeg Rubinfine, die de hand vast bleef houden. 'Die Kitty verpatsen, hmm? Joseph schijnt te verwachten dat je d'r een hele beste prijs voor zult krijgen.'

'Joseph moet zich niet met mijn zaken bemoeien. Ik ga hem toevallig vanochtend laten verifiëren, dat is alles. Sommige dingen zijn nou eenmaal niet te koop. Dag rabbi Rubinfine. Rabbi Darvick. Rabbi Green.'

'Natuurlijk,' zei Rubinfine, toen Alex zich loswrikte, 'hebben we Esther *gezien*.'

Alex loenste.

'O, *ja*,' zei Green. 'Dat mooie zwarte meisje? Ja, die kwam hier een paar tellen eerder langs dan jij. Ze heeft ons over haar hart verteld. Zo ontroerend! Net als in de film!'

Alex overwoog Green overhoop te steken met een kapotte balpen die hij bij zich had, maar hij had meer informatie nodig. 'En? Hoe *ging* het met d'r?'

Drie uitgestreken gezichten.

'Ik bedoel, hoe kwam ze over?'

Meer niet.

'Zag ze er goed uit?'

'O, ze was – ze zag er echt –' stotterde Darvick.

'O, ja. *Beslist*,' mompelde Green.

'*Wat*?'

Rubinfine deed zijn mond open, sloot hem, opende hem nogmaals. '*Prachtig*,' zei hij.

Je hebt Zuid-Londen. En dan is er ook nog *Zuid*-Londen. En dan heb je nog *Zuid-Londen*. En daarna komt Pemberton Hill. En van Pemberton Hill werd Alex beroerd. Hij kon er niks aan doen. Hij wist dat het nergens op sloeg. Maar zo voel je dat nou eenmaal. En Alex had zich altijd een jongen uit Noord-Londen gevoeld, al sloeg de verbondenheid nergens op. Instinctief haatte hij alle groepsvorming – sociaal, raciaal, nationaal of politiek –, hij was zelfs nog nooit lid van een zwemclub geweest. Maar als het om deze uithoek van de wereld ging, voelde hij iets irrationeels waardoor hij bijna in staat was begrip op te brengen voor het gedrag van mensen in de bloedovergoten brandhaarden van de wereld.

Het noorden tegen het zuiden. Enorme rel over geweest, atoomrel, toen hij een keer tijdens een hittegolf met Ads in een park zat. Opgerolde broekspijpen, benen omhoog, uitgedunde picknick. Een mierencolonne die vast van plan was via een theekopje een land van paté te bereiken. Kortom, een volmaakte Londense zomerdag die werd bezoedeld door die oude vete van noord tegen zuid. *Stomme, provocerende stellingname*, had Adam gezegd in een woeste poging Alex' verdediging stukje bij beetje af te breken (huizen, parken, scholen, glazen, meiden, wiet, openbaar vervoer) om zodoende te tonen dat ze niets anders waren dan sjibbolets. Al snel vonden de mieren een kortere weg over hun buiken. Toen hij het geruzie zat was had Alex zich uit het hoge gras opgericht om de enige oprechte reden die hij had uit te jammeren: *Volgens mij komt het doordat niemand me* kent *in Zuid-Londen. En ik ken er ook niemand. Alsof ik* dood *ben.*

Elke donderdagochtend ging Alex dood. Elke donderdagochtend was Duchamp de enige die kwam rouwen. Op een overdekte markt in Pemberton Hill, te midden van het beton, in een tunneltje. Planten, oude boeken en afgeschilferd porselein te koop, en grote banen zonlicht waarin het stof een compleet ballet opvoerde. Allemaal van een onbenoembare treurigheid. Oude vrouwen met regenkapjes die ze meisjesachtig onder hun kin hadden vastgeknoopt, liepen langs de kraampjes heen en weer, knaagdierachtig eenzaam, snuffelend, speurend als oorlogsweduwen die over een begraafplaats vol naamloze graven schuifelen. Alex hield zijn adem altijd in als hij hier langskwam en ademde pas uit als hij het uiteinde bereikte: drie tegen elkaar geduwde schoolbankjes, Duchamp, zijn handtekeningen, zijn gifgassen.

'Wel… is dat Alex niet? De Chinees. Mijn ogen…' zei Duchamp en hij kwam dichterbij, en Alex deed duizelend een stapje naar achteren. 'Wel, heerschap, wat kan ik voor u betekenen?'

Duchamp keek bevreesd. De achteruitgang was afzichtelijk, zelfs ten opzichte van gisteren. Zijn hersens hadden het duidelijk al een poos geleden begeven, maar nu liet ook zijn lichaam het afweten. En een terugweg is er niet. Toch zag hij er niet angstig uit. Dat is het vangnet van de gekte, veronderstelde Alex, dat heeft het te bieden. Duchamp kende geen gojse angsten, dankzij dat vangnet. Alleen Alex kende die doodsangst. Zelfzuchtige doodsangst. *Hoeveel donderdagen zijn Duchamp nog gegund? Hoeveel* mij *nog?*

'Eigenlijk niks,' zei Alex, en hij ging aan de andere kant van Duchamp staan, de kant zonder mond. 'Ik koop eigenlijk niet momenteel, Brian. Ik verkoop.'

'Sorry, baas, ik heb je niet verstaan –'

'Ik zei dat ik nu niet *koop*, Brian. Ik verkoop.'

Duchamp pakte een zakdoek om openlijker in zijn neus te kunnen peuteren. Terwijl hij met een dikke tong zijn ontblote tandvlees aftastte, liep hij zijn rijtje bankjes langs, rondde het neusgepeuter af en hield vervolgens de zakdoek voor zijn mond. Onder het praten hoestte hij gelig spul op met rode vlekjes en zijn hoofd kon of wilde niet ophouden met schudden.

'Ach, Tandem, nee, moet je horen, vriend, daar kan ik je niet bij helpen… Je kan toch van mij niet v'wachten… ik koop niet, Tandem – ik moet *v'kopen*, daar leef ik van. Je kan van zo'n ouwe zak als mij toch niet v'wachten dat hij gaat kopen, nu, nu de markt oof'spoeld wordt door namaak – ik v'koop, Tandem, ik *koop* niks. Ik ben net hoeheettieookweer.'

Alex maakte het Internationale Gebaar voor *Sorry, Brian?* (onzichtbare voetbal met beide handen vasthouden, loensende blik, hoofd schuin).

'– O, laat me met rust – Kom op, *hoeheettienou*... o, verdomme – die ene, die dikke, o, kom op, nou, heerschap! Alex, izzetoch? Tandem – jij bent het toch? Nou, *Tandem weet het best*. Die nuf van een Tandem kent zijn zaakjes niet. Dat is toch een *innellekjuweel*, ofnie? Dat weet elke lulhannes. Vraag *hem* maar.'

'Brian... ik weet niet...'

'Ja, jawel, kom op nou, in films als... wees nou eens één keer een beetje –'

'Brian, ik *weet* het niet...'

Duchamp begon sneller te knikken, beangstigend.

'O god, Brian, ik weet het niet... is het Oliver Hardy?'

'*Lul* toch niet.'

'Brian, ik heb vandaag *absoluut geen* tijd voor – nee, best, best, best... Charles Laughton? Sydney Greenstreet?'

'Nee, zo eentje was het v'domme niet... veel grappiger; een grappige, jeweetwel. Dik, ja wat heet. Enorm!'

'Brian – kunnen we nou *alsjeblieft* gewoon –'

'W.C. Fields! In die ene, die hij heeft gemaakt, jeweetwel, van Dickens... Daar lijk ik op, zo met m'n centen in de weer... kom op, je weet het wel! Wat zei hij nou? Grappig was het. Kom *op*. Het was eh – Ah, nou heb ik het, het ging zo van: *Uitgaven twaalf pond en drie shilling. Resultaat: geluk. Inkomsten* – nee, wacht, zo was het niet – gof'domme – het is andersom, zeker: *Inkomsten twaalf*–'

Mensen die sterven en krankzinnigen. Die praten half voor zich uit, hun blik vertroebeld in een of andere waas, als een dikke traan die je niet kunt plengen en afwezig met hun vingers aan hun borst plukkend. In Lauren Bacalls autobiografie, een van Alex' lievelingsboeken, beschrijft ze de dood van Bogie op zo'n manier. De geur (*ik besefte dat het verrotting was*), zijn handen peuterend aan zijn borsthaar *als hij ingesloten raakte en hij probeerde te ontsnappen*. De doodsstrijd. Duchamp liep door een wonder nog rond, maar de dood zat hem op de hielen. Alex rook het, zag het, voelde het, net als Lauren. Lauren Bacall: *niet* de godin van louter seks (wat men had beweerd) maar de godin van louter mededogen. En nu hij zich Laurens oprechte boek herinnerde, deed Alex een stap voorwaarts, pakte Duchamps bedrijvige handen vast, hing die strak langs zijn lijf en zei: *Oké, Brian, best. Wat heb je dan voor me?*

Een fanalbum van MGM uit 1936, ongesigneerd, foto van de actrice Angela Lansbury, ongesigneerd, een tandenborstelhouder, een slipper (*Danny Kayes slipper, kameraad. Van hem gekregen*), zes stills gesigneerd door horroracteur Vincent Price, allemaal vals, een foto van June, Brians zus. En meer, nog veel meer.

Het begon hard te regenen. Alex hielp Brian zijn drie schoolbankjes buiten het bereik van de verdwaalde spetters te zetten. Nadat ze alles tien meter hadden verplaatst en alles wat ervan af was gevallen weer hadden opgeraapt bood Brian hem een klein plastic schoolstoeltje aan om op te gaan zitten en nam er zelf ook een.

'Blijf maar even zitten, niet?' zei Brian, rillend.

Alex bleef. Hij haalde een doos met troep onder het kraampje vandaan en begon de mapjes door te bladeren. Er zaten prima spullen in die doos. En veel ook. Duchamp had bijvoorbeeld een prima Harold Lloyd. Een paar goeie B-acteurs uit de jaren veertig: Tyrone Power, Mary Astor, Van Heflin, Joel McCrea. En een heel aardige Merle Oberon. Allemaal onder de tafel. Boven de tafel had hij het publiek een kapotte bureaulamp te bieden. Aangezien hij er op deze manier weinig van verwachtte stelde Alex voor de boel om te draaien.

Brian ademde hem in zijn gezicht en wreef in zijn ogen, steeds opnieuw.

'Maar, Brian, je kunt toch beter –'

'Heb jij momenteel een vriendin, Tandem?'

'Min of meer. Op het ogenblik wil ze niet echt mijn vriendin zijn.'

'Nou, daar heb je het al,' zei Duchamp stoer. 'Vrouwen vormen de oplossing. Heus. Als je ze maar de kans geeft. Vrouwen. Die vormen de oplossing.'

'Wat is het probleem?'

Duchamp moest erom lachen alsof Alex net de oudste grap had verteld.

Duchamp had een thermoskan en een extra kopje onder zijn stoel. Alex schonk hun beiden een kop thee in. Hij zag een kraampje met zelfgebakken taart en kwam terug met twee vruchtenpunten, zwaar en vet van de rozijnen.

'Ta. *Tjonge.* Da's een hele v'rassing. Vruchten*punt*. Jeetje.'

Duchamp draaide hem een keer of wat om en om en glimlachte met een mengsel van ontzag en gretigheid, alsof het een erfstuk betrof. Het duurde een minuut of wat voordat hij hem op leek te willen eten. Ze zaten zij aan zij. Om zijn vruchtenpunt zo zacht te maken dat zijn tandeloze mond het aankon, moest Duchamp telkens een stuk in de thee weken en dan uit het kopje opslurpen.

'Dat was *smullen*,' zei Duchamp ten slotte.

'Brian,' zei Alex, 'je *kunt* één ding voor me doen. Ik zou je willen vragen om iets voor me te bekijken.'

Duchamp gaf geen blijk van enig begrip van de op handen zijnde actie. Alex ging op zijn knieën zitten en haalde zijn Kitty Alexander uit het vak in zijn tas. Hij nam Duchamp zijn bekertje uit handen. Hij legde de handtekening bij Duchamp op schoot.

'Brian, zou jij…?'

Brian hield de handtekening vlak bij zijn ogen. 'O, *ja*.'

'Brian?'

'Ja, *ja*.'

'Wat, Brian?'

'Kitty Alexander. Flink poen waard.'

'Jij gelooft dat hij echt is,' vroeg Alex heel vlot.

Duchamp haalde zijn schouders op. 'Ziet er echt uit. Maar thoeft niet. Net wat je zegt. Soms zijn meiden niet de oplossing, maar het v'domde probleem. Ha!'

'Maar in jouw optiek, *denk* je dat hij echt is?'

'Ik heb al heel wat v'rekte goeie vervalsingen gezien. Zie je die zooi daar?'

Duchamp wees op de doos die Alex net had doorgewerkt. Alex tilde hem op.

'Deze?'

'Bijna allemaal vals.'

Alex trok een wenkbrauw op.

'*Jouw* vervalsingen?'

Duchamp knikte.

'Nou, Brian, die zijn dan wel verrekte goed. *Ik* zag geen verschil.'

'Ja, nou... dat kunnen er maar weinig. Ik heb *jou* er wel eens een paar verkocht. Ha! Nou...' zei hij en hij keek Alex niet aan, maar stak wel zijn plompe arm in zijn richting om fysiek contact met een herinnering te maken. 'Jij... jij bent de Kittyman, toch?'

Hij boog zich over de doos die Alex op schoot had en vingerde met grote behendigheid door de papieren. Hij trok er eentje uit. Een foto.

'Een Kitty Alexander, heerschap... vals uiteraard, zelf gedaan – maar vroeger... in de jaren vijftig... beetje inkt... dus die inkt is best, qua leeftijd. Geen hond ter wereld zal doorhebben dat die vals is.'

Alex bestudeerde het ding. Hij haalde hem uit zijn mapje en hield hem in het licht. Hij legde zijn eigen Kitty ernaast. Ze leken griezelig veel op elkaar. En huiverig legde hij ze op elkaar en hield ze tegen het licht. Misschien was Brian in de war – misschien was die van Brian een latere vervalsing, een Autopen? En als die van Alex exact op die van Brian paste, waren het allebei Autopens, want niemand kan twee keer precies dezelfde handtekening zetten. Zo nauwkeurig zijn we niet. Maar nee. Bij Alex helde de A iets meer naar links. De hangende, Elizabethaanse staart van Brians x liep verder naar beneden dan die van Alex.

'Net echt,' zei Alex vol bewondering.

'Izzieniet, vriend. Zelf gemaakt. Je moenie v'geten Tandem, dat ik in die studio's heb gewerkt. Ik was de beste van allemaal.' Duchamp haalde een stuk zeemleer uit zijn broek en veegde de foto ermee af. 'Ik heb haar ooit ontmoet. Schoonheid. Geen tweede. Maar, kameraad, je bent vijfentwintig en vervolgens' – Duchamp knipte onmachtig met zijn vingers – 'ben je zestig. Dat heb je zeker nog nooit gehoord, hè?' Hij lachte bitter. 'Dat soort mensen zou moeten verdwijnen. Floep! Hun van het witte doek, hun horen niet oud te worden. D'r wil immers niemand een oude heks zien, ofwel? Dat motten de mensen niet.'

Op ouwe hufters als jij zijn ze ook niet al te dol, zei Alex bij zichzelf, maar hij hield zijn mond en strekte zijn vingertoppen naar de schat uit. Met een onaangename glimlach trok Duchamp die bij hem uit de buurt.

'Ik heb jou wel door. Wed dat je die aan die schoften in Neville Court kunt verkopen? Of bij Jimmy's Antiques? Als *jij* het niet ziet, zien zij het evenmin, of niedan? Minstens drieduizend pop, minstens! Hou je commissie in, zeker?'

'Nou en? *Jij* komt die winkels niet eens meer binnen, toch? Ik kan hem voor je verkopen. Ik hou alleen 15 procent in.'

'Waarom v'koop je je eigen dan niet, hè?'

'Brian, de mijne is echt. Ik ben een enorme fan. De grootste. Ik wil hem houden.'

'Tut tut,' zei Duchamp. 'O jee, o *jee*. Dat is foute boel. Je kunt in dit vak niet sentimenteel worden. Gewoon inkt. Gewoon letters. *Echt*...' zei Duchamp. 'Alsof dat er toe doet! Het kleine verschil dat zo'n enorm verschil maakt. Wat een vak, hè?'

'Kan ik hem nou meenemen?'

'Eerst een contract tekenen. Ik ken het vak, vriend. Hier – hier heb je papier. Ik schrijf het wel op. En jij tekent het. Dus. Ik, Alex Li Tandem, beloof niet meer dan 10 procent –'

'10 procent?'

'10 – in te houden op de verkoop van Brian Duchamps Kitty Alexander. Da's afdoende, toch? Tis nog geen Magna Carta, maar het kannermeedoor. Daar – vooruit, teken dan.'

Alex pakte het vel papier op. Het handschrift was belabberd. 'Kun je – dat stuk nog even voorlezen, Brian?'

'Gof'domme, niet alleen stom, nog doof ook? 10 procent – en meer krijg je niet, dus teken het maar.'

Alex zette zijn handtekening. Zodra hij klaar was, griste Duchamp het papier onder zijn handen vandaan.

'Moet dat een handtekening voorstellen? Wat een hondenpoot. Israëlieten zijn niet te v'trouwen. Is het Hebreeuws? Nou? Ha! Ha! Ha! Ha!'

Alex voelde een golf van walging opkomen. Hij stond op.

'Ja, ja, al goed – Nou is het mooi geweest. Geef me die Kitty. 10 procent. Lepe hufter.'

En heel eventjes zag hij er leep uit. Lelijk, stinkend, zijn smerige doodsreutel uitstotend – maar nog altijd in leven. Nog steeds prominent aanwezig. Nog steeds legt hij zich niet neer bij de rol die we uiteindelijk allemaal krijgen toebedeeld: opkomen (omvallen) zonder tekst.

2

Bij een metrohalte had er eentje beroemd willen worden. Ze wilden dat de hele stad hen kende, al duurde het maar een kwartiertje. Ze zetten hun hakken voor de witte streep, haalden gehaast adem en sprongen de eeuwigheid tegemoet. Dankzij deze *reizigershandeling* (een geweldig nieuw eufemisme waaruit het gebrek aan belangstelling bleek) kostte het Alex bijna twee uur om vanuit het zuiden in het centrum te komen. Bij de uitgang van de metrohalte trof hij Adam die zonder te glimlachen een enorme snoepkleurige golfparaplu opstak en Alex bruusk instrueerde hem een arm te geven. En zo stapten ze door de stromende regen, net zo afhankelijk van een kleurig stuk canvas als twee mannen in een luchtballon. Langs een grand theatre en een zompige kroeg, straal de meiden voorbij die naar hen lonkten, voorbij de Winkel voor Linkshandigen (*Ja, Al, heel gojs. Maak straks maar een aantekening, oké?),* de homobars, de gemengde bars, de strippers – als twee vastberaden Chasidim alle verleidingen voorbij! Ze kwamen bij een geliefde banketbakkerij aan. Adam klapte in de deuropening zijn paraplu in en ondertussen zocht Alex binnen een tafeltje. Even later stonden ze weer buiten en werden ze naar een nare archipel van tafeltjes in smerige plassen gebracht die ternauwernood onder de luifel van een kapperszaak stonden. De ober (een slanke Italiaan, opgemaakt als een krantenpagina) probeerde er meteen vandoor te gaan toen de twee jongemannen hadden plaatsgenomen. In het centrum stonden de mensen bekend om hun harteloosheid en ongeduld.

Er werd koffie en taart gebracht. Al snel zaten ze gehaast, zonder beuzelarijen, in de geheimtaal van oude vrienden met elkaar te praten. Alleen waren ze vandaag niet vrolijk. Ze waren van slag. Het was begonnen met te laat komen en had zich nu uitgebreid tot een gebrek aan regie, een plotse, ongebruikelijke lichamelijke onhandigheid – om de beurt smeten ze een oersolide suikerpot om – en die kwaal drong ook tot hun gesprek door. Ze wisten elkaar niets duidelijk te maken. Ze waren in elkaars ogen allebei ijdel en egocentrisch. Het scheen de een steeds toe dat de ander het alleen maar over zichzelf had. Adam had het opgewonden en onvolgbaar over zijn recente studies. Hij ging staan om Alex te tonen dat de *Sefirot* van Tien ook overeenkomt met lichaamsdelen, strekte zijn armen als een waanzinnige. Kromp ineen.

'Kijk, mijn *ruggengraat*,' zei Adam, 'loopt naar Tiferet – dat betekent Schoonheid, Mededogen – mijn ruggengraat loopt via Tiferet. Dus om van Netsah – dat is mijn rechterbeen – bij Tiferet te komen mediteer ik op mijn ruggengraat. Dat is het pad van de Yod. Er zijn tweeëndertig paden, aldus Ari. Maar *hier* –' hij duwde de onderkant van zijn ruggengraat, en dus zijn achterwerk, omhoog; de lieve jongens aan de overkant van de straat glimlachten en wezen – 'hier verlaat de ziel zijn aardse zetel op zoek naar iets beters. Ik ben halverwege, jongen. Na al die jaren.' Hij wees boven zijn hoofd in de lucht. 'Ik ben op weg naar de kroon, naar Ayin, naar Leegte. Naar de *essentie* van God.'

'Jottum. Vast geweldig voor je. Ober! Een fles rood graag, twee glazen.'

Zwijgend zaten ze bijeen. Er kwam een briesje opzetten. Adam keek verlangend naar een ander tafeltje. Alex haalde zijn tabak te voorschijn en probeerde een shagje te rollen alsof hij verongelijkt was. Hij was verraden – zo voelde het aan. Waarom had hij Esther over Boot verteld? Wat voor soort vriend doet nou zoiets?

Net toen hij dit verwijt wilde maken, arriveerde de wijn. Adam stuurde zijn glas terug, Alex vulde en ledigde het zijne alsof het druivensap was. Adam zag hem geducht tussen twee pijpenkrullen op zijn hoofd krabben. Alex schonk zichzelf nogmaals in en begon voorzichtig over de Boot-ontwikkelingen in de hoop aan Adams lichaamstaal enige schuld te kunnen aflezen. Niks. Totaal geen sjoege. Maar misschien was het volkomen gebrek aan schuldgevoel een teken op zich. Niemand kan voortdurend zo onschuldig overkomen, toch? Of wel? *Iemand* moet kwaad hebben gesproken over Alex T. En als het Adam niet was, wie dan wel?

Alex bleef drinken en gehaast over van alles en nog wat praten. Dat wil zeggen dat hij een kwartier later besefte dat zijn mond nog bewoog, maar dat zijn hersens er al een tijdlang niet meer bij betrokken waren. Hij ratelde maar door. Verveeld plette Adam een geglazuurde aardbei fijn met zijn vork.

'Maar al die vrouwen,' viel hij Alex in de rede, 'zijn eigenlijk allemaal één en dezelfde vrouw. *Zie* je dat dan niet? Kitty, Boot, Anita – die overlappen elkaar hooguit. Stel je een restaurateur van schilderijen voor die de verf van een portret afpeutert om te ontdekken dat er een ander portret onder zit. Uit misplaatste nieuwsgierigheid verpest je een prima portret – vanwege de kans op andere portretten. Een soort eindeloze substitutie – en dat allemaal omdat je de dingen niet kunt accepteren zoals ze zijn.'

Alex maakte een Internationaal Gebaar: hoofd in de nek, lichte indruk van bovengebit op onderlip, geluidje *pfwoei* voortbrengen. Hij hief een glas, zijn derde.

'Bedankt, Sigmund.'

Adam haalde zijn schouders op. 'Je mag zelf weten hoe je het opvat.'

'Nee, nee, het fascineert me. En Esther – het eerste gezicht? Het laatste?'

'Nou, kameraad, dat is nogal duidelijk,' zei Adam koeltjes. 'Zij is de verf.'

Alex pulkte met zijn tong aan de laag gebak die aan zijn kiezen bleef plakken. 'Juist. Prachtige vergelijking. Helemaal in stijl: bij jou is alles een symbool van iets anders. En wat heb ik daaraan?'

Adam keek Alex vragend aan. 'Jij koestert het merkwaardige idee,' zei hij hoofdschuddend, 'dat iedereen er is om *jou* te hulp te schieten!'

Ze hadden het een poosje over het Probleem met Andere Mensen, een opdringerige vervanger voor het gesprek dat ze wilden voeren, te weten: het Probleem met *Jou.* Rubinfine was geobsedeerd. Joseph werd onderdrukt en voelde zich beroerd. Alex keek op zijn horloge. Hij moest over tien minuten in Neville Court zijn.

'Zijn we laat?'

'Beetje.'

Alex goot het laatste restje in zijn glas en begon toen aan het walsen en snuiven alsof hij plots besefte wat het was.

'Moet dat nou? Echt?' vroeg Adam, terwijl hij een rood plasje opdepte van de plek waar Alex te hard had gewalst.

'O... *Jezus*... Weet je? Waarom doe je al die moeite om hierheen te komen als... ik bedoel, waarom drink je niks? Ga je alleen naar me zitten staren? Waar slaat dit op? Ik voel me verdomme net een schilderij: Dikke Man Met Rode Wijn In De Regen. Studie Van Een Mislukkeling Die Bezig Is –'

'Hou op, je bent dronken.'

'Ik blijf voorlopig ook dronken, Ads. Eenrichtingsverkeer. Tsjoeketsjoeketsjoek tot aan het eindpunt.'

'Nou, rem dan een beetje bij.'

'Aye-aye, Kap'tein.'

'Je bent kwaad op me. Waarom?'

'Daarom. Volgende vraag.'

'Esther heeft me verteld dat je er zondag niet bij zult zijn. Ik probeer het te snappen, maar dat kost me moeite.'

'Mijn schuld niet – ik moet naar New York. Is al geboekt. Kom er niet onder uit. *Spijt* me.'

'Wanneer ga je weg?'

'Zaterdag. Hoor 'ns, waarom ga je niet mee?'

'Ik vind het centrum van *deze* stad erg genoeg. Ik hoef niet naar het centrum van het centrum. Niks voor deze broeder.'

'Juist, ja. Het hoeft niet. 't Is maar een aanbod.'

'Donderdag is het je vaders Jahrzeit. Ben je dan wel in het land?'

'Het gaat je weliswaar niks aan, maar dinsdag kom ik terug.'

'Nou,' zei Adam, terwijl hij met een lepel tegen de rand van Alex' glas tikte, 'ik heb het er al met Rubinfine over gehad. Zijn sjoel heeft geen tijd op jouw dag, maar hij denkt dat hij wel een andere sjoel weet te vinden. Voor de minyan kun je op mij rekenen – al heb je me niet verdiend –, je zou ook Joseph, Rubinfine, je moeder of Esther kunnen vragen, gesteld dat die kunnen. Dat doet men graag – je moet alleen eens *tien tellen lang* niemand in de zeik zetten. Kneemaan dat je weet dat ze zondag wordt geopereerd?'

Door een gruwelijk toeval had Alex zijn pols net omhooggebracht om op zijn horloge te kijken toen het woord 'geopereerd' weerklonk. Hij deed zijn mond open om het uit te leggen, maar hij wist geen verklaring te bedenken en sloot hem dus weer. Hij zag niet in hoe toeval in de wereld der gebaren kon bestaan. Zeggen onze lijven dan niet wat ze bedoelen?

'Nee. Ga maar,' zei Adam ontevreden, 'als dat nodig is. Ik moet sowieso naar een douche op zoek. Zit al de hele dag binnen. Heb me in geen dagen gewassen. Ik bel je nog.'

Ze deelden de rekening.

Hij struikelt een beroemde straat door in de richting van een monument, keert dan op zijn schreden terug en schiet een verloren straatje in. Maar voordat hij de straat vindt waar hij moet zijn, duikt Alex een steegje in dat Goodwin heet, en glijdt tegen een natte muur ineen tot hij op handen en knieën zit. In die houding wordt hij aan het gezicht onttrokken door het uitstekende raamkozijn van iemands appartement. Daar rolt hij een joint, een heel grote joint, en rookt hem op. Daardoor ontspant hij echter niet, maar krijgt zijn dronkenschap een nieuwe dimensie, een dikke laag smog tussen de wereld en hemzelf. Al spoedig pakt hij een potlood en geeft zich met prikkende ogen en een manisch bonkend hart over aan de achtervolgingswaan. Hij maakt notities over de lunch die hij zojuist heeft genoten, de flarden conversatie die hij altijd vergeet, de kennelijke onbetrouwbaarheid van zijn vriend, het belang van dit of dat, de symboliek van zus of zo. Het is allemaal een gruwelijk soort zelfbedrog, bedrog van het leven. Het leven is meer dan een symbool, hetzij joods hetzij gojs. Het leven is meer dan een Chinese puzzel. Het past niet allemaal. Niet alle wegen leiden tot de goddelijke openbaring. Dit is geen tv, Alex, dit is geen tv.

O, denkt Alex, *dus nou heb je een openbaring over hoe belangrijk het is om geen openbaringen te ondergaan. Geweldig.*

Zelfvoldaan en in de war begint Alex vaart te maken. Hij wilde dat hij zichzelf kon overwinnen, van zichzelf af kon komen, zich te buiten kon gaan, uit zijn vel kon stappen, *eventjes* maar. Meer willen ze waarschijnlijk niet, die beroemde passagiers die actie ondernemen. Maar die hebben niet zomaar eventjes – niet dankzij zulke buitengewoon sterke skunk, of alcohol of een Microdot of iets anders. Je kunt niet afsnijden. Je bent voortdurend *aanwezig*. Dus proberen ze de schade beperkt te houden. Kiezen ze voor de eeuwigheid. 'En dat is *andere* koek,' houdt Alex zichzelf voor, nu hij voor het eerst de *zwaarte* van zelfmoord voelt, de zwaarwegendheid van die gedachte. 'Daar moet je behoorlijke *kloten* voor hebben.'

Alex wankelt onder de enorme hemel over straat, en voelt zich bescheiden vergeleken bij die passagiers die voor de trein springen. Het minste wat hij kan doen, *met het oog op dit soort behoorlijke kloten*, is zelf een gewichtig iemand worden. Als hij bij de rotonde staat te wachten tot hij veilig kan oversteken, tracht Alex zich voor te stellen hoe hij zich zou verdedigen als zijn leven beoordeeld werd, dus als hij moest tonen wat hij waard was. Het is een soort ingebeelde tekst die hij samen met zijn overlijdensadvertentie met zich meedraagt, omdat Alex er ergens nog in gelooft dat hij de geweldigste, beroemdste mens is die je kent. En dat hij zich in die hoedanigheid moet verdedigen tegen smaad en vergetelheid. Wie moet dat anders doen? Hij heeft immers geen fans.

Onthoud het nou, alsjeblieft? Onthoud dit alsjeblieft. Het leven is meer dan een Chinese puzzel [JE ZIT GEEN TV TE KIJKEN]. Het is veel meer dan dat. Je bent kwaad omdat ik misluk, maar ik *zeg je toch* dat het leven meer is dan dit – meer dan –
Alsjeblieft. In het echt passen de dingen nooit zo goed in elkaar als wanneer ik ze opschrijf – onthoud dit nou, alsjeblieft. De lunch was niet zo, zo netjes; ik ben geen straat in gelopen om jou te ontlopen; de scènes volgden niet vloeiend en betekenisvol op elkaar – onthoud alsjeblieft dat dit mijn *leven* is [JE ZIT GEEN TV TE KIJKEN]. Dit is de beschrijving van een worsteling. Beoordeel het ook zo. Eén seconde ervan is net zo lang als alle boeken die er ooit geschreven zijn. Het is ook zo kort als de naam van God. Onthoud dat alsjeblieft. Vergeef me de twee leugentjes over entertainment en verlichting [JE ZIT GEEN TV TE KIJKEN]; onthoud alsjeblieft dat ik gewoon liep, zoals jij loopt, met gebogen ellebogen en mijn rug gebogen tot mijn handen de zomen van mijn spijkerbroek raakten, soms vreselijk bang voor de dood en andere dingen die niet bij entertainment of verlichting horen – onthoud dat ik de dingen niet voor je kan organiseren zoals jij ze georganiseerd wilt hebben. Onthoud alsjeblieft dat ik gewoon zonder enige bedoeling liep, dat was alles wat ik kon doen, want het leven is meer dan een Chinese puzzel, meer dan dit, meer dan dat, onthoud alsjeblieft dat je geen – dat ik geen – dat ik dit gewoon ben, die totaal stoned loopt (deze wiet is *sterk, deze wiet is psychotropisch)* door een smalle steeg en de volgende plek vind waar ik moet zijn en op het raam klop –

Tandem klopt op het raam van Cotterell's Autograph Emporium, een lief winkeltje met een klokgeveltje ergens halverwege Neville Court Road in het modieuze centrum van Londen. Binnen ziet hij smalle gangetjes tussen hoge stapels eerste drukken, glaswerk voor verzamelaars, gesigneerde portretten en het versleten brokaat van een stoelzitting waarvan een geborduurde Chinese draak de vrijheid tegemoet springt. Binnen ziet hij sigarettenposters en postzegels. Schouwburgaffiches en kerstkaarten. Geboorteakten en zakdoeken met monogram. Aan de muren ziet hij foto's van beroemdheden, foto's die door de beroemdheden zelf zijn aangeraakt en beschreven en die je kunt kopen. Je kunt ze kopen en delen (hoe beperkt ook) in de roem van die mensen en het gemak waarmee ze de Dood van zijn bevrediging beroven: de vergetelheid. Bewondering en woede zijn evenzeer je deel als je beroemdheden meemaakt als wanneer je aan God denkt. Vanmiddag voelt Alex die woede. Hij heeft een psychotische aanval.

Binnen ziet hij mensen, echte mensen. Een lang, knap meisje met een zwartfluwelen band om haar witte hals. Een man in tweed met een rood gezicht en een zakhorloge die met zijn armen staat te zwaaien. Binnen ziet hij publiek.

3

Dus. Het ene ogenblik ben je straalbezopen en stoned en krijg je een psychotische aanval. Het volgende ogenblik – zeker als het regent en er een mooi meisje midden op straat tegen je staat te schreeuwen – gebeurt dat niet. En Boot zat vandaag vol vragen. Vragen als:

Waar sloeg *dat* op?
Ben jij nou *helemaal* gek?
Probeer je mij *van mijn baan af te helpen*?
Wie haalt het nou in zijn hoofd om zo te komen opdagen?
Besef je wel dat hij een aanklacht zou kunnen indienen?
Wat *denk* je eigenlijk als je zoiets zegt?
Denk je dat het ook maar *enigszins* helpt om mensen te *beledigen*?
Is het gebroken?
Heb je een dokter nodig?

'Zeg dat laatste nog eens?' vroeg Alex, die in zijn neus kneep om het bloeden te stoppen.

'O, *jezus*. Hoor 'ns, kom *op* nou. Ik breng je er wel heen. Ik heb een oom in Harley Street. Grote *idioot*.'

Ze pakte hem bij de hand en zette de eerste stap, maar Alex kwam niet van zijn plek.

'Wat nou? Wat is er? Heb je pijn in je benen?'

'Ik ga nooit naar westerse dokters,' zei Alex, die zich er dolmakend bewust van was dat hij bloedend, met rooddoorlopen ogen en druipnat voor een meisje stond dat hem iets nog veel ergers toewenste, op norse toon. 'Ik weet een adres in Chinatown. Da's beter. Laten we daarheen gaan.'

Steunend op Boots indrukwekkende biceps laveerde Alex in zichzelf kreunend door de smalle steegjes met kinderhoofdjes. Wat was Boot toch sterk, en zo mooi! Sinds hij haar voor het laatst had gezien, had ze haar haar in een jongenscoupe laten knippen, kort, waardoor haar nogal mannelijke kaaklijn nadrukkelijk naar voren kwam. Ze droeg een rok van ruwe bruine stof, die haar goed stond, en haar benen staken in hoge zwarte laarzen, die piepten als ze elkaar aanraakten. Een lange meid, gedresseerd als een chic paard. Ze kon bijna zijn hele gewicht torsen en liep in volle vaart door, zonder zich door de stromende regen van de wijs te laten brengen.

'Ik begrijp er niks van,' zei ze woedend, toen ze de drukte naderden van een geliefd plein, dat aan alle kanten omgeven was door reusachtige bioscopen, 'hoe jij met die meid met dat bleke gezicht zo beroerd kon komen binnenvallen, hoe jullie volslagen voor *gek* staan – en vervolgens – *en vervolgens* – een Alexander aan hem proberen te verkopen. God nog aan toe, daar had je een dreun voor verdiend. Echt Alex. Na die vorige keer!'

Twee jaar daarvoor had Alex met succes een serie vervalste Kitty's waar hij zelf sukkelig aan was blijven hangen verkocht aan een stel sukkels. Hij was vergeten dat Sir Edward een van die tweederangs sukkels was geweest.

'*Ut*,' zei Alex. 'Dat was twee jaar geleden.'

'Luipaard, vlekken.'

Boot stopte. Het hield op met regenen. Ze duwde hem tegen een muur aan. De filmtheaters keken, verlicht als koninklijke steden, als kathedralen op hen neer. Aan de overkant zag Alex over Boots shouder het reusachtige, zes meter hoge gezicht van de populaire Julia Roberts, de nooit ontbrekende ader op haar voorhoofd, de glimlach die stralender was dan die van Boeddha. Alex kreeg enorm de neiging om te knielen, maar Boot hield hem aan zijn ellebogen overeind. Alex bekeek Boot zorgvuldig om te weten te komen hoe ze eruitzag. Hoe dichter je bij bioscoopposters in de buurt komt, merkte hij, des te moeilijker is het om je te herinneren hoe mensen eruitzien. Maar Boots uiterlijk viel helemaal niet tegen. Er was iets overeenkomstigs: bekend voorkomende trekken rond kaak en ogen.

Ze zei: 'Nou, als je wilt, mag je me nu wel kussen.'

'Pardon?' zei Alex.

Boots grote, hoekige, open gezicht en haar van uitzinnige wimpers voorziene bruine ogen, honderd vage sproeten en een enorme kokkerd van een neus waren nu vlakbij. Ze streek haar tong langs haar tanden.

'Ik zei dat je me mag kussen. Ik *neem aan* dat het daar allemaal om begonnen is. De manier waarop jij de liefde verklaart et cetera. Jouw onhandige manier.'

'Boot,' smeekte Alex, en hij stak zijn armen ter verdediging in de lucht, 'ik denk dat mijn neus gebroken is.'

Boot trok haar hoofd oprecht verrast terug en beet op haar onderlip. Ze was een frequent bioscoopbezoeker, Boot. Ze verwachtte vroeg of laat altijd dat ze zou worden gezoend.

'O. Oké. Nee, nee, prima, best. Ja, *prima*. Ik schaam me toevallig helemaal niet. Ik neem aan dat jij vindt dat ik me... O jee. Ik weet het niet. Ik *dacht* alleen –'

'Nee, Boot, het geeft niks, heus –'

'Het is gewoon... weet je, ik dacht echt...'

'Ja, dat snap ik, Boot. Ik ben...'

'Nou, hoe dan ook,' snerpte ze, en ze kreeg zodoende haar trillende kin onder controle, 'dit is net als die keer dat ze Lytton probeerde te zoenen – of was het nou Lytton die haar probeerde te zoenen? Hoe dan ook, *zij* waren niet van plan zich schuldig te voelen. Dus denk maar niet dat ik dat van plan ben.'

Alex had pijn in zijn gezicht. '*Wie*?'

'*Virginia Woolf*. Haar dagboeken. Heb ik gelezen. Luister je dan *helemaal niet* als ik wat zeg?'

Jawel, naar sommige dingen wel. Laten we zeggen naar 25 procent, als het meezit. En veel meer, veel veel meer als hij haar trachtte over te halen zich ergens met hem neer te vlijen en het beest met de twee ruggen met hem te maken. Maar daar was dit niet de gelegenheid voor. Ze pakte nogmaals zijn hand beet en stampte met hem onder de boog in oosterse stijl door die het begin van Chinatown aangaf.

'Ik moet zeggen dat je weinig moeite doet voor iemand die verliefd op me is.'

'Maar Boot.... Boot, ik ben *niet* verliefd op je. Heb ik ook nooit beweerd. We kennen elkaar nauwelijks. Ik heb al verkering.'

Boot glimlachte hem tevreden toe.

'Mallerd. Je hoeft het niet te *zeggen*. Ik zie het toch in je ogen. In die malle Chinese ogen van je. En waar *is* die vriendin? Niemand *ziet* haar ooit. Als je het mij vraagt, bestaat ze alleen in je hoofd. Ik denk de laatste tijd vaak aan zelfmoord,' zei Boot enthousiast in zo'n voor haar doen normale U-bocht in het gesprek. 'Vanwege Virginia en zo. En vanwege Sylvia. Waarom *doen* briljante vrouwen dat toch altijd? En toen dacht ik over jouw boek – o! Ruik je dat! *Heerlijke* eendendinges met pannenkoeken. Ik heb toch *zo'n honger*.'

Ze hield weer stil en staarde vol verlangen naar een geplukte eend die aan een haak in een etalage hing.

'Waar had ik het over?'

Alex steunde op een menubord dat buiten stond en spuugde bloed op de grond. Tegenover hem zat een Peruaan met een kattengezicht een popliedje op een stokoude fluit te spelen.

'O, nou weet ik het weer. Weet je nog dat je alles in joodsige dingen en die andere soort dingen verdeelde? In dat grappige boekje dat je aan het schrijven bent?'

En je *moest* wel ja zeggen. Al vroeg ze: *Weet je dat de lucht blauw is? Weet je dat ik een mens ben?*

'Jeweetwel, in dat boek van je?'

'Ja, Boot.'

'Dus, nou vroeg ik me af welke het was. In welke categorie het hoorde. Zelfmoord, bedoel ik.'

Dat was nog eens een goede vraag. Alex wees het medisch centrum van dokter Huang aan, het kleine bordje dat uit de muur van de eerste verdieping stak, pal boven een restaurant genaamd Peking Nights.

'Dat is een goeie vraag.'

Boot glimlachte en toonde zodoende een reeks enorme, volmaakte tanden, haar panavision-glimlach.

'Ja, dat *weet* ik.'

Ze kwamen bij de zijdeur. Boot drukte op de bel en even later hoorden ze de geplaagde, schreeuwende falsetstem van dokter Huang zeggen dat ze de deur open moesten duwen en binnenkomen.

'Over het algemeen gojs...' zei Alex, langzaam terwijl Boot hem de trap op hielp, 'stenen in je zak, hoofd in het fornuis, van die dingen. Maar volgens mij is er nog een soort. Een soort vervoering... je dood komt je met open armen tegemoet rennen en... omhelst je min of meer. Je springt over het hek naar haar toe. Je danst haar tegemoet. Ze stort zich over je uit als een regenwolk of een gloed van zonneschijn. Geen smoezelig gefrunnik. Geen ingewikkelde knopen of uitlaten van auto's – jeweetwel – met stofzuigerslangen. Het is veeleer zoiets als, een soort *versmelten*.'

Zodra hij deze korte preek had afgerond – echt uit zijn hoofd – voelde hij zichzelf stralen. Boots gezicht was in een rimpelige kinderfrons vertrokken. 'Juist. Ik weet niet of ik dat wel goed *begrijp*. Klinkt een beetje... sexy. En dat is toch joods?'

Alex knikte zijn zware hoofd. Dokter Huang deed de deur van zijn kantoor open.

4

'Neem dit,' zei Huang terwijl hij Boot een koud compres aangaf. Het was vochtige neteldoek met iets onherkenbaars erop dat vaag naar munt rook. Het zat niet dicht, op een paar in elkaar gedraaide punten na. Boot, die van nature erg ondernemend was, maakte het zwarte fluweel rond haar hals los en wikkelde dat om het pakketje heen. Ze hield het bij Alex tegen zijn wang. Haar hand bibberde van de kou.

'Leggen op brug van neus!' riep Huang, en hij schuifelde naar zijn armoedige achterkamertjes waarvandaan al snel het geluid klonk van een doorgetrokken toilet.

'Wat ik allemaal niet voor je overheb!' kwinkeleerde Boot vrolijk.

Met zijn hoofd schuin achterover keek Alex naar het plafond. Hij kwam hier al sinds zijn tienertijd en wist hoe het vocht hier terrein won; het steeg allang, verzadigde het stucwerk. Overal zag je bobbeltjes van lekwater en stalagmieten van meeldauw. De kamer leek voortdurend in tranen. Hij was hier voor het eerst geweest in de week na Li-Jins dood, toen de kamer zijn gevoel weergaf. Die morgen had Sarah een fles van dokter Huang ergens in huis aangetroffen en die middag had dokter Huang kennisgemaakt met een prachtige jonge vrouw die over haar toeren was en huilde. Ze wilde weten waarom meneer Huang haar echtgenoot had vergiftigd. *Kijk naar mijn zoon!* zei ze. *Leg het maar aan hem uit!* zei ze. Haar haar stond alle kanten op. Ze had twee verschillende sokken aan. In haar linkerhand hield ze het klauwtje van een slungelige, vreemd ogende jongen, in de rechter een kruidenmiddeltje dat Huang in geen jaren meer had voorgeschreven. Het kostte wel even wat tijd voordat alle zaakjes op orde waren. Voor dokter Huang om uit te leggen hoe lang hij Li-Jin al niet meer had gezien, voor Sarah op een stoel was geploft, was gaan huilen en het aanbod van thee had aangenomen. Dat was de eerste keer dat Alex groene thee dronk, althans de eerste keer die hij zich kon herinneren. Hij herinnerde zich ook dat dokter Huang zijn bezoek een verhaal had verteld. Toen het uit was, was Alex in de war, zowel vanwege het verhaal als vanwege zijn moeder, die toen opnieuw begon te huilen:

Het verhaal dat dokter Huang aan Alex en Sarah vertelde

Een rijk man die aan het hele hof werd geroemd, vroeg Sengai iets op te schrijven over welvarendheid van de familie dat van generatie op generatie bewaard zou kunnen worden.
Sengai schreef op een papiertje:

'Vader sterft, zoon sterft, kleinzoon sterft.'

De rijke man werd kwaad.
'Ik heb u gevraagd iets op te schrijven voor mijn familiegeluk! Waarom spot u daarmee?'
'Dit is niet als spot bedoeld,' legde Sengai uit. 'Mocht uw zoon eerder overlijden dan uzelf, dan zou dat u veel verdriet doen. Sterft uw kleinzoon voor uw zoon, dan zult u beiden verteerd worden door verdriet. Als uw familie generaties lang in de volgorde sterft die ik heb aangegeven, is dat de natuurlijke loop der dingen. Dat noem ik ware welvaart.'

Hij zag er niet ouder uit dan die keer, de dokter. Hij was nog steeds broodmager, zijn huid zat strakgespannen. Hij had een vale blauwe trui aan van het Weense Jazz Festival dat al zeker twintig jaar niet meer had plaatsgevonden, een spijkerbroek vol logo's van denkbeeldige racebanen en skioorden, en een oranje honkbalpet die zo oud en versleten was dat de beroemde gevleugelde hiel van de godin verdwenen was.

Nu duwde hij het veelkleurige gordijn van hardplastic strips aan de kant dat de afscheiding vormde tussen zijn praktijk en woning.

'Jongedame. U heet?'

'Boot. Ik heet Boot.'

'Boot? Zoals roeiboot?'

'Eigenlijk heet ik Roberta, maar iedereen noemt me Boot. Boot is best.'

'Nou, juffrouw Boot,' zei dokter Huang scherp, 'u vriend van Alex. Heel goed. En hebt u geld voor betalen?'

Boot, die afkomstig was van het platteland, had een instinctieve, aangeboren angst voor Chinezen die geen eten kwamen bezorgen. Ze deed een stap naar achteren. 'Waarom zou *ik* u in vredesnaam betalen als Alex u net een cheque heeft gegeven?'

Terwijl ze met de ene hand Alex' neus vastpakte, stak Boot de andere hand uit om aan te pakken wat dokter Huang haar wilde tonen.

'Is niet helemaal in orde,' zei Huang zachtjes.

Het was een cheque. Maar waar de handtekening had moeten staan zag Boot een wiebelige tafel, een honkbalhandschoen, het onderstel van een stoel.

NEGEN / *Binah*

Begrip • Iedere Engelsman is al in een quiz geweest • Voorwerpen herkennen • Een Bogart/Henreid-situatie • Wittgenstein was joods • Rubinfine maakt vorderingen • Typeletters • Marvin legt uit • Anita zegt nee • Adam zegt ja • Wie snoeit de planten?

I

Alex' wiskundeleraar uit de vijfde was op tv. Hij had 184 punten. Hij had nog maar één goed antwoord nodig om op het kampioensbord te komen en een plek in de kwartfinale te verdienen. Met zijn ogen op de buis gericht, probeerde herstellend patiënt Alex zonder handen een nachochipje te dippen en op te eten. Hij borgde zich door zijn voeten om de krul van de sofa te slaan. Hij boog naar de grond.

De quizmaster zei: 'Welke filosoof was opgetogen toen hij te horen kreeg dat zijn leerling de wijsbegeerte eraan gaf om in een conservenfabriek te gaan werken?'

Alex gaf acht keer snel het antwoord, zei het toen een keer in slowmotion en zong het vervolgens. De wiskundeleraar gaf een antwoord dat een smadelijk vertrouwen onthulde in de voedselproductie in het Griekenland van de vijfde eeuw. Alex doopte zijn rauwe neus in de salsa en liet die er een poosje op zitten. Hij voelde zich triest. Er werd aangebeld.

'DEUR!' gilde Boot vanuit de keuken. 'DEUR. DEUR. *DEUR*!'

Dit is een deur. Hier heb je wat salsa. Dat was mijn wiskundeleraar. Dit is een deur.

'Kan ik iets voor u doen?'

'Andersom,' zei Rubinfine, terwijl hij het Internationale Gebaar voor omdraaien maakte. Hij droeg een dikke zalmkleurige jumper waarop de tekst stond VERGISSEN IS MENSELIJK, OM ER EEN *??!@# ZOOI VAN TE MAKEN HEB JE EEN COMPUTER NODIG.

Alex bleef stug in de deuropening staan. 'Als je Thora's probeert te verkopen, die heb ik al.'

'Hallo, Alex,' zei Joseph. 'Mogen we binnenkomen? We willen alleen een praatje maken.'

'Wat is er met je gok gebeurd?' vroeg Rubinfine, die hem in de hal voorbijliep. 'Ben je tegen iemands vuist op gelopen? Stond iemand de vorm van je... *Hallo.*'

Boot was net schril en koket uit de keuken te voorschijn gekomen, een combinatie die ze zich in haar jeugd had aangeleerd om haar zin te krijgen.

'En jij bent?'

'Boot.'

'Ach *natuurlijk*. Een vriendin van Esther?' vroeg Rubinfine verward. Zijn laatste vriendschap met een meisje was geëindigd toen ze in zijn zandbak plaste. 'Of...?'

'Van Alex, eigenlijk. Ik bedoel dat we – we – dat wil zeggen, we doen zaken met elkaar.'

Zelfs voor Boot was volgens Alex deze schuldige B-filmstem, deze stotterende Andere-Vrouwensmoes – een enorme teleurstelling.

'Boot, dit is rabbi Rubinfine, een oude vriend en dit...'

Alex begreep al snel dat de volgende introductie totaal overbodig was. Boot en Joseph liepen onhandig op elkaar af (een onbeholpen ballet van ellebogen en zachte plekjes toen er nog een jas uit ging) en versmolten nu in een absurd onhandige zoen waarbij volgens de conventies van de B-film zowel de wang als de voorgeschreven hoeveelheid tekortschoot. Alex voelde de razernij door zijn lijf trekken toen hij het laatste stukje in een beledigend eenvoudige puzzel legde. Hij had zich geen moment in kunnen denken dat zij elkaar kenden.

'Jullie kenden elkaar...?' vroeg Rubinfine toen ze de woonkamer betraden. Daar glimlachte hij en liet zich op een stoel vallen, gedesinteresseerd in ofwel de afloop van zijn vraag of de paarse blos die Josephs hals bedekte en tot aan zijn puntige oren reikte. Hij raapte het boek op dat het meest voor het grijpen lag – een populaire geschiedenis van de St. Jakobsschelp – en bladerde snel naar de foto's in het midden.

'Al *zeker*, wat zal het zijn, drie maanden?' zei Boot toen ze op het hoekje van de bank ging zitten. 'Ik had trouwens nooit *gedacht* dat jullie ook bevriend zouden zijn. Maar uiteraard. We leven maar in een klein wereldje, toch? Ik neem aan dat iedereen die in de winkel komt elkaar kent. Grappig hè! Joe en Alex! Net een goedkoop toneelstuk. Goh. Joe, ik moet je trouwens nog vertellen dat het maar goed is dat je die Nicholas Brothers niet hebt gekocht. Het is een mooi ding, maar nog niet de *helft* waard van wat Cotterell ervoor probeert te krijgen. Hij is te dwars om die prijs te laten zakken, zijn fout te erkennen... Hij denkt namelijk dat de markt voor muziekdingen op springen staat...'

Boot was slim; ze voelde de verbijsterende spanning in de kamer aan en sprak steeds sneller. Met afschuw stelde Alex, die haar zwijgzaam zat op te nemen, vast dat deze veroorzaakt moest zijn door begeerte naar haar. Hij drukte de nagels van zijn duimen in het zachte deel van zijn handen en zag haar verder kletsen, terwijl haar houding doelbewust het beroemde silhouet imiteerde, de Marilyn-zandloper. Haar rug gebogen, buik ingetrokken, de lippen als blozende bloemblaadjes uitgestoken, haar hoofd omlaag gericht maar omhoogkijkend – wat een ongelooflijk machtige gave! Het ultieme internationale seksuele gebaar: de metamorfose van vrouw tot vaas.

'Je zou het niet *geloven*,' zei Rubinfine, die weliswaar een wenkbrauw optrok, maar zich bij het boek hield dat hij op zijn knieën had: 'Tweehonderdnogiets pagina's over de St. Jakobsschelp. Over een schelpdier. Bewonderenswaardig van zo'n schrijver. Waar haalt hij de *moed* vandaan?'

'Joseph,' zei die arme Alex, bevend van woede, 'thee – kun je? Helpen? Wat spullen sjouwen? En wat drank – misschien kunnen we een borreltje nemen – uitgezonderd rabbi's.'

'*Inclusief* rabbi's, wat mij betreft. Ik *heb* me toch een dag achter de rug.'

Joseph was nog niet gaan zitten en begon nu in een soort ganzenpas als een veroordeelde verder te lopen. Alex ging achter hem staan.

'Nou,' hoorde Alex Boot melden toen hij Joseph in het voorbijgaan een stiekeme por in zijn rug gaf. 'Op mij maak je niet echt de indruk van een rabbi...'

In de keuken trof Alex Grace aan, pakte haar op en drukte het weerspannige dier tegen zijn borst, zodat het niet naar hem kon uithalen. 'Ik begrijp het,' zei hij duister.

'Alex,' zei Joseph, met een scherpe blik op de deur, toen die eenmaal dicht was, 'daar ben ik niet van overtuigd.'

Alex stak een hand onder Grace door om met een vinger te kunnen zwaaien. 'Je hebt over me gepraat. Om er je eigen voordeel mee te doen.'

'Zeg doe niet zo dramatisch,' zei Joseph, die aan zijn das zat te frunniken. Met mooie geloken ogen pakte hij de theeketel en draaide de kraan open. 'Da's een beetje sub-Garbo, vinjeniet?'

'Jij hebt Esther over Boot ingelicht,' zei Tandem schril, 'niet Adam. *Jij*. Daarmee zal het tussen ons dan wel uit zijn. Da's een verhouding van tien jaar die je hebt verpest. En nou wil ik weten *waarom* je dat hebt gedaan. Denk je nou echt, Joe, denk je nou echt dat Es *jou* boven mij zou verkiezen?'

Joseph keek geschrokken – zijn hoofd schoot omhoog, hij zag er oprecht verbaasd uit. Hij lachte, nogal wanhopig.

'*Esther?* Nee, Alex, je hebt de verkeerde – waar *heb* je het over – ik beschouw Esther als mijn *zus*.'

'Je hebt altijd strijd met me geleverd,' zei Alex er dwars doorheen. 'Ging het je daarom? Zou je haar nou puur vanwege – wat zit je nou te lachen? Wat is er verdomme zo grappig?'

'Niks!' riep Joseph, en hij stampte met zijn voetje op de grond. 'Luister, geef mij even de tijd om tot mezelf te komen... ik *wil* je uitleggen – dat het *niks* met Esther heeft te maken – niet op *die* manier tenminste.'

Alex schudde zijn hoofd alsof hij zijn gedachten niet op een rijtje wist te krijgen. '*Boot?* Is het je daarom begonnen? Luister, Joe, je kunt Boot zo *krijgen*, kameraad, daar hoef je *mijn* hele leven niet voor overhoop te halen.'

'Nee, wacht, dit gaat te snel,' zei Joseph, en hij stak beide handen naar voren en duwde ze omlaag, het Internationale Gebaar voor rustig aan. 'Ik dacht alleen – het is mijn *vriendin*, Esther, ze is ook *mijn* vriendin – en ik vond gewoon dat ze het recht had dit te weten, dat is alles. Het spijt me heus – ik heb alleen – ze bleef maar *vragen* en ze vermoedde *iets* – laten we hier alsjeblieft een punt achter zetten. Het *spijt* me. Ik heb klaarblijkelijk iets fout gedaan.'

Alex vloekte gemeen en Joseph rilde en hield zich vast aan een plank.

'Het zit echt anders dan je nu denkt,' begon Joseph en daardoor schoot Alex in de lach – die afschuwelijke filmtaal.

'Joseph, ik *geloof* je niet. Je hebt *altijd* strijd met me geleverd. Je kunt me niet *uitstaan* – wacht eens even, verdomme, *wacht*' – Alex liet Grace op de grond vallen – '*God*, wat ben ik een zak. Jij hebt Cotterell verteld dat ik eraan kwam met die Alexander, of niet? Klopt dat? Jij hebt hem verteld dat ik met een vervalsing door de stad banjerde. *Klootzak* die je bent. Nou, dan zal ik je ook maar vertellen dat ik hem verkocht voor Brian Duchamp. Die het geld hard nodig heeft. Knap werk hoor. Wat *mankeert* je toch, Joseph? Je probeert me in de wielen te rijden –'

Joseph verslikte zich zo'n beetje in de aanzet tot een spottend lachje. 'Kom nou toch – dat is echt te veel eer – nu tenminste –'

Alex sloeg tegen een kastje boven zijn hoofd. 'Jij hebt het Esther *verteld*. En ik heb Adam vandaag beroerd behandeld en dat is jouw schuld. Jij hebt me *verlinkt*.'

Joseph beet op zijn lip. Het zag eruit alsof hij ieder moment kon gaan huilen. 'Ik heb haar,' begon hij haperend, 'de informatie verstrekt waar ze recht op had en die ze uiteindelijk toch wel gekregen zou hebben. Iedereen was ervan op de hoogte. Heus, Al, dat je deed of ze niet bestond, dat was zo *vernederend* voor haar –'

'Hoor 'ns, kameraad – als ik iets niet van je hoef is het wel relatieadvies. Als je nou eindelijk eens een relatie *hebt*, Joe, kom dan nog maar eens terug.'

'Echt vernederend,' vervolgde Joseph rustig, nadat hij een stapje naar achteren was gegaan. 'En verdomme nog aan toe, weet je... wat Boot aangaat, heb je me er terecht heel vriendelijk aan herinnerd dat ik een vrij man ben. Jij niet. Hoor 'ns, ik geloof niet eens... ik denk dat ik überhaupt geen interesse in haar heb en... Alex, hier gaat het helemaal niet om. Dit is onbeschaafd. Wij, Rubinfine en ik, zijn hier vanavond als vrienden naar je toe gekomen, om –'

Alex pakte een grote fles Poolse wodka van de plank, hield de hals vast en wees ermee naar Joseph Klein. Er dreef een geel strengetje bizongras in. 'Zie je dat? Beginvraag voor tien. Wat is het?'

'Het is Poolse wodka. Wat? Wat moet ik dan zeggen? Dat het een drankje is? Wat dan?'

'Ja, maar meer dan dat. Het is een drank, ja. Maar denk nou eens verder. Denk nog eens aan jouw en mijn studie. Denk eens aan Ludwig Wittgenstein. Vertel eens wat over de aard van een bewering.'

'*Alex* – doe normaal – nee, nee, best – *rustig* maar – oké, oké, het belang van een bewering zit in hoe je die *gebruikt*.'

'Dus?'

'Dus zou het ook een wapen kunnen zijn.'

'Tien punten! We gaan hiervan drinken tot we onbeschaafd worden. En als we dan volstrekt onbeschaafd zijn, dan stamp ik je in elkaar. Hiermee. Mijn vriend. Mijn goede, lieve jeugdvriend. Snap je het? Begrijpen wij elkaar? We gaan een soort worstelwedstrijd houden. Dat is een biljetbelofte, Joe. Dat is een gebod.'

'Alex... je begrijpt het *verkeerd. Echt.*'

'Maar eerst gaan we drinken. We zuipen ons klem. Te midden van die filmzooi. We drinken op Esther – die wordt zondag geopereerd, wist je dat? Zo leer je nog eens wat. Nou, ik neem deze, en deze – daar beneden ligt nog meer, ja daar heb ik het al. Doe die kast eens open. Pak die knabbels even. Mixdrankjes staan in de koelkast. Houd eens vast. En die ook. Nee, geef die maar aan mij. Haal een blaadje voor de...'

'Oo la la!' zei Boot, een minuut of wat later en inmiddels beland op de armleuning van Rubinfines stoel. 'Moet je jullie eens zien. Is dat allemaal om mij?'

'We houden een feestje met omgekeerde komma's,' zei Alex-Li bitter.

'Grappig,' zei Boot, een poosje later, en harder dan ze dacht. 'Ik wilde eigenlijk actrice worden. Maar we kunnen niet allemaal actrice worden. Ik bedoel, de *hele* wereld kan geen actrice worden. Het is op het laatst toch gewoon een kwestie van geluk hebben, nee, sorry, wat wou ik zeggen? O, *weet je*, dinges – bij de *trekking*.'

Ze leunde tegen de gloeiende plastic kooltjes van het nepvuur, met haar handen als een kommetje om haar glas rode wijn, haar derde, heen. Rubinfine knikte nog toen ze al uitgesproken was en bleef ansichtkaarten van de schoorsteenmantel pakken om de teksten erop te lezen.

'Heb jij ooit iets willen worden, rabbi? Afgezien van eh... rabbi, bedoel ik dan?'

Rubinfine tilde een klein Mexicaans poppetje voor de vijfde keer aan zijn penis op. Hij bekeek het van alle kanten. 'Hier, dit is interessant,' zei hij, vrolijk opkijkend. 'Ik heb onlangs allerlei schoolkinderen gesproken over de betekenis van Poerim – bleek mijn presentatie geen compleet lesuur te vullen, ik had wat probleempjes met de PowerPoint-presentatie en er waren nog wat complicaties – dat doet er nou even niet toe – hoe dan ook, om de tijd te doden vroeg ik wat ze wilden worden als ze later groot waren en –'

Boot schoot in de lach en keek vervolgens huilerig. Rubinfine fronste zijn wenkbrauwen, maar hield vol.

'Ja, en van de vijfendertig in die klas wilden er negen fotomodel worden, vier acteur, twee popster, tien voetballer en de rest wilde "entertainer" worden, gewoon "entertainer". Ik probeerde wat meer te weten te komen – niks gedaan. Je hebt nog nooit zo'n stel ambitieuze kleine – beetje meer, ja, dankjewel, prima zo – ambitieuze kleine mensenkinderen bijeen gezien.'

Boot kieperde het restje uit haar glas achterover en schonk zich nogmaals in. 'Rabbi, ik moet je in alle eerlijkheid vertellen – je begrijpt het ongetwijfeld – maar toen ik nog op school zat –'

'Mag ik mij even verexcuseren?' vroeg Rubinfine, die bekentenissen afschuwelijk vond. Hij moest bovendien Rebecca bellen over de afspraken voor morgen nu een derde van die dwergen (de term was verankerd geraakt in zijn hersens en viel niet meer los te wrikken) vegetariër bleek te zijn.

'En hoe gaat het met jullie?' vroeg Boot, tamelijk wanhopig met haar ellebogen op de schoorsteenmantel geleund, zich tot de bank wendend. Alex en Joseph zaten er al vanaf het begin van de festiviteiten onder het drinken van wodka hun jeugdvriendschap te betreuren. De leuke tijden hadden ze gewist en de ernst en volgorde van de persoonlijke vetes naar eigen keuze verstoord. Nu keerden ze zich als een vijandig, onvast matineepubliek tegen Boot.

'Hartstikke top,' zei Joseph, en hij liet zijn hoofd zakken.

Boot beet op haar duimnagel. 'Dit is niet zo'n denderend *feest*, hè? Ik sta de hele tijd op het punt te *huilen*. Het is net een hoeheettutookweer – een wake of zo. Net alsof er iemand dood is gegaan en niemand weet wie. Ik vind altijd dat een feest maar een beperkte hoeveelheid Leonard Cohen aankan. Trouwens,' zei ze, en ze goot de wijn achterover en zette een onzekere stap naar voren, 'ik denk dat ik maar eens opstap, Alex, als jij dat ook goed vindt. Ik ga maar eens op huis aan.'

'Blijf nog even, Boot,' zei Joseph droogjes, zonder zijn blik van de salontafel voor zich af te houden. 'Als jij weggaat blijven er alleen maar jongens over. Laten we een filmpje kijken of zo. Pret maken.'

'Bedankt, Joe, ik denk dat ik toch maar...'

Alex likte aan de joint die hij rolde en keek om zich heen. 'Waar is die rabbi gebleven?'

Boot haalde haar schouders op. 'Geen idee. Boven, denk ik.'

'Vermist,' zei Joseph. 'Voor een ongeluk wordt gevreesd.'

'Als jij weggaat,' zei Alex knauwend als de populaire acteur John Wayne, 'dan krijgt de rabbi het zwaar te verduren.'

Rabbi Mark Rubinfine had kans gezien om ertussenuit te knijpen naar boven. Hij had Rebecca gebeld, maar het gesprek duurde kort en verliep onaangenaam, doordat hij niet in staat was de zinsnede 'gloednieuwe kipcocktailsticks' zo serieus uit te spreken als het hoorde. Hij had mogelijk een beetje te veel wijn gedronken. En hij was op het punt beland waar zelfs iedereen die een dinertje voor vier voorbereidt terechtkomt: *waarom koken ze zelf niet, huren ze zelf een dj en vreten en dansen ze niet thuis, verdomme?* Voor Rubinfine werd dit gevoel nu precies achtenveertig keer vergroot, één keer voor elk van die kleine heibelschoppers die hij maar moest zien te vermaken.

Hij had de hoorn opgelegd terwijl Rebecca nog praatte. Nu ging hij niet terug naar beneden, maar bleef doelloos op Alex' bed zitten. Hij pakte een chocolademunt waar hij er een heel stel van te pakken had gekregen en begon aan het gepeuter waarmee je het metalige huidje van die dingen af haalt. Stel je eens voor dat je zo leeft! Rubinfine rilde en legde zijn vrije hand op de handvormige vlek op de muur. Hoe dol hij ook was op Alex, het had hem er nooit van weerhouden openhartig te zijn over de verkieslijkheid van zijn eigen positie boven die van die arme Tandem. Rabbi Mark Rubinfine had een patio en een vrouw, gordijnen en tapijten, een extra krachtige douche en een eettafel voor twaalf personen. Zodra Rebecca door dokter Guy Glass van haar tokofobie zou zijn genezen, zou het er zwart zien van de kinderen. Snap je? Hij had zijn leven lang dingen verzameld, en zo hoort het ook, ze zorgvuldig een voor een tussen jou en de dood plaatsen, als een soort hindernisbaan. Alex' kamer was net een studentenhok. Je zou niet echt verschil zien tussen Alex' kamer toen hij zestien was en nu. Nog steeds stapels broeken. Er lagen nog altijd sokken te schreeuwen om hun wederhelften.

Rubinfine boog naar voren om over Mountjoy uit te kijken. Daar buiten, dat was zijn wereld. Hij begreep maar niet waarom hij in Mountjoy geen macht bezat, geen publiek had. Alex en Adam, die zich als Akiva in hun grotten verstopten! Rabbi Rubinfine glimlachte ontroerd bij de gedachte aan zijn oudste vrienden. Hij zag het beroemde biljet op Alex' tafel naast een weekendtas liggen. De kwelling van zijn jeugd, dat hij dat biljet nooit uit mocht geven. En vervolgens hadden ze het biljet van een pond uit de roulatie genomen en hem zodoende van een enorme verantwoordelijkheid bevrijd.

Nu schopte hij zijn instappers uit, pakte zijn rechtervoet vast en draaide de verharde huid van zijn hiel ter inspectie omhoog. Hij peuterde er een dikke rand af en gooide die richting een overvolle vuilnisbak. Moet je nou toch eens zien! Er hangen posters bij die meer dan vijftien jaar oud zijn. Boven het bed hing nog steeds de namaakaankondiging van vier jonge matadoren – *Mark y Joseph y Alex y Adam* – tegen een enorme Spaanse stier. Hij slikte zijn laatste chocolademunt door en liep naar de reproductie van een kabbalistische tekst uit het zestiende-eeuwse Mantua, een losse bladzij uit de Zohar, wellicht, of uit de Sefer Yetzirah. Rubinfine deed niet of hij er verstand van had. De tekst was in een paar eendimensionale handen met puntige duimen geschreven. In de kantlijnen aan weerszijden fladderden roze vogeltjes op. Gods naam stond, omringd door bloemen, bovenaan. Het was prachtig, superbe. *En wat we in de loop der eeuwen niet hebben gepresteerd!* mummelde Rubinfine blij, want hoe Mountjoy daar ook over mocht denken, hij was niet uitsluitend rabbi geworden om zijn vader een plezier te doen. Op zijn eigen bescheiden wijze wilde hij *vorderingen maken*. Net als de man achter aan de lopende band die de continuïteit inspecteert. Destijds was Adam ontevreden geweest met deze analogie, omdat hij vond dat het de zuiverste roeping moest zijn, een discussie die je als man met God voerde. Maar God had nooit iets tegen Rubinfine gezegd. Rubinfine was eenvoudigweg een oprechte fan van het volk waar hij uit voortkwam. Hij hield van ze, bewonderde ze. De boeken die ze schreven, de films die ze maakten, de liederen die ze hadden gezongen, de ontdekkingen die ze hadden gedaan, de grappen die ze vertelden. Die aanhankelijkheid had hij alleen op deze manier tot uiting weten te brengen. De therapie die hij in zijn jeugd had ondergaan had het Rubinfine-probleem aangegeven; persoonlijke verhoudingen waren niet zijn sterke punt. Hij had liever met een menigte te maken. Het volk van Mountjoy! Het volk! Hij verwachtte nooit dat hij ze iets te bieden had, de mensen, verbeeldde zich nooit dat hij een groots rabbijns inzicht te bieden had – alleen dat hij ze een tijdje kon leiden.

Tussen de rabbi die voor en de rabbi die na hem kwam.

Rubinfine struikelde achterwaarts, hikte, giechelde, rechtte zijn rug en schaduwbokste tegen de poster van Ali en raapte vervolgens Alex' tas op en smeet hem op het bed. Terwijl hij om de paar tellen naar de deur keek doorzocht Rubinfine gehaast de vakken. Hij zag Louise Brooks even aan voor Kitty, maar Kitty was toch later? En ze had een ander gezicht. Moderner. Wat een boel. Zo veel beroemdheid op de wereld. Taylor, Pickford, Grayson, Cagney, Chevalier. En daar zullen we het hebben.

Rubinfine trok Duchamps foto uit het plastic hoesje en nam even de tijd om vast te stellen dat de vrouw inderdaad erg mooi was. Verbijsterend eigenlijk. Als je dan toch gevaarlijk in de ban moest raken van een vrouw en haar handtekening, dan had je het slechter kunnen treffen. Hij keek nog even vol bewondering naar de architectuur van haar wangen. Hij dronk haar in, zoals romanschrijvers zeggen. En vervolgens scheurde hij het ding in zes stukken.

Hij was reusachtig opgelucht. Dit had hij op weg hiernaartoe met Joseph afgesproken, al hadden ze geen idee gehad dat het zo gemakkelijk zou verlopen. Ze hadden zich voorgesteld dat ze er de hele nacht zoet mee zouden zijn met tissues en tranen en veel dramatisch gedoe. Ze zouden pardoes binnenstampen en hem net zo lang martelen tot hij het ding afgaf. Want zolang hij dat ding nog had, zou hij erop gefixeerd blijven. Zo formuleerde Joseph het en Rubinfine stemde ermee in of besloot ermee in te stemmen. Dus. Nu was het verdwenen.

Zeer tevreden met zichzelf schoof Rubinfine de snippers van zijn handen en stond op. Hij speelde met de analogie van de ouders die hun door heroïne verwoeste kind tot cold turkey dwingen. Vergenoegd dacht hij aan de axioma's 'eigen bestwil' en 'liefde is lijden'. Hij zou de kamer net uit lopen toen zijn oog op de foto's viel die aan de muur hingen. Norma Shearer, Debbie Reynolds en Deanna Durbin. Dat zet me aan het denken, dacht Rubinfine (Debbie Reynolds → Eddie Fisher → Carrie Fisher → Princess Leia → Han Solo → Harrison Ford): ik durf te wedden dat hij iets voor me achterhoudt. Wed dat die vuile gluiperd een Ford voor me achterhoudt om hem aan iemand anders te verkopen, iemand die rijker is.

Rubinfine liep terug naar het bed en deed de tas open. Hij vond al snel een Ford. In stilte vervloekte hij Alex. Toen keek hij wat beter. Rubinfine hopste op het bed en gilde enthousiast achter zijn hand. Voor Mark! Ruim een minuut lang dacht Rubinfine dat hij in tranen kon uitbarsten. Hij was bijna jarig, twee weken nog. En dan te bedenken dat Alex dit zo goed voor hem verborgen had weten te houden, zo goed! Wat een moeite had hij ervoor gedaan om deze te krijgen, en dan ook nog aan hem persoonlijk gericht, perfect! Rubinfine was meer dan ontroerd. Hij had de neiging de handtekening aan al die onderwijzers en therapeuten en rabbi's te tonen die hem hadden gezegd dat hij geen interpersoonlijke vaardigheden bezat. Kijk eens wat mijn vriend voor me heeft gedaan! Kijk eens wat mijn goede vriend Alex-Li Tandem voor *mij* heeft gedaan! Met tegenzin stopte Rubinfine hem terug op zijn plek. Zodra hij hem weer zag, zou hij verrast kijken. Verrast en dolblij, en dat was oprecht, ook al moest hij het nog een acteren keer met publiek erbij.

Op het bed een bultje verscheurde foto. Dat was hij.even helemaal vergeten, maar dat lag hem verwijtend aan te staren. Rubinfine harkte het bij elkaar, stak het in zijn zak en liep de kamer uit. In de hal hoorde hij Joseph en Alex tekeergaan. Boot probeerde hen tevergeefs te kalmeren. De essentie was *geef hier*. En de andere essentie *over mijn lijk. Als het huis in brand stond,* beweerde Alex, *dan redde ik eerst mijn handtekening, allereerst, ook eerder dan jou.*

Gepijnigd zette Rubinfine een stap voorwaarts en vervolgens een achterwaarts en liep toen langzaam de trap af. Nu stond hij voor de drempel. Zo helder als het maar kon hoorde hij zijn vriend zeggen: 'Hoor 'ns, Joseph, jij hebt je werk, oké? En Rubinfine heeft zijn gezin. En Adam heeft zijn God. En dit is wat ik heb. Mijn kleine obsessies. Jij had ze vroeger ook, maar jij bent ze ontgroeid. Fijn voor je. Maar ik niet, oké? Begrijp je dat? Dit is wat er tussen mijn graf en mij in staat. Dit is wat ik *heb*.'

Arme Rubinfine. Hij stak zijn hoofd om de deur, vertelde het gezelschap dat Rebecca's eczeem weer opspeelde, dat Joseph nu mee moest gaan als hij nog wilde meerijden en verdween door de voordeur.

2

Een veel later stadium van het feest; slechts twee mensen aanwezig. De video draait. Alex en Boot zijn met een verzwegen misverstand over seks op de bank geploft. Boot heeft haar panty uitgedaan en wacht op het moment dat ze betast zal gaan worden, al heeft ze geen idee waarom. (Beslist niet uit *begeerte,* bijvoorbeeld. Meer uit een soort *verontwaardiging.*) Alex houdt zich om onachterhaalbare redenen aan zijn voornemen om niet te gaan betasten. (Niet echt vanwege een *gebrek aan begeerte*, of zo. Misschien is het een moreel bezwaar. Misschien is het de drank.) Boot doet net of ze slaapt, maar eigenlijk is ze klaarwakker. Alex doet net of hij wakker is, al kan hij zijn ogen nauwelijks openhouden. Boot is best op haar gemak, maar blijft verschikken en verzitten om het debat weer op gang te brengen. Alex heeft vreselijke kramp, maar durft zich niet te verroeren. Kitty is aan het eind van de reis beland, het laatste lied:

You were my lucky star…
You said that I'd go far…

Als ten slotte de titelrol loopt, draait Boot hem haar rug toe. Dit is een van de grootste ondubbelzinnige Internationale Gebaren van het niet mis te verstane soort.

handtekeningenman heeft mobieltje aangezet (02.03 am)

handtekeningenman: Es, ik zie je tekentje. Ben je daar?
handtekeningenman: Esther?
handtekeningenman: Ik ben toch niet het allerlaagste, of wel?
handtekeningenman: Je kunt toch wel tegen me praten? JE KUNT ME TOCH IN IEDER GEVAL SMS-EN???
Juftiktak: Ik kan tegen je praten.
handtekeningenman: Hoi!
Juftiktak: Hoi
handtekeningenman: Jij bent nog laat op. hallo.
handtekeningenman: Klopklop.
Juftiktak: Geen interesse.
handtekeningenman: komt een skelet een café binnen...
Juftiktak: Ads zag je vandaag. zei dat je je
handtekeningenman: zegt ie: mag ik een borrel en een dweiltje?
Juftiktak: verschrikkelijk liep aan te stellen.
handtekeningenman: hmmm...
Juftiktak: ik moet naar bed.
Juftiktak: doodmoe, bekaf
Juftiktak: heb de hele nacht over Adam gepiekerd
Juftiktak: wat zijn jullie toch een stel malloten
handtekeningenman: wacht –
Juftiktak: welterusten Alex
handtekeningenman: wacht!
handtekeningenman: ALSJEBLIEFT!
Juftiktak: wat?
handtekeningenman: een ogenblikje nog.
Juftiktak: ....?
handtekeningenman: morgen naar New York. Moet nog pakken.
Juftiktak: zondag een openhartoperatie. Heb me nog niet eens onderworpen aan een wereldgodsdienst.
handtekeningenman: hallo. Ik heet Alex-Li. Ik ben volstrekte ruimteverspilling. *Sorry*
Juftiktak: hoef ik tenminste niet naar Rubinfines boerenbal.
handtekeningenman: godzijdank
handtekeningenman: voor kleine genadegaven.
Juftiktak: hele kleine. Een meter dertig.
Juftiktak: Badoem boem boem.
Juftiktak: hartulukbudankt
handtekeningenman: grapjas. Mis je.
handtekeningenman: enorm.

Juftiktak: doe New York de groeten
handtekeningenman: alles stinkt
Juftiktak: doe Kitty de groeten (die woont daar toch? 109 jaar –
handtekeningenman: zonder jou. heus. Gaat alles mis.
Juftiktak: aan 109th street.
handtekeningenman: ik meen het. De wereld is verdeeld.
Juftiktak: mijn concurrente blanke honderdjarige vrouwen.
Juftiktak: trusten alex.
Juftiktak: ja, en wie moet het maken, schatje?

Juftiktak heeft mobieltje uitgezet (02.18 am)

handtekeningenman: esther??

handtekeningenman heeft mobieltje uitgezet (02.19 am)

3

Het was een vlekkeloos blauwe vrijdagochtend. Door de lange schaduwen bogen de verlegen huizen ietsje voorover om elkaar te zoenen. De bomen staken hun worstelvingers ver uit, klaar voor de strijd.

'Dat? Dat was Boot,' legde Alex uit aan Marvin, zijn melkboer, die bij hem op de stoep stond.

'En? Blijft ze drijven?'

'Wat?'

'Boot. Drijft ze?'

'Ah, xnappum. Nee. Niet echt. Aardige vrouw trouwens. Geweldig, eigenlijk.'

Toen ze zich tegelijkertijd omdraaiden, hadden Marvin en Alex Boot in dezelfde kleren als gisteren door de straat zien slenteren en verdwijnen op het punt waar Alex' fraaie gele straat uitkomt op de hoofdstraat van Mountjoy en alle duistere verlokkingen van de wereld.

'Kameraad, als ik had wat jij hebt...' zei Marvin en hij floot. Marvin was een enorme Esther-fan en zat haar openlijk en onvermoeibaar achterna. Hij was een van die mensen die haar 'Afrikaanse prinses' noemden, een omschrijving die ze als lasterlijk beschouwde, net als al die kleineringen van vrouwen: Poppetje, Hete Meid, Lekker Wijf, Stoeipoes, Vriendinnetje.

Alex knipte met zijn vingers. 'O! Marvin, voor ik het vergeet – tot volgende week heb ik geen melk nodig. Ik ga naar New York.'

In een vloeiende beweging stak Marvin het notitieboekje dat hij net te voorschijn had gehaald terug in de zak van zijn uniform. 'Naar New York. Geen melk. Blijf aan de lijn. Rustig nou maar lieve et cetera.'

Vervolgens stak hij een hand in zijn schoudertas en haalde er een middelgroot pakketje vol postzegels uit. 'Voordat *ik* het vergeet, hier heb je er weer eentje. Gary Fitz – een oude bekende van heel, *heel* vroeger – die doet hier in de buurt de Mail Ex, maar deze straat vind hij klote – te ver uit de buurt en op een heuvel enzovoort – dus geeft hij ze in het vervolg aan mij mee. Weetjetnog? Vorige week ergens heb ik je ook zo'n pakje gegeven.'

'Mij gegeven?' zei Alex afwezig, en hij pakte het sponsachtige pakketje aan en scheurde het langs de rode draad open. Hij keek naar zijn dode auto en vroeg zich geamuseerd af of hij even bij Hollywood Alphabet zou binnenlopen om Ads zijn excuses aan te bieden en Esther te zoeken.

'Hoe gaat het trouwens met je hoofd? Hoe staat het met je hoofd, Alex? Is het er alweer?'

Uit een kartonnen envelop haalde Alex een maagdelijke gesigneerde foto te voorschijn van de populaire actrice Kitty Alexander, vet gesigneerd in het lichte deel van de foto. Hij stak een arm naar Marvin uit om zichzelf overeind te houden.

'Gaat het?'

'Ik snap het niet,' fluisterde Alex, en hij keek verwilderd om zich heen.

'Dit is geen hogere wiskunde, kameraad. Het is gewoon de post. Iemand verstuurt het, jij ontvangt het. Mooie foto. Wie is het eigenlijk? Hé, *hé* – gooi die deur niet dicht – je moet er nog voor tekenen, Alex – wacht nou man – anders krijg ik mijn commissie niet, snappie? Stank voor dank, anders.'

Alex drukte de foto tegen zijn borst en stak hem toen recht vooruit. Als die niet echt was, heette hij geen Alex Li Tandem. De tekst: *Voor Alex, eindelijk – Kitty Alexander.* Alex kreeg een boei.

'Was het Adam? Jacobs – de videovent, weetjewel, van verderop? Mijn vriend? Of Rubinfine, de rabbi? Heeft iemand je hier opdracht voor gegeven? Waar komt het *vandaan*?'

Marvin zuchtte, nam Alex het pakketje uit handen en keerde het om. 'Poststempel Amerikaans, afzender Amerikaans, envelop... Amerikaans. Ik denk uit Amerika, man. Luister, ik kan hier niet de hele dag blijven bakken. Het is gewoon een pakketje. Het ziet er net zo uit als wat ik je vorige week gaf –'

'Waarom zeg je dat steeds? Wanneer?'

'Verleden week – een pakje uit Amerika, heb ik je gegeven. Ik heet Marvin. Dit is een huis. Dat was jouw auto. Daar is de lucht. Xie je, man.'

Marvin kuierde op zijn eigen traditionele wijze het tuinpad af, maar vlak voor het hek trotseerde Alex de koude grond en rende hem blootsvoets achterna.

'Wacht, Marvin, wacht even. Wanneer heb je me dat andere pakje gegeven – heb je – heb ik het opengemaakt? Ik bedoel: heb je *gezien* dat ik het openmaakte?'

Marvin maakte het Internationale Gebaar van geheugen opfrissen, de doorgroefde wenkbrauw. 'Eh... *jezus,* man, geen idee. Neu, ik geloof het niet. Jij had haast, toch? Je was op weg, moest ergens naartoe – kweenie. Ik heb je daarna trouwens vijf dagen lang niet *gezien*. Je lag het *uit te slapen*, snappie? O, man – vergeten – eh, hier tekenen alsjeblieft.'

Alex slaakte een kreet van vreugde. Hij tekende Marvins klembord met donderende punten op de i's. Hij greep Marvin bij zijn wangen en zoende hem vol op de mond.

'*Hé!* Kappen nou. Zo'n soort boodschappenjongen ben ik niet. Ik ben melkboer man. Melkboer. En meer niet. Wacht eens even – is *dat* je handtekening? Da's geeneens Engels man. Is het Chinees?'

'Kijk aan, Marvin,' zei Alex-Li stralend, 'dat is een goed feit. Je hebt niet gezien dat ik het openmaakte. Dat is tot nu toe het belangwekkendste feit. Want dat houdt in – zie je het? Dat ik niet waanzinnig ben. Ik moet het wel bij Ads open hebben gemaakt, toen ik high was. En dat is roekeloos. Maar waanzinnig is het niet. Ik ben niet waanzinnig. Integendeel, ik begrijp het. Ik *begrijp* het.'

'Beetje vroeg voor openbaringen,' zei Marvin afkeurend. Hij gaf een stevige afscheidsruk aan zijn overhemd en trok het hek achter zijn rug dicht.

'Anita,' zei de ademloze Alex-Li Tandem, terwijl hij zijn slaaphaar plette en de kattenmand naast zijn voeten op de grond zette. 'God, wat zie je er fantastisch uit. Moet je horen, fijn dat ik je nog tref voor je weg moet... kijk, het is een beetje ongelukkig, maar het punt is, ik ga vanavond naar New York, tikje last minute, snap je – en nou vroeg ik me dus af – aangezien het maar om een paar dagen gaat – of jij, misschien –'

'Nee,' zei Anita Chang.

Bij Hollywood Alphabet probeerden de malloten der wereld hun overtijdse video's vóór openingstijd in de brievenbus te proppen. Maar Adam was ze te slim af. Hij had de brievenbus precies twee centimeter te smal gemaakt voor de video's. Het was de poort waar geen mens door naar binnen kon gaan tenzij hij zeer vastberaden was. Elke ochtend om negen uur precies nam Adam rustig zijn positie op een klapstoeltje bij de brievenbus in, met de Zohar op schoot. Zijn gladde zwarte vingertoppen veegden over de gebroken witte textuur van de pagina's. Hardop las hij in het Hebreeuws:

Rabbi Shim'on zei
'Deze kent geen aardse naam,
want hij draagt iets subliems in zich.
Het is een geheim!
Het golvende licht van zijn vader beschijnt hem!
Dit geheim is niet onder Kameraden verspreid.'

Maar Alex kende de truc. Hij wist hoe hij zijn video zo moest kantelen dat hij een schilfertje verf van de deurpost schraapte en dan ratelend in het bakje viel.

'Tandem?'

'Altijd.'

Alex' manische opwinding maakte het openen van de deur tot een beproeving. Zij maakte ook theezetten tot een beproeving en het aanhoren van het ongelooflijke verhaal – tegen de tijd dat Adam de vraag kreeg voorgelegd of hij Grace wilde verzorgen, was hij murw. Hij zei ja toen ze op de drie treden zaten die de split-level vormden naar de uitleenafdeling, met mokken groene thee in handen, uitkijkend over een zee van verhalen.

'Jij zegt het tegen Esther, oké? Precies zoals ik het jou heb verteld? Vertel haar de feiten. De hele toedracht.'

'Zodra ze terug is uit de bibliotheek. Beloofd. De hele toedracht. Alex, heb jij nog nagedacht over –?'

'Is het geen geweldig gevoel,' zei Alex gelukkig, 'als alles goed uitkomt?'

Grace draaide achtjes om Adams enkels. Adam pakte haar op en knuffelde haar.

'Als Lovelear dit ziet!' zei Alex, terwijl hij het pakje knuffelde. 'Er staat een afzender op, zo duidelijk als het maar kan!'

'Hmm.'

'Adam, wat is er volgens jou met Joseph aan de hand?'

Adam klaarde zichtbaar op en draaide zich naar hem om. 'Wat denk *jij* dat hem mankeert?'

Alex fronste. 'Nou, ik weet het niet, snap je, daarom vraag ik het aan jou.'

'Aha,' zei Adam rustig.

Adam stond op, met Grace in de ene hand en *The Girl from Peking* in de andere. Met een zucht stopte hij Kitty weer op haar rechtmatige plaats tussen *Gilda* en *The Glenn Miller Story*.

'Het lijkt net of je in me teleurgesteld bent,' zei Alex.

Adam haalde zijn schouders op. 'Die geschiedenis van de Thora,' zei hij, 'is dus eigenlijk niets anders dan het gewaad van de Thora. Wie denkt dat het gewaad de Thora is – moge zijn ziel leeglopen! De Thora heeft een lijf dat gehuld gaat in een gewaad: de verhalen van deze wereld. De malloten van de wereld zien alleen het gewaad, de geschiedenis van de Thora; verder weten ze niets. Onder het gewaad gaat de ware Thora schuil, de ziel van de ziel. Ze kijken niet onder het gewaad. Zoals wijn in een vat hoort, zo hoort de Thora in een gewaad. De Zohar helpt ons onder het gewaad te kijken. Kijk dus alleen naar wat zich onder het gewaad bevindt! Dus al die woorden en geschiedenissen – het zijn louter gewaden!' Dit alles zei Adam in het Hebreeuws. Het enige woord dat Alex begreep was Thora.

4

'Nee, geen tijd, absoluut niet,' zei Alex, terwijl hij over het stalen bed heen stapte. 'Trein. Moet ik halen.'

Maar Rubinfine, Darvick en Green spreidden hun armen en vormden zo een muur. 'Het is verdomd belangrijk, excusez le mot,' zei Darvick, en hij pakte Alex bij zijn broekband.

'Kijk, het geval wil dat rabbi Rubinfine,' fleemde Green, die Alex' gezicht in zijn handen nam, 'nou, hij moet je iets heel belangrijks vertellen – hij wil je zijn beweegredenen kenbaar maken. Voor wat hij heeft gedaan. Wat, al is het in essentie goed, misschien niet helemaal zo overkomt. Snap je?'

'Sorry?'

'Het is *belangrijk*,' hield Darvick aan terwijl hij zijn greep verstevigde, 'dat de rabbi de kans krijgt behoorlijk verslag te doen – zijn zegje te doen, net als iedere andere verdachte!'

Alex rukte zich los en hield zijn pakketje op en trok Kitty als een zwaard uit haar hoesje. Hij hield haar boven zijn hoofd. Hij voelde zich net de populaire filmacteur John Cusack. Hij zei: 'Zien jullie dit?' – Rubinfine jammerde als een vrouw – 'Vandaag is dit belangrijker. Oké? *Oké?* Wat is er aan de hand, Rubinfine?' vroeg Alex, toen Rubinfine ter plekke ging zitten en drie keer zachtjes met zijn achterhoofd tegen het monument bonkte.

'Zie je wat we hier proberen te doen?' blafte Darvick opeens met een gebaar naar het bed en de Lelijke Eend waar het naartoe moest.

'Ik zie het,' zei Alex eenvoudigweg. 'Het interesseert me alleen niet. Rubinfine, ben je –'

'Vier rabbi's,' viel Green hem, met een nadrukkelijk blik in Rubinfines richting, in de rede, 'kwamen in de Pardes, de paradijstuin. Eentje staarde rond en stierf, eentje werd dement, eentje snoeide de planten en eentje slechts, rabbi Akiva, overleefde het probleemloos.'

Rubinfine zat er verslagen bij. Darvick giechelde stilletjes. Green glimlachte met zijn hele mond zijn bête glimlach en deed een stap opzij om Alex erdoor te laten.

'Rubinfine – heb ik –'

'Ga nou,' zei Green. 'Je bent al laat.'

Uiterst dankbaar trok Alex een sprintje om de trein te halen, die net hoorbaar was doordat hij uit het oosten kwam, over de top van de kunstmatige bult waar de schitterende voorstad Mountjoy zijn naam aan te danken had. Hij hoorde Rubinfine nog, diens stem meegevoerd door diezelfde oostenwind; hij klonk diep gekrenkt. 'De planten snoeien? En wat zou *dat* dan moeten betekenen?'

TIEN / *Keter*

Kroon • Jimmy's antiquariaat • Longdrinks met Lola-Lola • Complottheorieën • Het Jeugdmerk • Zen Radio • Vliegen naar niets • Zen *Casablanca* • De verzamelaar redt

I

Laat die avond, in de rij voor de incheckbalie, dacht Alex-Li met genoegen terug aan de gedenkwaardige gebeurtenissen van die dag. Na zijn ontmoeting met de rabbi's had hij de trein genomen naar het oosten van de stad en was hij in een overwinningsroes Jimmy's Antique Market (opger. 1926) in gelopen. Hij liep onder de overdekte bogen door, langs de groezelige kraampjes waarop elke soort nostalgie in elk soort medium te koop werd aangeboden: kleren, glazen, platen, posters, postzegels, penningen, munten, handtekeningen. Sommigen van de handelaars kende hij al meer dan vijftien jaar, nog uit de tijd dat hij hier als jochie zijn zakgeld kwam uitgeven. Hij had zich, hoe aarzelend ook, altijd met hen verwant gevoeld. Maar vandaag voelde hij zich wezenlijk anders. Hij was uitzonderlijk. Hoevelen onder hen vonden het ding waarvan ze droomden, hun hoogstpersoonlijke graal? Had Lola-Lola ooit Marilyns opwaaiende zomerjurk gedragen? Had Stuart Pike ooit Hendrix' eerste gitaar bespeeld? Had de populaire schrijver J.D. Salinger ooit die arme, toegewijde Oliver McSweeney een vriendelijk briefje gestuurd?

Het rare van zulke obsessies is hoe gericht ze zijn. Zoals een man met een fetisj voor tengere Japanse vrouwen met donsachtig behaarde armen onbewogen blijft onder een struise blondine, zo kan ook de man die zijn hele leven jacht heeft gemaakt op tapschoenen van de populaire musicalster Donald O'Connor, niet echt enthousiast worden als de man die achter het kraampje rechts van hem staat, hem het overhemd met ruches aanbiedt dat Henry Daniell in *Camille* droeg. Alle fans lijden aan een soort tunnelvisie: warm en donker en eindeloos dezelfde kant op.

Alex dwaalde over de markt, op zoek naar een geïnteresseerde partij. Jimmy zelf (kleinzoon van de oorspronkelijke Jimmy) liet hem weten dat Lovelear en Dove hier ergens rondhingen, maar hij kon ze niet vinden. Voor het eerst van zijn leven wilde hij Lovelear echt graag zien, of althans wilde hij Kitty tonen aan iemand die op zijn knieën zou zinken en zijn handen in aanbidding zou vouwen.

Maar Stuart Pike zag hem het eerst. Onder dwang stopte Alex bij Pikes kraam met die berg recente twintigste-eeuwse troep (Beatle-pruiken, cocktailshakers in de vorm van hoelahoepmeisjes) en ging een poosje bij hem zitten neuzen in zijn correspondentie met seriemoordenaars. Een van de beruchtste 'vrienden' van Stuart was onlangs in de staat Texas geëxecuteerd. 's Mans merkteken was dat hij de namen van zijn slachtoffers in hun voorhoofden kerfde. In de dodencel was hij tot tweemaal toe getrouwd en had hij nog minstens tien aanzoeken gehad. Stuart was ontroostbaar. 'Elke brief die hij me heeft gestuurd,' zei Stuart, en hij toonde een voorbeeld, 'zou ik zo aan een Amerikaan kunnen verkopen. Vier-, vijfhonderd dollar. Smerig bloedgeld.'

Stuart was afkomstig uit een gegoede familie uit Yorkshire. Hij had ooit in een glamrockband gespeeld. Hij bezat drie schilderijen van de hand van de populaire psychopaat John Wayne Gacy.

'Weet jij wie Kitty Alexander is, Stu?'

'Is dat de babymoordenares uit Arizona?'

'Nee, nee, ze is, ze *was* actrice. Jaren vijftig. Russisch-Italiaanse Amerikaanse. Heel mooi. Actrice.'

'Actrices,' zei Pike alsof hij een onbekende diersoort aantrof. 'Nooit veel mee gehad, met actrices. Heb de borgstelling die Lana Turner tekende om haar dochter vrij te krijgen. Ik ken trouwens iemand die Judy's slaappillenrecept heeft, uitsluitend ondertekend door de arts, maar toch. Beter dan een klap voor je kop. Hebbie daar wat aan?'

In Lola-Lola's Fifties-boetiek vond Alex Lovelear en bevrediging. Lola-Lola, een gescheiden, peroxideblonde, topzware Moskovische zat op haar roze poef longdrinks te drinken en Lovelear en Dove met een spel Betty Page-speelkaarten bezig te houden. Misha, haar overwerkte jonge man ('*moy malchik!*'), was voor het winkeltje jachtig op zoek naar de linker- van een stel witsuède kinderhandschoenen waar hij een klant voor had. In de achterkamer zong de populaire zanger Bobby Darin over een afspraakje dat hij onder water had gemaakt. Een zoemend lampje wierp een rood waas over noodlijdende wezels en gebrekkige vossenbontjes, UFO-roosters, rokken als uitstaande paraplu's. En tegen de achtermuur een korrelige projectie van een onbekend Amerikaans gezin dat op een zonnig gazon zijn hoogtijdag heropvoert tijdens een eeuwige barbecue.

Alex ging in kleermakerszit naast Dove op de vloer zitten. Hij legde Kitty voor hen op de grond. Hij begon aan zijn verhaal, teruggebracht en bijgeschaafd tot dit ene punt. Lola-Lola slaakte op het cruciale moment een gilletje van opwinding en legde haar hand over haar cocktailglas. Lovelear deed zijn mond open om iets te zeggen, keek nog eens beter en bleef zwijgen. Dove beukte Alex op zijn rug en omhelsde hem, wat Alex meer deed dan hij wilde toegeven.

'Ze heeft hem zomaar gestuurd,' mompelde Dove vol ontzag. 'Geen briefje. Geen verklaring.'

'Geen briefje,' zei Alex helemaal in de war. 'Geen verklaring. 't Is gewoon een cadeautje. 't Is een *cadeautje*. Ik denk dat ze me wil ontmoeten. Ik denk dat ze wil dat ik haar opzoek.'

'Ahlex,' snorde Lola-Lola, uit het achterste van haar keel, 'diet ies fantasties – je ebt et na al die taid verdiend. Maar et ies nog altaid niet sjtoer om zo te gliemlachen als een kat die de sjlagroom van de taart eeft geliekt!'

'Als je Dove en mij het adres geeft, de afzender,' zei Lovelear als een min of meer waardige verliezer, 'dan zoeken wij haar wel op als we daar zijn. Hoe lijkt dat je? Vertellen we je alles zodra we terug zijn.'

'Bedankt, Lovelear,' zei Alex, een paar tellen voordat, zoals journalisten dat noemen, het muntje viel. 'Aardig van je – maar jullie komen er misschien in geen maanden – en ik ga er zo meteen naartoe, nee, ik bedoel vanavond nog, naar dat Autographicana-gedoe, dus – ja – vliegen over – de – grote – grote –'

De gedenkwaardige gebeurtenissen van die dag hadden toch hun glans een beetje verloren. Lovelear en Dove stonden momenteel precies drieëntwintig plekken achter hem in de rij voor de incheckbalie. Bij elke bocht gebaarden ze als een Franse pantomimeact, een poging om een eenvoudige boodschap over te brengen, dingen als: *Tas staat open* en *Laat die wiet maar liever thuis* en *Moet je dat dikke wijf zien.* Lovelear leed eronder dat hij Alex en alle andere mensen in de rij niet voortdurend van commentaar kon voorzien. Op het laatste stuk scheen het hem te veel te worden; wanhopend zag Alex hem een weg banen, zijn pens tussen de bijpassende koffers door laveren. Hij droeg een strak wit T-shirt en een beroemd merk spijkerbroek omdat hij in een tijdschrift had gelezen dat je als man met die combinatie altijd goed zit. Het artikel was verlucht geweest met foto's van de populaire acteurs Marlon Brando en James Dean. Alex zou die journalist graag een foto van Lovelear willen sturen.

'En!' zei Lovelear, terwijl hij zijn reusachtige tas neerzet, 'wat denk je dat ze wil?' Lovelears tas ploft op de grond en valt breeduit op Alex' voeten. Lovelear schopt ertegen maar krijgt hem zodoende slechts een paar centimeter van zijn plek. Met veel krachttermen tilt hij hem weer op, laat hem als een kind even op zijn heup steunen, en duikt dan naar voren en slingert het ding in één keer op zijn rug. Lovelear is een van de weinige mensen in de rij met bagage die je moet optillen. Iedereen heeft wieltjes en koffers met zo'n stijve pook eraan, zo'n beugel. Het lijkt net of gojs als Lovelear met van die plunjezakken dodo's aan hun nek meesleuren. Alex graait naar zijn notitieboekje, maar dat ligt nog thuis. En zodra zijn vingers vaststellen dat zijn zakken leeg zijn, merkt hij dat hij geen notities wil maken. Vandaag niet. Misschien wel nooit meer. Dit zou wel eens het einde van het boekje kunnen betekenen. Hij heeft genoeg van het archiveren.

'Ik stond daar in de verte,' zegt Lovelear, 'eens even over alles na te denken, snap je? En ik denk bij mezelf: is het een *valstrik* of zoiets? Ik bedoel, zou dat kunnen? Dat die Krauser van haar een of ander opgeblazen aanrandingsverhaal tegen je gaat ophangen of zo? Dat is *absoluut* gebeurd met een verzamelaar die ik ken. En wat mij met Miss Sheedy is overkomen – ik beweer niet dat het zo *is*. Ik zeg alleen dat we het niet *weten*. We kennen niet alle feiten. Je stort je eigenlijk gewoon in het diepe, dat bedoel ik eigenlijk te zeggen.'

Lovelear is sinds die middag complottengek geworden. Hij begreep niet wat het betekent als iets een 'cadeau' is. Hij geloofde bijvoorbeeld niet dat een film meer is dan de publiciteit eromheen, een schilderij meer dan een mysterieuze broodwinning. Hij geloofde niet dat liedjes of boeken op een of andere manier wezenlijk verschillen van een broodje of een autoband. Product is product. En in gratis lunches geloofde hij niet. En hij gelooft niet dat een vrouw gewoon –

'Weetjewel, gewoon zomaar *omslaat* en zonder toelichting doet wat ze twintig *jaar* lang *iedereen* heeft onthouden? Ik bedoel, snap je daar ook maar *iets* van?'

Alex vertelt hem wat hij hem drie uur geleden ook al heeft voorgehouden en wat hij hem op een of andere manier al sinds hun kennismaking probeert duidelijk te maken. Dit is geen film.

Tot zijn opluchting komt Alex er in het vliegtuig achter dat hij apart zit. Hij zit naast het gangpad, met Esthers afwezigheid pal naast hem. Terwijl hij illegaal achteroverleunt, opent hij het plastic tasje dat hij van het vliegtuig heeft gekregen. Het vliegtuig is van een beroemd vliegtuigmerk dat onderdeel uitmaakt van een wereldmerk dat even laag mikt als cola en even hoog als een jumbojet. Het is een vliegtuig voor jonge mensen en/of mensen die jong zijn van hart. Met intellectuele neigingen. En een vanzelfsprekende stijl. Het is een merk dat met de meest schaamteloze vleierij zijn doelen nastreeft.

Je jeugd vliegt voorbij: laat je vervoeren!

Dat staat in een apart lettertype op de voorkant van de tas. Alex voelt geen vervoering als hij het tasje opent; hij voelt niks, zelfs geen herkenning. Voor wie is die tas? Wiens jeugd is het? Wat moet hij nou met afzonderlijk verpakte gezichtsdoekjes? Waarom houdt hij van vetgedrukte letters en van kleuren in duidelijke rechte blokken? Wat moet hij met zo'n notitieblokje – waar moet hij iets over noteren?

Alex probeert het koptelefoontje uit. Op de radio kun je als jongere kiezen uit drie muziekgenres en Alex vindt er niks aan. Vervolgens een humorkanaal waarvan de humor gebaseerd is op een gevoel van herkenning van het leven van een jonge komiek (*Oké, dus je staat af te wassen, hè? En dan komt je meisje binnenlopen, oké?*) en als Alex dat herkent, begint hij meteen aan zelfmoord te denken. Ten slotte een sub-zenontspanningsbandje waarop een therapeute uit LA koans boven het geluid van de zee uit fluistert. De zee is op een of andere manier bewerkt, want die klinkt veel muzikaler dan wanneer je je aan het strand zorgen staat te maken over milieuvervuiling.

'*Een radeloze moeder*,' aldus de vrouwenstem, 'smeekte boeddha het dode kind te genezen dat ze in haar armen hield. Hij verrichtte geen wonder. Hij zei: "Breng me een mosterdzaadje uit een huis waarin niemand –"'

'Meneer, wilt u alstublieft uw gordel vastmaken? Het lampje is nog niet uit,' zegt een stewardess tegen Alex, die niet eens doorheeft dat ze al in de lucht zitten.

2

De herfstachtige deken verdwijnt (vanuit de lucht ziet Engeland er altijd herfstachtig uit); nu zitten ze boven de wolken. Alex zit zich in het vliegtuig in te beelden dat hij zichzelf ziet door de ogen van een kind dat zich op de achterbank van een auto zit te vervelen. Ze zouden moeten ruilen van plek; dit vliegtuig is ontworpen voor heel jonge en erg verveelde mensen. Alex hoeft de eerstvolgende zesenhalf uur niets anders te doen dan eten en tv-kijken en dutjes doen. Dat alles wordt dringend door hem verlangd, *van* hem verlangd. Zo dringend heeft niemand hem sinds zijn babytijd comfort en slaap toegewenst.

Ze doen hun uiterste best om hem niet het gevoel te geven dat er iets gewichtigs plaatsvindt als vliegen. Op geen enkel moment beweert er iemand dat hij met vierhonderd vreemden van wie de geestelijke toestand onbekend is in een honderd ton zwaar vliegtuig gevangenzit op dertigduizend voet hoogte, vertrouwend op verhoudingen tussen energie en snelheid die niemand uit het vliegtuig zelfs maar schematisch zou kunnen opstellen. Ieder onderdeel van dit vliegtuig is een interface, net als die vensters op zijn computer. In dit vliegtuig heeft niets met vliegen te maken, zoals zijn bureaublad ook niets met informatieverwerking te maken heeft. Mooie plaatjes. Lievige verhaaltjes die we elkaar ter afleiding vertellen. Als Alex zich flink het gangpad in buigt, krijgt hij een glimp te zien van de genialiteit van de illusie: die privé-ervaring die je hoort te ondergaan, wordt zo ver het oog reikt herhaald. Dezelfde maaltijden, afval (de ontbrekende sok, de kapotte balpen, de in elkaar gedraaide deken, het totaal geplette plastic waterglas), dezelfde ontspannen houding, hetzelfde tv-scherm waarop dezelfde vader en zoon elkaar de bal toewerpen, dezelfde waakzaamheid over de sociale afstand. In deze omstandigheden is het nauwelijks denkbaar dat je de interface vergeet, de witte streep overschrijdt. Dat is werk voor een held – of een krankzinnige. Begeleid door vogelgezang zegt de zen-dame: 'Kennis is de beloning van actie, want we veranderen door wat we doen. Als we een symbolisch gebaar maken, ons een bepaalde rol aanleren, ontdekken we welke waarheid die rol bevat. Als we de gevolgen ervan ondergaan, doorgronden we zijn inhoud en putten die uit.' Alex schakelt in afwachting van de populaire filmklassieker *Casablanca* over naar kanaal zes.

Godsamme (denkt Alex ongeveer anderhalf uur later gelukzalig), Europa heeft zo veel Amerikaanse films gemaakt, maar Amerika heeft in al die tijd maar één Europese film gemaakt: *Casablanca*. Ach, Casablanca! Rick schaakt en kaart niet. Elke uit Europa geïmmigreerde acteur die in de buurt was, speelt erin mee. De muziek, het script, de cinematografie – Europese oren, hersens en ogen. Moet je zien wat een mirakel! Een Amerikaanse film zonder happy end, tijdens een wereldoorlog gemaakt door Europeanen, voornamelijk Europese joden! Alex weet geen beter voorbeeld te bedenken van de toevalsfactor van grootse kunst. Hij kent alle legendes. De chaotische set waarin dagelijks aan het script werd geschreven, de acteurs die hun teksten niet kenden voordat ze die kregen aangereikt. Alex zet de leuning nog een klikje naar achteren (dit klikje had hij bewaard) en verwondert zich over het formaat van Bogarts hoofd. Hij playbackt de woorden die hem van een welhaast zen-achtige zuiverheid toeschijnen:

RENAULT: *I've often speculated why you don't return to America. Did you abscond with the church funds? Did you run off with a senator's wife? I like to think that you killed a man. It's the romantic in me.*

RICK: *It's a combination of all three.*

RENAULT: *And what in heaven's name brought you to Casablanca?*

RICK: *My health. I came to Casablanca for the waters.*

RENAULT: *The waters? What waters? We're in the desert.*

RICK (laconically): *I was misinformed.*

Feiten. Als Bergman en Bogart zoenen, blijkt iets wat op een maan lijkt, een schijnwerper te zijn. Als Lorre tegen een muur staat, beginnen zijn ogen te draaien. Weet je dat ze ernstig hebben overwogen Ronald Reagan de rol van Rick te gunnen? Dat er nooit *Play it again, Sam* wordt gezegd? Dat Bergman Bogart vervelend vond?

'Dat de monteurs – zie je die lui rond het vliegtuig? In de slotscène? Dat waren dus dwergen. De mensen weten het niet – de feiten gaan verloren. Echt waar. Het vliegtuig was gewoon een kartonnen model en ze kregen de schaal niet goed, dus namen ze dwergen om de monteurs te spelen, moet je je *voorstellen*,' zegt Alex tegen zijn buurman, die alleen maar rustig naar de film wil kijken. Een verzamelaar is de redder van dingen die anders misschien verloren zouden gaan.

BOEK TWEE

Roebling Heights

De zen van Alex-Li Tandem

Dit is mijn leven, begrijp je. En dat zal het altijd zijn. Iets anders is er niet. Alleen de camera's en wij – en die geweldige mensen die daar in het donker zitten.

– *Sunset Boulevard,* Charles Brackett, Billy Wilder en D.M. Marshman Jr.

In de twaalfde eeuw tekende de Chinese meester Kakuan portretten van tien stieren met uitleg erbij. De stier is het eeuwige principe van het leven, waarheid in beweging. De tien stieren stellen opeenvolgende stadia voor in de ontwikkeling van iemands ware aard.

– *Zen Flesh, Zen Bones,* Paul Repps en Nyogen Senzaki

EEN / *Op zoek naar de stier*

I

'De langste sabbat van mijn leven,' beweerde Tandem, en hij vervloekte Lovelear, omdat hij diens tas droeg. Hij stopte even, liet het ding op de grond ploffen, opende zijn hand en staarde naar een gezwollen landschap vol rode richels, bloedloze eilandjes, een soort luchtfoto van Japan. Het was nu al voor de tweede keer vandaag, zaterdagochtend twee uur en kil en onbehaaglijk. Heb je nog meer bevestiging nodig van de bittere doelloosheid van intercontinentaal reizen?

Hij bukte nogmaals en pakte de tas weer op. Dove liep naast hem met zijn ogen dicht op de automatische piloot een karretje over het vliegveld van een dode president te duwen. Lovelear, die ondanks zijn grootspraak doodsbenauwd was om te vliegen, zat in een nabijgelegen toiletruimte opgelucht over te geven.

'Kijk, Ian: New York,' zei Alex, terwijl ze op de enorme draaideur afliepen.

'New York, ja,' zei Ian.

'Ooit in New York geweest, Ian?'

'Niet dat ik weet, nee.'

'Wil je 't zien?'

'Alles ziet er –' mompelde Ian, en hij stapte de buitenlucht in, die toevallig boordevol sneeuw zat. Alex deed zijn mond open om een vraag te stellen, maar kreeg een vlaag sneeuw in zijn gezicht, waardoor zijn tong met een laag smerige, metalige hemelsmaak werd bedekt.

'– hetzelfde uit...' zei Ian zachtjes terwijl hij zijn hoofd op de beugel van het karretje legde, 'om twee uur 's ochtends. Alles.'

Te midden van de verwarrende sneeuwmassa's zag Alex de beroemde gele taxi's af en aan rijden, zodat ze er altijd in overvloed waren en niemand lang hoefde te wachten.

'Toch een tikkie het gevoel dat ik hier eerder ben geweest,' zei Ian, die zijn ogen opende toen er een taxi voor hen stopte en zijn raampje open draaide. 'Vertrouwd, als iets uit een vorig leven of zo. Maf hè? Als je bedenkt dat ik –'

'*Taxi Driver*,' zei Alex neutraal terwijl hij zijn tassen van het karretje tilde, '*Man-*

hattan, *Last Exit to Brooklyn*, *On the Waterfront*, *Mean Streets*, *Miracle on 34th Street*, *West Side Story*, *On the Town*, *Serpico*, *The Sunshine Boys*, *Sophie's Choice* –'

'*All About Eve*,' viel de chauffeur hem in de rede, '*King Kong*, *Wall Street*, *Moonstruck*, *The Producers*, *Plaza Suite*, *The Out-of-Towners* origineel en remake, *The Godfather* deel een en twee, *Kramer vs. Kramer* en die verrekte *Ghostbusters*. Dit kunnen we de hele ochtend volhouden, makker. De meter tikt door.'

'Iedereen is hier al eens geweest, Dove,' zei Alex, terwijl hij het portier van de taxi opende.

'*Meen* je dat nou?' riep Lovelear, die opeens door de draaideur werd uitgespuugd en aan heel andere films dacht. 'Om de hoek kun je *limousines* huren.'

'Ah, dit is nog eens *leven*,' zei Lovelear meelevend, terwijl hij het onhandige Internationale Gebaar van luxe maakte (handen achter het hoofd, benen gestrekt en de voeten over elkaar). 'Ik bedoel, dit is *het* leven.'

Alex wist het niet. Op een of andere manier scheen de limousine, hoe onwaarschijnlijk lang hij aan de buitenkant ook leek, van binnen niet ruimer dan een normale taxi. En nog vuil ook; de versleten bekleding vol vlekken van andere avonturiers (Hoeveel pijpbeurten, dacht Alex, en hoeveel champagnekurken? Hoe komen er toch zo veel mensen op het idee dat je dat moet doen in een limousine?). Uit twee bestofte karaffen stroomde bleke, lauwe whisky waar Lovelear opgewekt lauwe, doodgeslagen cola bij goot en vervolgens zijn glas regelmatig hief voor toasts op de sneeuw, de stad, de politie, de skyline, de ideale hotdog, en het voluptueuze meisje in het tolhuisje dat nog geen zelfmoord had gepleegd. Lovelear kwam uit Minnesota.

En ze waren er nog niet. Ze passeerden de laatste buitenwijken, die in winterslaap verkeerden en zo uitgestorven leken alsof het zondag was. Alex voelde een bepaald verlangen naar buitenwijken tussen stad en vliegveld; hij wilde stoppen, uitstappen, op zo'n grenen deur kloppen en zich tussen de brandweerman en zijn vrouw nestelen tot er iemand zou opstaan om het ontbijt te verzorgen als de kinderen begonnen te schreeuwen. Maar in buitenwijken heb je een specifiek adres nodig. Alleen in de stad kun je je voor een standbeeld of achter een schouwburg laten afzetten. Buitenwijken gaan alleen op afspraak. En daar had je de stad trouwens al, vasthoudend, onontkoombaar. Lovelear pakte Dove bij zijn hoofd en draaide het de goeie kant op.

'Oké, oké, oké, Dove – hou je vast, nee, dichter bij het raam, oké, ben je er klaar voor? Oké kijk... nu!'

De auto wist de bult in de weg te nemen en als een droombeeld verscheen de stad aan hen, in het maanlicht, het betonnen ECG van een waanbeeld dat mensen van zichzelf koesteren. Alex was even ontroerd als iedereen, sterker nog – het was de enige andere stad ter wereld waar hij ooit naar had verlangd. Maar soms moet je je blik van je minnares afwenden, anders kom je nooit meer bij je vrouw thuis; Alex draaide zich om, keek uit het andere raampje naar de haven en het daarachter gelegen melancholieke Brooklyn (van het Nederlandse *Breukelen,* gebroken land), en naar een glimp van de stenen dame zelf. Het zwaard in haar hand scheen nog maar net te zijn geheven en de sneeuw vlaagde rond haar gestalte.

2

Het verkeer uit, de stad in. Naar het Rothendale Hotel, een enorm, troosteloos gebouw. De oude stenen waren bedekt met nieuwe verf en het was aan weerszijden onooglijk uitgebouwd. De straat was verchict; het Rothendale had noodgedwongen meegedaan. Aan de buitenkant leek het verbluft door zijn eigen plotse achtenswaardigheid, als een in een kostuum gehesen liederlijke grootvader die naar een bruiloft is meegesleurd.

'En, heren,' zei de nauwgezette jongeman. 'U komt hier voor de Autographicana-beurs?'

Dat ze zo gemakkelijk herkenbaar waren, bezorgde Alex het gevoel een opgejaagd prooidier te zijn. Vreugdeloos pakte hij zijn tas met spullen voor de Autographicana en hoorde hoe Lovelear de jongeman ondervroeg over de hotelfaciliteiten.

'Het is drie uur in de ochtend,' zei Lovelear een paar minuten later triomfantelijk in de hal, 'en ik zou wel een bubbelbad op het *dak* willen. Dacht je dat je dat in die puinhopen in Londen kon krijgen? Hmm? Ik zou nu *meteen* op het dak in een bubbelbad willen.'

'Waarom doe je het dan niet?'

'Wat?'

'Waarom doe je het niet?'

De lift verscheen. Ze stapten in.

'Ik ga wel mee,' zei Dove vriendelijk, terwijl de zesde verdieping onder hen wegzonk. 'Ik voel me alweer behoorlijk wakker.'

'Het is drie uur in de ochtend, Dove,' zei Lovelear geïrriteerd, en hij schudde zijn hoofd en stapte uit op de zevende.

'Een dertiende hebben ze natuurlijk niet,' zei Dove, die stiltes in een kleine ruimte altijd als een persoonlijke afgang opvatte. 'In een Amerikaanse lift hebben ze geen dertiende verdieping.'

Het gebeurde extreem zelden dat Dove een feit naar voren wist te brengen waarvan Alex niet op de hoogte was, maar dit wist hij niet. Zonder enige verwachting keek hij naar de lampjes boven de deur – hij was verbaasd.

'Moet je nagaan,' zei Dove slaperig. 'Dat soort stokoud bijgeloof in een grote moderne stad als deze. Idioot. Net zo mal als geloven in Klaas Vaak. Of die verrekte wederopstanding.'

'Welterusten, Dove,' zei Alex, met een brede glimlach.

'Ja. Trusten, Tandem.'

Uit het raam van zijn slaapkamer zag Alex meer beroemde dingen dan een Handtekeningenman mocht hopen. Hij werd vergast op de terugtrekkende duisternis, het ochtendgloren en het dagelijkse nalopen van betoverde voorwerpen: groen glas, gevoelloos staal, pieken die zware wolken schenen te doorboren, theaterdebuten, beruchte moorden, mannen die op straat liepen. Op de tast zocht Alex in zijn tas naar zijn fototoestel. Toen hij met zijn vingers het kapje van de lens voelde, zag hij een gratis tijdschrift op de kaptafel liggen met op het omslag het uitzicht vanuit deze hotelkamer. Met een raar benauwd gevoel sloot hij het gordijn en vouwde een plattegrond open.

Hij zocht naar Roebling Heights, Brooklyn, de afzender van zijn pakketje. Huisnummer en andere gegevens ontbraken. Hij zou er op de bonnefooi naartoe moeten gaan en rondvragen als de populaire detective Philip Marlowe. Lukte dat niet, dan trad plan B in werking: op zoek naar de Lower East Side, daar fanclubvoorzitter Krauser een bezoekje brengen en het er bij hem uit slaan, net als de populaire acteur Jimmy Cagney. Ja, net als Jimmy Cagney, de god van de vechtersbazen.

What da ya hear?

What da ya say?

Op de plattegrond vond hij het heel klein gedrukte en afgekorte Roebling ingeklemd tussen het Negergebied, het Hippiegebied, het Chassidische gebied en het Poolse gebied, aan het eind van een metrolijn waarvan hij nooit had gehoord of gebruikgemaakt. In de index van zijn reisgids kwam Roebling Heights slechts eenmaal voor en werd er slechts één opmerking aan gewijd. *Roebling*, las Alex, *heeft betere tijden gekend. Het heeft ook middelmatige tijden gekend en slechte tijden. Nu neemt het genoeg met louter 'tijden'.* Iedereen wil tegenwoordig leuk zijn, zelfs de auteurs van reisgidsen.

Alex stond midden in de kamer en haalde diep adem. Hij was ver van huis, ver. De enige manier om het voor hem draaglijk te maken dat hij zo ver weg ging was alles zoveel mogelijk op Mountjoy laten lijken. Daarom pakte hij altijd alles in wat iedereen altijd inpakt – kleren en onmisbare zaken – maar hij strekte zijn arm ook altijd op zijn bureau en veegde alles in zijn weekendtas die hij nu boven zijn hotelbed opende met de bedoeling alle voorwerpen over de kamer te verdelen. Het was reizen zonder te verhuizen. Bonnetjes, afschriften, ongelezen boeken met gebroken ruggen, punaises, post-its, het beroemde biljet van één pond (dat bevestigde hij met een plakker boven de deur), een haarspeld van Esther, een beschimmelde muffin, een halve joint. De joint was een verrassing waarvan hij meteen gebruikmaakte; hij rookte hem in de badkamer en erbuiten tijdens zijn kortstondige bezigheden aldaar en bereikte de filter toen hij piemelnaakt tussen de strakgetrokken lakens kroop en zich een weg baande om de ruimte in te nemen waar hij voor had betaald. Vlak bij zijn hoofd knipperde een rood lichtje op de telefoon. Hij nam de hoorn op, maar dat hielp niet, dus belde hij de receptie.

'Het lampje, meneer? Dat is waarschijnlijk het lampje dat aangeeft dat er berichten voor u op de voicemail staan.'

'Ik ben hier nog maar net.'

'Jazeker, meneer, maar uw voicemail werkt al sinds het middaguur.'

'Mijn voicemail staat me op te wachten.'

'Inderdaad, meneer.'

Alex had drie berichten. Hij was halverwege het eerste voordat hij herkende wie het was – die lage, hese, New Yorkse stem. Er was iets aan het timbre van haar stem waaruit je kon opmaken dat ze zwart was. Honey Richardson. Hij had haar nooit in levenden lijve ontmoet, maar ze hadden de afgelopen twee jaar een keer of vier, vijf zakengedaan, telefonisch of per computer. En nu herinnerde hij zich dat hij om twaalf uur, voorafgaand aan het hele spektakel, met haar had afgesproken. Alex drukte zijn joint uit tegen de poot van het nachtkastje. Ze had een geweldige stem. Alsof je tegelijkertijd werd geslagen en gestreeld.

Terwijl hij zich in de kussens liet wegzakken, luisterde hij naar de melodie ervan zonder op de woorden te letten. Toen was het afgelopen. Hij moest het opnieuw afdraaien om erachter te komen dat ze op een andere ontmoetingsplaats wilde afspreken: in plaats van de hoek van zus en zo, gaf ze de voorkeur aan een andere hoek. Dat zou, zo zei ze, gepaster zijn. Gepaster?

Alex steunde nu geboeid op zijn elleboog en drukte op de knop. Het was nogmaals Honey, ditmaal met nadere uitleg van het hoe en waarom van de slecht gekozen eerste locatie; te druk, zo veel mensen, '*zo'n haastige aangelegenheid*', en in haar positie… maar die zin had ze niet afgemaakt. Ze scheen te denken dat Alex iets van haar positie af wist en dat was niet het geval. Hij wist alleen dat ze een onervaren handelaar was, een *vrouwelijke* handelaar, die dingen van Alex kocht die hij anders aan de straatstenen niet kwijtraakte. Alex zocht in het donker naar een pen om haar nummer te noteren, maar het was voorbij voordat hij het potlood op het bijbehorende kladblok had gezet. En ze praatte maar door – de boodschap hield niet op.

Alex ging rechtop in bed zitten terwijl zij een verhaal zonder kop of staart vertelde over een recent dagje winkelen met haar zus Trudy die tandtechnica was, in juli ging trouwen, en ze waren in een druk stuk beland en daar waren twee mensen uit het niets opgedoken en die waren gaan schreeuwen en hadden geprobeerd – maar toen hoorde Alex de harde piep. Geamuseerd drukte Alex op de knop om de derde te beluisteren. Honey zei: 'Luister, we doen het zo. Volgens mij is het voor iedereen het beste als ik je in de lobby van het hotel opzoek, dan lopen we meteen het restaurant in, doen wat we doen moeten en vertrekken weer en ik wil geen gemits en gemaar en mijn verleden is van mij en het is oud nieuws en ik ben hier alleen om zaken te doen en dat kan iedereen die in het vak zit bevestigen. Iedereen maakt me goddomme tot zijn persoonlijke anekdote en dat wil ik niet. Ik heb handschoenen aan. Welterusten.'

Alex belde de receptie om erachter te komen of Honey Richardson in het hotel verbleef. Ze had de kamer naast de zijne.

TWEE / *Hoefafdrukken aantreffen*

I

Het was een flink onthaal. Op het kraakheldere witlinnen kleed stonden ontbijten uit heel de wereld klaar. Als boeddha's zaten er hardgekookte eitjes in porseleinen eierdopjes. Van een half varken, gebraden en in plakjes, was een berg gebouwd met roerei glanzend en trillend eromheen. Op een kleed met Schotse ruit stond een enorme ketel pudding te wachten om opgeschept te worden. Over toast is de hele wereld het wel eens, maar die kun je combineren met dunne plakjes wasachtige Nederlandse kaas, Italiaanse worst of Duitse ham, conserven uit Cornwall in *ye olde* aardewerken potten, cream cheese uit Philadelphia, gesmolten Zwitserse chocolade, luchtige Caribische ackee, of twaalf warme Engelse kippers, die als treurige schoenzolen in een stervorm bijeen lagen. Terzijde daarvan een kan ahornstroop met een zwanenhals, een toren pannenkoeken, manden vol croissants en kleffe muffins, snikhete grutten, bagels die voor het gemak al in yin en yang waren gedeeld, repen gerookte zalm die herschikt waren tot het beroemde eendimensionale silhouet van een vis (met open mond, zodat hij een glanzende berg van zijn eigen rode hom opat), gedroogde granen voor de asceten, onbeperkt koffie (maar geen thee), alle sapjes die de wereld kent en een schitterende fruitschaal met vier lagen, die werd gekoeld door een ijssculptuur van Mount Rushmore.

Ze hadden er drie keer voor terug gemoeten, maar nu vormde het buffet eindelijk geen uitdaging meer. Tandem en Dove zaten koffie te drinken en sigaretjes te roken. Lovelear zat de restanten van hun ontbijt te bestuderen en bereed een van zijn stokpaardjes: de Vergeten Ontdekking. Hij geloofde er heilig in dat onderdelen van het ontbijt door de technologie vereenvoudigd konden worden, zouden profiteren van een huishoudelijk instrument dat zodra het er was vanzelfsprekend zou lijken. En hier ontbrak het vanochtend weer op tafel, en het schreeuwde om uitgevonden te worden. Het zou de oplossing vormen voor een (vooralsnog onbekend) eeuwenoud karweitje en Lovelear op slag rijk en beroemd maken. Als hij het wist te bedenken. Hij was er sinds zijn jeugd tijdens ieder ontbijt mee bezig geweest.

'Heb je ooit bedacht,' zei Alex-Li, met een blik op zijn horloge, 'dat we qua *gemak* historisch gezien verzadigd geraakt zouden kunnen zijn? En dat je dat ontbijt dus op geen enkele manier gemakkelijker had kunnen maken? Tenzij we het misschien intraveneus zouden toedienen.'

Lovelear pakte guavesap en schonk zich er een flink glas van in. 'Tandem, weet je dat niemand dacht dat het ontwerp van het luciferdoosje nog verbeterd kon worden? En toen was er een vent en die ging naar de fabriek –'

Alex drong aan op een naam of een ander soort houvast.

'*Een* fabriek, oké? Maakt voor het verhaal als geheel niet uit – en het is 1926 en die vent loopt het kantoor van de grote baas binnen – ik bedoel die *vent* loopt zo van – ik ga hier zitten en vertel je hoe je jaar in jaar uit miljoenen dollars kunt besparen, maar *in ruil daarvoor* wil ik twintigduizend dollar per jaar gedurende de rest van mijn leven – in die tijd was dat veel geld – is nou niet meer genoeg voor een jaartje boodschappen doen, maar vooruit met de geit – en ze denken, kan ons het schelen – wie weet is die vent aan de dope of zo – dus gaan ze er eens goed voor zitten en zeggen ze, nou kom maar op dan. Want ze hebben niks te verliezen. En hij zegt: *doe dat schuurpapiertje aan één kant.* Want dat spul plakten ze tot dan toe aan twee kanten. Doe het aan één kant, man. Leefde tot zijn dood als God in Frankrijk.'

'Ik moet weg,' zei Alex.

'Jij hoeft helemaal niet weg. De beurs begint pas over een uur. Waar wou je heen? Je kent niemand in New York.'

Dove had de afgelopen paar minuten met zijn neus tegen een melkpak gezeten, om de zijkanten te lezen terwijl hij een laatste kommetje cornflakes tot zich nam. Net toen Alex zich van de tafel verwijderde, stak hij zijn hoofd omhoog, duwde het pak in Alex' richting en wees op een plaatje op de zijkant. Een vermist meisje van veertien genaamd Polly Mo van de Upper East Side. Een schots en scheef gebit en onstuimig tegen een onwerkelijk hemelsblauwe achtergrond; net als op alle schoolfoto's verstoken van familie en meubilair. Alleen in de grote blauwe wereld. Voor het laatst gezien op een videosysteem van een snoepwinkel, waar ze tien lootjes kocht. Teder veegde Ian een druppel melk uit haar gezicht.

'Ze vinden haar vast snel. Hopelijk. Arm kind. Ze staat vast op wel een miljoen van die pakken. Goed idee, toch – moesten ze thuis ook doen. Oj, wat dacht je –' zei hij tegen Lovelear, terwijl hij het pak optilde en het gezicht van het meisje naast dat van Alex hield, 'de verloren tweelingzus? Best wel een beetje, vinjeniet? Kijk eens naar die ogen?'

'Dove, als je daar alleen naar kijkt, zijn er nog een half miljard meisjes op aarde die Tandems verloren tweelingzus kunnen zijn. *Jezus Christus,*' spotte Lovelear, en hij griste Dove het pak uit handen. 'Wat een manier om bij mensen over de vloer te komen. Stikneerslachtig word je van zo'n ontbijt.'

'Heb een afspraak met een maffe vrouwelijke handelaar,' zei Alex, die zijn tas onder zijn stoel vandaan grabbelde. 'Ben al laat. Hopelijk een beetje handel. Verwacht er weinig van. Geloof niet dat ze weet waar ze mee bezig is. Gaan jullie maar vast, zie jullie daar wel.'

'Je doet maar. Aan jou missen we niks. Dovemans hier en ik: wij zijn zen, het kan ons niet schelen. Spuit maar vol,' zei Lovelear, en hij doorboorde de restanten van een Mexicaans worstje met de punt van zijn mes en stak het omhoog, 'maar vrij veilig of vrij niet.'

Hij wist op slag dat hij haar ergens van kende en had tegelijkertijd geen idee waarvan. Hij rekte zich uit om van achter het plateau van de maitre d'hôtel beter zicht te krijgen, liep eromheen en wuifde – maar net op dat moment leunde ze met haar hoofd tegen het massieve, dempende glas waarachter het sneeuwde en sneeuwde en de dingen hun contouren verloren en noten schenen in een symfonie van wit. Het was haar decor, dit was haar show. Ze was zwart en droeg een rode jurk. Ze zat helemaal alleen achter in het restaurant met zeethema, tussen zeesterren van papier-maché en plastic garnalen en binnen het bereik van de tentakels van een inktvis op een muurschildering achter haar. Zenuwachtiger dan hij had verwacht, kwam Alex dichterbij. Van dichtbij zag hij dat het een gewoon jurkje was, hooggesloten, met een moederlijke uitstraling en vergezeld van oorbellen bestaand uit larveachtige clusters parels. Als een standbeeld straalde ze een bepaald soort gewichtigheid uit – ze was misschien een jaar of vijfendertig. Ouder wellicht, volgens de tijdschriften verouderen zwarte vrouwen ongemerkt. En hoe je het ook bekeek, ze riep aanhoudend de gedachte op aan seks. Niet meteen seks met haar, maar seks in een hogere, abstracte vorm: dingen die in openingen binnendringen. Alex fixeerde zich op een stel betoverend glanzende lippen in dezelfde kleur als de jurk, een luxe toevoeging aan een gezicht dat rimpels en zorgen kende. Ze had een enorme pokdalige Californische sinaasappel in haar rechterhand en was er bijna in geslaagd het ding in één vloeiende spiraalvorm te pellen.

'Hallo daar. Is dit genoeg vis? En genoeg *sneeuw* voor je?'

Alex schudde de uitgestoken hand. Al zou hij honderd worden, dan nog verwachtte hij niet dat hij ooit weer een vrouw zou ontmoeten die in een openbaar restaurant rubber handschoenen droeg. Terwijl hij ging zitten, bracht ze zachtjes een triomfantelijk geluid voort en hield de sinaasappelschil aan het ene uiteinde omhoog. Ze liet de spiraal boven het tafelblad op en neer veren.

'Da's knap werk.'

'Ik vind het op deze manier altijd zoveel *mooier*. Alsof de sinaasappel zichzelf heeft bevrijd. Gewoon zijn huid heeft afgeworpen.'

Alex glimlachte vaag en zette de strijd met zijn jas voort om die over de rugleuning te hangen. Zodoende sprak ze tegen zijn rug. Ze had een hese maar volle, ernstige stem. Die was absoluut niet flirterig noch onmiskenbaar krankzinnig. Hij draaide zich om en nam plaats. Het bleef even stil. Hij deed zijn uiterste best om niet naar de handschoenen te kijken en het lukte hem niet: hij keek naar de handschoenen.

'Ik heb je telefonisch al laten weten dat ik ze draag, of niet soms?' zei ze scherp. Haar gezicht verloor elke hartelijkheid. Ze duwde haar stoel van de tafel af.

'Sorry? Ik begrijp nie –'

'Hoor 'ns, als je niet op mijn manier zaken wilt doen, dan hoeven we elkaars tijd toch zeker niet te verknoeien? Ik dacht dat ik dat gisteren telefonisch al duidelijk had gemaakt.'

Alex was dieper onder de indruk dan hij ooit was geweest. Hij kromp op zijn stoel ineen en hield zich heimelijk aan het tafelkleed vast. 'Nee, u begrijpt me verkeerd –'

'Ik houd ervan,' zei ze stellig, 'om met grappen en nieuwsgierigheid af te rekenen voordat we zakendoen, want als ik zakendoe, ben ik *niet* in de stemming voor grapjasserij.'

Honey zette haar stoel terug, boog zich voorover en keek hem als een cowboy kil, recht in zijn ogen. Alex kreeg de indruk dat ze al die gebaren in diezelfde volgorde al veel vaker had gemaakt. Of ze had het in een film gezien.

Ze zei: 'Dus geef ik je de antwoorden alvast: gemiddeld, geknipt, hij benaderde mij, vijfentwintig dollar voor alles tezamen en nee, ik heb er uiteindelijk niet veel aan verdiend. Waarom zou ik dit anders doen? Ik ben trouwens altijd filmgek geweest en ik ben toevallig in het handtekeningenwerk beland, dus zodoende. Zo. Nu zakendoen?' vroeg ze geïrriteerd en ze nam een enorme zwarte map op schoot. 'De andere boys zullen het je vast wel hebben verteld, maar de regels zijn als volgt: één: geen handelswaar aanraken tenzij je handschoenen draagt, en die kun je van mij krijgen; twee: als je me contanten geeft die je naar ik aanneem, met je handen hebt aangeraakt, moet ik ze sprayen en als het veel geld is, zou ik het op prijs stellen als je me erbij hielp; drie: als ik *jouw* voorwerpen aanraak –'

Ze onderbrak zichzelf en keek op van de plek waar ze met de toppen van haar in rubber gehulde vingers de punten had aangestipt. Alex knikte op die slaafse Engelse manier, gehaast en om niets.

'Hé, gaat 't?'

Alex deed zijn mond open, wist niet wat hij eerst moest zeggen en sloot hem weer.

'Hé, o...'

Ze trok een wenkbrauw op terwijl wantrouwen, herkenning en ten slotte iets als geamuseerde spijt over haar gezicht trokken.

'Je hebt geen flauw idee wie ik ben. Klopt dat?'

'U bent mevrouw Richardson,' zei Alex langzaam. Het was zijn neutrale stem, speciaal ontwikkeld voor doven, gehandicapten, zwakzinnigen en mensen uit onachterhaalbare buitenlanden. 'Ik heb u een Flowers McCrae verkocht – een gesigneerd contract voor een tweeakter uit 1927? Vorige maand, geloof ik. En wat sigarettenkaarten met de Wheelerettes erop. En jongstleden oktober een heleboel spul. Ik ben Alex-Li Tandem.' Hij pakte zijn visitekaartje. 'Ik hoop dat dat niet – ik bedoel, o, *jezus*,' zei hij, en hij stond op en bloosde meteen bij de gedachte dat niet zij maar hij een probleem had: '*Zeg* me dat ik aan het juiste tafeltje ben –'

Ze sperde haar ogen open, glimlachte, pakte zijn kaartje aan, en gebaarde dat hij moest gaan zitten. 'Al goed, al goed. Ik weet wie je bent. Ik vergeet, snappie,' zei ze, ze staarde rond en lokte met een snel vingertje een ober, 'dat niet iedereen zijn hele verrekte leven lang kranten leest. Ik ga een English tea voor ons bestellen. Het spijt me dat ik zo...' De zin raakte zoek in haar handbewegingen, een stilzwijgend kaatsebalgebaar alsof ze twee gelijke pakken meel woog.

'Hoe dan ook, hoe dan ook,' zei ze vrijwel in zichzelf. Ze pakte een fles water en schonk hun glazen vol. '*Godver*. Laten we opnieuw beginnen. Ik ben Honey en jij bent Alex-Li. Hallo, Alex-Li.'

Ze keek hem opnieuw aan en glimlachte. Ze had veel gebit. Ze stak hem opnieuw het zwarte rubber toe. Hij schudde het.

'Doorgaans zijn de Engelsen het ergst. Er was een vrouw in Mar-lee-bone – moet je het zo uitspreken? Ik haal die metrodingen altijd door elkaar – Mary-leebone?'

Alex verbeterde haar. Ze probeerde het twee keer en gaf het toen zuchtend op.

'Hoe je het ook uitspreekt, ik was daar voor zaken, bemoeide me verdomme *nergens* mee, spuugt die teef me zo in mijn gezicht. Midden op *straat*!'

'Jezus – dat spijt me,' zei Alex, en hij veronderstelde dat hij net een lang, onduidelijk gesprek over racisme had gevoerd. Nu begon hij wat meer op zijn gemak te raken. Het was net de zevenentwintigste minuut van een Franse film, het moment waarop hij doorgaans een vaag vermoeden kreeg van wat er aan de hand was.

'Wat spijt je?' zei Honey fronsend en ze opende haar map. 'Jij hebt toch niks gedaan. Zullen we maar?'

Honey schoof hem een Erich Von Stroheim toe, een mooie studiofoto, vet gesigneerd, in uitstekende staat, een kwaliteitsvoorwerp. Het was het eerste wat Alex echt begreep sinds het moment dat hij was gaan zitten. Hij wilde het beetpakken, maar zij graaide het weg.

'Ik leg het nog een keer uit. Van *mijn* spullen mag je niets aanraken tot het definitief van *jou* is. Als je dit wilt hebben en je weet het zeker, pak het dan maar, maar als je van gedachten verandert, moet ik het weer sprayen en dat is erg vermoeiend, weet je?'

Alex wist het niet.

'Als je bang bent voor *platjes* of zo –' begon hij verbaasd; ze onderbrak hem met een grom.

'Ja, ja, ik weet het al, je hebt geen luizen, is dat het?'

'Pardon?'

'*Iedereen* heeft luizen. Trek liever deze handschoenen aan.'

Het was een verbijsterend uur. Zodra hij ergens een beslissing over nam, vertrok zij terstond met het geld naar het toilet. Als ze terugkeerde, leek het geld te glanzen en rook het gek. Op zeker moment raakte Alex Honeys onderarm met de zijne aan. Ze schoot overeind. Het duurde twintig minuten voor ze met de lucht van een ziekenhuisverdieping en een woeste, uitgeputte blik in haar ogen terugkeerde.

'Ik neem aan,' zei ze, toen ze met pas gepoetst geld van het toilet terugkwam, 'dat je de definitie van een filmproducent kent?'

'Uh-uh, nee. Zeg het maar.'

'Een man die weet wat hij wil maar het niet kan spellen.'

'Da's een goeie,' zei Alex met zijn mond vol scone. Hij zag zijn eigen nieuwe rubberhanden vlak bij zijn gezicht alsof iemand hem zat te voeren.

'Hmm, hij gaat wel. Mijn lievelingsgrap is van Sam Goldwyn. Die was *zo* spits. Hij had een keer een of andere buitenlandse actrice op bezoek en die zeurde hem aan zijn kop over films met meer politieke lading –'

'"*Luister, wijffie*",' onderbrak Alex haar, met het stemmetje, de gebaren en alles. '"*Films zijn vermaak. Boodschappen haal je bij de kruidenier.*" Daar ben ik ook dol op. Hij is ongetwijfeld apocrief.'

'Zegdatnogeens?' Honey staarde hem aan alsof hij een verbond tussen hen had verbroken. '*Wat* is hij ongetwijfeld?'

'Nee – sorry – ik bedoelde alleen maar – hij heeft het vast niet *gezegd*... net als eh, jeweetwel, *Play it again, Sam* – gewoon een zegswijze, meer niet.'

'O...'

Ze boog haar hoofd voorover en keek hem vanonder haar wenkbrauwen aan – een bezielde, indringende blik, als een blueszangeres die de juiste toon weet te treffen.

'Waarom zeg je dat dan niet? Ik heb de pest aan mensen die doen of ze een woordenboek hebben doorgeslikt.'

'Ik ook. Sorry. Helder zo.'

'Zie je d'r?'

Ze wees op iets uit het stapeltje dat Alex haar net had verkocht – een doos vol snuisterijen die hij bij Jimmy's Antiques op de kop had getikt en nauwelijks had doorgenomen. Alleen een kaartje van $500 aan gehangen en het betiteld als verzameling.

'Weet je wie het is?'

'Theda... Bara,' zei Alex, nadat hij zich de naam met moeite had herinnerd. 'Vamp? Stiekeme vamp?'

'Ja, die bedoel ik – ARAB DEATH, Arabische dood, maar dan door elkaar – hoe heet dat ook alweer?'

'Een anagram?'

'Ja, meneer Woordenboek, *anagram.* En ze was in de schaduw van de sfinx geboren, gevoed met slangengif et cetera, et cetera. Volgens de publiciteitscampagne. Vleesgeworden seks scheen ze te zijn. Nauwelijks voorstelbaar.'

Samen bekeken ze de foto. Een grote plompe vrouw, dik onder het oogpotlood, met vlezige armen en een wurgende aspisadder aan haar boezem gedrukt.

'Ze heette eigenlijk Theodosia Goodman,' zei Honey, volslagen emotieloos. 'Ze kwam uit Cincinnati. Ze had een dikke kop en een beroerde bloedsomloop. Toen haar ouders in Ohio vernamen dat ze aan de Nijl was geboren, waren ze stomverbaasd.'

Alex lachte opgewekt.

'Zie je? Ik weet ook wel wat. En juffrouw Beavers hier – Honey wees op de foto van Louise Beavers, die Alex vaag herkende als de zwarte huishoudster uit tientallen films – 'die was eigenlijk helemaal niet dik, dus die moest voortdurend eten, om dik te worden, snappie? Ze kwam ook niet uit het zuiden dus moest ze die zuidelijke tongval nadoen en toen ze tante Delilah speelde, moest iemand dat malle wijf uitleggen hoe je drie-in-de-pan maakte.'

'Echt waar?' zei Alex, die er nu echt lol in begon te krijgen. 'Lijkt me zo'n gedoe. Hadden ze niet beter een dikke vrouw uit het zuiden kunnen nemen? Ik bedoel, als dat was wat ze nodig hadden.'

'Het ging niet om wat ze konden krijgen, het ging erom wat mensen ervoor overhebben om beroemd te worden. Het gaat over vernedering. Da's niks vergeleken bij Stepin Fetchit.'

'Wie?'

'Wegdraaiende ogen, zegt doorgaans *Yessuh* in een lift of op een katoenplantage? Iedereen die in Hollywood belandde had een of andere achterlijke naam die door de studio werd aangepast: Frances Gumm, Archibald Leach, Lucille LeSueur, Phyllis Isley – allemaal kregen ze een mooie naam, stuk voor stuk. Komt er een zwarte naar Hollywood die Lincoln Theodore Monroe Perry heet, noemen ze hem Stepin Fetchit. Dat is zo *vermoeiend*, weet je?'

Deze gedachte leek haar lach te doen verbleken. Ze staarde melancholiek naar haar handen. 'Dan krijg ik de neiging mijn armen op te steken en MU! tegen de hele boel te roepen. MUUUU!'

Alex keek snel het restaurant rond, maar er was buiten hem niemand anders aanwezig om zich te schamen.

'Dat is een boeddhistische term,' zei Honey, toen ze haar armen weer liet zakken en ze netjes op haar schoot legde. 'Dat is mijn manier om de dingen los te laten.'

'Je bent boeddhist.'

'Op mijn manier. Hoezo? Vinjet vreemd? Wat ben jij eigenlijk?'

Alex kroop in zijn schulp. 'Eh... niks, eigenlijk. Joods. Van geboorte. En op mijn eigen manier wel gelovig. Op een behoorlijk verknipte manier, eigenlijk.'

Honey klonk tevredengesteld. Alex nam nogmaals het woord.

'Voor een boeddhist ben je nogal direct, dat bedoelde ik eigenlijk.'

'Ja, nou, ik zei je al dat het op mijn manier is. Ik ben nog *lang* geen satori, dat klopt. Dus. Ik leer het wel, de weg is lang, volgende vraag.' Ze leunde vol verwachting naar hem toe. 'Kom op, kom *op*, je zit zo vol vragen – is er niets anders dat je wilt weten?'

Haar gezicht was een schaamteloze uitdaging van het soort dat geen enkel meisje in Engeland ooit heeft, tenzij ze dronken is en met haar moeder praat.

'Tja, ik *heb* gewoon geen vragen meer, *man*,' zei Alex, terwijl hij zijn armen over elkaar deed, 'je bent heel… weetjewel? Ik bedoel… je bent nogal…'

Honey glimlachte breed, zodat ze Alex een blik bood op haar bordeauxrode tandvlees. 'Ja, dat klopt, vind je niet?' Ze gaf een paar klapjes op zijn hand. 'Ik neem je eigenlijk gewoon in de maling, Alex-Li. Ik ben gewoon een beetje recht voor zijn raap. Dat is de term die je zoekt. Weet je wie dat is?' vroeg ze, wijzend op een foto die tussen hen in lag, een meisje met een zware boezem en een berg donker haar. Alex identificeerde haar correct.

'Juist,' zei Honey, 'en ik lijk een beetje op Gypsy. Haar echte naam was overigens Louise Hovick. Dat was het enige waarover ze loog. Ze deed zich nooit anders voor dan ze was. Net als ik.'

Alex, die geen idee had waar ze het nu weer over hadden, knikte vriendelijk en begon zijn spullen op te ruimen. Toen zij hetzelfde begon te doen, viel er een lok van haar opgestoken haar voor haar gezicht, en plotseling kwam ze hem weer bekend voor.

'Ken ik…?' begon Alex, terwijl hij zijn tas van de grond pakte en voor zich op tafel zette.

'Ken je *wat*?'

'Niks – ik vroeg me… *Ken* ik… je niet ergens van? Of…?'

'Ik weet het niet,' zei Honey vlak. 'Nou?'

Het leek opeens heel erg stil. Alex zocht naar een passende gezichtsuitdrukking maar vond zo snel niets geschiktst.

'We kunnen beter gaan,' zei Honey, terwijl ze de andere kant op keek. 'We zijn hier wel klaar. En het is tijd.'

'Juist ja,' zei Alex, en hij stak zijn hand omhoog om de rekening te vragen. Hij peuterde de handschoenen uit die hij van haar had gekregen, maar ze wilde ze niet terug, dus propte hij ze in zijn tas. Buiten begon een enorm geclaxonneer. Toen Honey naar buiten keek, kwam er een ober voorbij. Alex stuntelde met het dienblad om dat in het voorbijgaan aan te geven. Hij hield het scheef, het wankelde, de ober trachtte het in evenwicht te brengen. Per ongeluk raakte Alex daardoor Honeys arm.

Ze sprong weer eens uit haar stoel op en liep richting toiletten en riep over haar schouder, dwars door Alex' nerveuze excuus heen: 'Ga maar vast, schiet maar op. Ik zie je daar wel. Maak je hier niet druk om. D'r gaat wel eens wat fout. Dat is ook boeddhisme. Leuk je te hebben ontmoet, Alex-Li Tandem.'

2

De petieterige blondine bij de ingang voorzag Alex van een naambordje en een plattegrond van het geheel. Met gemanicuurde nagels wees ze op de topzalen van deze Autographicana: de Jedicon-hal (waarin tweederangsacteurs uit populaire films acte de présence gaven), een zaal met Apollo-astronauten (een onbekende ruimtereis waarvan Alex nog nooit had gehoord en die volgens hem niet had plaatsgevonden) en een uithoek waar je in de rij kon gaan staan voor de handtekeningen van de twee mannen die Hiroshima opbliezen, voor het tweede achtereenvolgende jaar hier aanwezig. Dat mondde allemaal uit in de grote zaal van het Rothendale Hotel, de enorme bedompte 'Miami Dream'-balzaal. Plastic palmbomen, muurschilderingen van tropische uitzichten (het Rothendale zat stevig in de muurschilderingen), een rooster van de dag. Morgen moest Autographicana wijken voor Lorna Berkowitz' en haar bat mitzvah. Er waren meer dan honderd kraampjes. Er liepen minstens duizend Handtekeningenmannen rond. In hun lelijke broeken. Alex' eerste ingeving was om zich om te keren en hard weg te lopen om vervolgens op straat *MUUUUUUUU* te gaan gillen.

Er waren hier echter dingen die hij wilde hebben. Dingen die onderhuids iets voor hem betekenden, een niveautje of wat onder zijn rationale overwegingen – hij móest ze hebben. Dus. Welkom in de miniversie van de twintigste eeuw. Castro's handtekening, Oswalds overhemd, de controlestrookjes van Connery's cheques, Streisands concertprogramma, de AT-AT (in de originele verpakking), Ali's handschoenen, een envelop die Joyce vergeten had op de bus te doen, een foto van Darth zowel door de stem als het lichaam gesigneerd, Dorothy's robijnenslippers (geslepen rood glas, maar inmiddels even duur als robijnen), Kennedy's kerstkaarten, Himmlers schoolschrift –

'Himmlers schoolschrift?' herhaalde Alex halsreikend.

Karl en Anna, het leuke jonge Duitse stel van het kraampje, glimlachten. Greta veegde wat stof van het plastic hoesje.

'O ja,' zei Karl, schouderophalend. 'Heel zeldzaam. Hij was vijftien. Kijk, hier staat zijn huiswerk in, zie je? En hier had hij iets fout gedaan, zie je? Heel grappig als mensen dit zien, zie je?' Karl lachte alsof hij wilde demonstreren hoe lachen ging. 'Ze vinden het leuk omdat het op deze manier persoonlijker is. En het kost ongeveer duizend pond, zie je? Zeldzaam, zeldzaam.'

'Er zijn mensen die hier problemen mee hebben,' zei Anna, glimlachend. 'Maar wij niet.'

'Juist,' zei Alex.

'Je hebt van die mensen, weet je,' zei Anna, al wist Alex dat niet, 'van die mensen die er regels op nahouden, weet je, zo van, geen nazi's en geen seriemoordenaars. Maar...' Anna glimlachte nogmaals. Ze had zo'n volslagen symmetrisch gezicht waarbij glimlachen moet worden afgeraden. Hoe meer ze het deed, hoe meer ze aan een reclame voor inboedelverzekering deed denken.

'Geschiedenis is geschiedenis,' zei Karl besluitvaardig, en hij sloeg de bladzij om. Daar lag, tussen twee plasticjes geperst, een door Sinatra gesigneerd servet.

'Juist,' zei Alex.

Karl sloeg nog een bladzij om. In plastic gevat stond daar Hitlers minuscule handtekening onder een gewoon beleidsdocument. Karl fronste.

'Sinatra zit hier verkeerd,' zei hij. 'Hoort bij Crooners uit de jaren vijftig.'

'Vind je niet –' begon Alex, maar toen kreeg hij een geweldige dreun in zijn rug. Het was Lovelear.

'Hé hombre, al iets gevonden?'

Ze begonnen door de hal te slenteren. Handtekeningenmannen verloren in een menigte soortgenoten. Bij wijze van overlevingstechniek hield Alex vast aan de gedachte dat hij er niet bij hoorde. Dat hij zich te midden van hen bevond, maar er niet bij hoorde.

'Lovelear…'

'Uhuh?'

'Wat vind je van… ik weet niet… dingen als Himmlers schoolschriften… gemengde nazi's. Veel nazi-troep dit jaar. Is het je opgevallen? Net of dit het jaar van de fascisten is of zoiets.'

'O, zeker,' zei Lovelear serieus. 'En wie had dat gedacht? Tien jaar geleden had ik Goering, maar die raakte ik nergens kwijt, ik werd er door iedereen op aangekeken… ik heb hem ten slotte verkocht voor niks, eigenlijk. Weet je wat die nu waard is? Zo zie je maar weer, die dingen gaan in golfbewegingen.'

Alex sloeg zijn armen om zich heen. Hij was misselijk. De airconditioning blies, ondanks het feit dat het buiten sneeuwde, onophoudelijk golven lucht naar binnen. Hij had het gevoel dat hij de kunstmatige lucht van een koelvak opsnoof, alsof hij gekoeld werd, ergens voor werd goedgehouden, alsof elke Handtekeningenman ergens voor werd bewaard. Hij voelde een zenuwaanval opkomen. En ze blijven maar verzamelen! Alsof ze de wereld ermee voor de ondergang konden behoeden! Alsof vergankelijkheid niet langer het hoogste goed was! En mag ik de handtekening van de Dood ook? Ah, ah, alsjeblieft, ah, toe nou! Hebt u daar een plastic hoesje voor, meneer de Handtekeningenman?

'Dove staat nog steeds in de rij voor die Hiroshimaboys,' zei Lovelear goedgemutst; hij had net een muffin in zijn zak gevonden. 'Aardige jongens wel, overigens. Golfers. Maar daar is het niet te doen vandaag. Hé, Tandem, dat doet zeer! *Jezus.* Doe een beetje kalm aan, zeg – zo erg is het allemaal niet. Het is eigenlijk best grappig. Nee, in de *Playboy*-hoek, *daar* gebeurt het. Geloof mij nou maar, ze zijn flink gerijpt, maar ze signeren foto's van destijds voor vijfentwintig piek per stuk. Wil je kennismaken met Miss Januari 1974? Ik heb haar net leren kennen, man. Samantha Budnitz. Ze is een tikje gelooid, maar ziet er nog steeds prima uit.'

Ze gingen in de rij staan voor de bunny's die niet meer op zichzelf leken. Ze gingen in de rij staan voor de toevallige massamoordenaars. Ze gingen in de rij staan voor de astronauten uit de oudheid, die hartveroverend waren in hun felle bomberjacks. Een vrijpostige dame met Republikeins haar liet iedereen zijn naam op een post-it schrijven die ze doorgaf aan de astronauten die op hun beurt met waterige oogjes van post-it naar mens keken en terug, hopend op de alchemie van de herkenning, te bijziend om namen te kunnen lezen… In de Jedicon-zaal kreeg Lovelear ruzie met een Ewok over een onduidelijke flard gesprek terwijl Alex Ewoks tienjarige dochter Lo bekeek (nu al een kop groter dan haar vader) die verveeld, scheel, met uitgestoken tong en witte sokjes op haar hoofd tegen de muur stond. Een ontstemde Ewok vertelde Alex dat hij slechts 25 procent verdiende op gesigneerde foto's omdat Ewoks de foto's eerst van de studio moesten kopen. Een andere Ewok vertelde Alex dat hij persoonlijk, als persoon met een beperkte groei, ja, als ha ha, ja, geeft niks, mag je best zeggen, als *dwerg*, de populaire filmregisseur George Lucas als een van de grote bevrijders van zijn volk beschouwde.

Maar toen het kinderachtige gedoe afgelopen was, kwamen ze tot zaken. Het was een en al zakendoen. De sfeer veranderde van carnaval in conferentie. Je kon niet door de hal lopen zonder handel te drijven of te horen hoe er een handeltje werd afgesloten. Mensen met wie Alex alleen virtueel kennis had gemaakt, verschenen nu in angstaanjagende vorm: Freek Ulmann uit Philadelphia, Albie Gottelmeyer uit Denemarken, Pip Thomas uit Maine, Richard Young uit Birmingham. Al die mensen kregen nu een lichaam, een gezicht. Hij handelde met iedereen, hoorde ze aan. Ze moesten praten. Misschien vormde de handel eenvoudigweg een excuus voor die behoefte. Alex hoorde over ontevreden echtgenotes in steden waar hij nooit was geweest en nooit naartoe wilde. De rapportcijfers van diverse kinderen passeerden nogmaals de revue. Richard Young deelde hem mee dat hij nooit echt van een platte vrouw kon houden, hoe lief ze misschien ook was. Een onbekende genaamd Ernie Popper liet hem weten dat hij meestal alleen maar dood wilde.

Ook bekende gezichten. Alex en Lovelear liepen Baguley tegen het lijf, die nota bene stond te onderhandelen over een valse Kitty bij een beruchte Zweedse boef. Op het moment dat Alex aan kwam lopen, geloofden ze allebei net een grote vis aan de haak te hebben. De Zweed wist dat hij een vervalsing verkocht. Baguley dacht dat hij voor een habbekrats een origineel kocht.

'Die Zweed,' zei Baguley, zich afwendend van het kraampje om Alex in zijn oor te fluisteren, 'is een compleet leeghoofd. Was godbetert gynaecoloog. Daarvoor was hij *fietser* of zo. Heeft nergens verstand van. Beseft absoluut niet wat hij in handen heeft. Heeft vier Kitty's op een zolder van een of andere regisseurswoning gevonden – kent haar niet eens! Hij doet die Kitty's weg voor $ 800 per stuk en schiet er nog niks mee op. *Geweldig*.'

'Meneer Tandem,' zei de Zweed, met een doodsbenauwde blik in zijn stroblonde gezicht, 'de deskundige. Goed u hier te zien. Hoe gaat het met u?'

Alex vergeleek de mate waarin hij een hekel aan deze beide heren had en besloot toen de Zweed de kans te gunnen.

'Prima. Ik ben dik in orde. En da's een hele mooie Alexander. Fraai exemplaar. Mazzel, Baguley.'

'Ja, ja, blij dat u er zo over denkt' – de Zweed depte zijn bezwete gezicht met een zakdoek met monogram, een *H* en een *I* die in elkaar verstrengeld waren – 'Baguley heeft zeker mazzel.'

'Er wordt gefluisterd,' knauwde Baguley, en hij duwde met een vinger de rand van zijn hoed wat omhoog, 'dat je in New York bent om haar op te zoeken. Kitty opzoeken. Dat gerucht doet de ronde. Ik wed om een tientje dat je bij de poort gearresteerd zult worden. Ze stuurt de honden –'

'Hé,' brulde Alex door de zaal. '*Hé*.' Hij zag Honey bij de Suffragettetafel in een doos vol gearchiveerde ansichtkaarten neuzen.

'Naar wie zwaai je?' vroeg Lovelear en hij draaide zich om. 'Dove daar?'

Alex' blik kruiste de hare, ze grijnsde naar hem en richtte haar hoofd op, maar opeens veranderde haar gelaatsuitdrukking. De glimlach verdween en die vreselijk gekwetste blik verscheen weer, ze draaide zich weg, haastte zich door een groep toeristen heen die bestond uit vriendelijke, eivormige vrouwen uit het midwesten en verdween een zaal in die was gewijd aan die populaire ramp, de ondergang van HMS Titanic.

'Wel godv –' begon Lovelear.

'Wat vreselijk *maf*... Een uurtje geleden heb ik zaken met haar gedaan – ik dacht heus dat we –'

'Terugspoelen: wel eens *gehoord* van Honey Smith?'

'Honey wie? Dit is Honey Richardson.'

De Zweed sloeg beide handen voor zijn mond en gniffelde als een Engelse schooljongen.

'Honey Smith – die naam heb ik in geen tijden gehoord. Tjonge, wat hebben de Zweden van dat verhaal genoten, nou en of. Al had ik haar hoogstpersoonlijk beter betaald. Vijfentwintig lijkt me voor die dienstverlening aan de krappe kant. En hij had natuurlijk geld zat.'

'Je weet toch,' zei Baguley gretig, 'dat ze nu in het vak zit? Ja, *ja*. Een collega van me heeft in Berlijn een Fatty Arbuckle van haar gekocht. Hand op mijn hart. Dat ze hem ook even onder de tafel had geholpen. Smerige mazzelpik.'

'Ik *zag* haar net nog, man,' gilde Lovelear, wijzend op de plek waar ze zojuist stond. 'Ik zweer je dat ze hier was. Tandem zwaaide naar haar! Tandem koopt zijn waren bij *Honey Smith*! Tandem, krik jij die Honey Smith? Ze is zo ongeveer de beroemdste hoer ter *wereld*. Oké, dan wil ik het hele verhaal horen, *nu*.'

Nu gaf de naam zijn geheim prijs. Alex herinnerde zich twee fotootjes: de geërgerde Schotse acteur die scheel keek door het flitslicht, de hoer, onbewogen, gewend aan dit soort fototoestellen. Was het een week lang voorpaginanieuws geweest? Twee weken? En vervolgens was het nog tijdenlang in al zijn shockerende details door blijven zeuren: haar verhaal, het zijne, dat van zijn vriendin, de pooier, het publiek, het interview waarin hij het toegaf, en ten slotte de keurige oplossing van het geheel: haar terugkeer naar de vergetelheid.

3

Hotelkamers zijn goddeloze plaatsen. Je bent daar nergens in geïnteresseerd. Niets is daar in jou geïnteresseerd. Dronken belde Tandem vanaf zijn kamer naar huis. Maar in Mountjoy was het vijf uur in de ochtend – de onverwoestbare stilte van antwoordapparaten. Op Esthers apparaat zong hij 'All the Things You Are' in vier toonsoorten om hoge noten te omzeilen, op die van Rubinfine werd hij grof en vervolgens op die van Adam walgelijk sentimenteel. Joseph nam op, maar toen schaamde Alex zich al zo dat hij de hoorn meteen in zijn wiegje liet vallen. Het begon laat te worden. Toen hij alles had opgedronken, naderde Tandem de laatste fase van zijn verhouding met de minibar: surreëel optimisme. Hij stak zijn hand uit naar een blikje gesuikerde pinda's, toen er op de deur werd geklopt. Hij verwachtte een woedende naburige christen (er was zeer luidruchtige seks op tv), maar door een kijkgaatje zag hij een convexe Honey, een en al voorhoofd en oogbal, op kleine voetjes uit de lobby opduiken. Alex ging op jacht naar zijn broek en afstandsbediening. Hij schakelde naar een andere zender. Ze klopte nogmaals, luider ditmaal.

'Ik vind het niet beleefd om een dame te laten –'

'Hoi,' zei Alex, op de deurklink af duikend en onderwijl zijn gulp dichtknopend. 'Honey. *Hoi.* 't Is al laat.'

'Nou, jij...' mopperde ze en ze kneep haar ogen halfdicht om haar oorspronkelijke diagnose bevestigd te zien, 'jij bent dronken. Jazeker. Probeer het maar niet te ontkennen. Jij bent *dronken*.'

'Jij bent boeddhist.'

'Jij bent joods.'

'Dat is een stoel,' zei Alex, en hij wees naar de opklapbare regisseursstoel die Holly in haar rubberen hand hield. Ze droeg een roodsatijnen Chinese pyjama, een middenscheiding en had het haar in twee dikke platte staarten naar achteren zitten.

'Ik neem altijd mijn eigen stoel mee. Ga opzij.'

Ze liep hem onvast voorbij, klapte de stoel voor de televisie uit. Er stond HONEY op de canvas strook die als rugleuning dient. Ze ging zitten. Alex ging op de rand van zijn bed zitten, een goeie meter bij haar vandaan.

'Zo,' zei hij.

'Ik had het je al eerder gezegd,' vertelde de televisie, 'ik haal je van die rotzaak af. Je bent er te zeer bij betrokken, McLaine.'

'Hebbie sterke drank?' vroeg Honey.

Alex trachtte na te denken: 'Nee... neeeeeee, nou – wacht... *wacht*... misschien... rood. In de kast? Er is wijn, kleintje, maar absoluut wijn... Ja, wijn. Twee zelfs! Schroefdop – hoera! Gewoon zo losdraaien... zo... zo...'

'Hebbie glazen? Ach, laat ook maar. Gaat prima zo.'

Honey nam haar fles en zette die zodanig aan haar lippen dat je er wel iets van moest denken. Haar ogen speurden de kamer af alsof ze nu net doorkreeg dat ze zich niet in haar eigen kamer bevond.

'Beetje groter dan de mijne. Ruikt gek. Wat is dat? Wat daar boven de deur hangt.'

'Uhm... een briefje. Een bankbiljet. Engels geld. Van mijn vader gekregen.'

'Ik heb nooit iets anders van mijn vader gekregen dan een hersenschudding,' zei Honey en ze dronk haar flesje in een teug halfleeg.

'Honey, was er iets –'

'Stttt. Die vent vind ik leuk. Da's een goeie. Hij heeft bereik.'

In volledige stilte bekeken ze de laatste vijfentwintig minuten van een film. Er kwamen allerlei vluchtige gedachten aan seks bij Alex op, maar die waren niet erg vastomlijnd.

'Komt er nog iets?' vroeg ze simpelweg, toen de gevoelige saxofoon begon te spelen en de aftiteling de skyline van een stad wegveegde.

'*Natuurlijk* komt er nog iets... er zitten iets van tweeënzeventig kanalen op. Hoor 'ns, Honey –'

'Waarom zou je al die moeizame gymnastiekoefeningen doen?' vroeg de televisie.

'Honey,' zei Alex, terwijl hij het ding snel uitzette, 'het is vreselijk laat. Wilde je... ergens over praten? Of iets anders?'

'Nou,' zei Honey tegen de muur, 'ik heb eens een beroemde pik afgezogen – gaf een enorme heisa – maar ik neem aan dat je dat verhaal hebt gehoord, ik bedoel, *erover gehoord*, vandaag.'

De daaropvolgende stilte was net een gat van Alice waar ze doorheen vielen, met zijn tweeën achter iets merkwaardigs aan. Honey deed haar ogen even dicht en uit elk oog viel een zware traan.

'Weet je het nu?' vroeg ze ten slotte.

'Honey, ik geloof echt niet dat –'

'Wil je mijn handtekening? Luister, de truc is dat je de mijne op de hoek van een groot stuk papier krijgt en dat je dan naar die acteur gaat in Marr-lee watookmaar in London, en hem hetzelfde stuk papier laat tekenen zonder dat hij het doorheeft. Dat is honderd dollar waard. Mijn handtekening alleen levert je niet meer op dan vijfentwintig.'

Tot nu toe had hij niet doorgehad hoe verschrikkelijk dronken ze was. Ze had maar één handschoen aan. Het deed hem denken aan de laatste opnamesessies van Lady Day – ogen niet onder controle, lip opgetrokken om te gaan vechten.

'Jep. Op tv geweest en alles. Talkshows. Een film gemaakt. Klonk trouwens net of je mijn film bekeek, toen ik aanklopte. Schijnt veel in hotels te worden vertoond.'

Ze lachte vreemd en klapte in haar handen.

'Ken je Richard Young?' vroeg ze scherp, en ze pakte een kleintje whisky uit haar zak en schroefde die open. 'Nauwgezette zakkenwasser? Engels? Joods? Zijn broeken zitten altijd keurig. Heel succesvol.'

Alex overdacht de gezichten die hij vandaag had gezien en toverde een zwartharige, knappe, zorgvuldige jongeman met het air van een wonderkind te voorschijn, een eigenschap die Tandem mateloos ergerde nu zijn eigen tijd als wonderkind achter de rug was.

'Uit Birmingham. Ja, aanstormend. Heeft een geweldige verzameling. Rich.'

'Ja, nou, *Rich* hoorde van een gozer, die van een andere gozer hoorde die het weer van een klootzak wist dat jij in New York bent om Kitty Alexander te zoeken. Kitty Al-ex-ander. Klopda?'

Alex probeerde achteloos van zijn wijn te drinken en joeg die daardoor catastrofaal zijn T-shirt in. 'Ut... weet je... het is gewoon... ze stuurde me een handtekening. Het is niet zo... stelt niet zoveel voor. Het is niet zo dat ik *hierheen ben gekomen* om haar op te sporen. Zo zit het niet. Ik ben niet een of andere idiote stalker. Ik wilde haar alleen gaan bedanken. Ik ben gewoon een fan.'

Honey stak een onwaarschijnlijk kromme nagel in zijn gezicht. 'Nee, nee, nee – *grootste* fan – dat heb ik gehoord. En dat verraste me eerlijk gezegd. Je lijkt helemaal nergens fan van te zijn. Ik dacht dat je volkomen zen was – jeweetwel, eraan ontstegen en zo.'

Honey stond op en stommelde naar het raam, daarbij onbekwaam over de overal terugkomende monogrammen heen stappend. Ze leunde tegen het gordijn en wees naar buiten.

'Woont in Brooklyn. Ik ben opgegroeid in Brooklyn. Zondags op de stoep zitten. Iedereen kende je. Voor de kerk, na de kerk...'

'Ik denk dat ik wat koffie ga zetten,' zei Alex, die over het bed kroop en naar de ketel op het nachtkastje reikte.

'Er zijn meer mensen die jou kennen dan jij er kent... kijk, dat is alles. Dat is eigenlijk alles. Het is voor geamputeerde mensen. Ik bedoel, mensen die iets cruciaals missen. Da's alles. Ik zal je nog eens iets idioots vertellen. In mijn buurtje ben ik een beroemdheid. Snappie dat? In bepaalde delen van Brooklyn ben ik Elizabeth Taylor.'

'Ik heb haar wel eens ontmoet,' zei Alex, en hij miste met de stekker het stopcontact en viel van het bed af.

Honey draaide zich om en lachte net zo lang tot ze naar het toilet moest. Daar hoorde hij haar ondanks het kabaal van de lopende kranen al snel overgeven. Hij ging met een handdoek bij de deur staan en bood zijn hulp aan, maar ze liet hem niet binnen.

Vervolgens dronken ze koffie. Praatten tot er in twee onsamenhangende stadia licht over de stad begon te schijnen, eerst elektrisch oranje, gevolgd door een voorzichtig, norsig blauw. Honey geloofde niet meer in abortus, al had ze die wel ondergaan. Alex vond dat televisieliefdadigheid door boeven werd bedacht. Honey zag niet in waarom ze iets zou moeten aanraken waarvan ze de herkomst niet kende. Alex zag het nut niet in van nepnagels of kunstschaatsen. Honey vond dat Engelse kinderen iets geks hadden. Ze vroegen zich allebei af waarom overal zo veel mayonaise op zat.

'Ik ken Roebling. Roebling kent mij. Ik kan je Roebling wel tonen, je rondleiden,' zei Honey terwijl ze haar stoel inklapte.

'Prima. Aangenomen,' zei Alex-Li.

DRIE / *De stier in het vizier*

I

Toen puntje bij paaltje kwam, gooide Honey de plannen om. Praktisch ingesteld als ze was, koos ze ervoor eerst naar de Lower East Side te gaan om Krauser op te sporen en vervolgens naar Roebling. Roebling stelde op de kaart weinig voor, maar uit ervaring wist ze dat het een ingewikkeld geheel was. Hier wordt het rasterwerk, dat de stad zo handig toepast, vervangen door de manier waarop dingen in buitenwijken verlopen: chaotische straten met vreemde namen, wegen die slingeren en stijgen en de huisnummers aan het zicht onttrekken.

'*En* het is verrekte koud buiten,' zei Honey, terwijl ze in de lobby leren handschoenen aantrok. 'En ik heb er weinig zin in om op zondagmorgen met een reusachtige kater rond te lopen zonder enig idee waar we heen gaan. Ik *weet* gewoon dat die Krauser ons zal helpen. Geen probleem. We *slijmen* hem omver.'

Alex bleef worstelen met zijn duffelse jas en gaf zich toen als een peuter over aan Honey, die er genoeg van kreeg, hem stevig bij zijn houtjes en touwtjes vastpakte, de rits tot aan zijn strot dichttrok en de grote berencapuchon afgezet met nepbont over zijn hoofd trok. Haar eigen afkledende, camelkleurige jas benadrukte en ontkrachtte haar rondingen waar nodig. Ze trok het koord rond haar middel aan beide kanten even ver uit, en boog toen voorover om er een knoop in te leggen.

'Oké? Zijn we d'r klaar voor?'

Ze kneep hem moederlijk in de wang, die toch al roze was door de zwierige manier waarop de conciërge de buitendeuren voortijdig opende.

'Ja. Hoewel – je hebt me aangeraakt.'

'Maestro, muziek! Wat jij hebt, heb ik allemaal inmiddels ook wel.'

'Ik voel me schuldig,' zei Alex, toen de wrede dag hen pal in het gezicht blies, 'tegenover mijn... collega's. Lovelear, Dove. Ik zou toch op zijn minst...'

Honey haakte haar arm in de zijne. 'Ze hebben toch roomservice? Tv? En de kamer wordt achter hun kont opgeruimd. Dat is tegenwoordig zo'n beetje het nirvana. Trouwens, waar hebben we het over, een schoolreisje? Twee is al aan de ruime kant.'

Het was vijf minuten lopen naar de metro, maar Alex-Li viel onmiddellijk door de mand als toerist in een beroemde stad. Hij liep rond als een bezoeker, zijn gezicht naar de Amerikaanse hemel gericht. Als er een taxi claxonneerde, zocht hij naar de reden. Vlak voor de metro-ingang kwam een Japanse man in een oranje overall achterwaarts een deur uit lopen, bleef met zijn schoen achter een uitstekende stoeptegel hangen en liet een krat lychees op de stoep vallen. Bij duizenden rolden ze als de keutels van een vreemd beest over de sneeuw. Honey stampte er een paar fijn en zag hun witte kernen naar buiten stulpen.

'Kom *op*, laten we even opschieten?' riep ze over haar schouder naar Alex, die eerst had geprobeerd ze te ontwijken maar er inmiddels behagen in schepte er per stap een stuk of tien te vermorzelen. Hij haastte zich achter haar aan de metrotrap af. Het was haar stad en niet de zijne. Hij moest zich eraan overgeven dat hij het niet wist, machteloos was. Hij voelde zich een jongetje dat een schatkaart vindt en hem aan een handiger vriendje toont, want hij ziet de X wel, maar is niet in staat het alleen te vinden.

'Koud,' zei Honey, zodra ze onder de grond waren. 'K-O-U-D. *Kou-ou-oud*.'

Ze deed haar mond open, vormde de sigarenrokers-O en blies een wolkje rook uit. Verderop op het perron stonden twee zwarte jongens enthousiast met hun handen te gebaren, verschillende vingercombinaties, eerst drie vingers gescheiden van twee, dan vier van een – Alex bekeek het en herinnerde zich diagrammen van handgebaren van de hogepriesters in de Tempel.

'Doe me een lol, wil je?' zei Honey boven het geratel van de metro uit. 'Leg dit' – ze haalde een lang stuk stof uit haar tas, een minikleedje met het ruitmotief van een Schotse clan – 'ergens op een lege plek. Ik zit liever niet direct op die dingen.'

Zelfs op de korte afstand die ze nu aflegden, vond Alex het verbluffend hoeveel mensen haar zagen. Toen de deuren van de metro zich achter hen sloten, werden er onmiddellijk drie paar ogen op haar gericht, verrichtte een jongen een obsceen Internationaal Gebaar naar zijn vriend (de tong die in de wang rondtast); nu probeerde een meisje de razendsnelle beweging te imiteren die ze bij een snelvurende neuron had gezien. Met open mond keek ze, keek ze weg, en nog eens, en toen balde ze indiscreet triomfantelijk haar vuist – ze had het! Met een glimlach stortte ze zich weer op haar rotboek. Maar Alex zag dat ze steeds dezelfde zin las, en dat haar ogen voortdurend over de rand van het boek afdwaalden. Terug naar Honeys beroemde rode mond.

En zo ging het verder. Toen ze overstapten op een drukkere metro, verdubbelde het aantal reacties, alsof ze van een sporthal naar een stadion waren gegaan. Toen ze uitstapten, stuurde een stel snaterende meiden er eentje uit hun midden met vier roekeloze treden tegelijk de trap op enkel en alleen om haar in het gezicht te kunnen kijken. Toen ze weer boven waren, wendde hij zich tot haar en vroeg het: '*Hoe* voelt het?' Hij moest het wel vragen. Ze staarde hem aan alsof ze hem betoverde, haalde haar schouders op en vouwde de extra plattegrond van het eiland open die ze uit het hotel had meegenomen.

'Het adres dat je hebt – is in Chinatown, vermoed ik. Hier twee straten verderop. We moeten hier linksaf – ja, absoluut linksaf. Oké dan,' zei ze en ze zette er flink de pas in. 'Alex-Li wil het weten. Hij wil het weten.'

'Ik wil het weten. Is dat walgelijk? Ik ben nieuwsgierig. Gewoon hoe dat aanvoelt.'

'Steeds vreemder.'

Ze stak haar handen in haar zakken en verlengde haar passen, die ze bewust in de zompige voetsporen van een onbekende voorganger drukte. Er kwamen geen auto's voorbij en nauwelijks mensen.

'Ik haat het,' zei ze ten slotte. 'Ik haat het, natuurlijk haat ik het. Maar het is maf. Ik haat, haat, haat en toch...'

Ze passeerden een schaakspel (twee Russen, drie honden), raakten gevangen in het geschreeuw, en moesten het wel aanhoren. Ze liepen zwijgend een heel eind door. Hier begon de geur van eenden. Bij de verkeerslichten liep Alex onnadenkend door. Honey greep zijn pols vast en redde zijn leven.

'Ik word er altijd misselijk van,' zei Honey terwijl ze naar de overkant sjokten. 'Maar het maffe is dat het me opvalt als er niemand kijkt. Het valt me op – en dan voel ik me... ik kan het niet eens uitleggen. Onscherp of zo. Wazig.'

'Wazig?'

'Jij vraagt, ik geef antwoord. Wazig. Alsof ik mezelf niet aanvoel. Walgelijk eigenlijk, vind je niet?'

Op de volgende straathoek bewonderde Alex de verticale baan van een stokoude reclame voor piano's, die vlak boven zijn hoofd begon en kilometers verderop eindigde waar een hijskraan geïnteresseerd over de nokken van de daken keek. Als er niets meer te verkopen valt, wordt een reclame zichzelf: deze was bijzonder ontroerend. De vage kalkletters van LAIRD & SON, hun tot mislukken gedoemde musicalonderneming.

'Kijk, *zij* is het helemaal,' zei Honey. Ten onrechte aannemend dat hij geïnteresseerd was, wees ze naar een nog groter reclamebord rechts van hen. Het was een kleurenfoto van een prachtige vrouw. Ze prees een kledingzaak aan. Haar gigantische bruine benen overspanden een delicatessenwinkel en kwamen tot over de helft van het menselijke aquarium van een openbare sportzaal waar mensen druk bezig waren met nergens heen gaan, al renden ze met veel vaart op het onbeweeglijke glas af.

'Kijk, dan ben je op een ander niveau aanbeland,' zei Honey respectvol. 'Dan ben je goddelijk. Kijken d'r dagelijks een half miljoen mensen naar jouw jeweetwel? Botsen op elkaar, schieten hun leven erbij in? Dan weet je dat je het hebt gemaakt. Hé, zal ik je eens wat vertellen? Die rode daar. Dat is de deur.'

Alex stopte en keek onbewogen naar de deur en vervolgens naar de brievenbus. De eenrichtingscorrespondentie van zijn jeugd was door die gleuf gevallen. Zo veel brieven! Hij was tijdens het schrijven een man geworden. Nu hij daar zo stond, voelde hij zich gekwetst, diep treurig. Als hij in zijn eentje was geweest, was hij nu weggelopen. Maar Honey duwde hem naar voren om de lijst van appartementen en hun bewoners te raadplegen: bedrijven en privé-personen, ateliers en complete gezinnen. Krauser troffen ze onder zijn handelsvermelding aan: voorzitter van de KAAA. Alex wilde nog steeds weglopen, maar toen Honey op de bel drukte, ging de deur vanzelf open en liet een Chinese bezorger, die zijn vrekkige fooi liep na te tellen, hen binnen.

'Wat nu?' schamperde Alex, rillend in de hal. Het was op een of andere manier nog kouder dan buiten. Dat kwam door het verraad, doordat je hier warmte *verwachtte*.

'Wat er nu is, is gewoon wat er is,' zei Honey.

Er sprak al minuten aan een stuk een stem ergens vandaan. Nu zei hij: 'Ik spreek toch zeker geen Frans? Nou, lazer op dan. Smeer 'm. Sodemieter op. Vat je 't nou nog niet? Ik ben niet van plan me te laten afzetten.'

'Ho, wacht,' zei Honey, met een iets hogere stem en haar lippen tegen de paneeldeur aan: 'Nee, hoor nou 'ns. Als u nou even... We willen u helemaal niets verkopen, meneer Krauser – en we zijn niet van de liefdadigheid. We – hij, mijn vriend, Alex, hij wil alleen even met u praten, da's alles.'

De hese stem achter de deur begon opnieuw aan een vreemde, krakerige monoloog met veel adempauzes als een klemtoonloze uit eigen werk voorlezende schrijver op een oude grammofoonplaat: 'En ik zeg je dat ik niet van smartlappen hou. Ga maar iemand anders oplichten. Ik waarschuw je maar: hier wonen alleen maar zeikerds. Probeer het bij Castelli. Boven. Dat is die grootgrondbezitter van de vijfde. Tjonge, die Castelli is gewoon dol op afzetterij. Ha!'

'Meneer Krauser, kunnen we niet event –?'

'Ach mens, ga orchideeën plukken.'

Ze hoorden hoe voetstappen zich van de deur verwijderden, het geluid van stromend water, een radio. Honey deed een stap achterwaarts en Alex drukte op zijn beurt nog eens op de bel, hij ramde hem naar binnen. Hij wachtte een poosje en herhaalde toen zijn naam voluit. Het water hield op met stromen. Langzaam kwamen alle geluiden in omgekeerde volgorde terug en voelde Alex die man weer dichtbij aan de andere kant van de deur. Alex begon Krausers biografische gegevens op te sommen.

'Ja, makker, ja,' viel de hatelijke stem hem in de rede, 'ik weet wie ik ben. Maak je om mij maar geen zorgen, ik ben dik in orde.'

Maar Alex ging door: 'En daarvoor, in de jaren vijftig, was u haar script editor, geloof ik... en daarvoor trad u voornamelijk op als haar agent, dat klopt toch?'

'Hoor nou toch. Je hebt het allemaal strak in de peiling.'

Toen ging de deur open. En je moest, net als in oude tekenfilms, een kop lager kijken dan je verwacht had om halverwege Alex' schouders en Honeys borsten de kale koepel van voorzitter Max Krauser te ontwaren. Was dit de kwelduivel van de post? Het gezicht van de man was niks bijzonders, vergezeld van een bril met jampotdikke dubbelfocusglazen die met een rijzende oranje gloed getint waren, als een zonsondergang op tv. Hij had een vlezige, roze, kwetsbare mond die een jonger man waardig was – en waar een paar zwarte puberharen omheen stonden. Een opengeritste bruine salopette, een zijden schrijverssjaaltje, sportschoenen. Een buik als een cadeautje dat hij voor zijn neefje verborgen wilde houden. Bij nader inzien was hij niet helemaal kaal: als een dwaas wolkje groeide achter op zijn hoofd een beetje zilverkleurig haar in heel kleine krulletjes.

'Max Krauser?'

'Daar kan je vergif op innemen.'

Krauser liet de deur wijdopen staan, maar draaide zich zonder enige vorm van uitnodiging om en liep zijn appartement in. Hij maakte op Alex de indruk van een monnik, een zilverharige broeder in een bruin gewaad. En de kamer zelf? Een Kitty-hol, uiteraard. Posters, filmstills, ingelijste krantenknipsels, omslagen van tijdschriften. Een kitscherig meesterwerk: Kitty, geschilderd in dikke, sentimentele olieverf op een strak zwartfluwelen doek in een vergulde lijst. Maar Alex had onmiddellijk door dat dit een samen-op-wegkerk was. Er stond ergens (het was er een geweldige troep) een platenspeler voortdurend *Minnie the Moocher... a red-hot hoochie-coocher* te zingen en overal hingen en stonden portretten van zwarte mannen met klarinet, trompet, sax, double bass en microfoon, en ook hun platen, hun biografieën, hun posters, hun concertprogramma's, wat er ook maar van ze over was gebleven. Meubels vormden een sluitpost. Hij was maar vier stuks rijk: een klein kaarttafeltje dat zijn stoelen was kwijtgeraakt, een grote koperen staande lamp met een knikkende kop van art deco (die zeurderig erwtgroene, geslepen glazen tranen huilde) en een poolbiljart tegen een muur. Het ding lag vol junkmail, pizzadozen en platenhoezen. Midden in de kamer stond een kappersstoel.

'Oké, je hebt me,' zei Krauser, en hij draaide zich om, liet zich erop vallen en zei: 'Doe je kunstje maar.'

Honey liep naar links, legde haar kleedje op een hoek van het poolbiljart en ging er, met haar gehandschoende linkerhand in een pocket, voorzichtig op zitten. Alex duwde zijn bril verder op zijn neus en staarde naar de man in de draaistoel.

'Luister. Ik heet Alex-Li Tandem.'

Dat scheen Krauser wakker te schudden; zijn ene voet schoot uit. Hij haalde hem langzaam terug en zette hem weer op de voetsteun. Vervolgens hervond hij zich, glimlachte breed en ging wat naar voren zitten. Hierdoor aangemoedigd begon Alex zijn zegje te doen en maakte een paadje voor zichzelf vrij tussen de plek waar hij zich bevond en de drempel van de open keuken. Hij liep heen en weer. Krauser keek noch luisterde. Krauser strekte zijn benen. Krauser deed een soort schoenendans op de vloerbedekking.

'Ta-ta ta ta-taaa,' scatte Krauser, en hij spreidde zijn armen als mannen in musicals doen. 'Dit is de sandman-shuffle, jongeman. Ik heb een graad in Teenologie. Ben je nog niet uitgepraat?'

Honey kreunde, stond op, vouwde haar kleedje op en maakte het Internationale Gebaar voor waanzin (slaap, tikkende vinger). Ze wees naar de deur. Maar Alex hield vol.

'Java juice, java juice, java juice,' mummelde Krauser meditatief, terwijl Alex zonder speciale bedoelingen naar hem toe liep. Op het cruciale moment sprong Krauser overeind, duwde Alex opzij en rende naar de keuken. Daar boog hij over de ontbijtbar en pakte er twee pakken koffie vandaan.

'Deze – deze is godskelere sterk. En deze is minder sterk, maar die is ethisch. Iedereen krijgt zijn centen, ook de bruine dames die het van het veld halen, als koffie tenminste van het veld komt – ik ga er even van uit dat mijn kleinzoon het bij het rechte eind heeft. Maar ik verveel me een houten kimono met jou, dus maak ik hem sterk en uitgezonderd koeiensap. Blijf ik jong bij. Meer belangstelling?'

Hij wierp zijn buikje op de bar. Tilde zijn voeten van de grond en doemde voor Honey op, die van schrik een piramide van pizzadozen omgooide.

'Hé, jij daar. Ken ik jou ergens van? Zit je in de film? Die vent daar, die mag nog wel wat smeer gebruiken, niet gelikt genoeg – maar *jij*. Jij bent een gelikt stukje huisvlijt.'

Krauser draaide zijn gezicht in de richting van het plafond, zette een onzichtbare trompet aan de lippen, bespeelde die en zong: '*Strutting... strutting with some barbecue, barbecuoooo...* Weet je hoe mijn kleinzoon heet? Jamal Queeks. Zijn moeder leek sprekend op jou. En daar zit een verhaal aan vast. En daar gaat – zwaai maar dag met je handje! – tweeduizend jaar traditie. Het is godvergeten zonde. Of niet soms?'

Honey klemde haar tas tegen de borst en liep naar de deur, deed die open en ging er trots staan wachten, maar Alex hield vol.

'Meneer Krauser – luistert u toch alstublieft. Misschien is mevrouw Alexander – ik denk dat ze het misschien wel leuk zal vinden om mij eens te ontmoeten. Nee, sterker nog, ik *moet* haar spreken. Ik weet dat het maf klinkt. Ik weet niet hoe ik het u moet uitleggen... ik heb er zo lang op gewacht – en toen stuurde ze me haar handtekening, twee keer zelfs.'

'Schrijf dat maar ohhop,' zei Krauser in het ritme van een saxsolo, terwijl hij met de muizen van zijn handen uit de maat meetrommelde. 'En dan plahhak ik het wee-el in mijn plahhakboehoe-oek.'

'Hij heeft ze in zijn tas bij zich,' zei Honey hartstochtelijk, en ze kwam weer uit de deuropening. Haar ogen waren branderig, haar handen beefden en met Alex gebeurde er ook iets: een verrassend gebons van dankbaarheid en liefde voor deze nieuwe vriend die op deze manier haar zen voor hem verried.

'Luister,' zei ze, 'we zijn hierheen gekomen, weetjewel? We zijn hiernaartoe gekomen. Deze jongen komt uit Engeland, uit Londen. Dat hoefde hij toch niet? Niemand *hoeft*, toch? En ik zal het je wel zeggen, want daar is hij te netjes voor: deze jongen heeft goddomme al vijftien jaar lang naar jouw *lijpe* persoontje geschreven –'

'Dertien, eigenlijk,' zei Alex, een vinger opstekend. 'Dertien jaar.'

'Oké, *dertien* dan – en nooit een antwoord en weet je? Nu heeft hij het *verdiend*. Jouw soort mensen stelt zonder zijn soort mensen helemaal niets voor – dat wil ik je wel vertellen. Begrijp je het? *Klootzak*,' zei Honey, bij wijze van reactie op het clownsgezicht dat Krauser trok. '*Racistische* klootzak. En laten we trouwens even eerlijk zijn. Mevrouw Alexander is nou niet bepaald voorpaginanieuws tegenwoordig. Lieg ik nou? Zeg ik iets wat niet het geval is?'

Krauser sprong van de bar af de kamer in en landde als een ernstige man die tien centimeter tekortkwam. Een grote dikke ader die van zijn slaap tot achter zijn linkeroor liep stond kwaad overeind.

'Zeg,' zei Krauser, 'u hoeft mij hier geen routebeschrijving te geven, juffie. Ik ben niet gekker dan uw moeder was. Het zit als volgt: ik heb geen geduld voor twee soorten mensen: Lanterfanters en Handtekeningenjagers. Het zit zo: mevrouw Alexander stuurt niets, tenzij *ik* het voor haar verstuur. En ik verstuur niks. Kijk eens aan, geknipt en gekneveld. Mevrouw Alexander heeft geen *tijd* voor Handtekeningenjagers. Ze is de grootste ster aan het firmament, zoals ze vroeger zeiden toen dat nog iets betekende. Een Absolute Topper uit Superstad. Ik doe niet anders dan mevrouw Alexander beschermen tegen uw soort mensen. Dames, heren.'

Hij bracht hen naar de deur.

2

De buitenste rand van Roebling, waar een fraaie brede straat stilaan zijn heuvel bestijgt en iedereen verplicht is zijn stoepje schoon te vegen. Een Spaanssprekend joch rent schreeuwend voorbij. Hij duikt achter een jeep, ontwijkt de ijsbal die zijn grote broer gooit, komt weer overeind en krijgt hem dan alsnog in zijn nek. De zwarte kinderen lopen stijfjes naar de kerk. Een verdwaalde rabbi. Een paar onwaarschijnlijk dikke mensen, maar slechts een paar. Een vrachtwagen van de gemeente strooit roze spul op straat dat een soort industrieel snoepgoed lijkt. Dit is het aantrekkelijke deel van Roebling: de zijstraten staan vol waardige, verwaarloosde patriciërshuizen die hun morsige rokjes optrekken en vlak voor het negergebied, iets voorbij het joodse gebied, ophouden. Hier woont minstens één oudere Amerikaanse romanschrijver. Hij is prominent aanwezig in de etalage van de boekhandel en soms ook lijfelijk, als hij jonge Amerikaanse mannen probeert over te halen met hem te hoepelen.

Op de top van de heuvel ligt Roebling Zoo. Daar kan een dikbuikig waterzwijn of zelfs een eenzelvige rattenfamilie zich met recht een topattractie noemen. De slangen zijn allemaal verdwenen. Tijgers zijn er nooit geweest. En op zondag trekt de dierentuin alleen hippies die wellicht afleiding zoeken van hun kater of die nou eenmaal gecharmeerd raken door de idiote sprongen van prairiehazen in gevangenschap. Vanaf hun stoelen aan het raam van de coffeeshop zien Honey en Alex ze in een gestage stroom voorbijkomen, die schattige, bezorgde grote kinderen die nooit haast hebben. Als een soort bende op de vlucht, prachtig, in de vergeten jassen van een voorbije generatie stampen ze heuvelopwaarts door de sneeuw.

'En dus,' zegt Honey, en hij strooit nog wat chocola, 'ondergaat ze die vandaag, die operatie? Maar gevaarlijk is het niet, toch? Want anders was je hier niet, dat lijkt me nogal wiedes.'

Alex overtuigt Honey die Alex overtuigt die Honey overtuigt dat een pacemaker verwijderen een routine-ingreep is. Ze gebruiken allebei die term *routine-ingreep*, die ze uit een langlopende televisieserie hebben overgenomen. Ze zijn het verwoed met elkaar eens ('Precies', 'Precies', '*Precies*').

'Zo zit het precies – ik wil alleen de gegevens weten die van belang zijn. Iemand vragen, het door iemand laten uitleggen. Dat ben ik zo gewend. Ik ben opgevoed... mijn vader was dokter.'

'Jaaa? Wat doet hij nu?'

'Zich in zijn graf omdraaien, vooral. Dood.'

'Ach, dat spijt me.'

'Niet nodig. Het was sowieso niet jouw schuld. Oj,' zei Tandem, en hij zette zijn gezellige porseleinen kopje weg en reikte naar Honeys dampende glas vol lagen beige, bruin, donkerder bruin, wit, 'hoe smaakt dat? Waarom ziet het er beter uit dan de mijne?'

Honey lepelde iets van de bovenste laag schuim af en hield hem dat voor. 'Kijk,' zei ze, en ze bracht het stalen ding naar zijn lippen, 'jij hebt cafeïnevrij zwart. Omdat je er zo eentje bent die zichzelf graag tekortdoet. Je denkt dat je ervan op zult knappen. Maar feitelijk word je er beroerd van. Niks opknappen. En nou dit, hier zit chocolade-, mokka- en karamelpoeder op – hier, smaakt goed, hè? – met half om half slagroom, een scheutje Kahlua, stukjes toffee erop...'

Alex deed zijn mond open en sloot hem weer rond de lepel.

'Kijk, da's lekker, niet dan?'

Alex knikte hulpeloos.

'En het leert me de vluchtigheid van genot – dat is weer mijn zen, snappie? Het is niet goed voor me, maar zo lang het duurt is het aangenaam. En als ik doodga, kan ik het op de lijst van vervliegde genoegens zetten. Vervlogen. Is vervliegde fout?'

Alex imiteerde de tot schotelformaat opgejaagde hondenogen van de populaire komiek, Buster Keaton.

'Ik weet niet... ik kom uit Mountjoy. Ik ben niet gekwalificeerd. Als je er ooit zou zijn geweest kon je erover meepraten. We weten niets van genot. Verlangen, dat is me wel bekend.'

Honey lachte, dook met haar hoofd omlaag en kwam weer boven met een schuimsnor. 'Het grappige is dat zodra je eenmaal plezier hebt gehad, *echt* plezier, dat het dan helemaal geen punt is om het los te laten. Doet je *niks*.'

'Jij zou bij zo'n shopping channel moeten gaan werken. Die hebben gewoon meer boeddhisten nodig. Ik vind absolu –'

'Krauser.'

'Huh?'

Honey pakte de krant van iemand anders en spreidde die voor de winkelruit.

Vanachter de regionale krantenkop (een ongelukkige onverlaat was er met zijn dochter vandoor) verscheen Krauser, een verraderlijk mengsel van man en drukinkt in het glazige zonnetje. Hij probeerde de straat op het gevaarlijkste punt over te steken, droeg een wasachtige groene regenjas met een kreukelige hoed en hield zijn armen gespreid alsof dat op een of andere manier het verkeer ten goede kwam. Hij verdween eventjes achter een erg donkere advertentie om je geheugen te verbeteren en dook midden in een politiek schandaal weer op.

Het is tegenwoordig onmogelijk om iemand te volgen of ontslag te nemen zonder te worden verdrongen door een encyclopedie van filmgebaren. Honey snoof naar Alex, die muren begon te omhelzen en op zijn tenen ging sluipen, maar ze maakte zelf al snel gebruik van een zonnebril en een onovertuigd fluitje. Vervolgens bleek Krauser een transistorradio onder zijn kleren te dragen – het draadje liep over de rand van de hoed tot achter zijn oor, uit zijn zak stak een antenne – hij was zich van geen van beide bewust, verdiept als hij was in een of andere nieuwsshow ('Zimbabwe!' hoorden ze hem schreeuwen, toen hij opeens linksaf een rustige straat insloeg. 'Heeft hij het nou over *Zimbabwe*?').

Hij stopte bij de vierde deur voor het eind van de straat. Draaide het knopje bij zijn oor uit. Honey en Alex doken weg achter een paar vuilnisbakken. Ze zagen hoe hij de treetjes van een patriciërswoning van rond de eeuwwisseling op hupte, op het belletje drukte en door apparatuur binnen werd gelaten. De deur ging achter hem dicht. Als goeie rechercheurs hielden ze de plek in de gaten waar ze hem voor het laatst hadden gezien, sjokten wat heen en weer en bliezen in hun handen. Alex rolde een sigaret.

Alex rolde een sigaret.

'Dit is belachelijk – dit *kan* haar huis niet zijn.'

'Waarom niet?'

'Het is te gemakkelijk – het is... het gebeurt gewoon niet dat ik iets wil en dat het dan ook gewoon gebeurt. Zonder dat het moeite kost. Zo gaan de dingen niet.'

Honey sloeg een arm om zijn middel en kneep. 'Schatje, zo gaan de dingen juist wel. Op een dag beland je met twee voeten in de stront, geloof me maar, ik weet er alles van. Geef mij een trekkie als je zover bent, ja?'

'Is dit het plan, dit? Wachten?' vroeg hij, terwijl hij probeerde dankzij Honeys flank het ding uit de wind aan te steken.

'Het plan is geen plan. We wachten.'

'En als we klaar zijn met wachten?'

'Dan zal er vast wel iets nieuws beginnen, lijkt mij.'

Het wachten duurde niet lang. Na tien minuten ging de deur weer open en kwam Krauser naar buiten. Twee armen gaven hem een klein kronkelend pakketje en een touw, de deur ging dicht, hij maakte het een aan het ander vast en hup daar ging hij de heuvel af met een handzaam hondje. Het beestje droeg een rood fluwelig jasje, had een krulstaartje en liep op zo'n hoogdravende manier alsof de president en heel het volk hem gadesloegen.

VIER / *De stier vangen*

I

Maar nog niet! Hij wilde haar nog niet vangen, nog niet! Maar de trap leidde omhoog – breed, koud, mineraalachtig. Honey was er al, met haar vinger op de bel. Ze draaide zich om en grijnsde. Hij ging de trap op. Bewonderde een stukje mos, de manier waarop het zich tussen de stenen door had gewurmd. Ondanks de sneeuw groen. Waar leidden deze traptreden heen? Hij stak een arm uit, maar Honey drukte toch op de bel. Nog een trede, spekglad. Die hem weer wat dichter brengt bij een wereld met één heilig ding minder. Omdat fans dat nu eenmaal doen: ze bewaren iets, als een kleurenkrul in een knikker, in het massieve glas van zijn enthousiasme. Dat had hij, Alex, gedaan. Dertien jaar lang had hij haar zo perfect en bijzonder gehouden als in zijn jeugdige herinnering.

Er klinkt een stem uit een hoog raam, minstens de derde verdieping. Hij ziet niets. De glinsterende ramen in deze bakstenen delen de zon en verspreiden die. Ze roept dat ze eraan komt. Honey draait zich weer om, grijnst opnieuw. Maakt het Internationale Gebaar van welzijn naar hem, de opgestoken duimen.

Alex knippert naar het verweerde pleisterwerk van deze hoge deurpost in Roebling. Dan sluit hij zijn ogen. Daar is de vervanging: het beeld van Celebration Pictures' grootse Palladiaanse gevel die schittert in het Californische zonlicht, een leven lang geleden. Het is een foto die Alex bezit. Op het moment dat die genomen werd, reed er een Crawford of een Cooper in een gebroken witte Rolls-Royce voorbij. Drie getourmenteerde schrijvers (opgerolde hemdsmouwen, sigaretten kauwend) leunden tegen de rechterpilaar, en een onnozel kostuumjuffie buiten beeld werd gekapt. En op de voorgrond glimlachte deze nieuwe aanwinst, Kitty Alexander, toegewijd in een overspelige groothoeklens die tegelijkertijd op twaalf sterretjes verliefd was, onder wie Kitty.

Het is geen beroemde foto, maar een van Tandems favorieten. Want dit is haar startpunt. Ze was kort tevoren haar echte naam kwijtgeraakt, Katya Allesandro ('Te Russisch,' zei de producer, Lee J. Komsky, 'en ook veel te verrekte Italiaans'), en een paar kilo's (de studio heeft haar op het beruchte AKT-dieet gezet: appels, koffie en tabak), en de eerste aanvallen op haar buitensporige tongval worden ingezet (het zal nooit lukken. Ze blijft een Russisch-Italiaans kind van Capri).

Dit is het gezicht. Het gezicht waarvan hij houdt. Waarom zouden we het aan boeddha's regels van vergankelijkheid onderwerpen? Dit is het gezicht. Haar voorhoofd smelt tot neus zoals karnemelk van een soeplepel druipt, net als bij Garbo. Ze heeft de beenderstructuur van een nimf, hartvormig en met hoge jukbenen. Ze heeft groene ogen, haar zwarte haar is in een bobkapsel geknipt. Hoewel haar wenkbrauwen zijn geëpileerd, is hun tedere kromming duidelijk zichtbaar, als twee boogbrugjes over Italiaans water. Dat gezicht kan en zal alles spelen, van een Russische prinses die van haar privileges is beroofd tot een wispelturige Parijse ballerina tot een Chinese immigrant. Misschien is het juist de veranderlijkheid van het gezicht die haar belet een superster te worden. Het is een gezicht dat alles doet wat je ervan verlangt, zo vol van gebaar en beweging dat het de recensenten de schrale troost in de mond legt dat de stomme film te vroeg de geest heeft gegeven, tien jaar voordat zijn grootste ster uit de luiers kwam. Het is een gezicht als dat van Hedda Hopper (de alliteratie is op zich al nostalgie!), in staat tot toveren, het is een en al magie, en het bestaat niet meer.

2

'Max? Maar u bent Max niet. Waar is Max nu? Komt u van Max?'

De zon straalt, een hemelse volgspot, en ze grijpt hem bij zijn mouw, stevig. Haar gezicht klopt wel, ondanks al haar rimpels. Ze is nog steeds een mooie vrouw. Ze draagt niet te veel make-up, alleen een beetje korenbloemblauw op haar oogleden. Geen badjas, geen zwarte zijden slippers uit Parijs met de tenen onder een opengebarsten paardebloem door. Geen spoor van de witte, een koningin waardige handdoek om een berg nat haar gedraaid. In plaats daarvan een eenvoudige spijkerbroek tot haar middel, met rode gympies en een zwart shirt. De bolling van haar borsten is vreemd, jeugdig. Ze heeft een gewone haarspeld in haar dunne, maar nog altijd in een bobkapsel geknipte, grijze haar. De enige opsmuk is de fameuze broche die op haar borstbeen is neergestreken, een met robijnen overdekte vlinder.

'Heb je verstand van computers? Ik probeer de boodschap te versturen en ik doe wat hij zegt, volg alle instructies en het *wil niet* – ik weet niet wat het is, maar er is iets niet correct. Ik heb vast iets gedaan, *God* weet wat. Kun je je dat voorstellen? Dat ik hier de hele middag alleen mee zit te knoeien – Max laat Lucia uit, dus dat is dit, denk ik, kun je je *voorstellen*?'

'Mevrouw Alexander?' vroeg Honey, met een geweldige glimlach en voorovergebogen, want Kitty was klein, kleiner dan je je zou indenken, want dat zijn ze altijd.

Kitty keek op, verward, haar handpalm nog steeds op de vuist van Alex gedrukt. Haar huid was pafferig en gerezen, als deegwaren. Alex' been deed iets onbeheersbaars. De stad ook. De stad ging gewoon door – hij kon het niet tegenhouden. Een jongen op straat stompte een andere jongen tegen zijn arm, zelfs al bestonden die jongen en zijn vriend helemaal niet. En Alex zag het gebeuren. En hij kon haar zien. Dit keer was er geen glas tussen hen. Het was geen eenrichtingsverkeer. Zij kon hem ook zien. Zij keek naar hen allebei, naar hem en Honey: een sluwe, geamuseerde analyse.

'Ja,' antwoordde Kitty, geniaal. 'Ja, zo heet ik natuurlijk. Maar ik geloof niet dat ik jullie ken – dat zou ik me herinneren, jullie zijn erg opvallend – dus spijt het me dat jullie nu moeten vertrekken, tenzij jullie verstand van computers hebben en geen lustmoordenaars zijn of zoiets, en dat zou je wel kunnen beweren – maar hoe moet ik dat geloven?'

Ze lachte even en raakte onbedoeld met een trillende vinger Honeys onderarm aan.

'Ik geloof dat als *Lucia* vertrekt,' vertrouwde ze hun toe, 'dat ik dan mijn concentratie verlies en dat alles nodeloos ingewikkeld wordt, en ik zeg Max dat ik kan lopen, dat ik niet invalide ben, maar hij is eigenlijk zelf een beetje verliefd op Lucia, hij is haar *paramour* – dat denk ik tenminste, maar kijk me nou toch, iesj!' – ze bracht haar bevende handen naar haar holle wangen – 'het is hier echt te koud, ik kan niet zo in de deuropening staan te kletsen of over Jezus praten en dat soort dingen dus zeg ik tot ziens, ik wil natuurlijk niet onbeleefd zijn, maar neemt u mij alstublieft niet kwalijk –'

Alex kon voorlopig nog geen woord uitbrengen. Honey was degene die haar hand op de deurpost legde.

'Mevrouw Alexander, ik heet Honey Richardson. We zijn naar u op zoek.'

Daarop slaakte Kitty zo'n schitterende *oef!* van Russische ergernis en sloeg haar handen op elkaar.

'Ik begrijp dit, maar, liefje... ze moeten mij hier niet zien. Ik verzeker u, Jezus en ik, wij zijn – hoe noem je dat? Volslagen vreemden voor elkaar.'

Ze gaf een argeloze glimlach ten beste, deed een stap naar achteren, naar binnen, en liet de deur dichtvallen.

'Maar ik ben Alex-Li Tandem,' zei Alex-Li Tandem en de deur zwaaide weer open, als de deur in zo'n oude sage die slechts voor één man is bedoeld, want diens naam zal hem openen.

Op de trap was Alex niet in staat meer te doen dan zichzelf voortdurend voorhouden dat dat treden zijn en dit mijn benen en dat de handeling klimmen heet. In de nauwe gang vol spiegels viel hij terug op lichamelijke mantra's: blijf af, aan de kant, stapje achteruit. Toen hij de woonkamer bereikte, haalde hij van tevoren diep adem – maar ze was de kamer al uit. Omdat ze per se koffie wilde zetten. Terwijl Honey ja-end en nee-end de gebruikelijke vragen over melk en suiker beantwoordde die vanuit een onzichtbare keuken werden gesteld, probeerde Tandem zich te oriënteren. Hij was hier. *Hij* was *hier*. Hij voelde zich niet teleurgesteld. Het was (zoals hij had verwacht!) een tehuis voor geliefde Europese snuisterijen, die (zo stelde hij zich voor) waren behoed voor brand en diefstal en revolutie. Het was het huis van een verzamelaar. Uiteraard had het zijn New Yorkse trekjes – riante raampartijen, onbegrijpelijke moderne kunst (vanuit de woonkamer keek hij dwars door de spiegelgang en een slaapkamer in een klassieke wit betegelde New Yorkse badkamer met een stokoude lekkende douchekop en kopergroen dat langzaam de koperen kranen aanvrat), maar ten diepste was het absoluut oude wereld. In de deuropening stond een indrukwekkende stenen boeddha ter grootte van een kind van acht standvastig het verlies van zijn neus te dragen. Op schoot een lotusbloem van ijzerdraad en zijde. Een ets van een meisje dat over haar schouder keek. Overal waren hondengestalten – als boekensteunen, in ornamenten verwerkt, op kussens geborduurd, op mokken geschilderd – en als je goed keek, dan vloeiden ze allemaal tot één hond ineen, een aristocratisch ras: een crèmekleurig stokje op korte pootjes met een platte zwarte snuit, uitpuilende ogen en een doorgroefde kop. Twee met parelmoer ingelegde mahoniehouten kasten stonden op acht houten klauwtjes tegenover elkaar. Overal koper, witlinnen doeken, moorse bogen en Venetiaanse motieven, sleetse koeienhuiden en rafelige crème-met-rozekleurige kussenslopen. Er stonden zilveren sierspiegels onder zulke hoeken dat het leek of ze de kamer weerspiegelden vlak voor hij door de vloer zou zakken. Alles zorgvuldig gemaakt en behandeld. Alex overdacht zijn eigen leven en de kamers waarin hij het had doorgebracht, waar het meubilair plat binnenkwam en eerst tot rechtop staan moest worden verleid. Nu bevond hij zich in haar kamer, haar leven. Omdat dat precies zo was als hij het zich had voorgesteld, raakte hij op zijn gemak. Zijn zen werd hem de baas. Honey frunnikte aan een tijdschrift, hij hield zijn handen stil. Kitty zou zo meteen binnenkomen en dan zouden ze met elkaar praten en dan zagen ze wel wat ervan kwam. En dus besloot hij rustig op het puntje van de witte chaise longue af te wachten. *De lente komt, het gras groeit vanzelf.*

Opeens het geluid van een bescheiden rampje vanuit de keuken. 'Zal ik gaan helpen?' fluisterde Honey en ze sprong tegelijk met haar twee glazen tweelingzussen overeind, haastte zich de spiegelgang door en vermenigvuldigde zich nogmaals, nu tot een oneindig aantal dubbelgangers, maatjes.

De tijd verstreek.

'Maar ik vertel het verkeerd om!' mopperde Kitty, terwijl ze nog een suikerklontje (haar derde) in het kopje liet vallen. Ze had een minuut of wat heel snel gesproken in (zo kwam het althans op Alex over) verschillende talen. Eindelijk hield zij op met piekeren en liet zich op een fauteuil vallen. Haar houding – een blote voet onder zich en een knie tot aan haar kin opgetrokken – was die van een veel jongere vrouw. Alex en Honey zaten op twee naast elkaar geplaatste banken. Zo keek ze hen stralend aan, alsof ze hen beiden voor het eerst goed bekeek. Ze pakte een haarknijper van een lege, zilveren fruitschaal op de salontafel, bracht haar haar naar achteren en klemde het met de knijper, die ze tussen haar tanden vandaan haalde, tot een klein strak knotje.

'Wacht, *wacht*,' zei ze, en ze stak haar handen naar voren en nam zijn handen in de hare: 'Wat het zwaarst is, weegt het zwaarst. Alex-Li Tandem! Alex-Li *Tandem*. *Ongelooflijk* dat je hier bent. Ik ben een groot bewonderaar van je, echt waar. Maar je bent heel anders dan ik had verwacht. *Heel* anders. En ondertussen zit ik precies zoals jij schreef, nietwaar? Een been omhoog, een omlaag...' Ze bekeek zichzelf en klapte verrukt in haar handen. 'Hoe *kon* je zoiets weten?'

Alex deed zijn mond open, maar Kitty klapte in haar handen en sloeg op die manier weg wat hij wilde zeggen.

'En herinner je je deze nog? *Lieve Kitty, Ze is erg trots op haar voeten en raakt ze vaak aan. Als ze staat, voelt ze de lucht onder de holte van haar voet en gelooft ze koppig dat ze danseres had kunnen worden. Liefs, Alex-Li Tandem.* Helemaal waar! Dat is mijn grootste ijdelheid, mijn voeten,' lachte ze, terwijl ze haar linkervoet uitstrekte en haar tenen naar het plafond liet wijzen. 'Daarvoor verdien je een applaus,' zei ze, en ze begon te klappen. Honey klapte in een sardonisch tempo mee. Alex, die geen ervaring had met applaus, zat er stompzinnig glimlachend naar te kijken. Zijn knie begon weer. Kitty stopte, boog naar voren en legde haar beide handen erop.

'Nerveus. Hoeft niet. Raar om nerveus te zijn, alsjeblieft,' mompelde ze, en haar gezicht suggereerde dat ze hem helemaal begreep, tot in het merg, zoals we allemaal begrepen willen worden. Alex was daar zo dankbaar voor dat hij wilde knikken, maar dat kon hij niet. Iedere beweging van zijn hoofd zou een chaos veroorzaken in zijn traanbuizen. Ergens in de kamer begon een belletje te luiden. Alex merkte dat hij aan het mediteren was over de goudgroene rug van een tuinboek. Kitty glimlachte naar Honey en Honey glimlachte terug. Wat begonnen was als een incidentele stilte tussen hen allemaal, begon zich over de kamer uit te breiden als teer.

'Weetjewel,' begon Honey, maar Kitty was op hetzelfde moment begonnen te praten. Honey lachte, Kitty lachte.

'Nee, ik wilde gewoon –' zei Honey.

'Ga *alsjeblieft* je gang,' zei Kitty en ze bracht het koffiekopje naar haar lippen.

Aan de andere kant van de straat viel een schuifraam dicht. Alex stak zijn hand op, iets wat hij sinds zijn schooltijd niet meer gedaan had.

'Weet u – ik moet – ik bedoel, u moet me – ik moet proberen uit te leggen,' begon hij, en hij dacht met pijn in zijn hart aan de toespraak die altijd in zijn hoofd had gezeten, hoe geweldig en helder die was geweest. 'Nou ja, om opnieuw te beginnen – wat ik *bedoel* is – ik zou graag willen zeggen – zonder, weetuwel, door te draven – hoezeer ik u heb *bewonderd* – ik bedoel, niet alleen vanwege de films – maar meer, weet u... als iemand die –'

Kitty zuchtte diep, geërgerd. 'O, nee, nee, nee, *nee*,' zei ze verbaasd. 'Je moet weten dat dit me allemaal niks kan schelen. Foei! Je schrijft beter dan je spreekt, denk ik. Maar dat gold volgens die goede Sirin natuurlijk voor alle grote schrijvers en hij kon het weten. Hij was een *geweldige* vriend van mijn derde man. Zo. En nu een koekje?'

Alex schudde van nee. Zijn mond was in de zes-uur-'s ochtends-toestand beland. Zo droog dat je eigenlijk niet meer op woorden mocht rekenen.

'Wat ik *zeggen* wilde,' vervolgde Kitty opgewekt, 'maar ik draai het om – luister: ik begin opnieuw. Ik probeer je te vertellen over je brieven, want ik denk dat het verhaal *heel* bijzonder is. Want snap je, ik krijg daar bijna nooit brieven over. Ik bedoel, brieven over mijn *filmcarrière*' – bij dat woord snoof ze luidruchtig – '*als* je het tenminste zo mag noemen. Een paar hooguit, ieder jaar een van die mensen van de Oscars – *als* ze eraan denken. Maar dat kan me niets schelen, echt. Mijn leven is verdergegaan, dat *hoop* ik tenminste. Ik vlei mezelf met de gedachte dat het inderdaad zo is.'

Hier maakte ze een gebaar dat Alex goed kende. Het kwam uit een kleedkamerscène, waarin May-Ling de stagemanager smeekt om haar aan te stellen als understudy. Een snelle voorwaartse beweging van het hoofd, kin omhoog, ogen vragend – en dan een ongelooflijk ontroerende ruk naar achteren. Alles is weer op zijn plaats beland, inclusief alle gevoelens. Alex kende de volgende claus (*Het spijt me, dat kan ik gewoon niet doen, schatje*) en dacht even dat hij die ook zou uitspreken.

'Bovendien,' ging Kitty opgewekt verder, met die ingenieuze zweem van kinderlijk egotisme die hoort bij degenen die eraan gewend zijn de aandacht van het publiek te krijgen, 'is het net een tuin, de roem. Je moet hem onderhouden, zie je? Ik ben nu tweeënzeventig – ik heb nog maar één nier over. Ik heb al kanker gehad en door een wonder heb ik mijn schatten weten te behouden' – ze plaatste haar beide handen op haar borsten – 'maar ik kan niet altijd zo gelukkig blijven. Ik moet verder met de dingen als de tijd dáár is – heb ik de tijd om een tuin vol onkruid te onderhouden? En sterker nog: om te doen zoals Max zegt, te doen alsof de tuin voor zichzelf zorgt?'

Honey, die de draad van deze beeldspraak allang kwijt was, knikte gretig. Ze nam een *biscotto* van het porseleinen schaaltje dat Kitty haar voorhield en knabbelde aan het randje ervan, met die unieke terughoudendheid die we hebben tegenover voedsel dat we niet kennen.

'Ik wil u bedanken voor –' begon Alex, maar hij sloot vervolgens zijn ogen en probeerde het nogmaals. 'De handtekeningen. Bedankt voor het –'

Kitty slaakte een kreet en legde twee vingers op zijn lippen. 'Mijn *god,* doe niet zo *mal*! Dat was toch wel het *minste* – maar je geeft me nog steeds niet de kans het uit te leggen, dus laat me het eens uitleggen. Er zijn hier de laatste tijd dus nare dingen gebeurd – daar hebben we het zo meteen wel over – maar door die nare dingen, snap je, ben ik hier liever niet alleen. En op een nacht, ongeveer drie weken geleden, raak ik toch in paniek!' zei ze terwijl haar gezicht het gevoel herbeleefde. 'Ik weet niet waarom – ik geloof dat ik iets hoor op de trap, ik raak in de war – en dus bel ik een taxi en Lucia en ik rijden dwars door de stad naar Max, we hebben natuurlijk een sleutel, maar van Max geen spoor. Misschien,' zei ze *sotto voce* tegen Honey, 'naar zo'n merkwaardig soort badhuis waar ze allemaal seks hebben met bartypes die ze van niks kennen… nou ja, dat gaat me allemaal niet aan… het was heel laat en koud en ik wilde niet helemaal teruggaan, ik ben niet zo jong meer dat ik hele nachten door New York kan banjeren. Dus ben ik daar bij Max en ik eet wat en Lucia eet wat en we wachten en wachten en wachten en niks, dus raken we verveeld, kun je je dat voorstellen? In dat kleine appartementje waar ik misschien in geen vijftien jaar ben geweest en Lucia nog nooit! Dus vervelen we ons en gaan een beetje rondneuzen. Kortom, zo vonden we jou! Lucia vond je, eigenlijk. In een kast in de keuken – honderden van die dingen! Ik had er nog nooit van gehoord of geweten. Allemaal: Alex-Li Tandem, Alex-Li Tandem, Alex-Li Tandem – van wel heel veel jaren geleden. Bijna alle enveloppen gesloten. Ongelezen! En dus maak ik ze open, want ze zijn natuurlijk voor *mij*. Ze zijn voor mij. En wat erin zit… o, het was zo mooi…'

Ze praatte maar door, Kitty, ze prees Alex. Hij was geweldig en getalenteerd. Iets wat hij had geschreven, had iemand ontroerd, alsof hij er persoonlijk was bij geweest. Dat zei ze. En hij hoorde haar praten, met haar zangerige stem, maar het zei hem niets. Dertien jaar lang had hij gedacht een publiek te hebben, al was het alleen Krauser maar, die de brieven las en verscheurde. Hij had gehoord over die perfecte zenkunstenaars die hun boeken schrijven en hun schilderijen maken zonder publiek te verwachten, en hun werk verbranden als het klaar is. Maar dat is een keuze die zij maken.

Kitty stond op en liep naar een van haar kasten op hondenpoten, haalde een klein sleuteltje uit de zak van haar spijkerbroek en begon aan het slot te prutsen. De voorkant schaarde open en liet zich in delen wegklappen, waardoor er een bureau zichtbaar werd met tien smalle laden aan weerszijden. Die begon ze al speurend één voor één open te doen.

'Wacht eens even – u hebt mijn brieven *nooit* gezien, geeneen?' vroeg Alex met het laatste restje stem dat hij had. 'Al die tijd?'

'Nooit! Dat zeg ik toch. Ik ben niet zo trots dat ik zo veel brieven ongeopend laat.'

Alex kreeg een merkwaardig paarse tint. Honey legde een hand op de zijne en kneep er goedmoedig in.

'Ik begrijp het niet,' zei Honey. 'Bedoelt u dat hij ze u nooit heeft laten zien?'

'Precies. Dat is het precies. Hij verborg ze, denk ik. Moet je je voorstellen!' zei Kitty en ze deed *tut-tut*, alsof ze een kind bestrafte.

'Maar hebt u er dan niet naar gevraagd?' drong Honey aan. 'Hebt u hem niet gevraagd *waarom* hij dat gedaan heeft?'

'Nee, ik *vraag* niet, hij weet niet dat ik ze heb gevonden – ik keur dit trouwens ook af, die *theatrale* confrontatie. Vreselijk wreed om iemand zo bloot te stellen, alsof het televisie is of zoiets gruwelijks. Maar natuurlijk vraag ik me wel af waarom hij zo… Aha, daar hebben we het.'

Uit een la haalde ze een klein pakje brieven in Alex' roze enveloppen. Kitty leunde met haar elleboog tegen de in onbruik zijnde haard. 'Ze zijn echt zo vertederend. Ik lees ze bijna allemaal – het duurde niet lang, ze zijn zo kort. Ik kan me niet voorstellen wat het je aan porto kost. Ik heb er maar een paar meegenomen, dus zal het hem niet opvallen. Deze vind ik heel mooi: *Lieve Kitty, Als ze kinderen omhelst kijkt ze over hun kleine schoudertjes naar de ouders en glimlacht om ze te bewijzen dat ze geen hekel aan kinderen heeft, Liefs, Alex-Li Tandem.* Dat is te volmaakt! Zo doe ik het altijd!'

Alex probeerde te glimlachen.

'Ik zou zo graag willen,' zei ze, 'dat ik ze eerder had gevonden, toen mijn derde man nog leefde. Hij schilderde. Misschien kende je hem?'

Kitty noemde een buitenlandse naam en Alex, die compleet verlamd was van woede, gaf geen teken van herkenning.

'Nou, Alex, ik denk dat hij je een *schat* had gevonden. Hij zou je in zijn hart hebben gesloten, zeker weten. Hij hield van schrijvers die veel zeiden in weinig woorden – en aan wie hij je niet zou hebben voorgesteld, oj! Dit appartement was vol schrijvers en kunstenaars, altijd – ze hielden van dit huis, ze voelden zich hier thuis.' Kitty streelde de witstenen muur achter zich.

'Weet je wat ik er zo leuk aan vind?' zei ze smachtend. 'Aan je brieven? Ze gaan niet over films. Niets daarover. Ze zijn gewoon een vrouw, die haar leven leidt. Dat is prachtig, vind ik.'

'Wat voor iemand,' begon Alex luidkeels. Trillend kwam hij overeind.

'Alex,' zei Honey scherp. '*Zit.*'

Alex ging weer zitten en ging op zachtere toon verder. 'Wat voor iemand verbergt de brieven van een kind nou dertien *jaar* lang? Dat was dertien jaar van *mijn leven.*'

Kitty keek hem bezorgd aan en wendde zich toen naar het raam. 'Het spijt me zo vreselijk. Voor *jou*,' zei ze, en ze bracht de vingers van allebei haar handen naar haar lippen.

Alex vond het vreselijk dat ze dat deed – dat theatrale gebaar op het moment dat hij er totaal doorheen zat, zonder gebaren, zonder verdediging.

'De enige reden die ik weet te bedenken is misschien dat die paar brieven die ik krijg, die lijken zoveel op elkaar, weet je? Het gaat altijd zo van: *Ik ben uw grootste fan* – zo vulgair, dat "fan", ik heb er tenminste een grote *hekel* aan – maar jouw brieven, die vond ik… die zijn zo bijzonder, en het is net of ze me *kennen* – en voor Max, begrijp je, is dat beledigend. Omdat hij zichzelf zo ziet. Als de enige die mij begrijpt. Voor hem is dat heel belangrijk. Ik denk dat hij misschien… een *idee* in stand wil houden, een platonisch idee, hij heeft –'

Alex wilde de filosofie niet horen en sloeg met zijn vuist op de koffietafel, zodat alle koffiekopjes rinkelden.

'Zelfs als ik het begrijp,' zei Alex, terwijl hij Honeys hand van zijn schouder haalde, 'wat dan nog? Had hij gewoon een hekel aan mij? Andere brieven kreeg u af en toe toch wel, of niet soms? Heeft hij alleen de mijne achtergehouden? Deed hij het voor de lol? Gewoon even tien jaar van iemands –'

'Nee!' riep Kitty met de brieven aan haar borst gedrukt uit. 'Hij *beschermt* me ook. Max is erg *argwanend*, hij is bang dat sommige mensen doordraaien, heel gehecht raken, als een Norman Bates of zulk soort mensen. Mensen doen raar als het om films gaat. Hij beschouwt het als zijn taak om mij tegen gekke mensen te beschermen. Dat is ironisch als je Max kent... hij is zelf een beetje gek, dat weet ik want ik ben eens met hem getrouwd geweest – zeven dagen in Hawaï slechts, maar dat was afdoende – en hij bleek homoseksueel te zijn, wat in dit vak nogal gewoon is – o, ja,' zei ze tegen Honey, die haar stond aan te gapen: 'Liefje, iedereen moet minstens één keer met een homo trouwen. Dat beneemt een mooi meisje heel haar seksuele ijdelheid. Het is *erg* gezond. En later, toen ik opnieuw trouwde, woonde Max bij ons in. Ik kon hem er niet van weerhouden. Zo is hij. Als we een feestje gaven, bediende hij als butler!'

'Dat is niet...' zei Alex hoofdschuddend. 'Mag ik even iets zeggen zonder... Mag ik alsjeblieft even zeggen wat ik op mijn hart heb? Alsjeblieft?'

Kitty zag er heel verdrietig uit en stak haar armen naar hem uit. 'Maar natuurlijk!'

Nu hij eenmaal het toneel had, wilde Alex zich plotseling liever verschuilen achter de gordijnen.

'Ga verder,' zei Kitty overredend, terwijl ze hem een biscuittje in zijn hand drukte. 'Je moet zeggen wat je denkt. In Amerika is dat bijna een wet.'

'Tja, ziet u, ik bedoel...' zei Alex met een onsmakelijke mondvol kruimels. '*Waar* moest u tegen worden beschermd? Tegen mijn brieven? Heb ik ooit aanleiding gegeven voor –'

'Al,' zei Honey, en ze greep hem in zijn kraag, 'gedraag je niet zo onbeleefd, oké? Laat maar zitten. Mevrouw Alexander, we gaan. We hebben uw dag nu wel voldoende in het honderd gestuurd.'

Honey stond op, maar Kitty, die een beetje trillerig tegen de haard leunde, gebaarde dat ze moest gaan zitten. Alex sloot zijn ogen en bood zijn excuses aan voor zijn gedrag.

Met een vriendelijk, vergevend knikje liep Kitty terug naar de kast en deed een volgende lade open. Ze kwam met een nieuwe lading brieven naast hem zitten, bijna ongemakkelijk dichtbij. Ze zuchtte en strooide de brieven op tafel uit. 'Je moet goed begrijpen dat ik natuurlijk heus niet tegen *jou* hoef te worden beschermd,' zei ze. 'Maar niet alle zogenaamde fans zijn zoals jij.'

Ze zaten nu op een rijtje op het kleine bankje, Honey, Alex, Kitty, een scenario dat hij zich een week geleden niet had kunnen indenken. Aan weerszijden ingeklemd tussen beroemdheden, de droom van elke Handtekeningenman. Kitty pakte een envelop en overhandigde hem die.

'Dit is het nare. Het begon een halfjaar geleden. Volgens de politie is er niets aan te doen. Kun je je dat voorstellen? Max is de enige die voor me zorgt.'

'Mag ik?'

Ze knikte en hij loerde in de ruw geopende envelop en haalde er een brief uit.

'Het is zo eng,' zei Kitty met een welbewuste rilling. 'Hij lijkt alles te weten.

Waar ik kom en wat ik koop en wat ik draag. Hij volgt me, dat blijkt wel. Ik vind het niet zozeer erg, meer *vervelend* – maar van Max mag ik nauwelijks nog het huis uit. Door die vervelende gek die niks beters te doen heeft dan een oude vrouw en haar hondje door New York te achtervolgen, ben ik zo ongeveer gevangen in mijn eigen huis. Het is *belachelijk*.'

Alex las de brief die in een kinderlijk schrift was gesteld, bedoeld om het handschrift te maskeren. Hij bevatte een en al clichés, je kon er minstens vier speelfilms op baseren. Afgezien van de stijl was het inderdaad eng. De details waren heel specifiek, de brief volslagen geobsedeerd.

'Waar worden ze naartoe gestuurd? Zijn dit ze allemaal?'

Kitty wees ferm op de grond en haalde haar schouders op, maar haar blik verried haar. Haar linkerhand, die Honey instinctief in de hare had genomen, beefde.

'Ze worden hier bezorgd. En ik snap het niet – vrijwel niemand kent dit adres, behalve enkele heel goede vrienden. En Max, natuurlijk.'

Ze gooide een zilveren roomkannetje in koeienvorm om en haastte zich, voordat ze haar konden tegenhouden, om een doekje naar de keuken. Honey en Alex kregen nauwelijks de kans om een Internationaal Gebaar met een nobele historie te maken: het elkaar veelbetekenend aankijken. Binnen een paar tellen was ze terug en zaten ze met zijn drieën als een inefficiënte lopende band kopjes te verplaatsen en boeken te redden (de melk had iedereen verrast door twee kanten op te stromen) terwijl Kitty een onmogelijke situatie schetste. De overdreven bezorgde Max ('Ik mag Lucia niet eens uitlaten!'); een steeds beperkter, steeds eenzamer leven; een buurt waarin asociale gekte zo normaal was dat je als gek jezelf moest overtreffen wilde je echt door een agent worden opgemerkt.

'Hoor 'ns, mevrouw Alexander, ik wil helemaal niet...' begon Honey, en dat betekende dus dat ze helemaal *wel*, 'maar – hebt u er ooit aan gedacht dat die *Max*-figuur degene zou kunnen...'

Kitty liet zich op een stoel zakken.

'Mevrouw Richardson, ik ben niet gek. Natuurlijk heb ik daaraan gedacht – zeker als ik al die verstopte fanmail vind – en niet alleen van Alex, ook andere spullen. Een paar verzoeken, uitnodigingen enzovoort – ik beweer niet dat ik ze zou hebben geaccepteerd, maar ik was wel graag in de gelegenheid geweest om erover *na te denken* –'

Ze schudde haar hoofd en pinkte een traan weg.

'Maar nee, ik *kan* niet geloven dat Max die brieven heeft geschreven. Ik *wil* het ook niet geloven. We zijn al veertig jaar samen. Hij is mijn beste vriend. Alles wat hij doet, doet hij om mij te beschermen. Daarom heeft hij ook jouw brieven voor me verborgen. Max zou nog geen vlieg kwaad doen. Ik geloof niet dat hij zoiets kan, mij kwetsen.'

Het kostte haar moeite, maar Honey zei verder keurig netjes niks meer.

'Ik neem er eentje mee,' zei Alex stoer, en hij stak een brief in zijn zak en voelde zich net als Charlie Chan tot alles in staat. 'Ik ken alle Amerikaanse handelaars

– misschien hebben zij iets van die vent – misschien is het een handelaar. Ik kan handschriften met elkaar vergelijken. Dat is mijn werk. Het zou zo iemand kunnen zijn.'

Kitty maakte het gebaar van loslaten.

Ze draaide alle kranen open en scheen ze meteen te vergeten. Alex liep erheen en draaide ze dicht voor het water over de rand klotste.

'Soms wil ik wel eens de stad uit,' zei ze, en ze legde een vinger op het olieachtige wateroppervlak. 'Dit is zo'n stad voor mensen die iets voorstellen. Niet zo erg als Hollywood, dacht ik vroeger, maar ik twijfel er nu aan...'

Ze wreef zich in haar ogen en wendde zich tot hem. De glimlach was identiek aan het moment waarop die vrouw van het Leger des Heils May-Ling een kom kippensoep aanbiedt.

'En jij hebt nu de openbaring, nu we elkaar hebben ontmoet. Ik ben helemaal niemand. Gewoon een oude vrouw met een grote mond en te veel problemen. Een vreselijke teleurstelling waardoor je geslachtofferd bent, meneer Tandem –'

'Niet waar. *Helemaal* niet waar.'

Ze wees op een paar gele rubberen handschoenen op een plank en Alex gaf ze haar. 'Bedankt – je zult wel weer opdrogen. *Lieve Kitty, Ze hoopt op niets anders dan lekker weer en een oplossing. Ze wil netjes eindigen, als een goede zin. De jouwe, Alex-Li Tandem.* Deze leer ik uit mijn hoofd – die is zo schitterend. En tegelijkertijd, Alex, moet ik zeggen, als je dat niet verkeerd opvat, dat ik me *zorgen* over je maak. *Waarom* schrijf je die brieven? Ik bedoel, je bent zelfs te jong om je mijn laatste film te herinneren. Ik denk,' ze fluisterde speels, 'dat je niet genoeg seksuele spanning in je leven hebt, als je zo in die prehistorie geïnteresseerd bent. Je hebt geen vriendin of het werkt niet. Er ontbreekt iets. Ik weet het bijna zeker.'

'Waarom vertrekt u niet als u dat wilt?' vroeg Alex serieus. 'Ik bedoel, als Max u hier voortdurend opgesloten houdt? Zo hoeft u toch niet te leven.' Hij pakte een nat kopje van haar aan. 'U hebt echt wagonladingen Europese fans. Ik zou zo een hele –'

'Wilt u deze bewaren of...' zei Honey, terwijl ze met een schaaltje in de melk soppende koekjes in de deuropening opdook. Kitty wenkte haar dichterbij en bekeek ze.

'Lucia kan wel. Zie je dat daar? Deze kom. Deze kom is Engels Wedgwood, maar wat doe je eraan? Ze is een diva, mijn Lucia. Zij vult op dat gebied mijn tekortkomingen aan. Weet je, liefje, in huis mag je best je handschoenen uittrekken.'

'Waarom vertrekt u niet?' hield Alex vol.

'Jij... jij komt me zo bekend voor. Je hebt zo'n bekend gezicht – zo vriendelijk, zo opvallend. En je bent zo lang, het is bijna beangstigend. Ze zeggen dat het door de voedingssupplementen komt. Amerikanen – ze zijn allemaal zo lang. Of ze groeien de andere kant op. Of allebei.'

'U zou filmfestivals kunnen openen. Het zou een soort comeback zijn. Parijs, Venetië, Londen...'

Zijn stem klonk onverwacht hartstochtelijk en boos en het werd er in het kleine kamertje heel stil door. Honey keek hem nijdig aan en maakte een Internationaal Gebaar (wijsvinger in een streep over de hals), maar Alex keek eigenwijs de andere kant op. Dat Kitty het onderwerp van haar eigen roem niet wist vast te houden, ergerde hem. Het is de afwijking van de Handtekeningenman dat hij, als hij een slaaf was die door zijn meester werd vrijgelaten, ze hem de volgende dag weer op het werk zouden aantreffen waar hij zichzelf zou afranselen.

Kitty was klaar met de afwas. Ze stak Alex haar handschoenen toe. Hij trok ze haar woordeloos uit, alsof hij al twintig jaar bij haar in dienst was.

'Ik heb geen geld,' zei ze eenvoudigweg. 'Dit appartement heeft een vaste huur. En met wie zou ik weg moeten gaan? Max zou het nooit goedkeuren. Hij is zijn hele leven dit land nog niet uit geweest. En nu is de afwas gedaan, niet? Wat doen we nu? Ik weet iets – jij bent jong, misschien kun je mij met deze computer helpen voordat ik helemaal gek word?'

Ze liepen verder naar de slaapkamer. Honey verontschuldigde zich en ging naar het toilet, terwijl Alex te horen kreeg dat hij aan het bureau moest gaan zitten. Hij voelde een dodelijke seksuele roofzucht door zich heen trekken, toen Kitty's warme, zware gemoed even vlak voor zijn gezicht zweefde. Ze wees op een toets van de laptop. Drukte erop en toonde wat er misging. Alex legde een vinger op de muismat. Het toilet spoelde door. De voordeurbel rinkelde.

'Wie is dat?'

'Max!' hijgde Kitty, en ze deinsde van het kleine raampje terug. 'Maar *O*... dit is belachelijk... en ik kan hem niet tegenhouden, hij heeft zelf een sleutel.'

'Goed zo,' zei Alex resoluut. 'Ik heb hem nog wel het een en ander te vertellen.'

'Nee, nee, nee... wacht... ja, het is wel goed – hij kent jullie toch niet. Ik zal wel zeggen dat jullie de computer kwamen repareren. Eigenlijk is het wel goed. Nu kunnen jullie kennismaken met Lucia! Kijk, *dat* is nou nog eens een eer.'

Van korte duur. Alex zag alleen Lucia's achterwerk; ze was nauwelijks binnen of Max sleurde haar van de grond alsof ze gevaar liep. Terwijl de hond weinig bevallig uit zijn omhelzing probeerde los te komen, piepte en jankte Max en stak zijn komische knuistjes omhoog.

'Je hebt me wel gehoord, maak dat je wegkomt. Dat is geen grapje. Hoe lang *ben* je hier trouwens al? Heb je ingebroken? Hoe heb je het gevonden?'

'Ach, Max, doe niet zo mal – schreeuw alsjeblieft niet zo, *Max*, heel eventjes, je weet niet eens wie dit is – hij komt de computer repareren – ik ben heus niet in gevaar, Max – het spijt me ontzettend, ik weet niet waarom hij zich zo –'

Honey kwam, aan haar zoom prutsend, van het toilet.

'Wat is het hier een – *o*.'

'En daar hebben we haar ook,' zei Krauser triomfantelijk. 'Bonnie. Clyde. Ik ken die twee knakkers, reken maar. En ze vliegen eruit.'

Er volgde een soort operaruzie, vierstemmig en in drie bedrijven (de gang, een stukje woonkamer en dan op zijn Italiaans de trap af), waarin geen nuttige informatie werd uitgewisseld en een handjevol zinnen steeds opnieuw werd herhaald. En een finale op de drempel.

VIJF / *De stier temmen*

I

'Dit is zéér teleurstellend, Tandem,' zei Lovelear ernstig. 'Een ware anticlimax. Ik ben blij dat ik *hier* niet uit gekomen ben om *daarnaar* te luisteren.'

Hij zakte dieper in het hete water en pretendeerde uiterst kalm en rustig te zijn. Alex kwam uit zijn ligstoel omhoog en omarmde zichzelf tegen de kou. De zon was nog niet onder. Die verdween, verdampte gewoon. Het was een van die dagen die ongemerkt in de nacht overgaan. In het afnemende licht kon hij goed de schade zien die de stad aan de sneeuw had toegebracht. Overal was die verpletterd, vervuild en verpulverd. Zelfs de airco-afzuigers op de daken veroorzaakten kleine eilandjes, waar daarvoor nog hele continenten hadden gelegen. En beneden in de straten werd alles weggestampt. Miljoenen collega's, kleine mieren, één kwakje voor het hoofd, één voor het lijf. Springen in taxi's, rennen over de stoep. Iedereen ging naar huis, behalve Alex.

'Dit moet je echt eens proberen, man. Verwen jezelf eens,' zei Dove, die er als een rode kreeft met een blauw tintje uitzag. 'Zo'n beetje het lekkerste bad dat je ooit genomen hebt.'

'Het lijkt niet op een godvergeten bad,' vond Lovelear. Hij hield zich aan de zijkanten vast en ging languit liggen. 'Het is goddelijk. Het is walgelijk. Het is zalig. Dit is de kuip waarin warm en koud niet bestaan. Dit heeft altijd dezelfde goddelijke temperatuur. Dit is *geboren worden*.'

'Ik heb naar die brief gekeken die ze me gegeven heeft,' zei Alex, terwijl hij zijn vingers door zijn haar haalde. 'Het lijkt op het handschrift van Krauser. Ik bedoel, dat kan iedereen zien – daar hoef je geen expert voor te zijn. Ze moet het *weten*.'

'Jezus Christus, Tandem, ze zitten waarschijnlijk samen in het complot – een manier om jou je schuldig te laten voelen zodat je haar geld of zo geeft. *Ik* weet het niet en het *interesseert* me niet. En dan nog iets mysterieus: hoe *kan* ze blut zijn, Tandem? Hoe? Weet jij dat? Ze zit boven op een godsakkese goudmijn. Ze hoeft alleen maar haar handtekening te zetten en ze heeft zesduizend dollar. Dat is geld uit het niets.'

En als ik, dacht Alex, van het ene dak naar het andere spring, en naar het volgende, en mijn lichaam in Brooklyn dump en mijn geest in New Jersey, en Engeland in mijn ware ik, mijn boeddhavorm, bereik, zou je me dan nog kennen, lieveling? Ben jij dan nog dezelfde, met je nieuwe hart? Wil je met me slapen? Aan de overkant in een kantoor, een zwart meisje met Esthers glimmende kale hoofd, maar heel anders gekleed, in een kantoorpak. Ze trok een jas aan en draaide de luxaflex dicht. Iedereen ging naar huis, behalve Alex.

'Oké, iets anders,' begon Lovelear, maar hij pakte eerst een cocktail. 'Wat voor soort Handtekeningenman gaat naar het huis van Kitty Alexander en krijgt haar handtekening niet? Is dat normaal? Vraagt nergens naar, heeft geen enkel interessant verhaal over een film, steelt niet eens wat uit het huis – ik zeg niet dat het iets *groots* had moeten zijn...'

'Liever iets kleins,' vond Ian. 'Uit de badkamer. Iets wat niet gauw gemist wordt.'

'Precies – alhoewel de badkamer niet mijn keus zou zijn – en kom je niet met iets terug, *wat dan ook*, waardoor godvrezende mensen als ik en Doveman moeten geloven dat je er ooit geweest bent. En dan als toppunt, als slagroom op de taart, kun je *niet* met Honey Smith naar bed, dat is, tja, sorry. Als je niet met Honey Smith naar bed kunt, dan werkt je pik niet naar behoren. Sorry, hoor – maar zo zit het. Ik bedoel: het is haar *beroep*. Ze is *beroemd* geworden omdat ze pijpt. En jou lukt het niet? En wat *precies* moeten we,' declameert Lovelear niet onvriendelijk, met zijn armen gekruist over zijn borst, 'dan met zo'n Handtekeningenman?'

'Vertel me eens,' zei Alex, terwijl hij opstond. 'Hoe zag ik eruit voor mijn ouders geboren waren?'

'Eh, daar moet ik op passen, Al,' antwoordde Lovelear, knipperend. 'Vraag wat anders.'

'Oké. Kan ik nu weg?'

'Het is een vrije klotewereld,' snoof Dove.

'Voor deze ene keer,' zei Lovelear, terwijl hij zich uit de badkuip hees, 'heeft onze vriend Dove gelijk. Je bent een vrij man. Hierboven vrij althans,' zei hij, en hij sloeg zichzelf tegen zijn voorhoofd. 'Je mag altijd weg, Alex. Je kunt altijd gaan.'

Hij stond daar kolossaal, bijna kaal en helemaal naakt, kwetsbaar en aanstootgevend tegelijk. Alex voelde zich gedwongen hem zijn handdoek aan te geven.

Lovelear duwde zijn tong tegen de binnenkant van zijn wang. 'Je moet eens duidelijk worden, of je weg wilt of niet. Dat is alles.'

In zijn kamer vond Alex een briefje van Honey, of ze samen zouden eten, en een vragenlijst van het hotel. Uit alle vragenlijsten – men wist hoe walgelijk zoiets gevonden wordt – werd een winnaar getrokken en de invuller won een vakantie naar Europa. Lever me gewoon in, stond er in die vragenlijst, bij de receptie als u uitcheckt. Drie keer verwees dat ding naar zichzelf als 'me'. Alex nam de lijst en een pen mee naar de badkamer, trok zijn kleren uit en maakte een veel te heet bad. Liep terug naar de kamer voor een fles wijn en een glas. Zittend op de wc-bril, zwetend van de stoom en snel drinkend van zijn glas witte wijn vulde hij zijn naam, geslacht, huidskleur en adres in. Persoonlijke informatie geven vond hij geen probleem. Het was zo'n beetje het enige wat hij had. Toen hij in bad ging zitten (een heel langzame, heel stoïcijnse actie) zag hij een perfect geplaatste telefoon naast zijn hoofd en een houten rekje in de buurt van zijn linkerhand. Blijkbaar voor zijn glas wijn, zijn vragenlijst en zijn pen. Hij waste met zijn ene hand zijn penis, zeepte zich lekker onder zijn ballen in, en beantwoordde met de andere hand de rest van de vragen. Als hij thuis in bad zat, hoopte hij altijd stiekem dat Esther binnenkwam, in grote haast en halfnaakt om deodorant op te doen, of rustig om voor de spiegel een lens in te doen. En als je aardig was geweest, draaide ze zich soms om, om je op je voorhoofd te zoenen, of om met haar vinger over het natte litteken op je buik te strijken, of om, als ze je ingezeepte penis vond, er een kusje op te drukken. Ze hield 's ochtends van je, omdat de dag net begonnen was. Ze was daar zo opmerkelijk in, vergaf altijd de slechte dingen. Ruzies bleven op het kussen liggen, samen met de weggehuilde mascara. Alex dronk nog een glas wijn leeg en wreef over de rand tot het glas zong. Hij belde Adam. De lijn was gestoord. Ze konden op de achtergrond twee mensen Japans horen praten.

'Nee, ik doe het niet,' zei Adam.

'Hoi, ik ben het. Ik was net...'

'Ik weet dat jij het bent. Het is midden in de nacht. En nee, ik doe het niet.'

'Wat niet?'

'Haar nummer geven. De afdeling gaat om zeven uur dicht.'

'Alsjeblieft, Ads. Ik moet haar echt spreken.'

'Weet ik... maar ik kan je verzekeren dat het goed met haar gaat. Het ging goed. Ik zal je morgen het nummer geven.'

'Is alles goed met haar? Ging het goed?'

De opluchting overvalt hem. Zijn kin valt naar benenden. Tranen druppelen in zijn nek, vallen op een arm.

'Heb je haar gezien?'

'Ik was er vanmiddag. Ze was nog wat zwak, maar maakte al grapjes. Ik vertelde dat je niet uit New York weg kon...'

'Ik kon *echt* niet, Ads. Alles was al betaald.'

'Oké.'

'En... ik weet niet... het leek erop dat ze me daar niet al te vaak wilde zien.'

'Ik denk dat de bedoeling was dat jij daar *wilde* zijn.'

Het werd stil op de lijn. Alex nam een paar slokken uit zijn glas.

'Hoor es,' zuchtte Adam. 'Haar hart werkt. Heeft altijd gewerkt. Beter dan de rest. Kom op Alex... het gaat goed met jou, het gaat goed met haar. Rustig nou maar. Heb je wat gedronken?'

'Een beetje.'

'Goede reden om ermee op te houden. Bel haar morgen. Oké? Hoe is het in New York? Gaat het wat beter?'

'Wat? Ik kan je niet verstaan.'

'Zei: *gaat het wat beter*?'

'O. Moeilijk te zeggen.'

'Nou, in ieder geval kom je gauw weer thuis,' gilde Adam over de steeds slechter wordende lijn. 'Morgen vertrek je toch? Nou dan. Dat overleef je wel. Er zijn ergere dingen op zee gebeurd. O... en het is dinsdag, oké? Dus ga 't maar hard leren.'

'O, Ads, man... alsjeblieft zeg, ik heb toch al gezegd...'

'Je kunt het hier in iedere boekenwinkel kopen. Vergeet niet dat het de *rouwende* versie is. Kaddish Yatom. Er zijn vier verschillende uitvoeringen. Oké?'

'Ik kan je niet verstaan.'

'WAT?'

'IK DOE HET NIET! DAT HEB IK JE AL VERTELD!'

'Hoor eens, ik moet nodig naar bed, man. We hebben een slechte lijn en ik ben kapot. Ik kan je amper horen. We praten morgen verder, oké?'

'Wacht, *wacht...*'

'En het gaat goed met Esther. Dat kan ik je verzekeren. Een beetje zwak nog, dat is alles. O ja, en met Grace gaat het ook goed. Shalom, Alex.'

'Adam?'

'Shalom aleichem, Alex.'

'Ja, shalom.'

Alex zakte met zijn hoofd onder water, keek omhoog en zag hoe het plafond zwom. Toen hij weer bovenkwam, was zijn vragenlijst zeiknat en moest hij die over de verwarming hangen.

Voldoet het aantal televisiekanalen aan uw wensen?

Televisie biedt altijd voldoende.

Hoe vindt u de slaapvoorziening?

Eenzaam.

Wat voor veranderingen had u graag in de aangeboden menukaart aangebracht?

Minder voedsel.

Welk onderdeel zou u het liefst verbeterd zien in de aangeboden voorzieningen tijdens uw verblijf?

Obers in apenpakjes.

Stelt u prijs op speciale groepsactiviteiten voor u en uw medegasten tijdens uw verblijf?

Ik heb meer details nodig voor ik daar iets over kan zeggen.

Hier bij de Burns Baldwin Hotel Group hebben we een simpele huisfilosofie, waar we onze gasten mee ontvangen:

Iedere dag is een nieuw begin.

We vinden dat elke hotelkamer iedere dag en iedere nacht in een perfecte staat moet worden gebracht en we werken hard om dat te realiseren. We willen ook graag zoveel mogelijk weten over onze gasten, hun ideeën en hun wensen – op die manier kunnen we u nog beter van dienst zijn! Als u de tijd neemt om me in te vullen, helpt u het personeel van Burns Baldwin om u zo goed mogelijk van dienst te zijn. Wilt u alstublieft in de lege ruimte hieronder uw eigen levensfilosofie noteren.

Betreur alles en leef altijd in het verleden.

Rond zeven uur was de wijn op en begon Alex aan een fles Bourbon, waarvan hij nipte als een meisje. Hij keek naar een commercial. Een halfuur later keek hij er nog steeds naar. Hij was misleid en nou was hij te laat. Hij trok zijn avondkleding aan, of wat hij zo noemde (wit T-shirt, zwarte spijkerbroek), en ging weg. Weer zat de lift ergens anders. Niet linksaf en de hoek om, waar hij de laatste keer zat. En ook niet rechtsaf. Alle gangen leidden naar EXIT-bordjes en brandtrappen. Hij zat maar op de tweede verdieping, maar Alex moest er niet aan denken om trappen te nemen in een hotel. Het ging om het gemak. Altijd gemak. Zelfs als door het gemak de dingen veel moeilijker werden.

Hij vond de lift, ten slotte, linksom en drie hoeken om. Op een plek waarvandaan hij zijn eigen kamer kon zien. Een pijl lichtte op.

'Nog plek voor één persoon?' vroeg Alex en hij klakte met zijn tong. Vond zichzelf een gewone, aardige Amerikaan. Hij sloeg zijn handen tegen elkaar. Er stond een filmploeg in, vier mannen met oortelefoontjes en apparatuur en een meisje met een clipboard. Onvriendelijk deden ze allevier een stap achteruit.

'Naar beneden?'

'Nop,' zei een man met een camera. 'Naar boven.'

Alex keek naar de rechtermuur en zag dat nummer 37 oplichtte. Hij drukte op NEER.

'Weet je,' zei hij tegen een man met een microfoonhengel. 'Als mensen gevraagd wordt om een getal tussen een en honderd te kiezen, kiezen de meesten 37.'

De microfoonhengel viel tegen Alex' schouder. De man verontschuldigde zich. In de stilte daarna vroeg Alex zich af welk deel van hem wel in hun film meespeelde. Hoe groot was dat deel? Verdieping twaalf werd verdieping veertien.

'Over wie gaat het?'

'Pardon?' vroeg een man. Net als bij de anderen stond er TEAM voor op zijn T-shirt. Alex keek wat beter en zag het gezicht van een bekende jongere.

'Shylar,' knikte Alex. 'Die is *heel* goed. Geweldig wat ze met haar...' Alex klopte op zijn eigen dikke buik. Hij draaide van links naar rechts. 'Bijna niet te geloven.'

Ze zaten op de vijfentwintigste verdieping. Van hieraf, dacht Alex, overleef je 100 procent zeker een val niet. Gewoon splasj. Een ring en een ketting houden haar edelmetalen vorm, maar wij zijn niet zo sterk. Dingen winnen. De lift schudde, stopte en ging open. Een vrouw en haar jonge dochter stapten in. Alex stond nu vlak bij de man met de hengel, keek hem recht aan. De hengel hing boven hem, alsof zijn woorden moesten worden opgenomen. Ineens rook hij alcohol. Het kwam uit zijn eigen mond.

'De drie meest – dat heb ik ergens gelezen, klopt – de drie meest getypte woorden – getypt, dat wil zeggen in de computer *ingevoerd* als ze... weet je, de drie meest verstoffelijkte woorden zijn: God,' vertelde Alex en hij stak een rechte duim omhoog, 'Shylar en...' Nu vloekte Alex obsceen en de Amerikaanse moeder, die trots haar puriteinse gebaren kon laten zien, wachtte precies twee tellen in de stilte, snoof toen afkeurend en legde haar grote, paarse handen over de oren van haar dochter.

Ze zag er geweldig uit. Een mooie, gekleurde, satijnen jurk dit keer, mouwloos. Zoals de populaire actrice Rita Hayworth droeg. De handschoenen reikten tot aan de elleboog en waren van zwart satijn. Haar haar leek heel ander haar dan gisteren. Zo'n tien centimeter langer en kastanjebruin.

'Je ziet er *geweldig* uit,' vond Alex en hij viel demonstratief in zijn stoel.

'Dankjewel,' reageerde Honey brutaal. 'Kostte me ongeveer vijf uur. Soms deed het pijn, de rest was verschrikkelijk saai. Ik ben toch *zo* blij dat ik een vrouw ben. En jij ziet er afschuwelijk uit – wat attent van je.'

'Geef mijn moeder maar de schuld. En,' wilde Alex weten terwijl hij een grote kaart pakte, 'wat gaan we eten?'

'Heel veel kleine porties voedsel, op elkaar gestapeld als een toren.'

'Prima. Ik *hou* van hoog voedsel. Ik wil het langste ding van de kaart.'

'Dat is de wijnkaart, liefje. En je houdt hem ondersteboven. Is er wat met je? Waarom ben je zo *nerveus*?'

'Ik ben níet nerveus.'

'Ik ben níet nerveus,' bauwde Honey hem met een acceptabel accent na. '*Gelul*.'

'Ik denk dat je "nerveus" en "bezopen" door elkaar haalt.'

Alex pakte een ijsblokje uit een glas vol ijsblokjes en hield dat stevig in zijn hand, een oud ontnuchteringstrucje.

'Behoorlijk rare dag, hè?'

'Om je de waarheid te zeggen heb ik ze wel eens gekker meegemaakt.'

'Ik heb naar het handschrift gekeken. Precies hetzelfde als van Krauser. Ik bedoel, dat zie je meteen.'

'Ja, dat verbaast me niets,' zei Honey en ze zette haar wijn neer voor ze ervan gedronken had. '*God*, is dat niet triest? Ik vind het zo *triest*. Voor hen alletwee. *Jezus*. Haar hoef je het niet te vertellen... ze zal alles ontkennen. Ze *wil* het duidelijk niet weten. Over leven in een leugen gesproken! *Jezus*.'

Over de tafel heen legde ze haar hand op de zijne.

'Honey?'

'O... mijn... god, zeg *alsjeblieft* niet op die manier Honey. Net of we in een slechte televisiefilm zitten. Wat? Wat is er? Zeg het nou maar gewoon, maakt niet uit wat het is.'

'Ik wil echt niet, heel echt niet, dat je dit verkeerd opvat.'

Honey fronste haar voorhoofd en trok haar hand terug.

'Zal ik jou eens wat vertellen? Er bestaat geen verkeerde of goede manier om iets op te vatten. Dat zijn alleen maar woorden. Wees een Amerikaan. Zeg wat je bedoelt.'

Alex zette zijn ellebogen op de tafel. 'Ik wil alleen... ik bedoel, ik wil dat je zeker... wil heel duidelijk maken, dat dit niet... want, je weet dat ik morgen vertrek, en er iemand is die... dus wil ik, voor alle duidelijkheid, dat dit niet...'

Honey pakte hem bij zijn nek, trok zijn gezicht naar het hare en gaf hem een van de meest uitgebreide kussen die hij ooit gehad heeft. Het was net eten. Hij kreeg iets waardevols en zeldzaams.

'Nee,' zei ze en ze leunde achterover en wenkte de ober. 'Dit is geen afspraakje. Haal jezelf niets in je hoofd. Dit is een moment aan het eind van een ongewone dag.' Dit, een storing in de transatlantische communicatie, kwam tegenwoordig bijna niet meer voor. 'Je weet wel, een moment? Het zwarte stipje aan het eind van een zin... hoe noemen jullie dat daar? Dat was er *bijna* een, maar dat was een vraag, dat is niet precies... en dat is het ook niet; kijk, hier, dit bedoel ik. Kijk, hier, aan het eind.'

Ze boog haar handen om wat lege lucht en knikte kort.

'Wij noemen dat een punt.'

'Echt waar?' Ze lachte. 'Dat is mooi. Zoiets bedoel ik ook.'

Net na de desserts merkte Alex dat het hotel scheef stond en dat de lucht uit de ruimte verdwenen was. Honey vertelde over een tentoonstelling in een galerie van 'joods spul', dacht dat hem dat wel interesseerde. Maar alle anderen in de ruimte zaten samengeperst in een vacuüm rond de bar.

'Mijn dochter *adoreert* haar,' deelde de serveerster mee en ze knoeide met de koffie. Alex hield zijn kopje een paar centimeter van zijn stoel af omhoog. Hij kon het slanke meisje zien, een bodyguard met de omvang van een waterbuffel en nog zo'n vijftien mensen die in de bladen 'aanhang' worden genoemd. Haar uitstraling werd effectief uitgebuit. Het meisje stond nog geen honderd meter bij hem vandaan, maar het leek wel of ze in een ander melkwegstelsel stond.

'Volgens mij kan ze zich best een beter hotel veroorloven,' zei hij, en hij voelde zich een beetje opgelaten dat ze zich zo toegankelijk opstelde.

'Ja, *precies*,' vond ook de serveerster.

'*Verveel* ik je?' vroeg Honey luid. Alex bekeek het zwarte gat nauwkeurig. De merkwaardige vorm ervan. Iedereen wist dat het daar was en in een uniform van hotpants en haltertopje zat; iedereen zat er in feite al in (in haar vel, zoals het meisje zelf, of in een of andere opening, terwijl ze het meisje namen), maar niemand keek er rechtstreeks naar.

'We horen waarschijnlijk niet zo te staren,' dacht Alex hardop. Alex, die ooit drie uur lang naar foto's van het hoofd van dit meisje heeft gestaard dat op naakte lichamen van andere meisjes was gemonteerd.

'O, *man*. Meen je dat? Weet je niet wat dat daar *is*?' vroeg Honey, terwijl ze zich eindelijk omdraaide. 'Dat is droge shit op een paaltje. Dat is de cipres in de tuin. Dat is drie pond vlas. Boeddha is boeddha is boeddha is boeddha. Dus waar maak je je nou zo druk om?'

'Seksuele wervelingen,' vertelde Alex en hij voelde het net zo sterk als de man naast hem. 'Symbolische seksuele wervelingen, versterkt door minderwaardiger aftreksels, opgeluisterd door de televisie. Niet noodzakelijk mooier dan de serveerster. Of jij. Of ik. Allemaal irrelevant. Zij *is* de power van zeventien. Kun jij je die power van zeventien nog herinneren? Het is nucleair. Ze is zeventien voor de hele wereld.'

Honey gooide haar servet op tafel. 'Ik weet best dat er niets is dat een knappe meid in Amerika niet kan krijgen. Voor een tijdje. Tot ze het niet meer heeft. Symbool, mijn rug op! MU! Schiet op, we gaan weg.'

Toen ze door de lobby liepen, kwamen ze het filmteam tegen dat net een opname maakte van de receptionist die Shylar welkom heette in het hotel. Hoewel Shylar er al drie dagen zat.

'Dat was Honey *Smith*,' riep de cameraman tegen het meisje met het clipboard en hij sloeg met een hand op de balie.

2

Dit is de stad. Hier gebeurt het. Hier is het. Op televisie. In een blad. Geschreven op een handdoek. Op een foto boven het bed in stemmig zwart en wit, terwijl jij binnen zit in deze kleurrijke stad. Hier gebeurt het ook. Op kanaal negen, op drieëntwintig, kort op zeven, als cartoon op veertien en altijd op nummer een, het kanaal van de stad. En het gebeurt ook buiten dat raam, dus je kunt het horen. Getoeter, Spaans gescheld, vrouwengelach, syncopische beat, blaffen. Een gillende politiesirene, als een prehistorische vogel. Binnen, langs het bed, liggen de geheimen van de minibar, bontgekleurde flesjes: is er één leeg, dan laten we dat gewoon op de vloer vallen. Als er één leeg is, laten we dat op de vloer vallen. Tien groene flesjes. En dat is alleen nog maar het bier. Dit is geweldig! Honey is naar haar eigen kamer gegaan. Maar wie heeft er vrouwen nodig? Kijk toch naar de televisie! Het geschiedeniskanaal biedt geschiedenis in prettige delen van een halfuur aan. De enige echte geschiedenis is de geschiedenis van Hitler. Het entertainmentkanaal vermaakt meedogenloos. Eist dat je lacht. Doet daar alles voor. De sekskanalen laten seks zien en seks horen, maar laten niets ruiken. Reuk is belangrijk. Het nostalgische kanaal laat overleden mensen heen en weer lopen, uur na uur, onafgebroken. Ze vertellen slappe moppen, ze trekken aan de gordijnen en huilen, soms tapdansen ze. Het nostalgische kanaal is het kanaal van de oude films en – mijn god – daar is ze! *Daar is ze!* Daar, op het televisiescherm. En zo mooi was ze, en die parels waren haar ogen, en tja, je *weet* dat de problemen tussen twee mensen nooit zo torenhoog worden in deze gekke wereld, maar toch. Maar *toch*. Hier is je jas en daar staan je schoenen en daar is het gat van de deur.

En natuurlijk is het geen duidelijk plan, tot je buiten voor het hotel staat, een beetje wiebelig op je voeten, geschrokken van de kou. En de sneeuw. Het is één uur 's ochtends. Waar komt al dit witte spul vandaan? Op kanaal vijftien was het zomer, de bladeren begonnen net te kleuren. De receptionist, die aangeschotenheid herkent, houdt een taxi voor je aan.

In je eigen stad is een ritje in de nachttaxi een saaie doos met jouw gedachten erin. In een andere stad is het gewoon een uitje. Maar het is niet licht genoeg om je toeristenogen op te zetten. Je kunt niets zien tot het vlak voor je staat – geen mooie doorkijkjes, alleen vage contouren die pas pal voor je neus wat worden. De straatlantaarns vormen een lange lijn. De taxi's rijden door de straten als een eerste levensbehoefte: leveren dronken mensen bij bars en cafés af. Hij staat van zichzelf te kijken, dat hij dit doet. Maar Honey zei al dat hij het zou doen, en zij kent de Handtekeningenmannen. De beste omschrijving van hen is dat ze moeilijk dingen op hun beloop kunnen laten.

Hij leunt voorover en vraagt de chauffeur, KRYCHEK, GARY, om via een plein om te rijden dat bekendstaat om zijn musea en prostituees. Voor het eerst realiseert Alex zich dat het een bijna metafysische naam heeft. Er staat zelfs een imposante elektronische klok boven op een toren, die terugtikt naar de een of andere nuldatum. Iets waar je als je dronken bent beter niet over na kunt denken. Hij ziet dat de deuren van de musea openstaan. Byzantijnse kunst, renaissancebeelden, middeleeuwse Franse wapens. De stad houdt een festival om de kunst te promoten. In het kader daarvan zijn de musea twenty-four-seven (zoals ze het noemen) geopend. Maar de meeste mensen zijn nog steeds buiten, laten die achterlijke LED's hun eigen leventje leiden. Ze eten popcorn onder het wachten, kijken ondertussen naar het nieuws dat op de lichtkrant rond een wolkenkrabber draait. Er is een president overleden, niet de hunne. De sneeuw valt minnetjes, valt op verlichte plekken, maar verdwijnt op de natte grond. Op een zeepkist gillen vier zwarte jongens over reïncarnatie. Advertenties blinken op, bewegen, spreken en maken plaats voor de volgende. Over de hele lengte van een gebouw hangt een mammoetgrote afbeelding van een witte kat die een schoteltje melk leeglebbert. Dit is mooi, net een droom dat iedereen samen is. De dagen van de musea zijn geteld. Een mollige, roodharige hoer houdt de taxi van Alex tegen, die bijna tegen haar kont aan gereden was. Ze maakt het Internationale Teken van minachting (de middelvinger) en dribbelt bij een tentoonstelling van vroeg-Chinese schilderkunst naar binnen.

'Ziet u wel, deze buurt is niet ideaal voor rondritjes,' zegt Krychek droog. 'Veel voetgangers. Met dikke konten.'

'Nou, vooruit met de geit,' vindt Alex-Li. Krychek moet erom lachen en stopt.

Alex moet hem twintig dollar geven voor hij de motor weer wil starten.
En zo rijden ze over een brug en het onderliggende water.

3

Alle openingszinnen die hij kan verzinnen zijn voor een jongere vrouw in die rol (‘*Ik kon niet weg voor ik je nog een keer gezien had*’, ‘*We moeten praten*’). Uiteindelijk staat hij met zijn mond open in de deuropening. Maar geen van beiden maakt geluid, alleen het ruisend geluid van een zijden jurk als ze hem naar binnen wenkt en in de hal laat. Daar pakt ze een zakhorloge van een dressoir en houdt het als een vogeljong vast.

‘Een wat rare tijd, vind je niet? Om bij een vrouw langs te gaan. Maar misschien ben ik niet modern.’

Alex loenst, probeert te focussen.

‘Is Max thuis? Gooi je me eruit?’

‘Poeh! Je praat alsof ik een natuurramp ben.’

‘Misschien ben je dat ook wel,’ zegt hij met gebroken stem. Hij moet zijn schoenen uittrekken of hij wordt geveld door de stank die eruit komt. Zijn benen geven het op, de sofa vangt hem op. Kitty gaat tegenover hem zitten. Zo zitten ze een minuutje of wat. Alex bewusteloos met zijn hoofd tegen de muur, gesloten ogen en open mond; Kitty die kijkt. Ze pakt een van zijn voeten, trekt de sok uit en masseert zijn voetzool.

‘Nee,’ mompelt ze. ‘Je maakt een denkfout: de natuur is *fascista*, de grote stier is natuur. Ik ben precies het tegengestelde. Ik ben niet sterk en ik zal niet overleven. Ik ben gecultiveerd. Ik doe alsof ik kalm ben als ik om vier minuten voor halftwee ’s ochtends onbekende mannen in mijn huisje heb.’

Alex duwt een ooglid omhoog. ‘Dat is mijn voet. Hoe laat is het? Christus, sorry’ – hij trekt zijn voet terug, haar handen zijn koud – ‘Ik ben aangeschoten. Ik had niet...’

‘O...’ zegt Kitty ondeugend. ‘Nou snap ik het. Je komt niet voor een voetmassage? Je komt voor passie!’

De slaapkamerdeur zwaait wijdopen en een straal geel licht valt in de gang, een geweldig pad voor een hijgend, hardlopend dier, heet en levend en ineens bij hen.

Kitty draait zich om en spreidt haar armen voor het beest.

‘Lucia, we hebben bezoek! O! *Lucia, Lulu, Lo-Lo*, ja we hebben je wakker gemaakt – en kijk eens hoe aardig ze je vindt – je moet haar optillen en aardig voor haar zijn, ze is een echte *prostituee* in ruil voor liefde, wat voor liefde maakt niet uit – kijk nou toch hoe ze zich op hem werpt!’

Alex ontdekt dat hij een handvol hond vast heeft, omklemt hem stevig en kijkt hem recht in zijn gezicht. De ogen, kolossaal en uitpuilend, zijn pikzwart met kleine spikkeltjes in de pupillen. Er zit een slijmerig waas voor, net twee ongeboren dingen.

'Het is mijn engeltje, natuurlijk...' mompelt Kitty en ze slaat haar vingers in elkaar. Het is moeilijk voor haar om niet het hondje vast te houden. 'En we zijn blij dat je er bent... om eerlijk te zijn, slapen we niet goed. Koffie?'

En daar zitten ze weer, in de keuken. Ze vraagt waar hij vandaan komt, wat hij precies doet. Als hij het vertelt zegt ze: tja, ik moet zeggen dat je er inderdaad joods *uitziet*. Een van de grote, niet te beantwoorden niet-joodse wijsheden van de moderne tijd. Maar Alex kan niet kwaad op haar worden. Hij ziet maar steeds haar jonge gezicht voor zich. Misschien is hij gekomen om haar haar jonge gezicht nog eens te laten zien.

'Lucia is gedeeltelijk Chinees,' meldt ze en ze geeft hem een bord koekjes. 'Haar familieleden zijn allemaal keizerlijke honden, tot ver terug in het verleden. Tenminste, dat zei de verkoper. Ik vind het interessant dat ze gek op Pekingeend is. Daar wordt ze echt helemaal wild van!'

Alex pakt een koekje en zegt niets van de theedoek die over zijn arm wordt gelegd.

'Dat is... leuk.'

'Ik weet niet of het leuk is. Het is in ieder geval duur. En nou gaan we televisiekijken.' En ze loopt gedecideerd langs hem, met Lucia dansend achter haar aan. 'Ken je de Amerikaanse televisie? Net of je het lekkerste eten van de wereld in een emmer stopt en het goed doorroert. Kom op.'

Toevallig, of misschien wordt die wel continu uitgezonden, kijken ze naar dezelfde reclame die Alex eerder heeft gezien.

'Neem me niet kwalijk,' zegt Kitty en ze slaat een deken om haar schouders en klimt in bed. 'Een beetje tocht en ik heb het te pakken. Ik heb eindelijk de leeftijd van de dodelijke tocht. Als ik eraan denk hoe mijn *oersaaie* Russische tantes daar altijd over klaagden, klaagden en klaagden... ze konden niet hier zitten en ze konden niet daar zitten... en ik had geen medelijden, geen enkel... en nu heb ik zelf die afschuwelijke leeftijd. Nee, nee, blijf toch hier, maak je niet bezorgd. Hoe iemand kan geloven dat een kruidensmeerseltje op je borst dit kan voorkomen, ik snap dat niet. Pas jij op de wat-het-ook-is?'

Ze geeft hem de afstandsbediening en hij gaat bij het voeteneinde van het bed in kleermakerszit op de grond zitten. Hoewel de televisie volgens hem niet echt stilstaat (het beeld verdriedubbelt en danst dronken naar links), doet Alex zijn best om de touwtjes in handen te houden. Hij zet hem aan. Hij kiest een nummer. De populaire acteur Jimmy Stewart probeert wanhopig twee stapels papieren vast te houden en kijkt omhoog, in goddelijke richting.

'Ik haat dit kanaal,' zegt Kitty heftig. 'Veel te morbide voor mij. Kerkhof van mijn vrienden.'

Alex komt omhoog en kijkt op het bed. Een genadeloos nachtlampje schijnt onbarmhartig op haar dunne haar en de hoofdhuid daaronder. En op haar bedroefde gezicht. Zonder liefde. Hij zal haar voor close-ups moeten beschermen. Lucia ligt er als een baby.

'Ik heb ooit eens met hem geluncht.'

'Echt waar?'

Hij wordt moe. Legt zijn hoofd naast haar voeten.

'Ja, echt waar. Charlie Laughton en zijn vrouw Elsa, een geweldig lieve vrouw, waren gemeenschappelijke vrienden. Elsa zag er vreemd uit, maar was nooit jaloers of zo. Ze waren alletwee héél Engels, héél elegant – wat ik toen heel belangrijk vond, want iedereen in Hollywood was walgelijk *vulgair* en ik miste mijn huis, en zij kenden Capri een beetje en zo – dus op een dag kwam mijnheer Stewart naar Texas, ik weet niet meer waarom, en ik was daar om met een *idioot* te trouwen, en mijnheer Stewart, hij kende niemand, en Charlie, die herinnerde zich ineens dat ik er was, en hij gaf hem het telefoonnummer van mijn hotel, en toen hebben we samen geluncht. Een hele grote man, met een aparte stem. Volgens mij was hij een beetje verliefd op me – maar ik was veel te gevleid om te weten wat ik moest doen. En dan had ik natuurlijk ook nog die bruiloft met die idioot van een olieman met die afschuwelijke voeten...'

En dit is de toetssteen. Ze praten over films, over losstaande momenten uit films, over gebaren. Hij loopt naar de lounge, kijkt waar ze gezegd had dat hij moest kijken en komt terug met een band. Deskundig spoelt hij vooruit naar het videokanaal.

'Dit?' roept ze als ze een bril heeft opgezet. 'Wat is dit? Waarom dit?'

Op het scherm staat Joey Kay, agent en echtgenoot, op het toneel met zijn May-Ling Han, terwijl ze buigen voor het applaus na de première van haar eerste film. Het gordijn is een landschap van roodfluwelen plooien. Er worden bloemen gegooid, grote openstaande lelies. Zelfs het orkest in de engelenbak heeft de instrumenten neergelegd en applaudisseert. Ze is een kanjer! En hij steekt zijn hand naar haar uit, zijn gezicht vol liefde, maar ze ziet hem niet eens. Ze ziet alleen maar de eerste drie rijen. Er is iets veranderd. Er zit een kleine trilling in de pols die hij vastgrijpt. Dit spreekt boekdelen. Ze heeft haar beslissing genomen. Tussen de man van wie ze hield en die geweldige mensen daar in het donker.

'Ik zie hier niets,' zegt Kitty starend. 'Gewoon een achterlijke stomme show. Deze film is sowieso idioot. Ik zie er net zo Chinees in uit als mijn schoen.'

En zo schieten ze door nog meer van dit soort films, vooruitspoelen, het beeld bevriezen. Kitty lacht hartelijk en soms uitgelaten met haar kleine mond. Verhalen over wellustige sterren, wrede directeuren, driftige diva's.

'Je hebt daar een hele bibliotheek van me,' zegt ze hoofdschuddend als hij er een nieuwe band uit trekt. 'Niemand heeft je dat gevraagd, toch? En met zulke absurditeiten!'

'Nog eentje,' bedelt Alex.

Later schijnt het licht naar binnen.

'Mijn god, heb je dat gehoord? Een vogel! Een ochtendserenade! Ik moet de gordijnen dichtdoen.' Ze slaat de deken terug en staat langzaam op. Hij ziet meer dan zou mogen: een stukje dijbeen, witte, kleffe huid zonder spieren. Het lijkt of het vlees zo van de beenderen zou kunnen vallen. Paarse, dikke aderen. Ze trekt haar jurk recht. Als ze langs de televisie loopt, kijkt Alex net naar een scène. Kitty in een kanariegele bikini die haar haar droogt. Ze stopt. Ze kijkt schuin van bovenaf, honend lijkt het wel, naar het beeld.

'Moet je nou toch kijken. Kun je je dat voorstellen?'

'Je bent *zo* mooi. En verder...'

'Nee, nee, nee, nee. Jij weet niet hoe het is om dit te moeten zien.'

'Het is geweldig. Je kunt dit altijd zien, zo vaak je maar wilt. Het is een film. Jouw soort leven voor...'

'Nou doe je belachelijk,' zegt ze ernstig en ze loopt door de kamer naar het raam. 'Mensen vertellen de waarheid niet. Alsof we gezellig van het een naar het ander gaan. Van jong naar oud. Nee... dat is niet helemaal waar, je wordt van het een naar het ander gegooid. En de *angst*, daar liegen ze ook over. Ik kan er soms niet van slapen dat het bijna afgelopen is. Mijn leven. En dat ik alleen ga. En in Amerika. Dit heb ik zo nooit gepland. Niemand bij me, alleen Max.'

'Kitty, denk je niet dat Max... wat te, *Christus*... misschien wat te veel *controle* over...'

'Ik ben nu bekaf,' moppert Kitty en ze gaat terug naar bed. 'Neem me niet kwalijk.'

'Ik blijf hier slapen,' zegt Alex besluitvaardig. Hij vindt dat hij hier moet blijven, als een schildwacht, wakend voor de dood. Hij zet de televisie uit. Zij draait de luxaflex dicht. Het wordt warm, gezellig grijs in de kamer, waardoor ze zwarte, onduidelijke vormen aannemen, tot hun eigen schaduwen gereduceerd worden.

'Natuurlijk,' geeft Kitty toe en ze fluistert hem toe waar hij lakens en een kussen kan vinden. 'En je vriendin?' vraagt ze. 'Zal die je niet missen? Was ze niet een beetje te lang voor je?'

'Waarom,' wil Alex weten terwijl hij een laken over zijn schouder gooit, 'fluisteren we ineens?'

Kitty kruipt in bed en wijst naar Lucia, die stiekem naar beneden is gegleden en nu als een kussen op het voeteneind ligt. Alex maakt zijn bed op. Kitty ligt al in bed. Alex ligt er nu ook in. Hun ademhaling gaat synchroon. Ze raakt van slag als ze merkt hoe hij opzettelijk in haar ritme meegaat. Zijn hart raakt van slag als ze maar even kucht of zucht. Van alle mogelijke doden die iedereen iedere dag bedreigen, is die van haar op dit moment het meest onverdraaglijk. Dit is het, denkt hij tevreden, de top en de bodem van liefde.

Het is vijf uur in de ochtend. Dramatisch en gepassioneerd staat hij daar in zijn grijze ondergoed, dat niet bij de passie en het drama van dat moment past, en zegt tegen haar dat ze met hem mee moet gaan, hier weg moet, omdat dat de enige manier voor haar is om weer vrij te zijn, en trouwens, hij heeft een plan. Over deze speech heeft hij een uur in het donker liggen nadenken.

'Laten we er bij het ontbijt verder over praten, hmm,' zegt ze zo neutraal mogelijk, en ze draait zich om en ziet dat hij vlak naast haar geknield zit, zogenaamd in paniek en met een gezichtsuitdrukking die ze zelf zo vaak gespeeld heeft. 'We gaan nou eerst slapen. Het is ontzettend laat – te laat om een B-film na te spelen.'

Ze rolt, met de sprei, van hem weg. Haar vingers zijn koud. Zelfs toen ze die films maakte, zelfs als een onschuldig meisje, had ze al slecht geslapen als ze dacht aan hoeveel mensen die naar de film gingen, een zin of een blik van haar zouden gebruiken voor iemand van wie ze hielden.

ZES / *De stier thuisbrengen*

I

Het park ziet er Russisch uit. Een orthodoxe basiliek met bladgoud piept tussen de bomen door, een sovjetachtige sintelbaan ligt er middenin. Het vieze, grauwe ijs ligt opgehoopt tegen de boomstronken, op de oevers en langs het fontein. Ook ligt een grote berg midden op de joggingbaan. Alex zou nooit geloofd hebben dat je in februari kunt joggen, maar het is wel zo. Het is precies elf uur 's ochtends. Roebling lijkt ergens naartoe verdwenen en hij is op zoek naar een metro die hem naar de stad terugbrengt. Hij heeft plannen gemaakt voor vandaag en inkopen gedaan: eten, een vliegticket, een goed boek. Hij heeft, zoals in de advertenties graag wordt gemeld, een drukke ochtend gehad.

Hij vindt een plekje en ziet hoe agressieve yuppen en Polen elk hun perfecte cirkel afbakenen. De yuppen in badstoffen sportkleding, met merknamen en zweetbandjes. De Polen ook, maar op een andere manier. Deze twee groepen ontmoeten elkaar niet gezellig op de joggingbaan of kletsen wat rond de fontein, ze blijven van elkaar gescheiden. Net als in de winkel waar hij zijn muffin kocht, bedenkt Alex. Haring, lekach, kichelach en zoete mamliga aan de ene kant, latkas, falafel en kwark aan de andere. En in de boekwinkel een plank met boeken van de populaire schrijver Charles Bukowski en verderop een tafel met hoogopgestapelde Poolstalige bijbels.

Op straat lijken de Polen de sneeuw te kennen en ze hebben zich erop gekleed. De yuppen denken blijkbaar dat ze de kou kunnen uitbannen of, nog eenvoudiger, kunnen negeren. De Poolse meisjes zien er wasachtig uit, met kattenoogjes. Die beseffen niet dat Alex leeft. De yuppenmeiden met rode appelwangen en wilde haardossen lijken wel geïnteresseerd, maar die interesse hangt nauw samen met de interesse die hij voor hun kunst heeft. Hij is er pas twintig minuten, maar Alex voelt zich al gerechtigd om het absurde samenleven tussen yuppen en Polen diepgaand na te trekken, om hun onderlinge relaties te ontwarren, hun wetten. Is het zus of zo? Hij nipt van zijn koffie. Hij begint met het volgende:

Het Gebied van Net Als Dit

1 Polen hebben yuppen nodig, want yuppen brengen nieuw geld in hun wijk.
De lente komt en het gras groeit vanzelf.
2 Yuppen hebben Polen nodig, want door de Polen lijken de yuppen – ondanks hun groeiende financiële stabiliteit – bohémiens. Naast Polen wonen is voor een yup een eigen keurmerk.
De blauwe berg beweegt niet.
3 Yuppen zijn Polen. Polen zijn yuppen. Polen verkopen T-shirts met namen van benzinestations uit de jaren vijftig. Yuppen eten zure haring.
Witte wolken drijven heen en weer.

Tevreden strekte Alex zijn armen uit over de koude bank. In zijn zak had hij een vliegticket, op zijn schoot een open boek.

'Yitgadal ve'yitkadash,' las hij hardop, en hij herhaalde de zin vervolgens met een zelfverzekerder stem in het Engels. Hij zag de Hebreeuwse letters voor zich, letters waarvan hij alleen de basisvorm begreep (*yud, tav, gimel, dalet, lamed)*, maar niet hun vervoegingen en naamvalsvormen. Hij legde zijn handen over de tekst. Ademde diep vanuit zijn middenrif. Er was geen enkele reden om iets te doen, tenzij je accepteerde dat het feit dat er geen enkele reden was, het de moeite waard maakte. Een perfecte joodse formulering. Maar dat was het niet. Zij had iets gezegd, dat was het.

Hij stond op dat moment onder de douche en zij voor de badkamerspiegel, openlijk te kijken. En dat voelde heel natuurlijk. Ze maakte zich op en vroeg naar zijn familie.

'Mijn vader ook,' zei ze na zijn reactie. 'Hoewel dat destijds, op mijn leeftijd, natuurlijk te verwachten was. Maar ik weet wat het is, hoe het voelt. Mijn moeder overleed toen ik heel jong was, elf. Ze was mijn godin.'

Alex was van plan er een van die oppervlakkige televisiewaarheden tegenaan te gooien die iedereen van zijn generatie uit het hoofd kende. Maar Kitty was aan een verhaal begonnen, alsof dit de hele tijd haar bedoeling was geweest.

'Een *Roemeense*,' vertelde ze insinuerend. 'Verschrikkelijk! Ik haatte haar! De vrouw met wie hij hertrouwde. Als in een sprookje, zo gemeen was ze. Een dievegge, een echtbreekster en iemand die sociaal gezien hogerop wilde. En ze *haatte* mij. Ik was natuurlijk zo mooi en zij was zo *lelijk*, net een gedrocht of zo. Ze sloeg me als hij er niet was. Maar het allerergste: we hadden een soort zomer*paleis* in St. Petersburg – en wat denk je? Ze pikte alles in na zijn dood, de schilderijen, de dressoirs en de roze schoteltjes van het Engelse theeservies! Alles! Alles werd aan de hoogste bieder verkocht. Echt, zo ging dat! Dingen die soms meer dan driehonderd jaar in de familie waren geweest. Kun je je dat voorstellen?'

Om het detail van de schoteltjes, zo afkeurend gebracht, moest Alex onwillekeurig glimlachen. Dus keek hij gauw naar de muur. Onvermoeibaar ratelde Kitty door. Ze hield haar hoofd naar één kant schuin en deed aan de andere kant een oorbel in haar oor. Alex zette de douche uit en stapte onder de laatste koude druppels vandaan.

'Kijk, daar recht voor je staat een van die kostbare spullen,' wees ze aan. 'Het resultaat van mijn harde werken.'

Alex keek naar het ronde, in goud ingelijste zeventiende-eeuwse miniatuur dat voor het raam stond. Kitty's Russische bet-bet-bet-bet-betovergrootmoeder, licht beschadigd door brand en ze miste een oog. Kitty had de laatste jaren aan Max veel geld betaald om andere mensen in te schakelen die in Europa op zoek waren gegaan naar spullen uit haar jeugd.

Alex pakte de handdoek aan die ze hem gaf.

'Daar is dus je geld naartoe gegaan.'

'Tuurlijk. Waar anders naartoe? Ik hou niet van champagne. Niet van gigolo's. Ik snap het zelf niet omdat ik mijn vader nooit vergeven heb dat hij met die vrouw is getrouwd. En nu steek ik mijn vrije tijd en mijn geld in het opsporen van zijn spullen. Het meeste vind ik niet eens mooi. Maar het zal wel iets symbolisch zijn, denk ik. Je weet maar nooit, tot het zover is, wat je de doden verplicht bent.'

'Geweldig en sacraal,' zei Alex hardop. 'Laat ons Zijn naam eren.'

Hij realiseerde zich spijtig dat hij dat laatste met de stem van de populaire acteur James Earl Jones heeft gezegd. Een diepe basstem die hij onbewust opzette als hij over religieuze onderwerpen begon. Hij keek op uit zijn boek.

Wat je de doden verplicht bent.
  Wat je de doden verplicht bent.
    Wat je de doden verplicht bent.

Een pracht van een yuppenmeid, lang blond haar, rugzak en skeelers, kwam er als een godin aanracen. Nu knielde ze een meter of zo verderop neer om een veter te strikken. Ze droeg een rok, model jaren tachtig. Ze had geschaafde en blauwe knieën. Alex dacht niet dat ze ooit een vader had beweend die al vijftien jaar dood was in een taal zonder klinkers.

'YITGADAL VE'YITKADASH!' zei hij, veel te hard. Het meisje bloosde en verontschuldigde zich. Ze rolde weg voor hij het kon uitleggen. Wat later zag hij haar weer lopen, op gympen deze keer. Ze was weer een menselijk meisje op twee menselijke voeten.

2

Even terugspoelen: wie werd er het eerst wakker? Of waren ze echt, daar lijkt het wel op, tegelijk wakker geworden? Van het wapperende gordijn, het binnenvallende licht. Alex had gehoopt dat hij haar in bed kon verrassen, zag zichzelf al binnenkomen met versgeperste jus, gekookte eitjes, als die er waren, en een champagneglas met een roos erin. Maar toen hij zijn ogen opendeed, gingen de hare ook open. Ze gingen rechtop zitten en op de een of ander manier was ze uit bed voor hij haar kon tegenhouden ('Moet je je voorstellen, op deze leeftijd, als het niet meteen gebeurt, gebeurt het nooit meer!'), en weg was ze. Hij vond haar in de keuken waar ze een blikje sardines voor Lucia openmaakte. De tong van het beest hing uit haar bek, ze kwijlde en kronkelde rond Kitty's benen.

'Ut,' zei hij en hij probeerde zijn hoofd recht te houden, zodat zijn hersens niet naar buiten zouden glijden.

'Zo ben je sprekend Karloff,' vond Kitty.

Ze aten gekookte eieren en muesli in de kamer bij het raam en zagen hoe aan een andere tafel in het bakstenen gebouw aan de overkant een stelletje ruziemaakt. Alex nam twee paracetamolletjes in die hij van Kitty had gekregen en werkte ze met zijn muesli naar binnen.

'Je kunt zien dat zij een pak aanheeft,' zei Kitty, terwijl ze met een knokkel op het raam klopte. 'En hij een pyjama. Ze heeft *heel* grote plannen, iets met uitgeven geloof ik – kijk maar, overal boeken – en hij ligt altijd tot diep in de middag in bed. Soms zit hij met gekruiste benen drie uur op een matje. Moet je je voorstellen! Eén keer per week hebben ze enorme ruzie, en af en toe doet hij net alsof hij zijn koffers pakt, maar hij gaat nooit weg. Maar hij heeft een *goddelijk* lichaam... dus zullen we het hem maar vergeven.'

'Ik wil dat je met me mee naar Londen gaat,' zei Alex.

Kitty lachte schril, alsof ze gekieteld werd. Ze begon de ontbijtspullen op te ruimen, maar hij pakte haar pols. Ze ging dan maar weer zitten en trok een wenkbrauw op.

'Wat wil je dat ik daarop zeg?'

Alex liet haar los, zat pruilend boven zijn muesli.

'Nou ja, je...'

'Wat: nou ja?'

'Je zei dat je weer eens naar Europa wilde.'

'Ik wil ook graag weer zesentwintig zijn. Soms liggen de zaken niet zo eenvoudig.'

Alex keek op en pakte haar bij haar ellebogen. 'Ga gewoon weg. Van Max, van dit huis waar je de hele dag in zit. Het is maar een vakantie. Niet naar het einde van de wereld. Het is niet zo moeilijk. We kunnen vanavond nog weg.'

'Je bent lief,' zei Kitty lachend en ze stond weer op. 'En labiel. Je praat als Trevor Howard of zo iemand. En bij jou moet alles op de hoogste snelheid. Ik ken je nu precies vierentwintig uur. Geef me dat en dat eierdopje eens aan.'

Aan de overkant ging een groot schuifraam open en de jonge vrouw in pak stak haar hand naar buiten en wees naar de straat.

'Daar!' gilde ze. 'Daar is de wereld.'

'Olala,' zei Kitty en ze liep fluitend naar de hal. 'En dan ontploft de boel.'

'Luister nou eens,' zei Alex. 'Ik weet dat je geen geld hebt. Maar je *hebt* het wel, ik bedoel – je kunt eraan komen. Heel makkelijk. Zet die zooi neer, kom op – zet het nou eens even neer.'

Met een vriendelijk gebrom zette Kitty het blad op het dressoir. Alex keek zoekend de kamer rond naar een pen en zag er een op de schoorsteen liggen. Hij pakte een oud tijdschrift.

'Hier. Schrijf hier nou eens je naam.'

Kitty pakte het tijdschrift en de pen aan en gooide die op de sofa.

'O, *Alex*. Is dit je plannetje? Denk je dat ik daar nooit aan gedacht heb? Moet ik dan mijn eigen handtekening verkopen? Vijftig dollar hier, vijftig daar? Mezelf verkopen? Max heeft het ook over die achterlijke handel gehad. Sorry, Alex, maar daar voel ik me te goed voor. Moet je eens kijken hoe ik leef, alleen, maar wel ontbijten met een vreemde. Mijn leven is al rommelig genoeg.'

'Wacht, *wacht. Vijftig* dollar? Had Max het over vijftig dollar? Hij weet niet waar hij het over *heeft*. Ik heb gezien dat mensen voor een brief van jou achtduizend dollar betaalden, Kitty. Acht*duizend*.'

Nou had hij haar aandacht. Haar mond ging open en weer dicht. Ze ging zitten.

'*Acht?*'

'Acht.'

'Dat is niet mis. Dat geld. Daar zou ik veel mee kunnen doen. En jij,' mompelde ze en ze stopte een pluk haar achter haar oren, 'jij maakt geen grapje, hoop ik.'

Alex kwam naast haar zitten. 'Ik heb erover nagedacht. De hele nacht. Het kan.'

Ze hoorden dat het raam resoluut dicht werd gedaan. Het eind van iets aan de overkant, het begin van iets hier.

'Maar hoe moet dat dan? Het moet illegaal. En hoe moet ik überhaupt mijn eigen...'

'Dat probeer ik je nou de hele tijd te vertellen. Jij doet helemaal niets. Ik doe het allemaal. Er zit helemaal niets illegaals aan. Ik krijg een percentage, net als iedere agent...'

'Ha! Dat heb ik vaker gehoord! En dan verdwijnen ze met alles...'

'...10 procent. Het standaardpercentage. Ik wil je helpen...'

'Jij wilt *iemand* helpen,' schrok ze en ze draaide van hem weg. 'Jij voelt je schuldig over iets. Ik snap het... ik ben katholiek. Ik weet alles van schuld. Jij hebt de Samaritaanse ziekte! Ik wil geen liefdadigheid!'

'Goed. Prima. Dan ben je me alleen het vliegticket verschuldigd. Luister nou toch eens alsjeblieft. Het is geen liefdadigheid. Het is een cadeau, voor jou, voor alles wat je mij gegeven hebt. Het punt is dat je een leuke vakantie kunt hebben. Zorg voor wat geld. Dan, als je dat leuk vindt, kun je gaan wonen waar je wilt. In Italië bijvoorbeeld. Waar je maar wilt. Als we het goed doen.'

'O, Lucia' – de hond sprong op haar knieën – 'moet je dit fantastische verhaal eens horen! Is er wel plaats voor jou in zo'n plan, hmm? En Max – oei! Zou Max dit allemaal wel leuk vinden?'

'Max Shmax.' Alex trok een gek gezicht, maakte Kitty aan het lachen. 'Dat zal misschien een weekje duren. Als we terugkomen, zullen we hem alles vertellen. Als hij het geld ziet, zal hij geen commentaar hebben. En als je eersteklas vliegt – tja, hoe groot is Lucia. Die past wel in een tas, hè?'

Lucia nestelde zich op Kitty's schoot en gromde tevreden toen haar nekvel door twee zorgzame vingers werd gekneed.

'Kitty?'

'Ja, ja, ik luister. Ik luister. Maar het is een heleboel wat ik in één keer op mijn boterham krijg. En wat bedoel je met: als we het goed doen? Wat is "goed"?'

'Gradueel.'

'Dat zegt me niets.'

'Langzaam. In kleine gedeeltes. Als we de markt overspoelen, vermindert de waarde. We signeren eerst oude foto's – we kunnen zelfs oude inkt gebruiken – maar de meeste privé-kopers letten daar niet op. En oude brieven, als je die nog hebt. Ik biedt ze bij veilingen, handelaars, agenten en op de computer aan...'

Terwijl hij vertelde, werd zijn plan ook voor zichzelf duidelijk. De omvang ervan nam toe, hoe langer hij erover praatte. Zijn eigen heroïek vulde de ruimte als een gigantische airbag. Hij zou niet weten hoe het mis zou kunnen gaan.

3

In de pianobar van het hotel genoten ze een late lunch. Lovelear en Dove zaten op ongemakkelijke stoelen te wachtten tot twee slonzige blonde serveersters uitklokten. Ze hadden moeten smeken bij die vrouwen, vertelden ze Alex. Al vanaf het ontbijt. Als bewijs stond er een stapel lege raffia schalen, druipend van het vet van dertig kippenvleugeltjes. Klaar om weggehaald te worden. IJverige Alex had er een lege rode wijnfles aan toegevoegd, drie vieze glazen met een bodempje whisky, een cocktailglas met alleen de kers en een blikje bier met een sigaret erin. Een vettige rode arm en een bleek stuk boezem komen binnen gezichtsveld om de ketchup te pakken.

'Het is me een stel, vind je niet?' vroeg Lovelear.

Alex incasseerde de venijnige ribbenpor van Lovelear in stilte, en liet vervolgens een grote boer, want hij, hij alleen was de zenmeester. Tevreden klopte hij op zijn buik. Aan de andere kant van de bar rekte een stokoude man, Mister Martins, de laatste akkoorden van 'Some Enchanted Evening' om applaus van zijn publiek los te peuteren: drie dronken mannen, twee serveersters en een busganger. Alex applaudisseerde enthousiast en hard. De oude man draaide zich naar Alex en boog alleen voor hem. Trok ondertussen zijn afgedragen paarse smoking recht, als een echte butler. En dit is het publiek dat je onder aan de ladder verdient, dacht Alex, banaal en walgelijk. Geen-talent krijgt applaus van geen-smaak. Martins sloot met bevende handen de klep van de piano, haalde zijn naamkaartje van de bovenkant en zette er een kaartje op met: TERUG OM 17.30! Een van Lovelears serveerstertjes reed een vers gesneden ijsbeeld naar binnen. Een Venus met brede heupen in haar schelp.

'We gaan schaatsen,' deelde Loverlear mee en hij likte onzichtbare saus van zijn vingers. 'Als Della en Maude hier klaar zijn. We gaan allemaal schaatsen. Dit is onze laatste middag. Jij gaat ook mee. We gaan schaatsen en dan, heel snel, neuken we even, en dan moeten we een vliegtuig halen. Dus dan houden we van ze en moeten we ze verlaten. *Letterlijk*. Dat is het plan.'

Alex had niets over zijn eigen plan verteld. Alleen al de gedachte aan Lovelears superenthousiasme was meer dan genoeg. En hij had ook niet het gevoel erop te kunnen vertrouwen dat ze hun mond zouden houden. Afgezien van die twee feiten was Alex verder nog niets opgeschoten. Hij had voor Kitty een vlucht geboekt die een uur eerder vertrok dan de zijne. Hij wilde haar bij het vliegveld afzetten en haar aan de andere kant weer ophalen. In die interimtijd, consultancyjargon, was schaatsen een prima optie.

'Ha! Mooi,' zei Lovelear, op het verkeerde been gezet doordat Alex niet tegenstribbelde. 'Je hebt een sweater nodig.'

'Prima.'

'En een meisje – niet de onze natuurlijk. Haal Honey Smith op, en als die van ons het goed vinden, kunnen we haar...'

Dove, die gek was op slapstick, grinnikte al toen Alex naar de paraplubak reikte. Hij haalde er een golfclub uit en sloeg Lovelear daarmee op diens schouder.

'Je bent net een hond,' riep Alex en hij sloeg op de tafel, terwijl Lovelear hem sprakeloos aanstaarde. 'Met hondenverstand. Jij kunt alleen maar huilen naar de maan. Ren je eigen staart maar achterna. Damoejedoe. Dat is de hond – kijk dan,' hakkelde Alex, de alcohol stroomde over zijn morele standpunten. 'Een hond – dit is een hond – en maar jagen, jagen, op zijn staart. Dat ben jij.'

'Godverdomme zeker weten dat ik achter een staart aan jaag,' gaf Lovelear toe. Hij stond op en schonk Della, de dikke, die net haar schort had afgegeven, zijn volledige aandacht.

In zijn kamer waste Alex zijn hoofd en handen. Met zijn natte haren had hij wat weg van een Russische monnik. Het haar viel in twee zwarte ongelijke delen plat langs zijn hoofd, waardoor zijn grote oren prominent naar buiten staken. Meer viel er niet van te maken, dus ging hij naar de kamer naast de zijne.

'Schaatsen?' vroeg Honey en ze deed een stap naar achteren. 'Met jou?'

'En nog een paar, ja.'

'Voel jij je wel lekker? Je ziet er raar uit.'

'Ja, hoor. Ik heb nat haar. Ik zie je over tien minuten in de lobby. Neem een sweater mee.'

'Een wat?'

'Een sweater. Het sneeuwt nog steeds. Houdt maar niet op.'

'Uh-huh. Het is wel een beetje vroeg om zo dronken te zijn, vind je niet?'

'Nee, nee, *nee*, mevrouw Boeddhist, laat *mij* nou eens een vraag stellen. Wist jij dat in een boek van een beroemde jood iemand aan iemand anders vraagt hoe hij heet en dat die figuur "Neger" zegt?'

'Sorry?'

'En nog een vraag,' zei Alex, terwijl hij tegen de deurpost leunde. 'Denk je dat, omdat je een vrouw van zwarte – nee, ik begin opnieuw: ik bedoel omdat je een zwarte vrouw bent, dat ik niet begrijp wat jij *bent* of zo?'

Honey zette een vinger tegen zijn borst en duwde. 'Wil jij je adem een beetje weg proberen te houden? Alsjeblieft?'

'Want toevallig heb ik een zwarte vriendin, weet je. En mijn beste vriend is zwart. Ook. Wist je dat? Zo. Denk daar maar eens over na.'

'Gefeliciteerd,' lachte Honey. 'Tja, dan zijn dit waarschijnlijk onze laatste uren samen, *lieverd*. Dus in de lounge over tien minuten, oké? En hou je hoofd nog even onder de kraan.'

Terug in zijn kamer zag Alex wat hij eerst gemist had: zijn kamer is alweer in de pre-Tandem-staat. Twee dagen totaal teruggespoeld.

Het bleek dat de meisjes op de schaats geen natuurtalent waren. Della was van hen beiden nog wel de beroerdste. Ze viel om de paar minuten spectaculair boven op Lovelear en deze probeerde dan vervolgens de bevende giebel weer op haar voeten te krijgen. Zoals je gelatine in een vorm giet. Maude, in Ians stevige en overspelige armen, tilde iedere voet hoog op, alsof ze door de modder baggerde, en piepte elke keer als hij haar bij de veilige zijkant vandaan lokte. Honey had Alex niet nodig. Als een goede schaatster draaide ze soepel, zonder te vallen, haar rondjes. Af en toe maakte ze expres een zwierige bocht. Alex zat aan de kant en rookte een sigaret. Hij voelde dat de ijzers van zijn schaatsen dun en scherp waren. Precies het tegengestelde van menselijke voeten. Je moest wel erg optimistisch zijn om ze aan te trekken. Schaatsen moest duidelijk niet onderschat worden.

Ook aan niet-schaatsers bood deze ijsbaan vermaak. Normaal raakte hij niet onder de indruk van het uitzicht, maar deze keer bewonderde hij het ingenieuze idee om de baan boven op een heuvel te bouwen, wat een verrukkelijk panoramisch uitzicht bood. Het gaf je een kick waarvan je niet eens wist dat je die zocht: schaatsen op het dak van de wereld. Van hieruit kon hij Roebling zien. Hij dacht aan een openstaande koffer waar Kitty haar opgevouwen ochtendjas in legde. Hij kon het vliegveld zien, hij kon het dak van zijn hotel zien. Even dacht hij aan de rekening van zijn minibar. Hij kon zien waar de Polen leefden en de joden en de Spanjaarden en de zwarten en de Russen en de indianen en de punkers en de hoeren. Hij kon vlaggen zien, van zijde, die in de wind wapperden.

Op de ijsbaan zag hij Honey tussen allemaal kinderen staan. Ze trokken aan haar. Een van hen stak met iets langs en scherps in haar gezicht. Alex hield zijn hand omhoog om te zien of ze oké was, maar ze wuifde hem weg en lachte. Twee kinderen vielen op het ijs, waardoor hij kon zien wat ze deed. Ze signeerde. Een stuk of tien kinderen ruzieden om een pen en zochten papier voor de handtekening. Het werden er meer. Vaders kwamen erbij, toen moeders. Ze was naar de rand geschaatst om ze in een slordige rij op te stellen. Alex voelde iets nats en trok zijn hand naar beneden. Op een knak in zijn levenslijn was een onwaarschijnlijk grote sneeuwvlok, zo groot als een snoepje, geland. Hij zag hem smelten. Lachte. Lachte als een gek. Toen werden de bomen reuzenhermelijnen, elk gebouw werd een overwinning en de verleidelijke zon vroeg de wolken of ze wilden oprotten, en het licht maakte van iedereen een filmster, en de borsten van Della werden een wereldwonder, en de hemel werd paars en Sinatra zong! Sinatra maakte een lijst van de dingen waar hij van hield. Een open haard. Chips. Goede boeken.

De voorwaarden waren gunstig. Alex trapte zijn sigaret onder zijn schoen uit, strikte zijn veters en stommelde het ijs op. Hij had nog maar amper een stap gezet toen Honey achter hem kwam staan.

'Zag je dat?' vroeg ze warm in zijn oor.

'Ik vreesde voor het leven van die kinderen. Ik dacht dat je ze met hun eigen pennen zou steken.'

'Nop, ik wilde ze matsen. Het is maar een naam,' zei ze en ze leidde hen tweeën door een boog die andere mensen maakten met hun gestrekte armen. 'Ik ben het niet zelf. Ik geef niets van mezelf weg. Het is inkt.'

'Heel verhelderend, mejuffrouw Richardson.'

'Dank je. Tja. Mijnheer Tandem. Als u in deze stad zou blijven, zou dit het begin van een mooie vriendschap kunnen zijn, vindt u niet?'

Hierna reden ze samen nog een perfect rondje, ongestoord. Ze wisten alletwee dat dit hun manier was om afscheid te nemen en in principe zat er iets goddelijks in en hier is (een deel van) Alex' lijst:

Sinatra's stem tussen 1948 en 1956
Donald O'Connors rechtervoet
De weg naar school op een ochtend in maart
De letter א
In haar zijn met haar benen rond mijn heupen
Mensen die omvallen
Grappen
Te dikke katten
Voedsel
De films van Kitty Alexander

Verhoudingen, maar niet die van bloed of andere vloeistoffen
Tabak
Kinderen vertellen dat het leven lijden is
Alcohol
God
Geur van kaneel
Esther

4

Laatste oproep. Dat duistere punt waar alleen het juiste stuk papier je verder kan helpen.

'Nou,' zei ze en ze pakte zijn kin vast. 'Jij komt ook, hè? Dat moet je me beloven.'

'Ik ben er. Een uurtje later. Ik ben er.'

'Een uur? Wat is dat nou? Wat moet ik een uur lang op een vliegveld doen?'

'Mensen kijken,' suggereerde Alex. 'Mensen zien vertrekken.'

Kitty rilde. 'Dat heb ik vaak genoeg gezien, inclusief de versie dat ze niet terugkomen.'

Alex gaf Kitty een zoen op haar gepoederde voorhoofd. Ze rook naar theatermake-up. Ze had een rood mantelpakje aan, diamanten in haar oren en groene oogschaduw op haar oogleden. Haar haar was gekruld. In haar grote tas droeg zelfs Lucia een Schots geruit jasje. Ze hadden allebei de leeftijd dat reizen nog een hele voorstelling was.

'Arme Lucia. Zeven uur in een tas. Het is onwaardig voor een vrouw om zo te reizen.'

'Ze zit daar goed,' stelde Alex haar gerust en ze aaide Lucia's ruggetje. 'Zorg er wel voor dat ze rustig blijft.'

'Max heeft waarschijnlijk de politie al gebeld. Hij zal denken dat die stalker me ontvoerd heeft om me te verkrachten of iets anders ziekelijks.'

'Ik handel de kwestie-Max wel af,' zei Alex, en, zonder enig vertrouwen in deze laatste bewering, zoende hij haar nog een keer en nam afscheid.

Een uur later had hij een meevallertje: ze gaven hem een business-classplaats. Zo had hij nog nooit gevlogen. Hij begreep dat hij het blij moest accepteren, maar hij schrok er ook van. Het *gedoe* dat het veroorzaakte. En alles moest geïnspecteerd en op kleine verschillen ingedeeld worden: tussen soorten jus d'orange, servetten (katoen of papier), dikte van de deken, scherpte van het potlood. De verschillen tussen toeristenklasse en business class zijn net wereldse manifestaties van de niet-joodse conceptie van de hemel. Een plek waar kinderen vanuit hun eigen hoge ijstoren jubelen zodra de toren van hun vriend op de grond valt.

Bovendien had de business class telefoon. Alex stak zijn creditcard in een toestel en luisterde voor negen dollar een minuut lang naar Esther, die vertelde waar ze aan geopereerd was, en dat ze even zijn vaders stralende aanwezigheid aan haar bed had gevoeld.

'Ik neem aan,' zei ze met een onherkenbaar zwakke stem, 'dat het een mentale kwestie is.'

Alex was stil. Esther had wat ze spirituele momenten noemde, wat varieerde van wispelturig vertrouwen in onbestemde sterrentekens tot creatieve discussies met haar Afrikaanse voorvaderen door middel van poëzie. Op dit gebied haakte Alex af. Hij was amper in staat tot geloof. Geconfronteerd met spiritualisme, werd hij ironisch.

'Nou,' spoorde ze hem aan. 'Zeg eens wat. Maakt niet uit wat.'

'Nee, ik... niets. Alleen. *Mijn* vader? Niet *jouw* vader?'

'Jouw vader. En hij hield mijn voet vast.'

'O ja, dus omdat hij tijdens zijn leven een grotevoetenman was, en voeten belangrijk zijn...'

'...Ach, laat maar. Laat maar zitten. Hoor eens, ik kan niet harder praten, ik ben bont en blauw. Ik moet ophangen.'

Een stewardess vroeg van heel dichtbij of Alex iets wilde drinken.

'Esther, wacht. Wacht. Wanneer mag je eruit?'

'Morgen. Vlug. Ik ben er klaar voor. Ik wil eruit.'

'Ik moet je iets belangrijks vertellen.'

'Doe dat morgen maar. Ik kan je een groot litteken laten zien. Kunnen we tegen elkaar opbieden. Waar zit je eigenlijk?'

'Op een directe vlucht naar Mountjoy. Ik zit nu boven het water. Als we neerstorten, wat denk je dat de grootste overlevingskans geeft – water of land?'

'Alex, wat is er in vredesnaam met je aan de hand? Klop onmiddellijk af op ongeverfd hout.'

'Zit hier niet – ik zit in de business class, het is hier allemaal hightech. Gelikt en gelakt.'

'*Klop nou!*'

'Oké, oké. Wat dacht je van een houtderivaat?'

'Moet goed genoeg zijn.'

Alex klopte af op zijn menukaart, waarvan hij kon kiezen uit vijf soorten paddestoelen.

ZEVEN / *De stier overstijgen*

I

Een driezitsbank van rood fluweel. Rabbi Darvick had de ene kant vast, rabbi Green de andere. Ze praatten druk. Toen Alex dichterbij kwam, zetten ze het ding recht voor het oorlogsmonument van Mountjoy en gingen zitten.

'En natuurlijk is het wonderbaarlijke dat ze het allemaal binnen deden,' zei rabbi Green en hij wees naar de drukke straat. 'Iedereen stond versteld!'

Darvick zag Alex het eerst. Hij stond op en schudde zijn hand.

'Tandem! Thuis! Wat een stad, hè? Zo! Goedemorgen, of moet ik zeggen' – en hij keek naar een lege plek op zijn pols – 'goedemiddag?'

'Waar is Rubinfine?' wilde Alex weten.

'Nou, om precies te zijn heeft de rabbi de auto gepakt om een boodschap voor *jou* te doen,' vertelde Green en vanuit zijn zittende positie gaf hij Alex een hand die Alex niet snel genoeg terugtrok. 'Hij is naar de synagoge op Mulberry Road om rabbi Burston op te zoeken. Over donderdag. En hoe het nu verder moet.'

'Dat had hij helemaal niet hoeven doen,' reageerde Alex geïrriteerd. 'Dat had ik heel goed zelf kunnen doen.'

'Ja, natuurlijk,' zei Green glimlachend. 'Alleen deed je het niet.'

De klok boven het station sloeg negen uur en een ongeordende sliert schooljongens liep eronderdoor. De bomen, net gesnoeid, wuifden met hun kruinen in de lucht. Alex herkende Mountjoy, alleen de omtrek dan, en wat vreemd, scherp begrensd. Alsof hij net van de opticien kwam.

'Je ziet er slecht uit,' piepte Darvick. 'Jetlag zeker. Kom even zitten.'

'Eigenlijk moet ik naar een paar winkels...'

'Kom even zitten, *alsjeblieft*,' vroeg Green, en hij klopte op de sofa tussen zichzelf en Darvick. Alex gaf toe, maar zat met gekruiste benen en keek naar zijn voeten.

'Wij – rabbi Green en ik – zullen bij de minjan van donderdagavond zijn, wist je dat? Evenals veel van je vrienden. Aan beide kanten bekende gezichten,' zei Darvick, terwijl hij een hand op Alex' knie legde.

'Dat vind ik geweldig,' zei Alex en hij probeerde ondertussen niet de naam van het hondenvoer te vergeten dat hij van Kitty moest halen. 'Echt waar. Ik waardeer het bijzonder, want een minjan met minder dan tien personen is geen echte. Is niet kosjer. Zo zie ik het tenminste. Dus, bedankt. Bedank ook Rubinfine namens mij.'

'Dit is veel beter voor je dan die andere zaken,' fluisterde Darvick samenzweerderig. '*Dit* is het ware geloof. Dit is iets *doen*!'

'Ja. Dat begrijp ik,' zei Alex en hij wilde opstaan.

'Leven,' zei Green met de intonatie van iemand die citeert, 'is het weinige dat overblijft van sterven. Ken je de dichter?'

'Ik lees geen poëzie, rabbi. Daar heb ik geen geduld voor.'

'Begraaf de doden,' zei Green, op een koude toon nu.

'Ik doe wat er van me verlangd wordt,' repliceerde Alex even koud.

'Hoe staat het met dat boek van jou?' vroeg Darvick met vrolijke stem, maar verder onbewogen. 'Dat boek over dit is het tegengestelde van dat, blablabla, enzovoort.'

'Ik kreeg er genoeg van, heb er een punt achter gezet,' zei Alex, en hij salueerde spottend en liep weg.

Weer binnen gaf hij haar een kop koffie en verontschuldigde zich nogmaals voor zijn flat.

'In Iran,' vertelde Kitty opgewekt, 'woonde ik drie weken in een tent. In Ethiopië in een krot dat van niets was gemaakt, van dierlijk afval. Jij weet het dan wel niet, maar ik heb veel grote reizen gemaakt. Als een van mijn films klaar was, trok ik van verveling mijn derde man over de hele wereld mee. Jouw slaapkamer is voor mij helemaal geen ruïne, echt niet. Het enige wat Lucia en ik willen weten is waar die beroemde kat van jou is.'

'Ik kan je niet vertellen,' begon Alex, toen hij tegenover haar zat, 'hoe bizar het voor mij is dat je hier zit. Gewoon hier. *Hier*.'

Kitty trok haar benen op en schudde haar hoofd. 'Wat is bizar? Doe net alsof het een oma is die komt logeren. En hou nou eens op met dat ontwijken – waar is die joodse kat? Je hebt zo uitgebreid over haar verteld in de taxi! Ik voel de mogelijkheid,' zei ze en ze knikte in de richting van Lucia, die als een gek rondjes rond de salontafel rende, op jacht naar de katoenen muis-met-de-gebroken-nek van Grace, 'op vriendschap tussen tegenpolen, yin en yang, wat iets...'

Maar op dat moment rinkelde de telefoon in de gang om aandacht en Kitty gebaarde hem ernaartoe.

'*Alex*,' klonk Adams stem, alsof hij hem in een doolhof teruggevonden had. 'Terug. En op tijd. We gaan lunchen. Joseph pikt je onderweg op.'

'Joseph? Wat? Nee, ik kan niet lunchen, Ads – ik heb het druk. Ik ben helemaal – nee, luister eens – kan ik je later terugbellen of zo?'

Drie doffe bonzen door het oorstuk. Adam sloeg gefrustreerd met zijn hoorn tegen de tafel.

'Hallo? Mijnheer Gaylord? Nee. Je kunt me niet later terugbellen. Het is een lunch. Een topontmoeting noem ik het. Iedereen komt. Ook Grace – jij moet haar maar ophalen, wij hebben elkaar de laatste tijd te vaak gezien. Het is sowieso te laat, Joseph staat binnen een paar minuten voor je deur...'

'Nee, Ads, luister nou! Ik kan niet – lunch is niet – ik moet – nou ja, weet je, Esther, los van alles –' begon Alex, en hij schrok toen hij besefte dat dit de eerste keer was dat hij aan haar dacht sinds hij geland was.

'Ze pit even. Laat haar slapen. Kom lunchen.'

'Hoor eens, er is hier iets gebeurd. Ik moet met je praten...'

'Je praat nu met me!'

'Persoonlijk.'

'Kom dan naar die verrekte lunch!'

Uit de telefoon kwam alleen die vernederende pieptoon.

'Natuurlijk moet je gaan,' riep Kitty, zodra hij in de deuropening stond. 'Ga naar die lunch. Ik heb zo'n last van die jetlag dat ik mezelf voor wat dan ook moet excuseren. Alsjeblieft, ga, ga. Neem Lucia mee, die moet hoognodig een ommetje maken. Ze is veel te opgewonden.'

Zich beleefd verontschuldigend, pakte Alex de trapleuning vast en zag Kitty naar boven lopen. Lucia rende achter haar aan, was al halverwege voor hij haar bij haar middel greep en haar aan zijn borst drukte, een hand over haar bek.

'Goed zo. Gedraag je als een man tegenover haar, anders neemt ze je niet serieus. Haar riem hangt daar onder aan de trapleuning.'

De deurbel, waarvan een draadje of zo loszat, produceerde een raar geluid.

'Van wie is die hond?' wilde Joseph weten. Hij had een grijs pak en een lange zwarte jas aan en had een zwarte aktetas in zijn hand. Hij had steil zwart haar en was nauwkeurig gladgeschoren. Hij leek op een ondernemer.

'Van mij,' ging Alex in de aanval. 'Ik vond dat het tijd werd. Voor een hond.'

'Interessante keus,' zei Joseph en hij deed de deur achter hen dicht. 'Leuk jullie allebei te zien. Hoe heet hij?'

'Endelmann.'

'Ook leuk.'

Joseph liep over het pad naar het tuinhek en maakte dat open. 'Kom maar, Endelmann, kom maar mee. Grote jongen.'

Ze staken de straat over.

'Verrassing,' zei Joseph toonloos en hij liep meteen naar de chauffeurskant van een perfecte, geweldige, rode MG. Hij stak de sleutel in het slot.

Alex tilde Lucia op en duwde haar en zijn hoofd tegen het raampje.

'Joseph, van wie is deze auto?'

'Van jou.' Joseph deed de deur open. Hij was even stil en keek over Alex' hoofd naar boven. 'Alex, wie is die oude vrouw achter jouw raam?'

'Tja, weet je...' murmelde Alex vaag en hij wuifde naar Kitty, die naar Lucia wuifde. 'De moeder van mijn moeder. Mijn oma dus. Van wie is deze auto nou?'

'Van jou. Moet ik het nog een keer zeggen, of heb je het nu begrepen?'

'Tweedehands?' mompelde Alex en hij stapte achteruit toen Lucia op de grond sprong en de wielen besnuffelde.

'Nee, nieuw. Adam is een ziener. Hij en ik hebben drie weken geleden de oude verzekerd bij Heller's. Hij vertelde jou niets, want hij wilde je even in je vet gaar laten smoren. En hij kon dit redelijk goedkoop doen, begreep ik, dus hield hij wat geld over. Voor een godsdienstig iemand heeft hij een goede handelsneus. Ik zal rijden, jij neemt het beest – jetlag en auto's gaan niet samen. We laten het dak maar naar beneden, vind je niet? En rapmuziek, oké?'

'Wel immoreel, natuurlijk,' zei Alex een paar minuten later, toen ze onder bewonderende blikken door de hoofdstraat van Mountjoy reden. 'Dat hele verzekeringsidee. Dingen gaan kapot. Mensen gaan dood. Verzekeren is heidens. Een mystieke rite om het onvermijdelijke te bezweren.'

'Dat klopt niet. Het maakt deel uit van het onvermijdelijke,' zei Joseph en hij sloeg rechtsaf, 'behoefte te hebben aan compensatie. Het is een zonde om het te krijgen, maar een teken van geloof om het te willen. Daar zit God in. In het willen.'

'Maar het blijft een leugen,' bokte Alex.

'Het is een moment van genade, net als je gezondheid of net als een vrouw. Je hebt er geen recht op – het is een gift, een gedeeltelijke afbetaling van de dagelijkse zorgen.'

'Waar gaan we eigenlijk naartoe?' mopperde Alex, altijd geïrriteerd als er joodse argumenten op tafel kwamen.

De rapper op de radio legde uit hoe hij tegenover de Real-sekte stond. Hij hoorde erbij. Hij zou er nooit meer weggaan.

Alex zette zijn voet op de rug van Lucia, dan bleef ze tenminste liggen. 'Waarom eigenlijk die lunch?'

'Russisch restaurant in East. Omdat het een tijd geleden is, vermoed ik. Omdat je op één wacht en er drie tegelijk langskomen. Omdat Adam Russisch leert. Omdat als het niet regent, het giet. Enzovoort.'

'Het zou aardig zijn geweest als ik van tevoren was gewaarschuwd. In plaats van te worden *opgeroepen*. Hoe is het met Boot?' vroeg Alex wreed en hij keek weg. Joseph bloosde.

'Er zat geen vooruitgang meer in,' reageerde hij rustig. 'Ik heb een paar brieven geschreven. Hoe meer ik schreef, hoe minder fysieke oplossingen er kwamen. Ik heb op dat gebied alleen mijzelf gekieteld als je dat interesseert.'

'Natuurlijk *interesseert* me dat,' pruttelde Alex, ineens beschaamd. 'Toch jammer. Was een leuke meid, die Boot. Hoe zit dat eigenlijk met jou en vrouwen? Het lijkt nooit te lukken.'

Hierop was geen antwoord mogelijk. Alex draaide op zijn stoel en zag de voetgangers achteruitlopen, Lucia kefte.

'Ik weet niet wat er de laatste tijd met jou en mij is,' zei hij ten slotte. 'Jij doet van tijd tot tijd zo… raar.'

Joseph grimlachte. Tikte met zijn vingers op het stuur.

'We zijn abstracties van onszelf geworden, dat is duidelijk. We zijn bang voor elkaar omdat we vinden dat we symbolen van het een of ander zijn. We vertellen de waarheid niet meer.'

'Nou, dit is dus *precies*,' haakte Alex hierop in, 'precies wat ik bedoel. Ik weet niet waar jij het over hebt. Een deel van het probleem is hoe jij je uitdrukt. We waren vrienden. Toen was er geen sprake van... dit. Toen liep het lekker tussen ons.'

'Ik was vroeger een Handtekeningenman,' zei Joseph koel, terwijl hij het autospiegeltje bijstelde. 'En die hond heeft geen mannelijke genitaliën. En jouw oma stierf op de dag dat de Duitsers Parijs binnenmarcheerden.'

Hij keek Alex recht aan, lette niet meer op de weg.

'Tja, ik vermoed dat je kwaad op me bent,' zei Alex vlak, zonder zijn blik te beantwoorden, zich door het moment heen slaand. 'Omdat ik niet lijd zoals jij of zoiets. Vooral de laatste tijd. Volgens mij heb jij het helemaal met mij gehad. Alsof ik terecht heb gestaan. En gestraft ben. Volgens mij ben je razend dat ik dit kan doen. Dingen doen waar ik van *hou*. Nou ja, niet echt van hou, maar je weet wel... iets wat ik graag doe. En ik weet dat jij het graag doet. Ik bedoel *jij* hebt me op dit spoor gezet... en nou zit jij op dat kantoor. Maar dat is niet mijn *schuld*, Joe. Niet mijn verdomde *schuld*.'

Een van Alex' woorden bleef zwaar in de lucht hangen, alsof hij het in een stripballon gezet had. Joseph haalde een hand van het stuur en legde die op die van Alex. Bevestigde met die beweging iets wat Alex al vanaf het begin geweten had. Een verantwoordelijkheid die hij nooit heeft willen hebben, nooit heeft aangekund.

'Ik ben helemaal niet kwaad. Integendeel,' zei Joseph zacht. 'Ik *bewonder* jou. Dat jij het zelf niet ziet. Jij hebt *power* met dingen. Ik leg de daden van God vast. Ik regel de verzekering als de dingen fout lopen. Maar jij staat *midden in* de wereld, met dingen. Jij verkoopt ze, ruilt ze, verhandelt ze, herkent ze, benoemt ze, deelt ze in' – Alex bevrijdde zijn hand om uit protest hard op het dashboard te slaan, verbijsterd dat iemand een lovende beschrijving gaf van de ramp die we leven noemen – 'jij schrijft er verdomme een *boek* over. Hoewel ik het zelf eigenlijk verschrikkelijk vond – jij bent zó vastbesloten iets wat volgens mij fundamenteel geen vorm heeft, in een vorm te persen – en de mop is dat je het zelf niet doorhebt. Jij doet altijd zo wanhopig, maar je weet niet eens wat kleur is. En, los van dit alles, heb jij Esther. Jij *hebt* iemand. Denk eens,' lachte Joseph spottend, 'aan vijftien jaar onbeantwoorde liefde.'

'Er zijn miljoenen andere vrouwen in de...'

'...onbeantwoord,' herhaalde Joseph. 'Voor een vent die amper weet dat je bestaat. Denk daar maar eens aan.'

Voor de stoplichten stonden ze stil. Het grootste deel van Alex hield niet van verhalen waarin hijzelf niet het slachtoffer was, maar nu was de steen voor de ingang van de grot weggerold en keek hij naar binnen. Een bonte stoet van herinneringen trok voorbij, daar bij het kruispunt. Flitsen van een gepassioneerde, moeilijke vriendschap door de jaren heen (twee jongens in een rode badkamer, die boven een wastafel hangen vol met te ontwikkelen foto's; twee tieners in de rij die tegen het rode fluwelen koord gedrukt buiten bij de bioscoop op hun idool wachten; twee mannen die tegelijkertijd de bladzijden van twee groene leren albums omslaan en dingen ruilen en terugruilen). En in al die scènes was het Joseph die aan de rand van het beeld stond. Met zijn handen open. Wachtend op iets. Alleen waren er de laatste jaren minder flitsen geweest en verder uit elkaar, dus minder vaak en, daardoor, gewelddadiger. Foto's om de film te beëindigen.

'Dit,' begon Alex met gebogen hoofd, 'is de absurdste week van mijn leven.'

Joseph stootte dat walgelijke, bittere lachje van hem uit. 'Het is fantastisch… melodramatisch. Maar het is aan jou niet besteed. Als je nou nog wist hoe je je ervoor moest kleden. *Mijnheer De Mille, ik ben bijna klaar om…*'

'En zo masochistisch, Klein,' flapte Alex eruit, want hij voelde ineens de volle omvang van Josephs droefheid. 'Om *mij* eruit te pikken. Van alle denkbare mensen.'

'Dat is ook zoiets, Tandem,' reageerde Joseph en hij drukte het gaspedaal in. 'Iets wat je nooit gekend hebt. Vanaf de eerste dag dat ik je leerde kennen, en het maakte niet uit hoe erg je gepest werd, zocht je naar pleziertjes, niet naar pijn.'

'Kijk, daar ga je weer, dat irriteert me mateloos – alsof ik niet lijd, dus ik ben de goj, ik ben de putz…'

'Nee,' zei Joseph geagiteerd, 'dat heb ik nooit beweerd en zo heb ik me nooit gevoeld. Leven is al een ontkenning. Het heeft geen zin, het is nutteloos om die ontkenning te ontkennen. *Ik* ben nutteloos. Adam zei al vanaf het begin…'

'Weet Adam het?'

'Hij heeft het geraden. Hij ziet alles. Hij weet het al vanaf toen we kinderen waren. Hij zei toen dat ik een ander moest vinden om lief te hebben. Meer niet. Het is geen incident. Hij zei dat ik een beslissing had genomen. Een waardeloos besluit om te lijden.'

De auto voor hen stond nu bijna stil. Joseph keek Alex weer aan, die diens blik nauwelijks kon verdragen. Ze richtten hun ogen domweg op de hond.

'Hoe zit het met Endelmann. Heeft die er behoefte aan? Aan liefde?'

Alex bad tot alle goden die hij kende dat Joseph toch eens ophield met dat woord.

Hij trok Lucia op zijn schoot, waarop ze aan de rubberknop van de versnellingspook ging knauwen.

'Ik ben bang dat hij daar veel te veel van heeft gehad.'

'Jammer.' Joseph haalde een hand door zijn haar en ademde diep uit. 'Oké. Voorbij. Over. Voorbij. Voor één dag is het wel genoeg geweest, vind je niet? Nou moeten we opletten. Let op de borden. We zoeken iets waar op staat: Naar Het Oosten.'

2

'Dat?' herhaalde Joseph, toen hij op de halvemaanvormige bank ging zitten. 'Dat is Endelmann. De eunuch.'

'Kan hij met Grace opschieten?' wilde Adam weten, terwijl hij met zijn voeten een kattenmand onder de tafel duwde. 'Of is hij vervanging?'

Rubinfine trok zijn benen naar opzij, zodat Alex aan zijn linkerkant kon gaan zitten. Hij had een strakke spijkerbroek aan, afgrijselijk nauw, en een trui met de opdruk van het Israëlitische Danskampioenschap in Mountjoy van 1989. Hij en Rebecca waren toen derde geworden.

'Ben ik een *walgelijke* cultuurbarbaar,' vroeg Rubenfine zijn toehoorders, 'als ik constateer dat er een vreemde eend in de bijt zit?'

'*Alex*,' steunde Adam en hij reikte theatraal zijn handen over de tafel. Alex schudde ze.

'Ads. Hoe *gaat* het met je?'

'Prima. Je ziet er goed uit, man. Ik denk dat dit restaurant je wel zal bevallen. De obers zijn echte Russen. Ik denk niet dat er hier ooit een neger binnen is geweest. Ik had alvast drankjes voor ons besteld – eentje viel al bijna in de borsjt toen ik mijn mond opendeed – o, kijk eens aan; oké, bier hè? Bier, Joseph? Izwinitsje… da, oké, dwa botillky pivo, pozjalsta… spacibo, spacibo. Da. Zo,' zegt hij nu weer tegen zijn tafel, 'zijn we klaar voor donderdag?'

'De auto, Ads…' begon Alex, maar hij stopte glimlachend.

Adam haalde zijn schouders op. 'De auto is gewoon de auto. Wat belangrijk is, is dat het donderdag gebeurt, en dat het groots zal zijn – echt waar, *groots* – overal is voor gezorgd, je hoeft er alleen maar te zijn – we hoeven er nu zelfs niet over te praten. We kunnen hier rustig zitten en wodka drinken. Oké? Cool?'

Alex knikte en pakte een stuk brood uit een smoezelige porseleinen schaal die versierd was met een afbladderend gouden-bladerenpatroon dat overigens overal in het restaurant terug te vinden was. Hij nam een hap en hield het stukje toen vragend omhoog alsof hij het Russische woord wilde weten.

Adam maakte een idioot keelgeluid.

'Waarom wil je deze taal toch leren? Er zit zo veel *flegma* in,' klaagde Rubinfine met afkeer. Hij gaf zijn volle soepkom aan een ober terug.

'Rubinfine,' zei Alex, die een golf van aardigheid door zich heen voelde spoelen en zijn vriend op de rug klopte. 'Lang geleden. Ik hoorde dat ik bij je in het krijt sta. Bedankt voor de organisatie… ja, Green en Darvick hebben me verteld dat je achter de schermen veel werk hebt verzet enzovoort. Rabbi Burston, klopt dat?'

'Ik doe wat ik kan,' zei Rubinfine devoot en hij tikte met zijn hoofd zachtjes tegen een enorme samovar. 'Eigenlijk zou hij die dag een bruiloft moeten opluisteren. Hij is heel gewild – het was niet makkelijk. Ik heb het een en ander moeten toezeggen.'

Adam, niet iemand die zich over tafelmanieren druk maakte, stak zijn botermesje in een potje gekleurde visseneitjes en stopte dat in zijn mond.

'*Gelukkig*,' zei hij opgelucht. 'Ik ben blij dat je met rabbi Burston geen moeite hebt... ik bedoel, niet dat daar een reden voor zou zijn... en misschien klinkt het een beetje goedkoop, maar in Mountjoy was niemand beschikbaar, en hij is heel goed met vrouwen en met dingen op het laatste moment doen en zo.'

Blijkbaar onderdrukte Joseph een glimlach en Alex, die net Grace uit haar mand wilde halen, keek op.

'Geen moeite? Hoezo geen moeite?'

'*Precies*, helemaal niets aan de hand. Ik wist wel dat je dat zou vinden. Joseph, roep een ober, man. De hond moet iets anders dan kat te eten krijgen.'

Grace draaide rondjes op Alex' schoot en daagde ondertussen met een poot Lucia uit. Toen ging ze liggen en likte met haar ruwe tong over zijn neus.

'Ik snap het niet. Is er iets mis met Burston?'

'Heeft Green dan niet? Of...'

Op dat moment kwam een ober naar hun tafel en stak in het Russisch een heel verhaal tegen Adam af. Af en toe wees hij naar de dieren.

'Oe-litsa,' mompelde Adam, toen de man zich op zijn hakken omdraaide en naar de keuken afmarcheerde. 'Dat betekent "straat". Zeker weten. Ik zou graag willen weten wat het langere woord is, maar... volgens mij was het iets als zoo, of zwijnenstal, zoals in *dit is geen...*'

'Adam, wat is er mis met rabbi Burston?'

'Niets, echt niet,' zei Joseph, terwijl zijn donkere, zorgelijke ogen naar de zwarte kanten van zijn jeugd keken. 'Ik kwam hem zondag bij een feestje in een schuur tegen en hij leek zeer capabel, zeer geïnteresseerd. Ik heb het met hem over Preston Sturges gehad. Vond hij ook zeer interessant. Over joodse ondertiteling van de film van de eeuw in Hollywood. Heel scherp, ik dacht...'

'Wat deed hij op een feestje in een schuur?'

'Weet je wat hij zei, Al?' praatte Adam door. 'We belandden natuurlijk uiteindelijk in het bekende kabbalistisch geneuzel, maar hij zei een keer iets fantastisch: *God is een werkwoord*. Hij zei: ik ben het op één punt met je eens – God is een werkwoord. Dat was *fantastisch*, toch?

'De man kan ook geweldig linedansen,' vertelde Joseph. 'God is mijn getuige. Hij danst iedereen er...'

'Hij is een dwerg, hè?' wist Alex ineens en hij liet zijn kin op zijn borst vallen.

Het werd doodstil aan tafel.

'Nou, nee. Hij is eerlijk gezegd...' begon Rubinfine, maar Alex stak een hand op om hem tegen te houden.

'Hoe lang? Nou? Hoe lang?'

'Behoorlijk hoor, echt waar,' zei Adam en hij zag ondertussen met bezorgdheid de ober van zojuist met een man met een managerachtig voorhoofd aan komen lopen. 'Hij zit volgens mij niet ver onder de een twintig, ergens.'

Lucia rende naar de manager om hem te begroeten, likte enthousiast zijn schoenen, die naar de keuken roken. Er ontstond een heel gedoe. Adam smeekte iedereen om uitsluitend Russisch te praten, dat was een geweldige conversatieoefening voor hem. Maar de manager keek hem onverholen dieppessimistisch aan, die blik waar de Russen patent op hebben. Met een klein polsgebaar wuifde hij een andere ober weg, die met een blad vol bier en blini's naar hun tafel onderweg was.

'En het is op dit moment,' verkrachtte hij de Engelse taal, 'dat ik u vraag te vertrekken.'

'Dat zal hét gespreksonderwerp worden,' probeerde Joseph, toen ze op straat stonden. 'Je weet wel. Dat niemand het kan vergeten. Het wordt geheid geweldig.'

'Het is geen tuinfeestje,' zei Alex kwaad en hij pakte Graces mand over. 'Het wordt kaddish. Ik wíl helemaal geen gespreksonderwerp zijn. Ik zal dit niet gauw vergeten, toch? Ik bedoel, besta ik? Echt?'

'Ik ben zo blij om je zo te horen praten,' zei Adam. Hij gaf hem een arm en wees op andere lunchmogelijkheden.

Het begon nu echt hard te regenen. Twee restaurants hadden al geweigerd om reddende ark te spelen en een lunch werd steeds minder aantrekkelijk. Joseph moest naar zijn werk en Rubinfine wilde een paar sokken met antislipzolen kopen.

'Laat iedereen me in de steek?' vroeg Adam en hij schudde het water uit zijn lokken.

'Wil je een lift?' vroeg Alex en hij deed het portier van de –

'Weet je, ik heb een nieuwe naam nodig. Het is een nieuwe auto.'

'Kitty. Het was altijd Kitty. Het werd alleen maar Greta omdat jij bang was dat je te voorspelbaar werd. Maar daar is niets mis mee. Het is geruststellend.'

'Ai. Hou maar op. Het regent. Lift of niet?'

'Nee.' En hij trok zijn jas over zijn hoofd, werd een gebochelde. 'Ik ga een andere kant op. Naar de bibliotheek. Ik pak de metro. Zeg even tegen Esther dat ik laat thuis ben.'

Alex kroop achter het stuur en vroeg zich af waarom hij het hem niet verteld had.

3

Toen hij het hekje voor Lucia opendeed, zag hij het gordijn bewegen. Pas halverwege het tuinpad zag hij Anita Chang aankomen, met haar handtas voor haar lichaam. Op die klungelige manier probeerde ze tevergeefs de indruk te wekken dat ze net naar buiten liep.

'Alex!' zei ze zonder veel vreugde.

'Anita,' zei hij zonder hoop.

'Hoe was New York?'

'De piloot kende de weg.'

Haar magere glimlach bevroor.

'*Jouw* hond?'

'*Een* hond.'

'Een hond van jou?'

'Een nieuwe hond in de stad. Op bezoek bij vrienden in de buurt. Hij wil,' zei Alex, toen hij zag dat Lucia enthousiast in de door Anita gekweekte narcissen sprong, 'de plaatselijke keuken uitproberen.'

'Ik zie het.'

'En ik hoor het. En Endelmann, zo heet het beest, voelt het. Grace ruikt het, maar dat wist je al. Als we nog iemand met smaak vinden, kunnen we een clubje vormen.'

Hij hing zijn jas in de gang op en hoorde twee stemmen. Twee heel verschillende stemmen, zó elkaars tegenpolen dat zijn hersens ze heel even niet konden plaatsen. Maar op de drempel van de woonkamer kon hij het zien: het waren geen stemmen in zijn hoofd, maar van twee mensen uit de levende wereld. Het was niet moeilijk meer om ze te plaatsen.

'Ha, vreemdeling,' zei Esther.

Ze lag languit op de grond voor Kitty, die tijdloos gekleed was in een ecru broekrok en een dun, rood, kasjmieren vest.

'Dit,' zei ze en ze ging op haar zij liggen, 'is de meest verbijsterende vrouw van de hele wereld.'

Kitty boog zich voorover en klopte op haar net geschoren hoofd.

'Ze luistert naar mijn verhalen. Meer niet. Ik denk dat ze die leuk vindt. Ik heb haar over onze ontmoeting in New York verteld, en over jouw lange Amerikaanse vriend, *Harvey*. Maar, *Alex*, je hebt me nooit verteld dat ze zo, zo mooi was! Als je alleen maar naar haar kijkt, gebeuren er al ongelukken. Ik ben verbaasd dat je het tot nu toe overleefd hebt.'

'Amper,' zei Esther rustig, met een glimlach. Ze probeerde hem vertrouwelijk aan te kijken, maar hij keek weg.

'Wat zegt ze?' wilde Kitty weten.

'Ze zei amper,' zei Alex kortaf. Hij voelde die ijskoude tinteling langs zijn ruggengraat, die mensen voelen als ze onverwacht een geliefde tegenkomen, van wie ze denken dat die weg is. Een soort ontkennende herkenning: is ze dat echt? Zijn wij echt geliefden? Ga ik met haar mijn hele leven verder? Kent ze me? Ken ik...

'Thee,' zei hij en hij liep weg.

In de keuken zette hij de ketel op het vuur en plaatste zijn beide handen op het aanrecht.

'Ben je boos?'

Hij draaide zich om en zag haar in de deuropening staan.

'Nee, Es. Natuurlijk niet. Alleen...'

Ze kruiste haar armen.

'Het geeft niet. Alleen heb ik het zelfs *Adam* nog niet verteld. En het is een beetje veel allemaal. Allemaal tegelijk. Jij en... Hé, gaat het goed? Hoe is het met je vinger?'

'Gips eraf. Prima. Het was gewoon een breuk.'

'En...?'

'Beetje blauw, meer niet.' En ze drukte even zacht op haar borst. 'Ze hebben het verrekte goed gedaan. Hebben alles teruggezet waar ze het gevonden hebben. *Alex*,' zei ze met haar handen achter haar hoofd en wijdopen ogen, 'Kitty Alexander zit in jouw huiskamer. In *jouw* huiskamer.'

'Ja. Weet ik.'

'Nou, is het geheim? Ga je het Adam vertellen? Ik bedoel – *godsamme* man – wat *doet* ze hier? In *Mountjoy*?'

'Es, *alsjeblieft...*' zei hij, terwijl hij zijn armen naar haar uitstak als een blinde, 'laat me gewoon... kunnen we het hier later over hebben? Ik bedoel, krijg ik geen kus van je? Ik heb je *gemist*.'

'O, kom hier, jij!' zei ze eindelijk. Hij liep naar haar toe en zij sloeg haar slanke armen om hem heen. 'Ik snap er niets van. Je zou in de wolken moeten zijn! Wat is er met je aan de *hand*?'

'Bijna alles.'

De geur was net als anders: kokosmelk, het parfum dat ze al vanaf de middelbare school gebruikte en de aftershave op haar hoofd.

'Al, ik heb de hele middag met haar zitten praten. Ze is *geweldig*. Wist jij,' vroeg ze tussen een paar kussen door, 'dat ze met Clark Gable en Carole Lombard naar bed is geweest? Tegelijk?'

'Hmm... Dat zijn veel filmsterren in één bed. Kus me hier eens.'

'Maar... ik snap er echt niets van... ik bedoel, hoe *voelt* dat?' vroeg ze, met haar gespitste lippen tegen zijn oorschelp. 'Ze zit *hier*, je bent haar tegengekomen. Zo lang als ik je *ken* wil je al...'

'Kom mee, neuken,' mompelde hij en hij duwde een hand in haar broekrok en onder haar strakke onderbroekelastiek. 'Ik ben het maar, maar we kunnen wat acteurs...'

'Alex, hou op... Ze is veel *aardiger* dan ik dacht. In haar films lijkt ze zo'n *diva*, maar ze is zo *gewoon*! Ze is zo ongelooflijk openhartig, en ze is een feministe... echt, wauw man, ze is heel *inspirerend*. De dingen die ze zegt... ik zou de hele... *Alex*... godsamme!'

Zijn middelvinger probeerde langs het katoen te komen om haar daar aan te raken. Ze liep bij hem vandaan en fatsoeneerde haar kleren.

'Hoor eens. Ik ga naar haar terug. Het is onbeleefd om haar zo lang alleen te laten. Enne... ruim *alsjeblieft* je kamer op. Zo kan ze daar toch niet in zitten. Die kolerezooi overal. Ze is verdomme een *filmster*! Ik kan het nog steeds niet geloven,' zei Esther buiten zinnen rakend, uitbrekend in haar ontzagwekkende glimlach, met de flitsblokogen, 'Kitty Alexander. Kitty Alexander! Kit-ty-Al-ex-and-*er*. In jouw huiskamer. In *jouw* huiskamer. Dat is zo *absurd*.'

'Ja,' zei Alex, maar hij voelde niets.

Ze zoende hem op zijn neus. Tien jaar is lang om door dezelfde persoon op dezelfde plekjes gezoend te worden, maar hij voelde nog steeds wat door zijn lijf trekken.

'Oké,' zei hij, toen ze weg wilde lopen. 'Jij hebt nu mijn nieuws gezien. Ik wil nu het jouwe zien. We hadden iets afgesproken, weet je nog?'

Ze stond stil. Hij liep naar haar toe en trok het vest voorzichtig over haar hoofd. Ze stak haar armen in de lucht om hem te helpen, waardoor het doosje ineens naar voren kwam, haar huid naar voren duwde. Hij zag de contouren van een draad. Hij legde een hand op haar rechterborst, bij dat nieuwe hart. Op dat moment floot de ketel.

Feit. Vrouwen hebben een eindeloos vermogen voor anekdotes. Mannen houden meer van moppen en verhalen. Alex kon dit allemaal geen ene moer schelen, zolang hij maar aan het woord was. Maar Kitty en Esther waren, al voordat hij er was, begonnen in hun eigen open bus met hun eigen nostalgische rondrit. Van oude, verlaten podia van oude, verlaten studio's naar de penthouses van gesloten hotels. Ze hielden geen pauzes en Alex kreeg geen kans zich erin te mengen. Zijn mokkende aftocht werd niet opgemerkt. Pas toen hij vijf minuten later Grace kwam halen, kreeg hij wat aandacht.

'O,' klaagde Kitty. 'Maar zij en Lucia zijn verliefd.'

Alex nam de onwillige Grace in een armklem. 'Ze is graag bij mij, boven. Ze ziet graag hoe ik werk.'

'*Werk?*' zei Esther lachend. Hij baalde. Haatte haar als ze zich zo gedroeg. Ten koste van een ander de show stal.

'Voorbereiding,' corrigeerde hij.

'Bel je?' vroeg Kitty hoopvol en ze stak haar armen omhoog om net als een tante geknuffeld te worden. 'Misschien wil je Max voor me bellen. Om te vertellen dat er niets met me aan de hand is. Ik heb het nummer op de agenda in de keuken geschreven. Bel hem alsjeblieft. Zorg ervoor dat hij niet boos op me is.'

'Komt voor elkaar,' zei Alex en hij deed de deur achter zich dicht.

Boven kiepte hij de inhoud van zijn reistas op het bed. De stinkende kleren gooide hij in één keer in de wasmand op de badkamer. Boeken legde hij op de grond en maakte er vervolgens in een hoek een behoorlijk hoge toren van. Papieren legde hij op een stapel in een trommeltje, ook de bonnetjes. Want hij heeft lang geleden al besloten zijn belasting te betalen en niet zo'n man te worden die zich de goede zaken van het leven herinnert door het geld dat hij eraan uitgegeven heeft.

Een uitgeverskaartje. Een handtekening van een *Playboy*-bunny. Een schaatskaartje. Een gele envelop. Alex haalde er de brief van de stalker uit en herlas die. Arme, gekke Max. Maar de toon viel Alex op, daar zat iets in wat hij herkende. Grote liefde, adoratie. Maar ook schroeiende woede. Dat was in zijn eigen brieven, hoewel beter verborgen, ook terug te vinden. Dat had hij niet meteen door. Maar toen wel, toen hij nog een tiener was, een regenachtige première, tegen een ijzeren hek gedrukt, doornat, toen hij de Franse actrice voor wie hij gekomen was onder een enorme paraplu over de rode loper zag schrijden, zonder hem zelfs maar te zien. Hij had het in zijn boek beschreven onder de subtitel 'Joodse roem en niet-joodse fans'.

Groupies haten musici. Filmkijkers haten filmsterren. Handtekeningenmannen haten beroemdheden. We houden van onze goden. Maar we houden niet van onze onderworpenheid.

Alex ging zitten en zette de trucendoos aan. In zijn hoofd maakte hij vlug een lijst van veilingen waar hij Kitty op kon zetten. Later kon hij die nog wel uitbreiden. In New York mocht hij in acht kartonnen dozen met haar privé-correspondentie rondneuzen, met het beding dat hij eruit kon halen wat hij wilde, behalve brieven van haar familie. De rest kon haar niets schelen. Op zijn tafel hier lag een hele serie liefdesbrieven aan een bekend acteur. Zijn weduwe had die naar Kitty teruggestuurd na het overlijden van haar man. Over mededogen gesproken! In een ervan beschreef ze een hotelkamer in Vegas, vroeg in de ochtend, met een andere liefde, een zwarte acteur. Ze vertelde over de kleur van het uniform van het kamermeisje, toen die onaangekondigd binnenkwam en op hun dekbed spuugde. Alex durfde niet eens te raden hoeveel zoiets zou opbrengen, hoeveel al die brieven waard waren. Vanuit New York had hij vier brieven naar zijn veilinghuis in Londen opgestuurd. Die kwamen morgen al onder de hamer. Hij waagde het amper om vooruit te dromen, dat hij daar helemaal vooraan zou zitten met de primeur van de Handtekening van de eeuw.

Het geld interesseerde hem niet eens. Niet zo heel veel. Hij maakte zichzelf wijs dat het de lol van het geven was, een cadeau aan Kitty voor wat ze hem allemaal gegeven had. Maar dat klopte niet helemaal. Het was de *perfectie van een doel.* Het leven van een Handtekeningenman speelde zich af in de schaduw van de roem, in de schaduw van het aura, en de waarde hing af van hoe dicht je bij je doel kon komen. En hij had nu het aura. Hij had het in een fles. Hij was de eigenaar. Het was een deel van hem, bijna.

ACHT / *Zowel de stier als zichzelf overstegen*

I

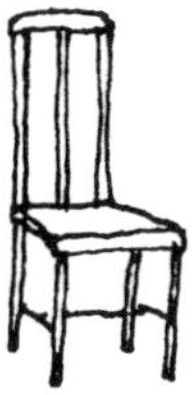

Het was een geweldige nacht geweest, dat was nog het ergste van alles. Nirvana zou niet beoordeeld moeten worden op vulgaire passie, maar op het daaropvolgende rusten. En zij hadden heerlijk geslapen daarna, mooi om elkaar heen gestrengeld op de sofa alsof ze bij het ontwerp hoorden. Hij werd met zijn gezicht tegen haar schouderblad aan wakker, zijn haar plakte tegen haar huid. Hij voelde zich gelukkig! Het was allang dag achter de gesloten gordijnen. Hij streelde haar heup, zoende haar nek. Dit was geluk! Maar dan rekte ze zich uit en haar hand verdween tussen de kussens van de sofa.

'Wat is dit?'

'Hmm. Wat is wat?'

Theatraal trok ze het naar boven. In de schemering dacht Alex even dat ze een slangenhuid vast had.

'Alex, van wie zijn deze?'

Hij deed zijn mond open.

'Zeg niet van Kitty,' waarschuwde Esther hem. En meteen was hun verbondenheid voorbij. Ze ging abrupt rechtop zitten. 'Het zijn netkousen. Oude vrouwen dragen geen netkousen.'

En dat was een feit.

'Es, wacht nou...'

Ze vloekte zachtjes maar duidelijk en pakte de afstandsbediening van de televisie. De tv kwam zoemend tot leven, alsof hij niet wilde storen. Ze trok haar onderbroek aan. Een sprekend meubelstuk vulde de stilte op. Daar werd hij ook het meest voor gebruikt. Alex deed zijn mond open.

'En alsjeblieft,' zei Esther en ze propte haar voeten in haar schoenen, nog voor ze haar broek had aangetrokken. 'Kom niet met *een onschuldige verklaring* aanzetten. Of met *ze is alleen maar een vriendin*. Zeg niet dat er *nooit iets gebeurd is waarmee je me zou kunnen kwetsen*. Alsjeblieft. Probeer alsjeblieft eens een keer iets te zeggen wat je niet op de televisie hebt gehoord.'

In het Midden-Oosten zat een man in een bus met een bom naast zijn navel. In het parlement beschuldigde een man een andere man van bedrog. Er werd een kind vermist. Haar ouders wiegden snikkend heen en weer en konden hun zinnen niet afmaken. 'Denk je dat je je hieruit kunt *spelen*?' vroeg ze. Ze huilde grote tranen, wachtte. Ze stond voor het scherm. Hij wist niet wat ze bedoelde. Maar hij begreep wel wat haar lichaam wilde zeggen. Naakt, alleen in onderbroek en schoenen, met trotse spierbundels, was de boodschap: ik kan zo weglopen. En dat zou ze doen.

'Dat moment zal nooit komen, begrijp je dat? Dat je al die verschillende mensen die je wilde hebben, hebt gehad, dat je klaar bent, dat je *genoegen* neemt met mij. Mensen nemen geen *genoegen* met mensen. Ze willen graag bij elkaar zijn. Daar is vertrouwen voor nodig. Je trekt een cirkel in het zand en je gaat er vrijwillig in staan en gelooft erin. Het gaat om *vertrouwen*, idioot.'

Een musical was afgelopen. Diverse liedjes zullen op dit toneel nooit meer gezongen worden.

'En zo,' meldde de televisie, 'na vijfduizend opvoeringen...'

'Boot,' bekende Alex. Hij zat op zijn hurken voor haar, zijn handen hingen op de vloer. 'Die van hiervoor. Er gebeurt echt niets meer. Ze heeft hier geslapen, dat is alles.'

'Tuurlijk.'

Het was een dun plafond. Ze konden Kitty boven hen horen lopen, gevolgd door Lucia. Als een knikker. Esther kleedde zich aan, maar het leek wel of ze een gevecht met haar kleren leverde.

'Es, doe nou even rustig... alsjeblieft...'

'Lieverd...' hoorden ze Kitty op de overloop. 'Esther, zou je me misschien heel even, een minuutje, kunnen helpen? Het ligt een beetje moeilijk... Lucia, hou daarmee op... *Esther?*'

Met een schoen nog in haar hand duwde Esther Alex aan de kant en liep de trap op. Grace, van wie Alex had gehoopt dat ze bij hem zou blijven, wachtte zo'n tien tellen en ging haar toen achterna.

Alex liep terug naar de televisie. Op de grond probeerde hij in de *vajrasana*-positie te gaan zitten, maar hij snapte niet hoe dat moest zonder zijn botten te breken. Dus nam hij genoegen met een halve-lotushouding en sabbelde op een pepermuntje dat hij op het kleed vond. Het financiële nieuws was nu op. Nummers op papierstroken vlogen over het scherm. Alex sloot zijn ogen en dacht aan de meditatieregels.

1. Ga rustig in de meditatiehouding zitten.

Ja, denkt Alex, ja, dat is me gelukt. Ja, en ik ben allejezus rustig. En? Wat nu? *Nu?*

2. Word je bewust van het hier en nu, van het heden, en ontspan je deze ruimte in.

Ontspan je het hier en nu in? Ontspan je er *naar binnen*? Maar ik ben er toch al binnen, hè? Dat ben ik toch aan het *doen*? Ik ben toch in het godvergeten heden me allejezus aan het ontspannen. *Jezus Christus.*

3. Laat je gedachten los, je fantasieën over de toekomst, je nostalgische ideeën over het verleden, je gepieker over problemen enzovoort.

Eindelijk iets waar hij zijn tanden in kon zetten. Alex deed een oog open, strekte een arm, greep de fles met een bodempje rode wijn van de koffietafel. Hij ledigde die en nam zijn meditatiehouding weer aan. *Ik laat los*, zei hij tegen zichzelf, *laat mijn gedachten los.*

'En dan nu...' kondigde de televisie aan.

Alex probeerde zijn nostalgische ideeën over het verleden los te laten. Iedere keer als hij zich toch nostalgisch voelde, moest hij als straf opnieuw beginnen met zijn ademhalingsoefeningen. Bij één beginnen, tot tien tellen en dan uitademen. Uiteindelijk is hij bijna aan het hyperventileren.

'Alex,' hoorde hij Esther zeggen, 'Alex, stop daarmee. Luister eens, ik moet naar college, maar je moet een aparte handdoek voor Kitty kopen... ze heeft daar niets om zich mee op te frissen... Alex, ik praat tegen je. Wil je daar alsjeblieft mee ophouden? Je lijkt wel een verdomde...' Haar stem verdween. Toen hij haar weer hoorde, wist hij niet waar het vandaan komt. Het was niet meer dan een gefluister.

'O, mijn *god*,' zei ze.

'Is afgelopen nacht in New York in vrede heengegaan...' zei de televisie.

'Alex, Alex... *doe je ogen open*... Alex, kijk eens! *Jezus Christus!* Heb je dat *gehoord*?'

Hij voelde een trap in zijn zij, maar weigerde zijn concentratie te laten verstoren. Want Alex-Li Tandem was een zenmeester. *Ik laat los*, dacht hij, *laat mijn fantasieën over de...*

Ondertussen besteedde de televisie, bekend met de gemiddelde leeftijd van haar kijkers, amper een minuut aan deze nieuwe dode, de 152.460ste van die dag. Hier een foto van de actrice toen ze jong was:

Hier een van een van de mannen die ze heeft liefgehad (hij is ingestort en zit tegenwoordig in een rolstoel):

Hier de beroemdste scène uit haar beroemdste film:

Leefde de laatste jaren in afzondering. Ze was een groot talent. Een vreugde voor velen. Besloten begrafenis. Pijnlijk gemis. En dan nu het weer.

'O, godallemachtig,' zei Alex.

'O, *godallemachtig*,' zei Esther. Ze zaten, zij en Alex, naast elkaar op de grond, bevroren. Een knappe vrouw nam de kans waar om een luchtverfrisser aan te prijzen.

'Dat is het werk van Max,' zei Alex en hij sprak zo een eerdere, stille conclusie uit. 'Hij is gek. Hij moet ze verteld hebben dat ze...'

'Jij moet iemand bellen,' zei Esther, die niet luisterde, opstond en de telefoon zocht. 'Jij moet dit rechtzetten. Dit is *afschuwelijk*. Dit mag ze niet zien. Dit is een *ontzettend* slecht karma.'

'Nee, wacht even. Laat me even *nadenken*.'

'Wat bedoel je met *nee*? Waar moet jij godverdomme over nadenken? Ze zit *boven*!'

Weer hoorden ze Kitty om Esther roepen, rustig, verontschuldigend, van boven aan de trap.

'Ik kom eraan! Hier, hier is de telefoon. Bel de kranten. Een krant. Vertel ze dat er een absurde vergissing is begaan. Dat is alles. Dat is toch niet zo moeilijk?!'

Hij pakte de telefoon aan en stond op. Achter Esther deed hij de deur dicht. Met de draadloze telefoon sloeg hij een paar keer in zijn handpalm, dacht na. Toen drukte hij getallen in en luisterde naar een elftonig deuntje dat hij van buiten kende. Esther kwam weer binnenvallen.

'Ze wilde alleen maar weten waar de shampoo was. Ben je nou aan het bellen?'

Alex hield zijn hand over de hoorn en beduidde Esther dat ze stil moet zijn.

'Hallo? Ja, kunt u me met de Columbard-kamer doorverbinden? Bedankt. Nee. Luister,' zei hij en hij dekte de hoorn weer af.

'Alex. Wie is dat? Waarom bel je...'

'Nee, Es, wacht. Voordat je... ik doe het niet voor mezelf... ik kan hier veel geld voor haar uitslepen...'

'*Wat* zeg je?'

'Denk nou eens *na*. Dat wil ze toch? Dat klopt toch? Ze wil toch onafhankelijk zijn – vooral van die gek... ik kan haar onafhankelijk maken.'

Met open mond zit Esther in een stoel. Ze maakt het Internationale Gebaar van ongeloof (ogen drie lange tellen dicht en dan wijd opensperren).

'*Esther? Snap* je dat?'

'Hoe durf je,' zei ze strak. 'Jij wilt alleen maar jouw grote dag. Jij wilt alleen maar aan die freaks laten zien...'

'Luister nou eens. Morgen kunnen we dat grote-waarheidgebeuren doen en kan iedereen met zijn eigen zondigheid geconfronteerd worden en kan er op het eind een hertog opdraven die iedereen uithuwelijkt... de hele mikmak... ik *zweer* het je. Maar Es, het spul dat ik gisteren heb verstuurd, is nu minstens het *drievoudige* waard. Het zal zo'n... wacht. Hallo? Ja, ben jij het Martin? Is hij daar? Martin Sands? Ja, ik ben Alex-Li Tandem. Bedankt. Ja, ik blijf aan de lijn. *Es*, we moeten het echt één dag stilhouden. Niemand heeft er last van en zij profiteert het meest. Oké? Oké?'

Uit de telefoon kwam een van de celloconcerten van Bach, voor Alex altijd Laatste-Oordeel-muziek. Esther zei wat. Ergens ging zijn mobiele telefoon over. Die hield op, maar toen begon die van Esther. En toen begon de zijne ook weer. Het werk dat de aasgieren vroeger net buiten het dorp opknapten, is tegenwoordig de taak van het telefoonverkeer, satellieten. Wat er na de dood gebeurt, gebeurt telefonisch.

'Wat zei je? Es? Ik verstond je niet.'

'Ik zei: oké,' herhaalde ze en ze zag er verslagen en klein uit in die stoel. 'Maar ik doe het niet voor jou. Voor haar. En je mag ze niet langer dan nodig is in die waan laten. Ze kan nog ergens familie hebben... je weet maar nooit. Dus als die veiling geweest is, dan...'

'...hartstikke *bedankt*. Wil je haar nu alsjeblieft meenemen... het huis uit, en laat haar geen televisie kijken. Alsjeblieft, en nogmaals hartstikke bedankt. We praten later verder. Bedankt.'

Hij gooide haar zijn sleutels toe. En zei iets tegen haar dat hij al een hele tijd niet gezegd had.

'Ik weet het. Het wordt nog een keer mijn dood,' was haar reactie.

2

Die avond stond er bij het veilinghuis een soort welkomstcomité op Alex te wachten. Het groepje rokers op de trappen naar de voordeur floot en stampte en lachte hem uit, toen hij illegaal voor hen parkeerde.

'Lichaam is nog niet koud!' riep een man die hij nooit had gemogen. Een paar Handtekeningenmannen, die hij tenminste kende, maakten gebaren naar elkaar: of ze zochten in hun zakken of ze staken hun handpalmen naar voren.

'*Tandem,*' klaagde Lovelear bij zijn passagiersraampje. 'Ik ben ertegen. Nooit gedacht dat jij zo'n lijkenpikker zou zijn. Ik dacht dat je zeker een *week* zou wachten. Maar ik ben sentimenteel, vrees ik. Jij kost me vijfentwintig pond, man.'

Alex zette de motor uit en stapte uit. 'Zijn ze al begonnen? Heb je de catalogus gezien? Hoe ver zijn ze?'

'Hallo, Lovelear,' zei Lovelear, terwijl hij Alex probeerde bij te houden. 'Leuk je weer eens te zien. Hoe is het met je? Met mij gaat het ook goed, Tandem. Dank je.'

'Niet nu... straks.'

Ze renden door de gang.

'Ik heb niet zo'n goed nieuws,' zei Lovelear buiten adem op de trap. 'Probeerde je al eerder te bellen, maar...'

'*Straks.*'

Toen ze linksaf naar het cafetaria renden, greep een arm Alex vast. De arm van Baguley. Met zijn andere hand zette hij zijn hoed af en hield die tegen zijn borst. Zijn verwrongen gezicht moest tranen suggereren. Om die te voorkomen, glimlachte Alex zo breed als hij kon.

'Baguley. Goed dat je er bent. Net binnen?'

'En de dood,' zei deze en hij keek omhoog naar het imitatiefresco aan het plafond, 'zal niet zegevieren.'

Hij legde een hand op Alex' schouder en kneedde die pijnlijk.

'Toen ik het hoorde, heb ik meteen *Rich Pickings* opgezocht. Ja, oké, niet een van haar beste, maar ik keek gewoon en zag hoe jong en mooi ze toen was... tja, toen voelde ik het: *de dood zal niet zegevieren*. Ze zal letterlijk eeuwig leven. In onze harten en onze hoofden. En in de film natuurlijk... dat is het belangrijkste.'

'Het is geweldig,' reageerde Lovelear. 'Als je ons nu wilt excuseren...'

'Natuurlijk,' ging Baguley door, 'ga naar haar familie. Ze was jong, echt waar. Onze gedachten gaan uit naar haar nabestaanden. Persoonlijk vind ik het beleefder om even te wachten voor... om er niet meteen in te springen. Trouwens, ik moet nog op de verificatie van mijn spullen wachten, dus... Maar wat je er volgens mij van leert is, nou, het ene moment speel je nog in de film van je leven, en het volgende moment ben je bij de grote regisseur in de...'

Op dit punt simuleerde Alex een hoestbui bij wijze van laatste redmiddel. Baguley kwam dichterbij, wreef en klopte op zijn rug.

'Hij is van slag, gewoon van slag... nou ja, dat zijn we *allemaal*,' fluisterde hij tegen Lovelear. 'Zoiets is altijd moeilijk en hij heeft haar natuurlijk *ontmoet*...'

Alex kwam overeind en keek Baguley spottend aan. Als je alleen maar naar hem keek, werd je al benauwd, sloeg je hart een slag over. Baguley was een massahallucinatie. Baguley was iets verkeerds dat de wereld gegeten had.

'Waar zat je?' vroeg Baguley zachtjes en hij spreidde zijn armen. 'Toen je het hoorde?'

'Ik hield het rokende pistool vast,' zei Alex en hij trok zijn jasje uit. Hij had nog lang niet genoeg gedronken, nog niet, maar vond nu al dat hij deze man best kon slaan. Gewoon uit nieuwsgierigheid. Maar toen kwam er een stroom Handtekeningenmannen de Columbard-kamer binnenlopen en Alex liet zich meevoeren. Op een gegeven moment werd hij bijna door twee massieve buiken van de grond opgetild. Hij ontdekte Dove, die bij de deur een catalogus oprolde en op zijn bovenlip kauwde. Het was net drie uur geweest, maar hij werd nu al misselijk van de weeë sherrygeur.

'Sta hier al *eeuwen* te wachten!' bulderde Dove, met falsetstem. 'Daar zijn jullie plaatsen. Jouw spullen zitten erbij, Tandem. Kunnen ieder moment onder de hamer zijn.'

'En nu,' kondigde de veilingmeester aan.

'Ik *geloof* het gewoon niet,' jammerde Lovelear een kwartier later. Hij draaide zich om en bekeek Alex alsof hij de man nog nooit eerder had gezien. En hij was niet de enige. Terwijl het bieden in volle gang was, uiteindelijk een pingpongspel werd tussen een dikke man op de eerste rij en een geheimzinnige telefonische bieder, keken steeds meer ogen, geïmponeerd en ongelovig, naar Alex. En dat speciale gegons van een veilingkamer, dat gegons dat klinkt als heel veel geld dat wordt geteld, zweefde een, twee, nee drie keer door de ruimte. Alex kon niet in zijn vel stilzitten, zo tintelde het. Esther had gelijk, dit had hij *gewild*, hij wist zelf niet eens hoe graag. Tien jaar hier, kijken naar de grote jongens. Hij wilde zelf een grote jongen zijn, al was het maar voor een middag. Hij wilde weten hoe het *voelde*. En het voelde geweldig, ongelooflijk, voor even. Hij voelde zichzelf opstijgen, letterlijk *stijgen*. Hij hoorde bij het krankzinnige bedrag dat de veilingmeester net rond had geroepen, en het volgende, en het dááropvolgende. Een deel van hem was in de hectische drukte een zeshoek van het plafond, een koninklijk pluisje van het blauwe kleed, ogen van een ander. Maar het gevoel was alleen maar goed, uitzinnig, voor even. En in een ogenblik veranderde alles.

Hij wilde opstaan om te vertellen dat het niet eens zijn geld was, maar hij kon het ze niet vertellen. Na tien minuten wenste hij al dat hij er nooit aan begonnen was. Maar hij kon alleen maar blijven zitten en de gelukwensen in ontvangst nemen. Zijn vijftien minuten van ongeloof en afgunst. Eigenlijk wilde hij zijn armen omhoogsteken en zeggen: *Jongens, jongens... ik hoor nog steeds bij jullie, dit is niet mijn... jullie moeten niet denken dat het mijn...*

Maar hij zat gewoon met zijn hoofd tussen zijn knieën, toen de bedragen stegen.

Hoger en hoger. En hij wist dat hij blij zou moeten zijn, aan Kitty zou moeten denken, die met deze bedragen haar vrijheid tegemoet kon zeilen. Maar hij voelde hoe hij veranderde in de ogen van de andere aanwezigen, hoe hij het symbool werd van hun collectieve droom: *hij zal nooit meer hoeven werken*. Althans een deel van die beroemde droom, misschien wel het belangrijkste. Het lot uit de loterij, de erfenis, de absurde hoop dat het noodlot een man definitief uit het leven van de gewone man kan weghalen...

Hij kon ze horen: niet het gefluister in de kamer, maar het gefluister in de wereld. Het was een klagerig koor. Omdat geluk een soort belediging ten aanzien van de wereld is. Li-Jin heeft dat gezegd. De bioscoop zit vol vaders en hun wijsheden, maar Alex herinnerde zich alleen dit voorbeeld: als jongen zag hij ooit een aardbeving in China op de televisie. Hij had zijn vader toen gefeliciteerd met zijn geluk dat hij hier was in plaats van daar. Li-Jin had hem geslagen voor zijn onbeschofte gedrag en had gezegd dat geluk een soort belediging ten aanzien van de wereld was. De onfortuinlijke doden benijdden je erom. En nu *hoorde* hij ze, in deze ruimte, die klagende broederschap van geesten (het waren er zo veel!) die zoveel geleden hadden en stierven toen ze met hetzelfde bezig waren als wat Alex-Li Tandem nu zo makkelijk afging.

Voor de vierde keer klopte de veilingmeester met zijn hamer, het hart van Alex klopte mee. Het was voorbij. De gesigneerde foto die ze hem had opgestuurd, was voor vijftien flappen weggegaan. De liefdesbrief aan een filmster voor achtendertigduizend. Weer een andere voor veertig. Het laatste item, een kopie van een brief aan J. Edgar Hoover van uitgesproken seksuele aard, was voor vijfenzestigduizend pond weggegaan. Een man van een Londense avondkrant vroeg of hij verbaasd wilde kijken en nam een foto.

Een sensationele Hollywood-veiling werd altijd in café Dante afgerond. Hier kwamen de Handtekeningenmannen bijeen om zich af te reageren en de grote verkopen te bespreken. Deze keer kon Alex niet normaal meedoen. Deze keer was *hij* de grote verkoop. En hij moest nog van alles doen in het veilinghuis. Hij moest formulieren tekenen, een cheque innen. Hij deed het allemaal, maar als een man die droomde dat hij een rabbi is. Mensen, onder wie een journalist, praatten tegen hem. En de hele tijd voelde hij nieuw bedrog om zich heen. Hij was niet alleen *niet* de man die zij dachten dat hij was (rijk, gelukkig, uitgekookt), hij was ook niet de man die *hijzelf* dacht dat hij was (overbodig, beschadigd, verdoemd). De waarheid lag ergens in het midden en voor de eerste keer in zijn leven besefte hij dat hij die niet bezat.

Toen hij eindelijk de wereld weer in kon, was zijn grote publiek aardig uitgedund: buiten stond niemand met een biertje op hem te wachten, maar in Dante was het gezellig rumoerig, in ieder geval tot Alex-Li Tandem binnen kwam lopen. Het is belangrijk om een accurate voorstelling van zaken te geven. Het is niet zo dat de mensen stilvielen of hem openlijk aanstaarden. Ook de jukebox, met het beperkte opera-aanbod, stopte niet. Maar de kwaliteit van de aandacht veranderde. De *vibe* (hij had tot dan toe nooit geweten wanneer hij dat woord moest gebruiken) veranderde. De aandacht werd verlegd. Tevoren liep die via natuurlijke, chaotische lijnen, nu gestroomlijnd. Alle aandacht was nu op Alex gericht. Hij was een wensmagneet. Hij was nog nooit zo beroemd geweest. Hij was het absolute middelpunt.

Hij voelde het begin van een nieuw soort eenzaamheid, een eenzaamheid die erger was dan haar voorganger, toen hij naar de bar liep. Iedereen die hij tegenkwam, feliciteerde hem; opeens was er geen ander onderwerp dan zijn succes, geen andere conversatie dan de formele felicitaties die je ook wel op barmitzvahs en bruiloften hoort. Ze klonken prachtig. Maar het waren afscheidsgroeten, besefte Alex gruwend. Afscheidsgroeten in een ander jasje! Deze mensen zeiden me vaarwel. Ik hoorde niet meer bij ze. Ik was dood voor ze. Ik was ze voorbij. En tegen de tijd dat hij de bar en biertap had bereikt, was hij doodop, was hij ontelbare malen vriendschappelijk op zijn rug geklopt. Hij wilde een driedubbele gin-tonic bestellen, maar nu trok Dove aan zijn jas.

'Tandem,' siste hij, hij stonk naar zoete spiritus, 'wat doe jij hier? Je zou in een betere tent dan *deze* moeten zitten. *Hier* hoor je niet meer. Dit is een plek voor *losers*, man.'

'En ik wil graag een emmer champagne, grote man,' zei Lovelear aan zijn linkerkant. Hij had de glimlach van iemand anders geleend en het stond hem niet.

'Lovelear,' zei Alex rustig en hij voelde dat zijn hele lichaam zich verontschuldigde. 'Tja. Dat was allemaal een heel gedoe, hè?'

Lovelear floot. Met zijn marsmannetjesglimlach. Hij gedroeg zich zoals hij *dacht* dat je je gedraagt als je vrolijk bent.

'Honderdenvijftig*dui-zend*. Dat is niet een beetje krankzinnig, waarde vriend. Dat is *extreem* krankzinnig.'

'Ja... Het is krankzinnig... Het is heel...'

'Nou, ik vind het geweldig,' zei Lovelear bombastisch, 'ik vind het zó *geweldig*. Ik bedoel, als je het mij zou vragen, het kon geen aardiger man overkomen. Volkomen terecht.'

'*Bedankt*, Lovelear. Echt, dat waardeer ik. Je had het over champagne, hè?'

'Hmmm? O, ja.' En hij sloeg op de bar. 'Ik vind echt dat je het verdient. Zonder enige twijfel. Hoe lang zit je al in deze handel en je hebt er nooit echt iets aan verdiend. En nu! Ik vind het ongelooflijk – wat een verhaal. Weet je wat? Ik vind dat we hier weg moeten. Ik zit daar met Dove. Dit hier past echt niet meer bij je nieuwe status. Je hoort nou in een andere club. Een totaal andere club.'

'Toevallig vind ik het hier gezellig,' zei Alex, maar toen hij rondkeek, vroeg hij zich af of dat wel zo was. Hij zag hoe de enige vrouw in het café, de Sloveense serveerster, zich tussen de billenknijpers door een weg baande, met een grote schaal ravioli boven haar hoofd. Haar bestemming was een tafeltje in de verste hoek, waar een man met gebogen hoofd zat. Hij maakte geen enkel geluid, maar huilde blijkbaar. Naast hem lag een hoed. Zijn grote schouders schokten.

'Is dat Baguley niet?'

'Ja. Had jouw geluk niet. Het bleek dat hij niet één maar *vijf* valse Kitty's van de Zweed heeft gekocht. Voor achthonderd dollar per stuk. Mark Sands heeft hem net verteld dat ze zo echt zijn als de dagboeken van Adolf. De Zweed is verdwenen. Pleitos. Sprong op zijn fiets en fietste de zonsondergang tegemoet. Liet Baguley achter met een zakdoek met monogram en niet veel meer.'

'Oké.' En Alex trok de barkeeper aan zijn mouw. 'Driedubbele gin-tonic graag en wat deze twee...'

'Zeg, wat bedoel met "oké"?' vroeg Lovelear. Deze keer zonder glimlach.

'Ik bedoel *oké*. Je weet wel. Oké dat Baguley genaaid is.'

'O, *nou* snap ik het,' zei Lovelear en hij knikte naar Dove. 'O, dus het is oké als anderen genaaid worden. Zit dat zo? Zolang *jij* maar niet genaaid wordt.'

Alex haalde niet-begrijpend zijn schouders op. 'Het is Baguley. We zijn altijd blij als Baguley genaaid wordt. Als hij genaaid wordt hebben wij lol. Weet je nog wel? Is altijd zo geweest. Al eeuwen enzovoort.'

'Dat vinden sommigen,' zei Dove zachtjes.

'Sorry?'

'Krant heeft een foto van je genomen, hè?' knikte Lovelear tourette-achtig. 'En nou voel je je de *grote man*. Loopt over iedereen heen die je tegenkomt, iedereen moet zich klein voelen, gaat het daarom? Volgens mij voel je je een beetje als die grote oude *man*. Weet bijna zeker dat jij nog meer van die Kitty's hebt. Goed verstopt. Natuurlijk, *wij* mochten haar van jou niet ontmoeten, jij zei dat ze zelfs voor jou niets signeerde. En je kunt natuurlijk rustig tegen *ons* liegen, want *wij* hebben nooit wat voor je gedaan, hè? Nou, Tandem, ik ben toch zo godallemachtig blij voor je. Jij niet, Dove? Ben jij niet godallemachtig blij voor hem?'

Alex nam een slok van zijn gin, bedacht een waslijst vloeken, de eerste lag al op het puntje van zijn tong. Maar hij hield zich in. Want hoewel het rumoer in de bar niet minder was geworden, wist hij dat de mensen naar hem luisterden. Hij had bijna een hele scène getrapt. Niet dat zoiets ongewoon was. Maar deze keer zouden ze toekijken.

'Hoor eens,' begon hij, 'ik wil niet eindigen zoals...'

'Zoals wat? Zoals ik? Zoals Dove? Wat een geluk dat die liefdebrieven uit de lucht kwamen vallen, hè? Voor jou geen gerotzooi meer met handtekeningen van twintig pop! Dus... wacht, leg me eens even uit... nu ben je te goed voor...'

Alex bonkte met zijn glas op de bar. 'Waar *heb* jij het over? Denk jij dat ik ze vervalst heb?'

'Zeg jij het maar, man.'

'*Jezus Christus*. Hoor eens, we beginnen opnieuw. We hoeven helemaal geen ruzie te maken. Het gaat maar om honderdvijftigduizend. Dat betekent niet...'

'Moet je hem horen!' kirde Dove over de rand van zijn glas heen. 'Maar honderdvijftig!'

'Ik *bedoel* alleen maar,' probeerde Alex weer, 'dat deze handel, nou, jullie weten wel… onzeker is. Nou ben ik toevallig de agent van deze Kitty's, of jullie het nou geloven of niet, en ik heb het niet aan de grote klok gehangen – en ja, als dit me in de grotejongensclub brengt, dan zit ik in de grotejongensclub. Je wilt wat van het spelletje maken, hè? Het is geen roeping. Ik wil geen tweede Duchamp of zo iemand worden.'

Op dit moment veranderde de vibe nog een keer. Drastisch. Het werd rustiger. Niet alleen tussen hen drieën, maar ook zo'n drieënhalve meter om hen heen.

'Wat?' vroeg Alex.

Lovelear schudde zijn hoofd en rolde met zijn ogen. Dove trok dat Engelse gezicht waarmee de eilanders woordloos hun afschuw uitdrukken voor het Spaanse geknok, of de ontluisterende Italiaanse woede, het Franse gehijg of het Russische gejammer. Het gezicht dat zegt: *daar gaat het nu niet om, toch?*

'*Wat?* Wat is er?' vroeg Alex weer.

'Ik heb het echt eerder geprobeerd te vertellen,' begon Lovelear pedant en hij wendde zijn blik af. 'Maar de grote jongen had geen tijd om te luisteren.'

'Wil je nou…'

'Duchamp is stervende,' zei Dove.

3

Net als iedereen verafschuwde Alex ziekenhuizen en is hij er bang voor. Met een dikke buik binnenkomen en met een baby vertrekken, dat is er zo ongeveer het enig bereikbare genadige. Verder is er alleen maar pijn. De *samenballing van pijn*. Die samenballing is uniek. In de hele wereld zijn er geen gebieden van samenballing van plezier (thema- en pretparken en zo zijn samenballingen van de *symbolen* van plezier, niet van plezier zelf), zijn er geen gebouwen aan de lach, vriendschap of liefde gewijd. Als ze bestonden, zouden ze waarschijnlijk walgelijk zijn, zouden ze misschien ontsmet moeten worden. Maar zouden er mensen door de gangen lopen huilen? Zouden de winkels alleen bloemen, slippers en pepermuntjes verkopen? Zouden de bedden (dit is zo omineus!) wielen hebben?

'Brian,' zei Alex terwijl hij in het te lage, te oranje, wanstaltige plastic stoeltje ging zitten. 'Ik heb wat pepermuntjes meegenomen. En bloemen. Narcissen.' Van zijn hoofd tot zijn borst was Alex' oude handelspartner praktisch onveranderd, maar daaronder zat hij helemaal in het verband. Als je tijd gekomen is, krijg je je kinderbenen terug, maar die kunnen je nergens naartoe brengen. Die van Brian waren broodmager, zonder haren of spieren.

'Ik heb gedroomd,' zei Brian zwakjes. 'Of nou ja… en Kerry, de verpleegster, trouwde met Leon. Ergens in Nederland. Of België. Overal bloemen, en kaas en gebakjes. Geweldig. Het was een groot feest. Ging dagenlang door, leek in ieder geval dagenlang. Zij droeg iets perzikkleurigs, van hem weet ik het niet meer. Maar jij was er niet, hè? Er waren er trouwens helemaal niet veel. Er waren er niet genoeg. Bloemen en kaas en gebakjes. Geweldig.'

'Narcissen, Brian,' probeerde Alex hulpeloos. Hij voelde zich ontmand door al die slangetjes. Die naar binnen en naar buiten gingen. En die bliepende machines. En dat opgedroogde bloed onder het kleurloze plakband in Brians kloppende keel.

'Het was geweldig,' begon Brian weer, en hij deed één oog open. 'Ik dacht dat hij homo was, zie je. Maar daar danste hij samen met haar in de hal! Overal bloemen op de vloer!'

Nu moest hij ontzettend boeren. Na iedere boer kromp hij ineen van de pijn. Zijn handen lagen op zijn borst, trokken aan zijn borsthaar. Hij was zijn eigen bruidegom. Hij boerde nu voor de tiende keer en dat was er blijkbaar een te veel. Hij kreunde – pure, samengebalde pijn – en drukte zijn gezicht in zijn kussen.

'Moet ik iemand roepen, Brian? Zal ik...'

De afdelingen waren open, overal mannen en vrouwen, en Alex zocht hulp. Want hij leefde nog steeds in die wereld waarin pijn, zelfs het kleinste pijntje, voorpaginanieuws was. Pijn verdiende van alles en iedereen aandacht, vereiste het toeschieten van behulpzame handen. Alex was ooit eens naar dokter Huang gegaan vanwege pijn in zijn knie, omdat hij *dacht* dat hij pijn in zijn knie had, vanwege pijnscheuten. En dan kwam je in deze wereld, waar de pijn van Duchamp, hoe acuut ook, minder acuut was dan die van de man bij het raam, die niet zelfstandig kon ademen. Minder acuut dan die van de vrouw zonder borsten, die televisiekeek. Hier, op de cardiologische afdeling, lag allerlei pijn. Mensen die hun eigen unieke pijnweg afreisden – kanker, lichamelijke ongelukken, hersentumoren – lagen hier samen, omdat uiteindelijk hun hart besloten had te stoppen of te suizen of te exploderen. Brian Duchamp, vertelde de hoofdzuster aan Alex, werd aan zijn laatst overgebleven, verkankerde nier geholpen, toen tien minuten voor het einde van de operatie zijn hart stilstond. 'Eigenlijk een geluk,' had ze gezegd terwijl ze een rinkelende telefoon opnam. 'Nu weten we dat hij een zwak hart heeft. Anders hadden we dat niet geweten.' *Een geluk?*

'Sorry...' begon Alex tegen een passerende zuster, maar aan de andere kant van de zaal bliepte iets en ze rende ernaartoe. Brian boerde weer, kreunde en pakte Alex' hand.

'Ik fen fang dat ik donderdag niet haal, vriend,' zei hij met gesloten ogen. Een knappe jongeman in het wit kwam naar hen toe en keek naar de machine boven zijn bed. De pijn van Brian, die door diverse slangetjes gevoed werd, stond daar in lijnen, getallen en bliepjes weergegeven.

'Hij boert zo raar,' zei Alex smekend. De jongeman draaide zich langzaam, ongehaast om. Op zijn naamplaatje stond LEON. Geen van zijn bewegingen was doeltreffend of nodig. Duidelijk fluisterend legde hij Alex uit dat zonder nieren de maagsappen nergens naartoe kunnen. Dat de gifstoffen hun slag slaan. Dat een machine later Brians bloed zou komen spoelen.

'Wanneer? Wanneer komt die?'

'Als de dokter het nodig vindt.'

'Maar hij heeft pijn. Hij heeft heel veel pijn.'

'Hij heeft een knop. Daar zitten pijnstillers in. Hij hoeft er alleen maar op te drukken.'

'Maar hij *drukt* erop, ziet u wel. Het is verdomme niet *genoeg*.'

'Genoeg zou te veel zijn,' zei de jongeman stijfjes en hij liep weg.

'Ik hef het gedroomd, over Leon,' zei Duchamp verdrietig.

'Wat, Brian?' Alex keek naar de geperste vouw in Leons broek, stelde zich voor dat hij met zo'n blusapparaat over de afdeling rende en ermee een deuk in het hoofd van de jongeman sloeg.

'Ik fen helemaal niet in Felgië geweest. Ik kom dit fed nooit meer uit, Tandem. Niet levend, tenminste. Dat is een feit. Het is van de nieren overgesprongen, weet je. Het zit nu over mijn hele lijf. Er*in*, moet ik zeggen. Als ik het me goed herinner, wilden ze me ooit fehandelen.' Brian probeerde te glimlachen. Een van die venijnige boeren kwam hem weer pijnigen. 'O... o, *god*. Jaren geleden wilden ze het fehandelen. En wat zou er dan gefeurd zijn? De ijzeren long, varkensharten en wonderlijke genezingen. Wat schiet je daarmee op?'

Hij haalde een arm onder het laken uit en Alex schrok opnieuw. Nu van de enorme kneuzing, paars in het midden, geel aan de randen, op die onderarm. Brian keek er ongeïnteresseerd naar.

'Jij gaat naar de markt,' beval hij. 'Vertel ze dat ik nog steeds mijn eigen pik heb. Dat ze me niet moeten opgeven. Dat is alles.'

'Uiteraard, Brian. Doe ik.'

'Wat vertellen ze over mij, de zusters?'

Niets goeds. Donderdagnacht, vertelde zuster Wilkes, was hij van de trap gevallen. Diezelfde nacht lag hij in het ziekenhuis. Vrijdag hebben ze hem gescand. Op zaterdag zat hij in de laatste fase van een acute nieraandoening (je beseft niet dat je het hebt tot je *weet* dat je het hebt). Zondag om vijf uur werd hij geopereerd om de verkankerde nier te verwijderen. Tijdens de operatie kreeg hij een hartaanval. Vandaag, woensdag, zat de kanker door zijn hele lichaam. De kans dat hij een permanente dialysepatiënt zou worden (zelf maar een half leven, dat ook nog eens voor de helft door een machine geleefd wordt) was miniem. En het enige waar Alex aan kon denken op die felgekleurde bank in een rustige hoek ('zullen we even op een rustig plekje gaan zitten?') terwijl hij naar die walgelijke opsomming moest luisteren, was: godsdienstoorlog. Dit was het Jeruzalem van de cellen. Dit was het Belfast van de onderbuik. De escalatie. De samenballing van pijn.

'Ze zeggen dat het wel met je gaat. Ze zeggen Duchamp is... dat gaat wel. Met wat dialyse en...'

Er liep wat geels uit Duchamps mond en over zijn kin. Alex gaf hem een tissue en pakte het pakketje even later met een oprispende maag aan. Hij zag geen prullenbak, dus stopte hij het maar in zijn jaszak.

'Als een sneeuwvlok in zo'n fedomd nepvuur voel ik me,' begon Brian en hij lachte kort, kreunde toen heel erg en schudde heen en weer. Panisch keek hij naar zijn lies en Alex sprong uit zijn stoel op en fladderde met zijn handen boven het laken, alsof dat zou helpen.

'Storing in een slangetje,' mompelde Duchamp, toen de crisis voorbij was. Alex had geen behoefte aan nader onderzoek.

'Hebt u uw lunchwensen ingevuld, mijnheer Duchamp?' vroeg een welgevormde zuster, die ineens aan het voeteneind opdook. 'Weet u al wat u graag zou willen eten?'

'Jouw tieten,' zei Duchamp en hij moest echt lachen. Ondanks zichzelf moest Alex ook lachen.

Zusters zijn beroemde stoïcijnen, maar ze staan niet boven wraak. Je kon duidelijk op haar gezicht lezen dat Duchamp hier op een ander moment voor zou moeten boeten. Als Alex weg was. Een fysieke vernedering of zo. Duchamp scheen zich dit ook te realiseren en boog zijn hoofd.

'Nee, echt zuster, niks, naks, noks. Gaat niet. Gaat niet naar feneden.'

'Dat zien we nog wel,' zei ze kortaf en ze liep door. Alex zag Duchamps gezicht veranderen van dat van een wellustige bullebak in dat van een bang kind.

'Ze zijn erg aardig hier,' mompelde Duchamp en hij drukte op zijn knop. 'Ze doen hun best, weet je. Ik vind de zwarten de besten. Veel vrolijker. O *godv... auw-auw...*'

Alex bleef nog tien minuten stilzitten. Een enorme prestatie. Hij zou overal willen zijn, maar niet hier. Hij kon zijn ogen en gedachten niet van de man in het bed afhouden, die veel, veel te jong was om hier te liggen. Het was een belediging voor Alex' ideeën over zichzelf, deze misplaatste jongere. Het was obsceen. Er was een tijd en een plaats voor jongeren en dat was niet op een cardiologische afdeling. *Sorry*, zou je aan de dichtstbijzijnde zuster willen vragen, *waarom is die man stervende? Heeft hij niets beters te doen? Moet hij niet naar school?* Ziekenhuizen heten St. Mary, St. Stephen, St. Wie-dan-ook. Deze heette St. Christopher. Ze zouden allemaal Job moeten heten. Job was de juiste beschermer van de ziekenhuizen. Job had kloten. Job zou vragen: Waarom deze jongeman? Waarom een kinderafdeling? Waarom (en dit klinkt bijna onmogelijk) baby's op de intensive care? Waarom worden baby's zo ernstig ziek? Wat is hier allemaal aan de *hand*?

'Brian,' zei Alex, die na deze gedachtegang weer opgelucht kon ademhalen, 'Brian, ik moet zo langzamerhand weg, denk ik.'

Brian ontwaakte net uit z'n hazenslaapje, iets wat je even tussen de pijn door kunt doen. Hij deed zijn ogen open.

'Tandem. Voor ik het vergeet. Die Kitty. Heb je wat verdiend op die Kitty?'

'Jazeker.' Hij had geen idee waar die Kitty was gebleven. Die moest verdampt zijn. Of weggekringeld, als verbrand papier uit een schoorsteen. Tegelijk met de rest van afgelopen week.

'O ja? Je hebt het dus kunnen verkopen?'

'*Ja*,' zei hij nadrukkelijk en hij pakte zijn tas. Hij haalde zijn chequeboekje uit een vakje en zocht in Brians ladekastje naar een pen.

'Voor hoeveel? Veel?'

'Vijftienduizend.'

'Vijftien*duizend*?'

'Ja. Ze is gisteren overleden.'

'Gisteren?'

'Ja. De prijzen schoten omhoog. Ik ging naar Columbard. Pakte het allemaal. Had het eerder moeten vertellen.'

'*Vijftien*?'

'Vijftien.'

'God*samme*.'

Op dat moment waren ze alletwee weer even Handtekeningenmannen. Aan het werk.

'Dus vijftien, minus mijn vijftien pro...'

'Ai! Maak daar maar tien van!'

'Oké. Je hebt gelijk, Brian. Weet je wat? Vergeet mijn commissie. Ik heb vandaag zelf ook een soort erfenis gehad.'

'Weet je het zeker?'

'Heel zeker.'

'God zal me liefhebben! En dat hebben ze nooit in de gaten gehad? Ze hebben nooit getwijfeld?'

'Geen seconde. Je bent te goed, Brian.'

Alex schreef de cheque uit. Ondertekende die. Hield die boven het gezicht van Brian.

'Vijftienduizend pond, nul penny's,' las Brian langzaam, onder de indruk. 'God-ver*domme*. Uit te betalen aan Brian Duchamp. Dat ben ik. Alhoewel alleen *God* weet wanneer ik hem kan innen. Ondertekend door Alex-Li Tandem,' zei hij en hij duwde zacht tegen diens pols. 'Dat ben *jij*!'

4

Kon niet tegen de metro, *onder de grond zijn*. Kon ook niet tegen een taxi, die zwarte theaters waar cockneymonologen worden gehouden. Uitgespuugd door het ziekenhuis in een niemandsland, vond Alex gelukkig een bovengrondse halte met een verbinding die hem redelijk in de buurt van Mountjoy bracht. De halte lag vol sigaretten en er stonden overal schoolmeisjes. Zo voelde reizen! De trein *verscheen* niet, zoals onder de grond. Ondergronds word je ongeduldig omdat je eigenlijk niet kunt geloven dat de trein een lange weg moet afleggen. Die moet eenvoudig hier *zijn* en dan daar *zijn*. Maar bij de bovengrondse wacht je, wacht je met plezier en lach je als je de trein de hoek om ziet komen onder een azuurblauwe hemel, langs bomen en huizen.

De deuren gingen open. Iedereen in Noord-Londen noemt deze lijn liefkozend de Free Train. Er zijn geen apparaten en niemand betaalt. Kinderen roken gewoon door, zwervers wonen erin en er zit een gek in lotushouding uitgebreid te converseren. Hij brengt je naar de uitgestrekte parken boven in de stad en naar de getto's onderin. Docenten rijden mee omdat hun administratie en aantekeningen zo handig op de lege stoelen uitgespreid kunnen worden. Verpleegsters slapen erin. Straatmuzikanten spelen ongestoord. Honden zijn welkom. Soms loop je een coupé binnen en slaan de marihuanadampen op je ogen. Als je door het raam van de rijdende trein naar buiten kijkt, krijg je de indruk dat de buitenwereld alleen maar bestaat uit bossen, scholen, sportterreinen en zwembaden. Die grote, zwarte, demonische fabrieken moeten ergens anders staan. Het lijkt het Beloofde Land wel.

Alex belde Esther en kreeg Kitty aan de lijn. Hij vertelde haar zijn nieuws.

'Maar dat is niet te *geloven*!' riep ze en ze vloekte in het Italiaans. 'Waarom zo veel geld? God*allemachtig*! Jij lijkt de tovenaar van Oz wel. Ongelooflijk! Ik ben sprakeloos. Helemaal. Ik weet niet wat ik moet zeggen. Het is *geweldig*! Ik heb nog nooit zoiets gehoord. Als je naast me stond, zou ik je zoenen. Maar ik begrijp het niet. Hoe *kan* dit in hemelsnaam?'

'Kitty...' Maar er was niemand meer aan de lijn. Hij wachtte.

'Alex,' zei Esther. 'Ik kan niet langer met haar rondlopen. Het is koud. Je moet terugkomen. Je moet het haar vertellen. Als jij het niet doet, doe ik het. Ik had het nooit goed moeten vinden, het is verrekte absurd. Moet je je eens voorstellen hoe ze zich voelt als we het hebben verteld! Eh, correctie: als *jij* het haar verteld hebt. Ik voel me beroerd dat ik dit allemaal heb goedgevonden. Hoor eens, ik moet ophangen. Kom *nu* naar huis.'

Toen Alex dichterbij Mountjoy kwam, voelde hij een schaduw over zijn hart vallen. Misschien kon hij beter bij een andere halte uitstappen? Opnieuw beginnen? In Larkin Green hadden ze bijvoorbeeld geen Kitty, geen Esther, geen niet na te komen beloftes, geen *rotzooi*, geen leven van Tandem met zijn gebeurtenissen en verplichtingen. Hij pakte zijn pakje shag en legde zijn voeten op de stoel tegenover hem. Hij voelde zich heel raar, zo had hij zich nog nooit gevoeld. Hij wilde niet naar huis.

Op Mulberry Road fietste een vrouw op een mountainbike naar de trein. Ongeveer een jaar nadat Li-Jin stierf, verscheen Adam voor het oude Tandem-huis. Had ergens plezier over.

– Wat? Wat is er zo grappig?

Alex zag Adam door de keuken lopen waar hij van Sarah een kop thee kreeg. Hij ging aan de kleine plastic tafel zitten die ze toen hadden, nog steeds lachend. Terwijl niemand durfde te lachen in dat huis. Al een jaar niet, niet sinds het gebeurde. Alex weet nog heel goed hoe geschokt hij was toen hij die lach zag.

– Kom *op*. Gooi het er maar uit. Ma, zeg dat hij het moet vertellen. *Wat?*

– Nou, gewoon... ik zat in die trein, de Free Train. Daarnet.

– Ja, en?

– En er loopt een jongen met een fiets met maar één wiel. En bij de volgende halte stapt er een andere jongen in, in dezelfde coupé, met een wiel maar zonder fiets. Iedereen ziet het, iedereen in die coupé. We worden er allemaal gek van. Behalve die twee klojo's. Die *keken* niet eens naar elkaar.

– *En?*

– En verder niets!

Alex herinnerde zich ook hoe stralend die lach was. Hoe die lach op zijn gezicht doorbrak. Adam kon destijds al goed nadenken en wist dat iemand die plezier maakt, mensen die dat niet kunnen soms over de streep kan trekken. Sarah en Alex, nog steeds te verbluft, nog steeds overstelpt door verdriet, keken alleen maar uitdrukkingsloos terug. Adam probeerde uit alle macht zijn lach te doen verdwijnen, maar deze kwam alleen maar nóg stralender weer te voorschijn.

NEGEN / *De bron wordt bereikt*

I

Mannen die niet naar huis willen, gaan naar een kroeg. Dat wist Alex omdat hij het in films had gezien. Ze gaan naar een bar, en de barkeeper, die een Amerikaan is, die een New Yorker is, maakt onwillige gebaren – een frons, gevolgd door een toegevend schouderophalen – als hem gevraagd wordt om nog een glas whisky in te schenken. Zo'n kroeg wilde Alex, maar Mountjoy had ze zo niet. Als de mensen hier wat dronken, aten ze er Chinees bij en zaten ze aan tafel met een servet op schoot.

Je had alleen Bubbles, achter aan de hoofdstraat, met zijn geblindeerde ramen en frequente naamsveranderingen (je kon heel goed de leeftijd van een inwoner van Mountjoy bepalen door de naam waarmee ze deze kroeg aanduidden. Mensen onder de dertig noemden hem Bubbles, Mount, Ben's of Follies, nieuwelingen Bar Zero en er waren een paar bejaarde zielen die nog wisten dat je er cakejes kon eten of brieven kon afgeven). Bubbles had een slechte naam. Drugs, werd er gefluisterd. Mensen die daar dronken, wisten niet wanneer ze moesten stoppen. Op de meeste doordeweekse nachten kon je Mountjoys enige beroemdheid met een rode kop en dito neus van deur naar deur zien zwalken. (Een 'nationale schat', deze man. Een beerhoge, grote acteur die dertig jaar lang de grote, tragische rollen van Antonius, Brutus, Othello en anderen gespeeld had en was afgezakt naar politieagenten, dokters en boeren in kleine series. Op een donderdagnacht had hij eens zijn vertolking van een razende Lear op de hoofdstraat neergezet. Hij werd toen door twee niet-lachende televisieproducenten opgepikt. Die hadden van zijn soapprogramma de opdracht om hem uit Bubbles mee te nemen en te ontnuchteren.)

Net als de meeste mensen in Mountjoy was Alex nog nooit in Bubbles geweest. Hij had geen idee hoe het er van binnen uitzag (buiten flikkerde zijn lichtreclame, iedere keer viel er een ander deel van het neon weg: dan weer het verlichte glas, dan weer de paarse bubbels die over de rand klokten, dan weer de rode kers). Hij had echt nog steeds geen idee, op het moment dat hij de deur opendeed. Het was er zó donker. Op de stoep was het vijf uur 's middags, maar in Bubbles leek het middernacht. Er zaten vier of vijf mensen. Geen muziek. Een kleine discobal, die miljoenen zoeklichtjes op de muren liet schitteren, zocht tevergeefs de dansende mensen die hij twintig jaar geleden belichtte. Op een muur was een poging gewaagd om een strandscène te schilderen. Een topless bruine schoonheid was tot aan haar navel geschilderd. Haar benen waren leeg, geschetst. Op de acht bladeren van de palmboom glansden groene, door de tijd mat geworden lovertjes. In een hoek zat een gat in de muur voor een diskjockey, maar wat was nu dichtgetimmerd. Iets wat eruitzag als een bar en een barkeeper. Alex liep erheen en begon.

Wie kwam er op het idee om alfabetisch te gaan drinken? Daarvoor was Alex niet naar Bubbles gekomen. Hij wilde een drankje, misschien drankjes, misschien nóg meer drankjes. Na vijf snelle whisky's bleek het idee zichzelf te opperen. En Roy, de barkeeper die gedeeltelijk schuldig is, Roy fronste niet en haalde geen weigerachtige schouders op. O, nee.

Roy zei: *Ga ervoor, mijn zoon.*

En Tommy, een zwangere Ier, wiens idee het kan zijn geweest, zei: *Twintig pond, dat je verdomme niet verder komt dan Haich.*

Wat een uitdaging was. En dronken mensen pakken uitdagingen aan zoals ze ademen.

Absint luidde het alfabet explosief in. Alex voelde een dikke wolk achter iedere oogbal opkomen en voerde een vruchteloos gesprek over beroemde kunstenaars en hun absint.

'Want op de een of andere manier, Roy, snap je, horen kunst en absint *onverbrekelijk bij elkaar*. Het roept de muze op, het hitst ze allemaal op...'

'Ze werden er verdomme straalbezopen van, dat gebeurde er.'

Bier en Cointreau vielen als een zware, oranje steen in zijn maag. Op dat moment pakte Roy over de bar heen de portemonnee van Alex, keek erin en schudde zijn hoofd. Een paar minuten later vond Alex zichzelf terug op de hoek, ongeduldig zwieberend in de rij voor een pinautomaat. Het was hier buiten nog steeds gewoon dag. Daar had hij niet op gerekend: hij viel om. Twee vrouwen, moeder en dochter, zagen het gebeuren en schudden hun hoofden. Terug in Bubbles, stoffig maar rijk, zwalkte hij naar de bar.

'D...' peinsde Roy hardop, hij ging er nu helemaal voor. 'D, Phil. Enig idee, met een D?'

Phil, een oudere man met een leren jasje en een bril aan een kettinkje om zijn nek, kwam heel langzaam uit de diskjockeyhoek, keek weifelend naar zijn zwarte taxi, die werkeloos buiten stond en liep toen toch maar naar de bar.

'D? Nee, geen idee, Roy. Geen D-drankjes.'

'Daiquiri,' riep Alex en hij sloeg met een vuist in zijn handpalm.

'Donker bier,' corrigeerde Roy hem.

Bier kwam nog een keer als merknaam bij de F, toen de verraderlijke gin gevolgd door een vulkanische Hot Toddy, gemaakt door Tommy die daartoe (met onvermoed atletiektalent) over de bar sprong.

Ik liet ze even met rust. Liet ze even bijkomen.

'Iberië… *Iberisch…*' begon Phil, die een kruiswoordpuzzel maakte.

'Ik kan iets kouds maken,' bood Roy aan. 'Iced weet ik wat.'

Maar het werd Ierse whisky, verwarmend vocht in je keel. Toen een bier met een Duitse naam bij de J, en Kahlua, zoet en blauw, dat zich op je tong vastzet, niet weg te krijgen is. Lager en Muscadet werden in hetzelfde glas geschonken, alsof het een 'spritzer' was. En toen werd het wat onoverzichtelijk. Tommy had de hele tijd met Alex meegedronken, glas om glas, maar dan alleen whisky, en had het over het probleem met die verdomde joden die in alles altijd de leiding willen hebben. Alex wilde hem slaan, maar miste en lag een tijdje op de grond en vervloekte Tommy's katholicisme. Na wat heen-en-weergepraat vond ook Tommy dat er niet meer slechteriken dan nonnen op de wereld waren en persoonlijk haatte hij God toch al. Roy hield een korte, ontroerende speech over tolerantie ('Tja, het is allemaal verdomde kloten, ik bedoel, *serieus*') en Tommy bood Alex een Ierse whisky aan en Alex bood Tommy er ook een aan. En toen kwam er een vrouw binnen. Ze was ergens in de veertig, droeg niet veel vlees met zich mee, maar wat er zat (zoals acteur Spencer Tracy over zijn geliefde meldde), was klasse. Ze had een klassiek kapsel en al haar denimkleding was stone-washed. Alex vond dat ze eruitzag als een slanke, blauwe viltstift, bijna leeg, met een verkeerde dop (geel).

'Benevenwej…' meldde Alex en hij hobbelde naar de toiletten om zich wat op te frissen. Toen hij terugkwam waren zijn haren nat en leek hij op Raspoetin. De vrouw stond achter de bar.

'Stella, Alex, Alex, Stella,' zei Roy, terwijl Stella somber een glas afdroogde, alsof het het eerste van vijfduizend was. 'Ze helpt als het druk wordt.'

Een halfuur later werd Alex aangemoedigd door de drukte – vier mannen van het gokkantoor aan de overkant – vanaf de andere kant van de bar, terwijl hij van Stella een rum, een sherry en een Tia Maria voorgezet kreeg.

'Waarom doe je dit eigenlijk?' wilde Stella weten.

Geen enkele man had het nodig gevonden om dat te vragen.

'Ik bedoel,' zei ze en ze steunde op een paarse elleboog, 'waarom ga je niet gewoon naar huis?'

'Want ik *wil* niet naar huis. GEENZIEN OMNAAHUIS TE GAHAAN, TIS NOGLANGNIE VOLLEMAAN.'

'Zoek het maar uit.'

De discussie over de U leverde niet veel zinnigs op en droogde helemaal op toen Phil de jukebox aan de praat kreeg en Alex Stella net zo lang lastigviel tot ze met hem wilde dansen. Of, beter gezegd, tot hij van haar bewusteloos op haar schouder mocht hangen, terwijl zij rustig van de ene op de andere voet wiegde.

'Vaders jaarzeiheit morgen!' riep hij, toen hij onverwacht, zonder waarschuwing, wakker werd.

'Wat heb je gisteren gedaan?' vroeg Stella en ze stapte vervolgens vliegensvlug opzij, met de snelheid van een vrouw die het klappen van de zweep kent, toen Alex uitgleed.

Maar hij had zijn trots; hij haalde zonder hulp de toiletten en kotste daar in een wc-pot, achter een gesloten deur. Toen hij terugkwam, stond Roy midden op de dansvloer met Alex' mobiel.

'Adam,' las hij stijfjes van het schermpje af. 'Boot? Carl. Dokter... Huwang? Zeg, wie van deze mensen moet ik bellen om je op te laten halen?'

En ze kwamen. Ze kwamen. Ergens, diep in zijn dronken binnenste, voelde hij wat het betekende dat ze kwamen. Dat ze altijd zouden komen. Dat het goddelijk is. Hij voelde een heleboel en, net als veel andere jongeren, was hij daar bang voor. Hij vertaalde het naar agressie.

'Vrienden!' riep hij, terwijl Joseph zijn linkerbeen en Adam zijn rechterbeen vastpakte. 'Romeinen! Handtekeningenmannen! Leen mij je geld!'

Ze droegen hem naar buiten, als een man op een onzichtbare stoel.

'Noem *mij* geen Handtekeningenman,' zei Adam kwaad. 'Dat is *jouw* spelletje. Dat is het zijne. Niet het mijne. Weet jij wel hoe *laat* het is, vriend?'

'J*aa*a, tuurlijk, tuur*lijk* – nee, want je bent *superieur* – jij wil alleen maar de handtekening van *God. Sorry, Jahweh*, mag ik u wat vragen, hééevemaar... Jij wilt dat hij opduikt met zijn dinges – zijn lichtvinger, vinger met verlichting, als een bliksemstraal – WHAM! Zzzzz! Ha! Hahahahaha! In je voorhoofd schrijft!'

'Nee hoor,' zei Adam en hij zorgde er geduldig voor dat Alex' tollende hoofd niet de grond raakte. 'Dan zou ik een golem zijn. Alex, sta eens op. *Sta. Op.*'

'Alex,' probeerde Joseph. 'Help ons om jou te helpen. Oké?'

'*Help ons*,' bauwde Alex hem na. '*Om jou te helpen? Help* ons *om* jou *te helpen?* Is dat als, hoort dat bij de baan als, leer je dat als en zeggen ze dan goed leer dit, in een Heller Verzekerings... Handboek of zo? Een gids om als een idioot te leren spreken? *Wij kunnen* letterlijk *jouw leven veranderen. Wij willen dat* jij *rustig kunt slapen in de wetenschap dat* jouw *geliefden beschermd zijn. Help* ons *om* jou *te helpen.*'

'Jij bent een idioot.'

'O, ben *ik* de idioot?'

'Ja, Alex. Op dit moment ben jíj de idioot.'

'Ik.'

'Jij.'

'Ik zal je nu moeten vragen mee naar buiten te gaan.'

'We zijn buiten.'

Alex draaide net zo lang rond tot hij Adam recht aankeek, pakte hem met beide handen bij zijn hals, zowel om zijn evenwicht te bewaren als uit vertrouwelijkheid.

'Moet ik met hem vechten?'

'*Waarom?*'

'Om zijn achterlijke gezicht in elkaar te slaan, daarom!'

'En denk je dat je dat lukt?' vroeg Adam en hij trok zijn gezicht uit de adem van Alex. 'Zijn gezicht in elkaar slaan?'

Alex' hoofd viel naar beneden en zijn hersens, zijn onbeduidendste orgaan, schoten naar voren. Hij sloot zijn ogen. Het was laat.

'Kan maar beter naar huis gaan,' zei hij vredig, en hij zocht met een arm naar Joseph, die hem even vredig aanpakte en om zijn eigen schouders sloeg.

'Zo,' zei Adam, toen ze de hoofdstraat afliepen. 'Wat viel er eigenlijk te vieren?'

'Angst en...' Alex moest heel diep nadenken.

'Walging?' hielp Joseph.

'*Ja*. Dat zeer zeker. *Zeker* walging, ja.'

De hoofdstraat was dood en onbekend. Toch waren de nieuwe restaurants en de textielzaken en het vertrek van Levinsky's bakkerij tragedies van de laatste vijf jaar. Het was Alex' buurtje niet meer. Alleen de grond was onveranderd, en dat was iets wat hij altijd mooi had gevonden: het groen dat tussen de stenen door groeide, namen en voetafdrukken die helden uit het verleden ooit in het natte cement hadden geschreven en gezet. En het onregelmatige oppervlak, steen tegen steen, testament van elkaar opvolgende gemeentebesturen: zwart en gestippeld, rode en gele klinkers, stemmig grijze, oude, kapotte tegels. En Alex' favoriet: uit verschillende tegels opgebouwde z's, in een mooie, diep roestbruine kleur. Een pad dat naar de slaap leidt. *Ut.* Sliep iedereen? Je kon zeker een kilometer ver alle grote huizen van Mountjoy zien, de lichten waren uit. Ze leken te slapen, maar Alex wist dat er bij iedere oprit een lamp hing die bij elke beweging van een mens of blad aanfloepte. En dat binnen, in de huizen, onzichtbare laserstralen kriskras over de overlopen en trappen liepen. Een soort val voor iedere vijftienjarige die iets of iemand binnen wil smokkelen...

'Weten jullie nog,' vroeg Alex, en hij ging er met zijn dronken kop van uit dat de anderen zijn gedachten hadden kunnen volgen, 'dat Rubinfine verkering had met dat Hindoe-meisje, Bal-nog-wat...'

'Baljit,' zei Adam lachend. 'Die was *geweldig*!'

'*Baljit*. En dat hij door het raam naar binnen was gekomen, Ruub... en op dezelfde manier weer zou vertrekken... maar dat ze het net gedaan hadden... eerste keer hè, heb ik dat goed onthouden?'

'Dacht het wel.'

'...en dat hij zo verliefd was... zo... *Ut*... Eigenlijk krijg ik het niet uit mijn strot... Adam, wil *jij* het alsjeblieft vertellen...'

'Oké, oké. Dus hij dacht: *Ik ga naar de plee om dat*... dat condoom weg te spoelen, maar dat hele huis zat onder de laserstralen... wat hij natuurlijk niet wist. Twee minuten later: alarm, politie, brandweer, vader van Baljit met een mes...'

'Met een mes!' herhaalde Alex, voor het geval Joseph dat gemist had.

'En daar stond Rubinfine in zijn kippahtje,' ging Adam door en hij moest zo hard lachen dat het door de straat galmde, 'met sperma en condoom in zijn hand...'

Alex kirde van plezier en bemoeide zich niet meer met het vertellen. Het was heerlijk om naar een goed verteld, oud verhaal te luisteren.

'...de vader te verzekeren dat er ondanks deze *wat gênante vertoning* geen enkele reden was dat hij, de vader, geen zaken meer zou kunnen doen met Ruub senior. Dat zei hij *in zijn onderbroek*! Met een mes op zijn keel en de politie die naar boven dendert.'

'Dat heb ik allemaal al een keer *gehoord*,' zei Joseph en hij stak een sigaret op. Omdat hij niet in Mountjoy was opgegroeid, er pas op zijn twintigste was komen wonen, dachten mensen vaak dat hij de oude Mountjoy-verhalen niet kende of zich die niet kon herinneren. Het gevolg was dat hij ze vaker gehoord had en beter kende dan wie ook.

'Sjt,' zei Alex en hij legde een vinger op zijn lippen. 'Ga door, Ads, oude makker.'

'Tja, jullie snappen natuurlijk wel *waarom* hij zo deed... dat kwam door zijn *vader*. Door wat zijn vader voor mens was,' zei Adam. Ze waren bij het monument en pauzeerden er een moment. 'Hij was altijd al *doodsbang* voor zijn vader. Hij was banger voor Jerry's tong dan voor het mes van Baljits vader. Jerry was, en nog steeds trouwens, een *afschuwelijke* bullebak. Dat kunnen jullie je niet voorstellen.'

'O nee? Denk eens aan mijn vader, maat,' zei Joseph en hij blies rook uit.

'Ja, oké. Zo is Jerry ook. Hij blafte Rubinfine het rabbinaat in, wist best dat het niets voor hem was. Maar dat wilde hij niet toegeven. En Mark zou de hele tijd bij *jouw* vader zijn gebleven, Al, als hij de kans gekregen had. Hij hield van Li-Jin, *dat* wilde hij, dat had hij nodig, zo'n vader. Snap je dat? Misschien zou hij niet zo'n rare zijn geworden, als hij een klein beetje...'

'Ja, ja,' mompelde Alex en hij voelde zich doodop.

'Sorry dat...' begon Joseph, maar hij hield op en keek verward naar Adam.

'Nou, ga dan door, wat?' wilde Alex weten en hij bleef voor het eerst zelfstandig rechtop staan.

'Niets... alleen... het spijt me dat ik hem nooit gekend heb, je vader. Ik bedoel, ik wilde dat ik de kans gehad had om...'

'Nou,' zei Alex, die op de rand van het monument was gaan zitten en uit zijn jas de benodigdheden voor een joint haalde. 'Jij leerde hem op de dag van zijn dood kennen. Die dag was hij goed in vorm.'

De wereld is van letters, woorden gemaakt. Onder elke vriendschap zit een moeilijke zin die uitgesproken moet worden, opdat die vriendschap kan overleven.

Dit is die van hen.

2

> **Een Mondo-grap**
>
> **V.** Wat zei de opblaasbare directrice tegen de opblaasbare jongen die met een speld op de opblaasbare school kwam?
>
> **A.** Je hebt *mij* laten vallen, je hebt *jezelf* laten vallen – je hebt de hele *school* laten vallen...

Dit grapje, verlegen en ongeïnspireerd verteld door Joseph, werd ontvangen als de beste grap van de nieuwe eeuw. Ook als je rekening hield met het benevelende effect dat je krijgt als je alcohol en wiet combineert. Alex blééf lachen – wat zijn borst minder grappig vond. Hij lachte al vier minuten en iedere keer als hij dacht dat hij klaar was, borrelde het weer op. Net water in een verstopte afvoer. En toen was het abrupt over. Hij ademde diep uit. Voelde dat hij het koud had. Dat het weer regende.

'Gaat het goed met je?' vroeg Adam, die Alex had zien rillen.

Alex knikte. Probeerde op te staan. Dat ging niet. Hij pakte de hand die Adam hem toestak.

'Het spijt me van Kitty,' zei Adam, omdat hij voelde dat hij het nu zonder ernstige gevolgen kon zeggen. 'Het spijt me dat ik dat moest horen. Ik weet dat je haar kende... ik weet wat ze voor je betekende. Ik heb vanochtend al geprobeerd je te bellen, toen ik hoorde – ik dacht dat je misschien iets stoms ging doen. Wilde dat ik je eerder te pakken had gekregen. Volgens mij... je had die dingen moeten *houden*, Alex... je had ze nooit moeten verkopen. Ze waren je dierbaar. Je gaat ze missen.'

'Huh?'

'We hebben de krant gelezen,' meldde Joseph. Hij rekte zich uit en gaapte hartgrondig. 'Hoor eens, let maar niet op Adam, die denkt dat je religieuze voorwerpen of iets dergelijks verzamelt – het zijn maar handtekeningen. Dat is prima. Dat is je werk. Je zou niet zo slecht over jezelf moeten denken, want dat doe je. Je hebt een van de grootste handtekeningencoups van het *decennium* gepleegd. Ik zou zeggen, *geniet* er dan ook verdomme van!'

'Nng?'

Adam sloeg hem op zijn rug.

'Je hebt de avondeditie gehaald, vriend, pagina acht. Mag ik vragen, ik bedoel... wat ga je met het geld doen? Het is hartstikke veel, man. Omdat... ik bedoel, geen pressie, maar... we hebben het er morgen nog wel over. Zelfs *jij* kan het niet allemaal opzuipen... hoewel je wel je best...'

Alex rende nu door de straat. Tenminste, hij droeg zijn benen op te rennen, maar de boodschap kwam niet goed over. Het evenwicht, het balanceren, het overeind blijven was niet doorgekomen. Op de hoek viel hij en tegen een deur probeerde hij overeind te komen. Binnen een tel waren Adam en Joseph bij hem, met hun handen op hun knieën keken ze omhoog, het regende weer.

'Wat hebben we een haast,' zei Adam, buiten adem.

'Jullie… volgen…' zei Alex en hij begon weer te rennen. 'Ze is in het huis. *Ze is in het huis.*'

Nu jogden ze alledrie door de straat en het regende almaar harder.

'*Wie* is in het huis? Waarom rennen we?'

'*Zij*. Kitty.' En Alex rende nog harder. Zijn jas bolde achter hem aan.

'De video?' riep Adam, terwijl Alex een flinke voorsprong nam. 'Geef me die morgen maar. Dat heeft geen haast.'

'NEE. ZIJ. *KITTY*. IN HET HUIS.'

'*Alex*,' gilde Adam, toen ze langs de videowinkel renden en Alex om de hoek verdween, zijn straat in. '*Alex*. Doe niet zo *idioot*!'

Alex woonde in een sombere, statige straat. Joseph en Adam renden in stilte de hoek om, bang om ouders van kinderen die ze kenden, wakker te maken. Om het nog maar niet te hebben over de mensen die ze kenden en die nu zelf ouders waren. Want deze jongens werden oud.

'Alex, *alsjeblieft*,' kermde Joseph, toen hij buiten adem over het hek hing, tegen de razende Raspoetin die als een gek zijn sleutels zocht. 'Doe eens rustig. Kalm aan.'

Met een triomfantelijke kreet haalde Alex zijn sleutels uit de diepte van een van zijn jaszakken.

'Wat *heb* je nou allemaal, Tandem?' vroeg Adam, die eindelijk over het pad kwam aanlopen.

'Zij. Hier. Kitty. Ze is bij mij. Nu.'

Hij deed de deur open en maakte het Internationale Gebaar voor 'stilte verzocht'.

'Ze is in de woonkamer,' fluisterde hij. 'Met Esther. Ze kletsen. Vinden ze heerlijk.'

Hij liep op zijn tenen door de gang, deed voorzichtig de kamerdeur open en kromp ineen toen de scharnieren piepten. Op datzelfde moment speelde zijn maag op. Joseph pakte hem bij een elleboog en bracht hem gauw naar de gootsteen in de keuken, waar hij doodziek overgaf. Pas na een minuut of tien werden de aanvallen minder. Hij kokhalsde nog wel, maar zijn maag was leeg. Toen het helemaal over was, waste Joseph liefdevol zijn gezicht met een warme keukendoek en wilde hij hem een slaappil geven uit zijn eigen verzameling medicijnen. Uit de binnenzak van zijn jasje haalde hij een aluminium pillendoosje. Hij maakte het open – snoepjes in een kluis. Maar Alex weigerde. Hij had slaap. Wilde alleen nog maar slapen.

Adam kwam binnen, zuchtte, omarmde zijn vriend en liep met hem terug naar de woonkamer.

'Ik heb de slaapbank opgemaakt. Esther moet boven zijn – haar tassen staan hier – maar ze zal je zo niet boven willen hebben. Je stinkt als de hel. Slaap hier maar.'

'Mmmm.'

'Er staat nog geen overlijdensbericht in,' zei hij en hij wees op de avondkrant op de koffietafel. 'Zal wel morgen worden. Nou, doe rustig, probeer wat te slapen, denk er maar niet aan.'

'Hnng... ut.'

'En luister even goed. Morgen heb je om tien uur een afspraak met rabbi Burston, om alles nog even door te nemen. En om zes uur begint de bijeenkomst. Oké?'

'Adam...'

'Ga nou slapen, Al. Morgen zien we elkaar weer. Morgen. Tot dan.'

En weg waren ze. Ze waren weg. Hij verloor zijn bewustzijn. De mannen geloofden hem niet. En de vrouwen, de vrouwen hadden hun gelederen tegen hem gesloten.

3

Hij droomde. In de echte tijd, in de echte wereld, duurde het niet langer dan een minuutje of twee. Maar dit ging diep, wat korte dromen vaak doen. Diep als een zweefduik in een zwembad. Hij bevond zich in een prachtige tuin. Een tuin in oude Franse stijl, dus een pastiche op van alles. Bedden met Engelse rozen, met een pseudo-indiaans hoekje, een bosje cipressen, ook tamarinde. Formele Europese hagen die ongeïnspireerd in slecht lijkende dieren en bomen waren gesnoeid. Een Japanse hoek waar stenen patronen in stenen vormden. Bamboe hekjes schermden de brede, statige wandelpaden af. Terwijl Alex door een ingewikkelde bloemencompositie liep, bedacht hij dat hij dit het beste kon bekijken door de bovenramen van een groot huis – en daar stond het, dat grote huis, pal nadat hij eraan dacht, wit en deftig. En nu was hij weer ergens anders. De doolhof had voor Alex de verrassing in het midden bewaard: een naakte Diana, die haar handboog trok. Er was een kunstmatig meer met wat verderop twee kunstmatige heuvels, een magere imitatiepoging van een Toscaanse vallei. De finishing touch was de trendy, onopvallende afzetting die de indruk wekte dat de tuin zo ver reikte als het oog kon zien. Of dat de tuin juist helemaal niet bestond. Dat de tuin één was met het omliggende land. Dat dit alles niet gepland was, maar natuurlijk. Dat het water zijn eigen weg ging en de bloemen bloeiden waar ze zelf wilden...

Alex was in deze tuin. Verder niemand. Op de ramen van het grote huis speelden de zonnestralen en in de verte hoorde hij een vioolkwartet spelen, glasgetinkel en gelach. De ingrediënten voor een gezellige lunch. Maar de tuin zelf was helemaal leeg, wat hij raar vond. Hij was serieus op zoek naar tuinmannen. Hij wilde met de mannen spreken die het meer hadden gegraven, de bomen hadden geplant en de heggen gesnoeid. Op de een of andere manier wist hij dat ze niet aan de lunch deelnamen. Maar waar waren ze dan wel? Gefrustreerd liep hij iedere keer over dezelfde paden. Wist dat hij in een droom liep, wilde wakker worden. Toen veranderde het landschap achter twee schildwachtachtige dennenbomen. Het was nog steeds de tuin, maar een nieuw, geheim deel ervan, een waterparadijs. Bassin na bassin, op één lijn, en monumenten– witte monolieten – hier en daar ertussen geplaatst. In ieder bassin doken naakte mannen synchroon als zeehonden in het water, perfect gedisciplineerd, prachtige draaien, indrukwekkende sprongen en houdingen voor ze het water bereikten. Het was geweldig. Alex naderde, huilend, het eerste bassin. Aan de andere kant zag hij Esther naakt in een soort regisseursstoel zitten. Haar naam stond op de achterkant. Ze zei niets en bewoog niet. Alex keek weer naar de mannen. Mannen? De helft was jong, zeventien, achttien jaar, Adonistypes. Een stukje leer, een soort zakje, bedekte hun genitaliën. De anderen waren heel oud, hetzelfde gekleed onder hun hangende buiken. Maar ze sprongen! Ze sprongen allemaal! Steeds hoger, een fraaie snoekduik, een mooie arm- of beenbeweging. Af en toe een strijdkreet die abrupt afgebroken werd als ze onder het wateroppervlak verdwenen. Blij trok Alex zijn kleren uit en liep naar de rand. Daar liet Esther weten (zonder te spreken, zonder te bewegen) dat niemand het bassin in mocht voordat die de inscriptie had gelezen. Inscriptie? Natuurlijk, Alex stond nu vlak voor een monument en probeerde de tekst te lezen. Wat is dit voor taal? Hebreeuws, Latijn, Koptisch, Russisch, Japans, koeterwaals... de regels liepen alle kanten op, liepen omhoog of in een bocht, dansten... De mannen lachten hem uit toen hij zei dat hij het niet kon ontcijferen. Esther praatte niet en hielp niet. De mannen geloofden hem niet. En de vrouwen, de vrouwen hadden hun gelederen tegen hem gesloten...

Benauwd werd hij wakker, dacht dat hij zou sterven. Probeerde het laken van zich af te gooien, maar raakte er juist verder in verstrengeld. Trok net zo lang tot het toegaf dat het voor hen tweeën beter was als ze apart verdergingen. Hij rook zichzelf. Hij stonk. We hebben natuurlijk allemaal onze persoonlijke stank, maar dit rook *chemisch*. Zwavelwaterstof zat erin. En zijn drie gezichtsholtes zaten boordevol slijm, ze stroomden over, het gleed over zwijgende tranen naar beneden. Waarom hadden de vrouwen hun gelederen gesloten? Wat had hij *gedaan*? Alex en zijn stank verlieten de kamer en gingen naar boven. Maar dit is niet de trap die hij kent. Deze helpt je niet naar boven. Het is geen roltrap. Je moet al het benenwerk zelf doen, de trap blijft *zitten*. En er hangt geen waarschuwing of mededeling dat er een eind aan komt of wanneer (het is donker en het laken past op de bril van Tandem). Alleen Alex is er. Alex die met zijn voetpropeller snel de ruimte in schiet. Hij tuimelt in een wolk, maar dan nadert hij de onwrikbare grond weer. De gang is niet zo slecht. Is recht en heeft twee muren en hijzelf was jaren geleden zo verstandig geweest om er niets in te zetten dat ooit in de weg zou kunnen staan. De meeste verfraaiingen staan in de toekomst in de weg.

De deur. Zijn hart bonst in een onregelmatig ritme, klopt wanneer en waar het zelf wil: een teen, een duim, een dijbeen, zijn borst. Hij wil niemand wakker maken. Zachtjes maakt hij de deur open. Een zacht geluid met een voet en het is meteen weg, de zachte muziek. *Daar* zitten ze. Hij kan ze amper zien. Eigenlijk alleen schaduwen. Ze liggen naast elkaar, heet dat niet van top tot teen? Twee paar voeten steken ieder aan een andere kant van het dekbed uit, net twee kinderen op een logeerpartijtje. Nee. Hij is te dronken om daarmee weg te mogen komen. Als twee vrouwen op het strand? Nee, nee. Dat is het ook niet. Zijn hersens willen per se niet meewerken. Als twee lichamen in een mortuarium. Bijna. Als twee lichamen in een mortuarium in een *film*. Het enige wat ontbreekt, is het label (naam, geboorte en de rest) dat aan de tijdens je leven meest bescheiden teen hoort te hangen – de grote teen. Zit dat hem dwars? Dat teendetail?

Je kijkt veel te veel films is tegenwoordig een beroemd zinnetje. Er ligt begrip in besloten voor wat we ervóór waren en voor wat we geworden zijn. Het gold zeker voor Alex-Li Tandem, buitengewoon Handtekeningenman. En daar paste zijn eerste gedachte perfect bij: *ze zijn dood.* Zo zit het. Ze zijn dood. Het idee (dat vlugger in hem opkwam dan je de zin kon zeggen) maakte hem volkomen machteloos. Die zin had met hem gevochten en had gewonnen. En het volgende moment dacht hij: *Nee, nee,* natuurlijk *zijn ze dat niet.* Ouders kennen dit gevoel, ook wat ervoor zit en erna komt. De afschuw, de afgrond naar de afschuw. Maar hierna, in ieder geval voor Alex, komt de uitbreiding. En de uitbreiding is dodelijk. Daardoor begrijp je dat het niet meer dan tijdverloop is. Dat er niets mis is met de diagnose, behalve de tijd.

Zij zijn het niet.
Maar zij zullen het ooit zijn.
Al zijn mensen, al zijn liefdes.

De doden lopen. Hij zat met hen in de trein. Hij had vanavond met hen gedronken. Ze hadden hem thuisgebracht, hij keek nu naar hen. In zwart en wit op de muren, maar ook in zijn bed, in Technicolor. Een kind weet dit en moet zich eroverheen zetten. Een beroemde Ier wist het, kwam ermee in het reine en zei alles wat erover gezegd zou moeten worden. Maar Alex was er niet mee in het reine. Hij had er de grootste moeite mee, hoe fundamenteel het ook was. Tien jaar geleden was Sarahs zus met haar kinderen op bezoek geweest en zijn nichtje Naomi wilde toen niet in deze kamer slapen, omdat ze bang was voor 'de doden op de muur'. Aan het ontbijt moest iedereen erom lachen. Hij had ook gelachen. Iedereen had gelachen. Want het is verkeerd, zegt iedereen, om het zo persoonlijk op te vatten – en dus had hij dat niet gedaan. Hij was een *volwassen man* (dit bedoelt iedereen waarschijnlijk, dacht hij, met dat stomme zinnetje; ze bedoelen *vat het niet persoonlijk op, vat het groeien niet te persoonlijk op, volgroeid zijn)*. Hij heeft het nooit persoonlijk opgevat, jarenlang niet. Hij vatte het via de film of via de televisie op – als hij het al opvatte. Maar nu kwam het – hij greep naar de bovenkant van de deur om rechtop te blijven staan – hier was de nekslag, de doodssteek en het was een krachtige. Hij tolde weg van de deur, had iets in zijn hand wat hij van de muur moest hebben afgetrokken. Zijn mond stond wijdopen, alsof iemand een bal in zijn gezicht had gegooid.

Maar hij maakte geen geluid. Hij wilde de doden niet wakker maken. Hij had zichzelf nog steeds onder controle. Hij vond een plekje waar niemand hem kon horen, warm en droog en vol handdoeken, en zei zijn Kaddish zonder gebaren, niet in de juiste houding – niet meer dan een nat gezang in zijn handen.

TIEN / *In de wereld*

I

De deurbel ging. Alex kroop de trap af, naar beneden. Kroop *letterlijk* naar beneden. Hij was doodsbenauwd voor deze beweging waarbij zijn hoofd zijn lichaam voorging, maar durfde het nog niet aan rechtop te gaan staan, daarom kroop hij. En toen dat te zwaar werd voor zijn knieën, liet hij zich op zijn kont zakken en gleed het laatste stuk. Op handen en voeten maakte hij de deur open, een arm reikte moeizaam naar de deurknop.

'Goedemorgen,' zei Marvin.

'Marvin,' zei Alex en hij ging voorzichtig op zijn voeten staan.

'Hoe was New York, man?'

'Groot. Vermoeiend.'

'Je ziet er ook moe *uit*.'

'Ik sliep op de overloop.'

'Uh-huh,' zei Marvin en hij pakte zijn boekje.

Ergens zong een vogel de eerste vier noten van 'Ain't Misbehavin''. Het licht was fel, de straat overbelicht. Niemand wilde nog over de eerste lentedag praten, het werd als een sentimentaliteit van de natuur beschouwd. Maar voor Alex leek het vandaag lente, twee maanden te vroeg. Je voelde Passiezondag en Pasen al in de lucht hangen, en een lang, loom weekend met slechte films van om de hoek, en de zon. De dag stond in bloei.

'Tandem?' Marvin volgde Alex' blik naar boven, naar de bleke lucht.

'Hmmm?'

'Wil je nog wat bestellen of niet?'

'Geweldige dag, vind je niet?'

'*Elke* dag is een geweldige dag.'

'Wat ga jij *doen*, Marvin?' kwaakte Alex, en hij hoestte toen de kikker uit zijn keel.

'Sorry?'

'Niet als melkboer. Ik bedoel wat ga jij met je *leven* doen?'

Marvin gromde welsprekend, als een teleurgestelde academicus, en sloeg tegen zijn eigen voorhoofd. 'Zal ik jou eens wat vertellen? Dat is een absurde vraag, ja! Leven doet dingen met *mij*. Meer is er niet. En dat is goed. Yoghurt?'

'Nee, nee... alleen melk.'

Marvin gromde weer teleurgesteld. Zette zijn handen op zijn heupen. 'Luister jij eens. Ik zag dat je in de krant stond, ja? Ik zou het niet eens hebben verteld, zo belangrijk vind ik dat niet, helemaal niet. Ik heb mijn... ik ben op niemand jaloers. Ik ben niet zoals die anderen, altijd maar afgunstig. Maar tegelijker*tijd* dacht ik dat je nu wel een beetje avontuurlijker zou worden in je dagelijkse bestellingen. Nu de situatie veranderd is. Hoewel we graag zouden willen dat het anders was,' bromde hij somber. 'De wereld is tot op zekere hoogte één grote markt, maat. En nu dwing je me om op m'n strepen te gaan staan, om onsubtiel te moeten worden. Snap je me eindelijk?'

'Ik wil graag,' zei Alex, terwijl hij over Marvins schouder naar zijn wagen keek, 'een paar van die milkshakedingen, wat yoghurt, die rare Italiaanse kaas die je me laatst wilde aansmeren, en wat jij denkt dat ik verder nog nodig heb.'

'*Boo*-ha! De terugkeer van de verloren zoon,' grinnikte Marvin en hij huppelde met knippende vingers het pad af.

Een paar minuten later, met een doos vol verschillende soorten zuivel, stapte Alex met nieuwe hoop zijn huis binnen. Met zijn kont duwde hij venijnig de deur dicht. Esther stond in de gang. Een zwartzijden Chinese ochtendjas hing open over haar schouders. Beschermend trok ze de beide panden over elkaar en bleef met over elkaar geslagen armen staan.

'Daar ben je dus,' zei hij en hij liep naar haar toe. Maar zij stapte achteruit. Ze kon niet huichelen, je kon altijd van haar gezicht aflezen hoe ze zich voelde. Op dit moment las hij er pijn van af.

'Laat me dit eerst even neerzetten,' zei hij en hij knikte naar de doos. Hij liep de keuken in en zette alles op het aanrecht. Toen hij zich omdraaide, stonden er twee vrouwen in de deuropening.

'Ik ben moe,' deelde Esther mee. 'Ook behoorlijk kwaad, nou ja, ontzettend eigenlijk. Maar voornamelijk ben ik erg... ik ben *moe*. Ik wil dat je luistert en je mond houdt.'

Alex maakte zijn favoriete geluid, de eerste persoonsvorm, maar ze stak een arm op om hem tegen te houden.

'Volgens mij moet je eerst naar Kitty luisteren, Alex, oké?'

'Goedemorgen, Alex,' zei die rustig. Ze was de enige van hen drieën die volledig aangekleed was.

Alex begon weer met dat geluid, het aangehouden *ik*, maar Esther schudde haar hoofd.

'Weet je wat ik deze ochtend gedaan heb?' vroeg Kitty en ze vouwde de krant open die ze in haar hand had. 'Ik werd vroeg wakker en ik stapte over jou heen, Alex. Ik liep naar beneden en pakte de krant die op de mat lag. En toen las ik mijn eigen overlijdensbericht. En ik kan je verzekeren dat zoiets een wrede manier is om de dag mee te moeten beginnen.'

'Kitty, ik...'

'...waar onder meer in stond, dat ik op het eind een onbeduidende carrière had, en dat – hier staat het – "*haar grootste betekenis in de filmgeschiedenis voor verzamelaars is geweest, voor wie haar handtekening een bijna mythische betovering had*". Heel vleiend, vind je niet? Blijkbaar is dat mijn hele leven geweest, in één zin.'

'O, Kitty, het spijt me. Het spijt me echt. Ik dacht... het was maar voor één dag... ik dacht dat het zin had... ik...'

'Er staat ook,' ging Kitty verder, 'dat hoewel ik een natuurtalent was, ik mijn talent verspilde in frivoliteiten... en dan worden verschillende frivoliteiten op de meest *walgelijke* manier uitgebreid beschreven... en dan, waar staat het... ja hier, dat ik *in Hollywood bekender werd door de mannen en vrouwen met wie ik geslapen had dan door de films die ik maakte*. Stom dat ik daardoor zo van slag ben geraakt.' Ze sloeg haar handen voor haar ogen, liet de krant vallen. 'Ik ben misschien te oud voor dit soort ijdelheden... ik weet het echt niet. Ik heb me nooit in mijn hoofd gehaald dat ik een Joan Crawford was, begrijp je me? Maar kun je het je *voorstellen*? *Dit* te moeten lezen? *Kun* je dat?'

Alex deed zijn mond open, en deed hem weer dicht.

'En het allerergste is, dat het geschreven is door een zogenaamde goede vriend van me, deze troep, kun je dat geloven? Je hoopt altijd dat anderen... nou ja, dat die beter over je denken dan je zelf doet.'

'Ik kan maar één ding doen,' zei Alex langzaam. 'Mijn excuses aanbieden. Meer kan ik niet doen.'

Kitty knikte. Esther sloeg een beschermende arm om haar heen, maar na een paar seconden dook Kitty daar onderdoor.

'Het was onrechtvaardig, Alex,' zei ze en ze keek hem recht aan, handen op haar heupen.

'Ik heb hem *gezegd* dat het een walgelijk idee was,' zei Esther heftig. 'Het *slechtst* mogelijke karma.'

'En heel oneerlijk naar mij toe.' Kitty praatte nu alsof ze tegen een jongen praatte.

'*Compleet* oneerlijk, dat heb ik gezegd,' gaf Esther toe, zo kwaad (begreep Alex nu pas) dat ze het over wat anders moest hebben. 'Dat geld moet *onmiddellijk* terug.'

'Hoho, momentje graag,' zei Kitty, en ze maakte sussende geluidjes en legde een vinger tegen Esthers opgeheven hand. 'We zijn natuurlijk niet *helemaal* gek.'

Alex stapte naar Kitty toe en vatte haar bij de schouders. 'Het is *jouw* geld,' zei hij. 'Maar het heeft geen zin om het terug te geven. Zelfs als ze ontdekken dat je niet... dan is het juist meer waard omdat jij de actrice bent van wie iedereen dacht dat ze dood was en haar handtekening was dat en dat bedrag waard op de dag dat iedereen dacht dat ze dood was – en zo verder. Zo gaan die dingen. Iedere keer is er totale gekte. Neem het geld, Kitty. Neem dat verdomde geld en maak dat je ermee *weg*komt.'

'Een interessante redenering,' antwoordde ze, terwijl ze een vinger natmaakte en wat slaap uit het linkeroog van Alex haalde. 'Zou ik door overtuigd kunnen raken. Dus... wat nu? Ik krijg natuurlijk het geld. Minus jouw 10 procent uiteraard.' Ze lachte. Alex lachte terug.

'Dat heb ik er al van afgetrokken. Ongeveer vijftienduizend. Bedankt.'

'Je bent een *brave* jongen,' zei Kitty en ze klopte even op zijn wang. 'Ik ben blij dat ik je ontmoet heb. Volgens mij ben je een realist. Ik vind het prima. Eerst vermoord je me, en dan laat je me weer verrijzen. Ik vergeef je.'

Kitty maakte een kruisteken, kuste haar vingertoppen en wilde door zijn haren wrijven.

'Blijf je? Ga je?' vroeg Alex.

'Ik *blijf*,' zei ze en ze leek de beslissing al pratend genomen te hebben. 'Misschien nog veertien dagen. Geen paniek, maak je niet ongerust... nu ik geld heb, verdwijn ik waarschijnlijk uit je slaapkamer. Ik ben niet onder de indruk van de roomservice. En het wordt hoog tijd dat Lucia en Grace uit elkaar worden gehaald, anders wordt het een nog *grotere* obsessie.'

Alex kuste Kitty's hand.

'Tja,' zei Esther en ze kauwde op haar lip, terwijl er een traan langs haar neus naar beneden biggelde. 'Iemand moet iemand bellen om dit verhaal te rectificeren. En ik heb de autosleutels nodig, want ik moet naar dat verrekte college...'

'Ik laat jullie *alleen*,' zei Kitty met de knipoog en perfecte timing van een actrice. Bij de deur zei ze: 'Heb ik het goed als je vanavond een andere belangrijke afspraak hebt?'

Alex, die net Esther strak aankeek, knikte.

'Nou, helaas kan ik niet komen... anders zou de paus me vermoorden, vrees ik. Maar misschien kunnen we erna dineren met z'n allen? Ja, laten we dat doen.'

Ze waren alleen. Esther verbrak hun oogcontact en keek naar het plafond.

'Tja, dus... ik heb de sleutels nodig...'

'Dacht jij dat ik het voor mijzelf had gedaan? Is dat het probleem?'

'Ik *weet* het niet,' zei ze, en ze sloeg haar handen voor haar gezicht om het huilen te stoppen, maar ging daardoor juist harder huilen. 'En nu is het niet belangrijk meer.'

'Dat ik het deed voor de eer, mijn eigen eer. Klopt dat?'

Esther praatte nu gespannen, staccato tussen haar tanden door: 'Het gaat er niet om wat *ik dacht waarom jij het deed*. Het is net als met dat meisje op de sofa... dan gaat het niet om wat je wel of niet doet. Het gaat erom hoe ik me erbij *voel*. Hoe jij mensen zich laat *voelen*. Snap je? Ik zou binnen niet al te lange tijd geopereerd worden en jij bent met een of ander *meisje*. Hoe *dacht* je dat ik me zou voelen?'

Hij wilde wanhopig graag haar gezicht aanraken, haar in zijn armen trekken. Hen deze tweederangs dialoog besparen, geklets door liefde opgewekt, geklets van verliefden. Maar hij zat midden in een discussie en dan hoorde je elkaar niet aan te raken. Zelfs al was het negen van de tien keer eigenlijk hetgeen je het liefst zou willen doen.

'Alsjeblieft,' zei hij gedreven, wild gebarend, 'we zijn tien jaar samen. Dat weet je best. En jij denkt *zo* over me?'

Nu vloekte ze, beschuldigde hem van manipulatie, maar hij hield voet bij stuk. En in deze ruzie zat niets nieuws. De laatste zes jaar hadden ze er al veel variaties van achter de rug. En het ging maar door en door. Zo *zijn* relaties; toneelstukken die maar door en door gaan totdat al het leven eraan onttrokken is en ze gereduceerd zijn tot lege gebaren.

'...jij denkt,' snauwde Alex, 'jij vindt dat ik de moraal van een rioolrat of zo heb.'

'Laten we alsjeblieft niet over moraal praten. Laten we dat niet doen.'

Ze knikte drie keer, alsof ze antwoord gaf op een onuitgesproken vraag. Ze liep weg. Alex' maag klapte dubbel. Het voelde als een stomp in zijn maag. Was dit de nederlaag van de liefde? Kon dat? Nu? Het breekpunt? De dag waarop het gevecht met zijn tweeën, de oorlog tegen plastic armleuningen en hypocrieten en pseudo's en televisie en torenhoog eten en in drie lagen plastic verpakking en consumentenonderzoeken en liefdesliedjes en alle geïnstitutionaliseerde religies – waarop dit gevecht een eenpersoonsgevecht wordt? Waarop je het allemaal *alleen* moest doen. De dreiging hing de laatste paar jaren al in de lucht. Soms had hij ernaar verlangd. De rest van de tijd was hij er doodsbenauwd voor. Op dit moment liep hij puur op zijn adrenaline naar de trap en ging tussen haar en de volgende tree staan. Hij vroeg het haar. Hard. Telkens weer. Was dit het? Was dit het? Het Einde?

'We leven alletwee nog, we zijn nog steeds hier,' zei ze moe en ze sloeg haar armen nog steviger om zichzelf heen. 'Het einde zal toch wel veel... bloederiger zijn. Dolken, flesjes vergif, dat soort dingen. Je weet wel wat ik bedoel.'

Ze stapte langs hem heen naar boven.

'Kom op,' zei ze dringend, omdat ze de smeekbede om genade in zijn ogen zag, 'ga douchen, schat. Je stinkt. Schiet op en ga naar Ads. Ik zorg wel voor de papieren. Ik zal naar de dienst komen. Daarna zien we Kitty. Donder een tijdje uit huis op, blijf bij me weg.'

Geen nederlaag dus. Alleen een opschorting.

2

Zonder Esthers advies op te volgen (hij was nieuwsgierig, wilde ontdekken hoe ver hij met dit vluchtgedoe kon gaan) nam Alex de bus naar de Mulberry-synagoge. Hij zat op de voorste rij op het bovendek en lachte om de kinderlijke illusie dat hij over straat vloog.

'Niet verslagen!' riep hij naar een winkelend gezin. 'Alleen opgeschort!'

'Goedemorgen, beste kerel!' gilde hij naar een dominee.

Ga toch werken, mompelde een oude man in de bus.

'HALLO SCHOONHEID!' schreeuwde hij, en hij stak zijn arm uit het kleine raampje en zwaaide naar een schoolmeisje.

'Kut op, Humbert,' riep ze terug en ze schoof haar rugzak verder op haar rug, zodat ze beter het tweevingergebaar kon maken.

Op Mulberry Centraal stapte hij uit en vroeg aan twee chassidim de weg naar de progressieve synagoge. Ze legden het uit, met medelijden in hun ogen. Onderweg, onder de bomen van Mulberry, zong Alex 'Old Man River', dat vond hij een passend lied om zichzelf te harden. Het leek wel of er op elke hoek een chassidische jood speciaal op hem stond te wachten, waardoor hij zich net de een of andere vieze schimmel voelde die op deze planeet groeit. Roken ze hem of zo? *Kenden* ze hem misschien? Een soort spirituele röntgenvisie. Ze voelden zijn verachtelijke ziel, zijn gegiste geloof. Alex ging in de tegenaanval door naar hen te zwaaien. Dit was goed. Zwaaien voelde goed. Absoluut geen reactie op een vriendelijke zwaai te krijgen, die met een vriendelijk hart gemaakt is, dat is een morele uitdaging.

In de synagoge was de ochtendbijeenkomst net afgelopen. Alex zag een wriemelende massa mensen en een eenvoudig, betonnen gebouw met een raam in de vorm van de davidsster in een muur, niet fraai, maar zeker niet zonder charme. De sjoel lag tussen veel groene planten, het geheel werd door een deprimerend, maar helaas noodzakelijk veiligheidssysteem, compleet met camera's als rechtopstaande periscopen, in de gaten gehouden. Alex belde aan en zwaaide naar de videocamera. De zoemer liet hem binnen.

Rabbi Burston stond buiten in de zon met een stel snaterende vrouwen, tenminste dat dacht Alex. In ieder geval snaterden de vrouwen en stonden ze in een kring, ze praatten en ze keken naar de grond. Toen Alex dichterbij kwam, brak de cirkel en kwam er een minuscuul iemand, onmiskenbaar de rabbi, lijnrecht op hem af. Alex voelde zijn laatste reserves verdwijnen, dit was een heerlijk gevoel, hier kon je op rekenen: een rabbi is nooit verlegen. Alex had ze wel ontmoet, die kruiperige dominees die zich schaamden voor hun eigen bestaan – en hoe kon je nou leren geloven van een man die zich schaamde om te geloven? Hij gaf het niet graag toe, maar dan had hij liever de rabbinale roeping. Die geven zich altijd, altijd helemaal.

'HAI,' riep rabbi Burston. Hij moest rond de veertig zijn en was jongensachtig knap voor een man die niet groter was dan een negenjarig kind. Hij had een spijkerbroek en een wit T-shirt aan. Inmiddels stond hij naast Alex, hoofd ter hoogte van diens heup, en Alex begon een wanhopig gevecht om niet langer naar de rabbi te staren dan wanneer hij van normale lengte zou zijn geweest. Het ging meteen mis, hij kon zijn ogen niet afhouden van die ongelooflijke borstkas en die zwarte krullende baard, de sterke-man-uitstraling die bij deze kleine man karikaturaal was.

'Hallo.'

'ALEX-LI, HEB IK HET GOED?' riep de rabbi weer. De vrouwen lachten toegevend en een kind wees naar hem.

'Ja.'

'WIL JE BINNEN OF BUITEN PRATEN?'

'Buiten is prima.'

'MOOI. BUITEN VIND IK HEERLIJK. WAT VIND JE VAN DAT BANKJE?'

'Oké. Is er een reden... ik bedoel, waarom schreeuwt u zo?'

'DAT DOE IK SOMS OM OP TE VALLEN...' – hij vermande zichzelf, maakte een kwartdraai met zijn pols – 'ALLEEN DE EERSTE MINUTEN. SOMS HELPT HET VOLGENS MIJ. HELPT HET?'

'Niet echt.'

'O,' zei rabbi Burston, en hij krabde in zijn baard en lachte. 'Nou ja, het gaat niet voor iedereen op. Alex, loop met me mee naar mijn kantoor.'

De rabbi huppelde langs een boom en hees zichzelf op het bankje, zijn wiebelende voeten zweefden boven de grond.

'Zo. Alex. Laten we ter zake komen. Kaddish. Vat je het? Ik bedoel doorgrond je het?'

'Ja. Volgens mij wel.'

'Mooi. Leg het maar eens uit.'

'Nou. Als ik zeg... ik bedoel, ik geloof dat ik de basis...'

'HET IS DE HISTORISCHE PLICHT VAN ONS JODEN OM DE HEILIGE NAAM VAN GOD UIT TE DRAGEN!' gilde de rabbi en zijn twee handen wapperden in de lucht. Hij deed ze naar beneden en glimlachte naar Alex. 'Dat zeggen de boeken toch? En het is de waarheid. Maar je moet niet denken dat het een plicht is. Het is een *genoegen*. Het is een *gift* van jou aan je vader. Je geeft een cadeau. Vroeger, toen je klein en onmondig was en je iemand iets moest geven, dan kocht je moeder wel eens wat voor je. Weet je dat nog? Je hoefde alleen nog maar je naam op de kaart te schrijven – of je hand in rode verf te dopen en een afdruk te maken. Heb je dat ooit gedaan?'

Alex haalde woordeloos zijn schouders op.

'OKÉ!' schreeuwde rabbi Burnston, en hij zei verder niets meer. Hij probeerde nog steeds niet te staren, maar nu keek Alex waar de rabbi naar keek. Naar de eerste voorzichtige uitlopers van een kersenboom, die zich door het zachte weer voor de gek hadden laten houden.

'Weet je wat?' vroeg de rabbi na een minuut niks. 'Laten we een eindje wandelen. Laten we langs de sjoel heen en terug lopen tot we weer bij deze boom zijn. Afgesproken?'

Hij tilde zijn armen omhoog en even was Alex verbijsterd, toen hij zich tot zijn afgrijzen realiseerde dat de man verwachtte dat hij hem op de grond zou zetten.

'Wat? Nog nooit een rabbi opgetild? Grapje. Grapje, echt waar,' zei rabbi Burston en hij liet zich van de bank af glijden. 'Oké. Laten we de boel in vogelvlucht doornemen. Neem Socrates.'

Alex had al eerder met zichzelf afgesproken dat hij langzaam zou lopen als er sprake zou zijn van een wandeling-met-de-dwergrabbi. Maar de man had een stevig wandeltempo en in feite kostte het Alex moeite hem bij te houden.

'Het punt is,' meldde de rabbi, toen er een groep kinderen voor zijn voeten liep, 'dat Kaddish nooit bedoeld is geweest voor sjoel. Het is geen studeerkamergebed, het is informeel. Het is uit *noodzaak* geboren. En dat is heel apart. Niet van boven door de rabbi's opgelegd. Het is door mensen *uitgeschreeuwd*, ze hadden het *nodig*, het voorzag in een menselijke behoefte. Ik neem aan dat je in menselijke behoeftes gelooft – je bent toch nog niet al zo ver afgedreven?'

'Nee, nee. Ik ga met u mee met de menselijke behoeftes. Ik heb ze zelf. Ik zie het rondom me.'

'Oké. *Mooi*, dat is heel mooi. En dan nu. Heb je opgemerkt dat in het Gebed voor de Treurenden geen *Adashem* en geen *Elohim* voorkomen. Dus niet de formele namen voor God. Alleen in het Kaddish is het informele, het intieme terug te vinden – *kudsdha Brikh Hu*, de Grote Heilige, God zij gezegend, en dan *Avuhon di bi'shmaya*, hun Vader in de hemel. *HaShem*, De Naam, veranderde in *Shemei*, Zijn Naam. Het Kaddish is een gesprek tussen jood en God, zoon en afwezige vader. Kun je me nog volgen? Het is één-op-één, maar de gemeenschap blijft essentieel – als ik jood zeg, bedoel ik *joden* – en het blijft *kwaliteitstijd*.'

Onverwacht sprong de rabbi op en hield zich aan de lage muur vast die om de sjoel heen liep. Hij klom op de stenen en stond stil. Nu was hij ongeveer één zeventig, Alex nog altijd één tachtig.

'Wat wil je nog meer weten?'

'Hum... Oké... praktische zaken. Zoals dat ik begin...'

'Jij begint en de minjan geeft antwoord. Ik weet overigens dat je er maar acht gevonden hebt, maar ik heb twee vrijwilligers – jou en je vader kennen ze niet, maar God wel en daar gaat het om. Dus: jij spreekt, jij spreekt, jij spreekt, jij spreekt en dan antwoorden wij. Jij gaat weer verder, wij antwoorden nog een keer en dan spreken we allemaal samen. Weet je wat je moet zeggen?'

'Bijna. In grote lijnen.'

'Dan zijn we al over de helft,' zei de rabbi en hij klapte opgetogen in zijn handen.

'Maar hoe gaat het dan? Ik *voel* helemaal niets,' flapte Alex eruit en hij was blij dat hij het gezegd had.

'Til me eens op. Serieus nou. Hier overheen graag.'

Alex tilde hem over het gat in de muur heen. Veilig aan de andere kant vouwde de rabbi zijn armen op zijn rug en kuierde verder.

'Tja. Dus je voelt niets. Dat is tenminste eerlijk. Dus ik moet je overtuigen, is dat de bedoeling? Moeten we het over het Akiva-verhaal hebben? Echt waar? De vader en de vracht hout en de vuurplaag?'

'Nee, nee. Ik snap het gedeelte over ik die mijn vader eeuwige vrede kan brengen – maar dat is niet relevant, want hij is geen jood.'

'Aha, maar *jij* wel. En je bent geen idioot, dat weet je best – en daarom ben je hier.'

Twee kinderen renden krijgertje spelend voorbij. Zodra ze rabbi Burston herkenden, stopten ze en sloegen elkaar omdat het de schuld van de ander was.

'Alex, kijk niet zo miserabel.' De rabbi was inmiddels aan het eind van de muur gekomen, ging zitten en sprong ervan af. Hij landde ongelukkig, gleed op het grind uit, maar er was niets lachwekkends aan hem. Niets onwaardigs. Dit irriteerde Alex, die immers graag het mindere in mensen ontdekte. Zonder dat, zoals bij Adam en Esther, hecht je je te veel. En heb je een grotere kans op pijn in de toekomst.

'Rabbi, ik... ik snap nog steeds de *bedoeling* niet.'

Rabbi Burston schopte wat kiezels weg.

'Uh-huh,' knikte hij wijs. 'Daar kun je depressief van worden, als je de bedoeling van de dingen niet snapt. Dat is bekend. Net alsof je eeuwig vijftien bent. Dat is geen geweldige leeftijd.'

'Ik heb betere jaren gekend.'

Ze stapten dwars door een grote, onduidelijke davidsster, de schaduw van het raam, die langzaam over het terrein bewoog naarmate de zon klom.

'Alex. Je vriend Adam heeft me verteld dat je handtekeningenverzamelaar van beroep bent. Snap je daar wel de zin van?'

'Nee, niet speciaal, maar...'

'Je hebt er lol in.'

'Meestal.'

'Dus je verzamelt, je krijgt dingen. Beroemde dingen van belangrijke mensen. Bestaat er iets in die handel wat de status van gift heeft?'

'Hoe bedoelt u, gift?'

'Ik bedoel of er iets in je dagelijks leven is wat de status van een cadeau, een gift heeft?'

'Nou, dat probeer ik wel,' zei Alex en hij dacht aan Kitty. 'Dat is de lekendroom, hè? Liefde, kunst, liefdadigheid. Allemaal giften.'

'Ja,' beaamde Burston lachend, 'dat is de lekendroom.'

'Ik snap niet wat die hier mee te maken heeft. Ik heb het over rituelen.'

'Prima, ook goed. Hebben we het over rituelen.'

'Nou,' begon Alex schaapachtig. 'Nou, gisteren zei ik dus de Kaddish, om te oefenen...' Ze liepen in de donkere schaduw van het dak van de sjoel en zonder de zon was het meteen een stuk kouder. Hij rilde en trok zijn jas dichter om zich heen. 'Ik zei het, maar ik voelde helemaal niets. Ik bedoel dat ik wel wat voelde, maar dat de Kaddish niet hielp.'

'Was je alleen?'

Alex knikte.

'Nou zeg, kom *op*. Speel je voetbal alleen? Hockey? Kijk je in je eentje een wedstrijd? Dans je de tango alleen? Bedrijf je in je eentje de liefde? Nee, geef daar maar geen antwoord op!'

Alex lachte bitter.

'Het komt erop neer,' vertelde de rabbi, toen ze bij de kersenboom kwamen, 'dat je de *tzidduk hadin*, het goddelijk oordeel, accepteert. In plaats van dat we God vervloeken voor onze verliezen, prijzen we Hem. Accepteren Zijn oordeel. Hij geeft, Hij neemt. Wij accepteren.'

'Maar ik niet. Ik accepteer het niet,' mompelde Alex en hij voelde een bekende depressie opkomen. 'Het werkt niet voor mij. Voor mij is het obsceen. Al dat lijden. Ik kan er niet bij. Ik kan het niet.'

Een vrouw die al een tijdje met wat papieren stond te klunzen, riep zachtjes de rabbi.

'Ja, mevrouw Bregman, ik kom er zo aan. Momentje graag.'

Hij draaide zich om naar Alex en hield zijn hoofd in een gekke hoek, omdat hij anders recht in de zon keek. 'Alex, ik heb het behoorlijk druk. Wil je me een plezier doen? Kom hier om zes uur terug, zeg wat je gevraagd wordt te zeggen en geef de gift. Jouw vrienden en ik hebben dan de kaart beschreven, het cadeau gekocht en je handen rood geverfd. Kom gewoon met je geverfde hand, oké?'

3

Bij Adam buiten werd gebruncht. Er stonden stoelen, zodat de borden op de muur konden staan en de brunchers zaten naast elkaar met hun bier, als truckers in een wegrestaurant. Joseph en Rubinfine hadden hun servetten in de kraag van hun overhemd gestoken en Adam fladderde om hen heen met een pan roerei en zalmsnippers. Zonder iets te zeggen ging Alex naast Rubinfine op de muur zitten, met bengelende benen.

'Voor je het vraagt,' zei Joseph en hij keek over het dak heen, 'dit is de eerste keer in zes maanden dat ik me ziek heb gemeld.'

'Hij wil ermee ophouden,' legde Adam uit. 'Maar hij heeft het geld nodig. Hij heeft de zalm betaald. Wil je een bord, Al?' En zonder op antwoord te wachten, liep hij naar binnen om er een te halen.

'Ik wil ermee ophouden,' gaf Joseph smachtend toe en hij redde een verdrinkende vlieg uit zijn eieren. 'Komt door de zon. Opeens had ik een vreemd soort epifanie.'

'Dat is het probleem met die klotezon,' zei Rubinfine fronsend en hij wees er met zijn vork naar. 'Wat voor epifanie?'

'Umm… iets als: wil en kan niet de rest van mijn leven in totale ellende doorbrengen.'

'Oké. Een goede.'

'Helemaal mee eens.'

'Wat ga je dan doen?' wilde Alex weten en hij pakte ondertussen zijn bord vol eieren en toast aan.

'Voor eeuwig werkeloos zijn. Dat is tot op heden het plan.'

'Dat heb ik ook eens gewild,' bekende Rubinfine. 'Is nooit wat van terechtgekomen.'

'Dat komt omdat je een loser bent,' zei Joseph en hij stak zijn biertje in de lucht. 'Ik ga er helemaal voor. God*samme* man.' Hij keek Alex voor de eerste keer recht aan. 'Je ziet er *verschrikkelijk* uit.'

'Ik ben bang,' zei deze en hij keek langs Joseph en Rubinfine naar Adam, 'dat Esther me gaat verlaten.'

Adam keek verschrikt, draaide toen zijn ogen weg, alsof hij een ongeluk had gezien. Joseph maakte een pilsje open en gaf het hem. Rubinfine zei: 'Iedereen verlaat iedereen uiteindelijk.'

Alex fronste zijn voorhoofd. 'Ja, maar dit is het *eind* niet, mietje. Daar gaat het om, dat is het niet. Volgens mij verlaat ze me *halverwege*.'

'Alleen God is een constante,' bevestigde Rubinfine, en hij graaide de peper uit Josephs handen. 'De dingen die Hij ons gegeven heeft zijn eindig. Dingen eindigen hier. Ze eindigen niet *daar*.' En hij wees naar boven. 'Dat is Zijn gift aan ons, het eindige. Nou zul je tegen me zeggen: *Ja, ja, mooi cadeau. Maar kan ik het naar de winkel terugbrengen en ruilen?* Waarop ik tegen *jou* zou zeggen...'

'Ruub, alsjeblieft, hou eens op man,' bromde Joseph. 'Voor wie is die speech?'

'Voor mijn Cheda-groep. Ik houd hem zaterdag.' Hij beet een nagel af en spuugde die over de muur. 'Van tien tot veertien jaar. Vind je hem niet mooi? Ik bedoel, ik heb nog meer...'

'Het gaat er niet om of ik hem *mooi* vind of niet... Ruub, als iemand op die manier tegen *jou* had gesproken toen je veertien was... Nee, zo slecht was het ook weer niet. Jij vertelt alles alleen zo verrekte onhandig... heb je een pen? Nemen we het samen door, maken we er iets van.'

'We hebben meer eieren nodig,' zei Adam peinzend. 'Alex, kom me eens helpen.'

Maar hij liep langs de keuken en Alex liep met hem naar de woonkamer. Voor het alfabet greep Adam hem bij zijn schouders. Zijn ogen waren een afspiegeling van zichzelf: hij keek zoals je altijd gehoopt had dat hij naar je zou kijken, die blik die zo af en toe verschijnt en waar je op hebt gewacht. Helder, goudeerlijk, ondeugend, in voor een geintje, en vastbesloten om jouw pijn over te nemen. Alex stopte zijn handen in zijn broekzakken, zo verlegen als een schooljongen die onverwacht een complimentje krijgt.

'Ben je er klaar voor?' vroeg Adam.

'Waarvoor?'

'Vanavond!'

'O, ja hoor, tuurlijk.'

'Heb je rabbi Burston gesproken? Vond je hem goed?'

Alex trok een hulpeloos gezicht. Adams gezicht veranderde, kreeg dezelfde gekwetste blik als zijn zus een paar uur geleden naar Alex had getrokken.

'Het is niet meer hetzelfde voor me,' zei Alex, terwijl hij zijn handen uit zijn broekzakken haalde en op de bank plofte. 'Het is een gebaar voor me. Verder niets.'

Adam keek verbijsterd. 'Wat is er belangrijker dan een gebaar?'

Adam knielde op de plek waar hij stond en even was Alex bang dat hij zou vragen of hij meemediteerde of meebad, want inmiddels wist hij – zo zeker als hij nog nooit iets heeft geweten – dat die dingen achter hem lagen. Nee, dat hij ze zelfs niet meer wilde. Hij wilde in de wereld zijn en leven zoals de dingen komen, plaatselijke en universele eindes, eindpunten, periodes, gekwetste blikken en de dagelijkse oorlog. Hij *hield* van die dagelijkse oorlog. Wilde er tegenaan.

'Wat...? Er valt... O, het is je brief,' zei Adam en hij raapte die op. Ging naast hem zitten. 'Helemaal verkreukeld. Ik wilde de mijne vanavond ook meenemen. Leek me wel passend.'

Alex herinnerde zich vaag dat hij hem gisterenavond van de muur had getrokken. Hij pakte hem van Adam aan en streek hem met zijn vuist glad.

'Ze zijn *hetzelfde* hè?' lachte Adam. 'Ik bedoel, je hebt ze echt alletwee hetzelfde geschreven.'

Alex fronste zijn wenkbrauwen. Pakte een pen en de televisiegids en zette zijn eigen handtekening neer.

'Kijk eens hoe *hetzelfde*,' mompelde Adam. 'Zijn T is exact dezelfde als de jouwe – en die gekke M.'

'Ik heb de zijne nagemaakt,' biechtte Alex op, en hij raakte de brief aan, wist het allemaal weer. 'Ik zorgde ervoor dat hij het opschreef en ik schreef het na. Ik liet het hem nog een keer schrijven, zodat ik kon zien hoe hij zijn hand bewoog. Kleine handen. Erg klein en...'

Alex liet zijn voeten weer verraderlijk bungelen, maar kon er niet mee ophouden. Hij haalde zijn hand door zijn haar. 'Ik dacht,' zei hij met onvaste stem, 'ik dacht dat jij had gezegd dat ik me er beter door zou *voelen*. Maar ik voel me niet beter. Esther over Boot vertellen *hielp* ook al niet. En dit gedoe, vanavond, dat gesprek met rabbi Burston, niets van dit alles, helemaal niets, lost *iets* op. Ik mis hem. Ik mis hem nog steeds. De hele tijd. Ik mis hem zo erg. Het is niet zo dat ik me niet *beter voel*.'

'Ik zei dat het beter zou *worden*, niet beter zou voelen,' zei Adam bloedserieus. 'Het *is* ook beter, ook al kun je dat niet voelen.'

Alex lachte honend en beet een stukje nagelriem af. 'Er bestáát geen ander goed dan je goed *voelen*,' zei hij hoofdschuddend. 'Ads, dat is wat goed *is*. En dat is precies wat jij niet begrijpt. Het is geen symbool van iets anders. Goed moet je voelen. Dat is goed *in de wereld*.'

Adam deed zijn handen uit elkaar, wilde daarmee de discussie van tafel vegen, maar, zoals altijd, veranderde er niets in dat rustige, vaststaande, kleurrijke omhulsel dat de religie bedekte, dat huis dat ze altijd en overal met zich meedroegen.

Alex zuchtte en stond op om Adams marihuanadoosje te pakken dat hoog op een plank stond, half verscholen achter zijn kleine handtekeningenboompje.

Op waarschuwende toon zei Adam: 'Ik dacht erover... om een handtekening van Kitty op de laatste tak te zetten. Als jij dat goed vindt. Als je er een overhebt. Als teken van respect. En om die veilig te bewaren – voor het geval jij alle kostbare dingen wil verkopen die je bezit. Ik bedoel, zeg het rustig als je het een slecht idee vindt, maar...'

Alex moest hard lachen. Adam hief verbaasd zijn hoofd op. Op hetzelfde moment viel er zonlicht door de luxaflex heen, verdeelde de kamer in paragrafen diffuus licht en schaduwzinnen. Als iets je religieus kan maken, is dat het wel. Timing. Toeval.

'Ik heb ze allemaal al verkocht,' zei Alex tevreden, en hij liet voor dit moment de feiten rusten. 'Ik heb er geeneen meer. Ads, je droomt.'

Hij maakte het doosje open en zocht een klein stukje hasj. Onverwacht stond Adam op en deed het doosje dicht.

'Nu niet, man. Vandaag moet je helder zijn. Zorg dat je er bent. Wees er helemaal, denk erom!'

'Hmm.' Alex' gedachten waren – zoals leraren graag zeggen – ergens anders. De zon scheen over de muur en alles zag er anders uit. Voelde anders. Dat was het probleem met de zon.

'En voor als je Esther ziet. Die wil dat we met dat spul stoppen, wist je dat? Ze is heel bang om het je te vertellen, maar dat wil ze wel. Wij alletwee. Verder weet ik er niets van, man. Ze vraagt nogal wat. Want daar vond ik het begrip,' zei Adam terwijl hij het Internationale Gebaar van transcendentie maakte (korte omhooggaande knik, ogen op het plafond gericht). 'Zo openbaarde Shekinah zich aan mij, zo werden dingen manifest. Zo bereik ik een hoger niveau.'

Hij trok het doosje voorzichtig uit Alex' handen en zette het op de plank terug.

'Maar vandaag heeft ze gelijk. Ik denk dat we volkomen helder moeten zijn vandaag, vind je niet, Alex?'

Alex boog zich over de brief, streek hem weer glad en pakte een blauwe plakker van de achterkant van de handtekening van Jimmy Stewart. Op alle vier de hoeken van de brief plakte hij een stukje. Li-Jin werd in het lege midden geplakt, tussen – en iets boven – de populaire filosoof Ludwig Wittgenstein en de populaire schrijfster Virginia Woolf.

EPILOOG

Kaddish

Veronderstel dat ik niet de bewegingen zou mogen maken die mensen maken als ze niet weten wat ze anders moeten doen: het bandje van mijn polshorloge open- en dichtmaken, mijn hemd open- en dichtknopen, mijn handen door mijn haar halen. Ik zou niets meer hebben om me staande te houden, ik zou verloren zijn.

– Peter Handke, *Das Gewicht der Welt*

De Handtekeningenman, Alex-Li Tandem, stond rechtop. Vanaf zijn plaats kon hij iedereen zien. Kon ook alles zien wat ze deden. Hij zag zijn vrienden zitten: Adam Jacobs, rabbi Mark Rubinfine, Joseph Klein, zijn vriendin Esther Jacobs, rabbi Green, rabbi Darvick, rabbi Burston en zijn moeder Sarah Tandem. Er zaten ook twee mensen die hij niet kende: Eleanor Loescher en Jonathan Verne.

Luisterrijk en geheiligd (zegt Alex-Li, maar in andere woorden)
Moge Zijn grote naam
Luisterrijk en geheiligd zijn
In de wereld die Hij schiep.
Zijn wil geschiede,
Rubinfine plukte aan het velletje van zijn rechterduim met de nagel
Van zijn linkerwijsvinger,
En moge Zijn Koninkrijk komen
In onze levens en in onze levensdagen
En in de levens van alle huizen van Israël,
Joseph probeerde iets uit zijn neus te pulken
Wilde het niet en deed het dan toch,
Snel en spoedig,
En iedereen zegt Amen!
Esther streek haar rok glad
Met haar handen en de naad recht tot
Die goed zat!

Amen! (zeiden de zittende mensen, maar niet met die woorden)
Moge Zijn grote Naam gezegend zijn
Nu en voor altijd!

Gezegend (zei Alex, maar niet met die woorden)
En geprezen

En verheerlijkt
Rabbi Burston wiebelde met zijn voeten
Op een innerlijk ritme,
En in de hoogte gevoerd
En verheven
Rabbi Green snoof,
En geëerd
En ten hemel opgetild
Rabbi Darvick sloot zijn ogen
En toen hij ze opende, waren ze twee keer zo groot als daarvoor,
En geprezen
Zij de naam van de Heilige
Alex lachte en deed
Discreet een duim omhoog,
Hij is gezegend!
Boven alle zegeningen
En hymnes en gebeden en vertroostingen
Die in de wereld worden uitgesproken
En iedereen zegt Amen!

Moge een lange vrede vanuit de hemel –
En Leven! –
Op ons allen en op Israël neerdalen,
Sarah huilde en deed geen poging
Om het te verbergen,
En iedereen zegt Amen!

Moge Hij die vrede brengt in Zijn Hogere oorden
Eleanor Loescher hield haar kleine
Buikje met twee handen vast.
(En Alex vroeg zich af wat dat betekende)
Ook vrede brengen over ons en over heel Israël,
Jonathan Verne gaapte schaamteloos.
(En Alex vroeg zich af wat dat betekende)
En iedereen zegt Amen!

Woord van dank

Mijn dank gaat, zoals altijd, uit naar Yvonne Bailey-Smith en Harvey Smith voor hun geweldige steun en geduld. Ook wil ik Adam Andrusier en Rachel Miller bedanken voor het soort feiten dat je niet kunt terugvinden in bibliotheken. Daarnaast bedank ik mijn gewaardeerde meelezers: Michal Shavit, Toby Litt, Adam (alweer), Tamara Barnett-Herrin, Nick Laird en Paul Hilder. Ook bedankt Jessica Frazier en Lee Klein, die allebei de gave hebben om te filosoferen over alledaagse dingen. Bedankt ook Alex Adamson die alles zoveel makkelijker heeft gemaakt.

Ik heb gebruikgemaakt van twee schrijvershuizen en wil allebei die instellingen bedanken, en ook de opmerkelijke vrouwen die er de leiding hebben: Drew Heinz in Hawthornden en Beatrice Monti in Santa Maddelena. Ik ben veel verschuldigd aan Georgia Garrett, Simon Prosser en Ann Godoff, die ervoor zorgen dat boeken er komen en ik mijn verstand niet verlies.

Inhoud